KB062647

셜록홈스
베스트 단편선
3

셜록 홈스 베스트 단편선 3

초판 1쇄 인쇄일 l 2021년 12월 10일   초판 1쇄 발행일 l 2021년 12월 20일

지은이   l 아서 코난 도일
옮긴이   l 조미영
그린이   l 신혜원
펴낸이   l 강창용
책임기획 l 강동균
책임편집 l 정민규
디자인   l 김동광
책임영업 l 최대현

펴낸곳   l 느낌이있는책
출판등록 l 1998년 5월 16일 제10-1588
주 소   l 경기도 고양시 일산동구 중앙로 1233(현대타운빌) 302호
전 화   l (代)031-932-7474
팩 스   l 031-932-5962
이메일   l feelbooks@naver.com
포스트   l http://post. naver.com/feelbooksplus
페이스북 l http://www.facebook.com/feelbooksss

ISBN   979-11-6195-163-8 (03840)

셜록홈스
베스트 단편선
3

아서 코난 도일 지음 | 조미영 편역

느낌있는책

Contents

관찰과 추리로
어떤 비밀이라도 밝혀낼 수 있다

일 년 내내 안개가 끼지 않은 날이 없는 도시, 런던 베이커 가 221B 하숙집. 사냥모자, 돋보기, 파이프 담배. 한 남자가 골똘히 생각에 잠긴 채로 앉아 있다.

자신의 친구이자 조수인 왓슨의 슬리퍼만 보고도 그가 감기에 걸렸음을 증명할 수 있는 천재 탐정 홈스다. 그는 베일에 싸인 어떤 범죄라도 관찰과 추리로 해결할 수 있으며 세계의 어떤 비밀조차도 이성과 논리로 모두 벗겨 낼 수 있다고 말한다.

홈스는 말한다.

"나에게 문제를 던져 주게. 가장 난해한 암호, 가장 복잡한 분석 과제를 던져 주게. 나는 무미건조한 일상을 혐오하네."

한때 추리소설은 작품성이 없다는 이유로, 또는 순수문학만이 진정한 문학이라고 생각하는 사회풍조에 밀려 저급한 읽을거리로 취급당했다. 그러나 이제 추리문학도 대중소설의 한 분야로서 당당히 그 지위를 차지하면서 순수문학에도 추리소설적 기법을 사용하는 작품들을 어렵지 않게 만날 수 있게 되었다.

오늘날 수많은 장르문학 작가들이 작품성을 인정받는 작품들을 내놓고 있지만 1887년 등장한 이후 100년도 넘은 지금까지 셜록 홈스는 명탐정으로서 최고의 명성을 떨치고 있다. 추리소설 마니아가 아니더라도 홈스는 어른 아이 구분할 것 없이 함께 즐기는 명작으로 세계인의 변함없는 사랑을 받고 있다.

이러한 흐름에 발맞추어 네 개의 장편을 제외한 56편의 단편 중 명작을 선별하여 새로운 감각과 색다른 접근으로 홈스의 활약을 즐길 수 있도록 했다.

자, 이제 불후의 명탐정 홈스가 보여 주는 긴장감 넘치는 활약에서 홈스만의 명쾌한 추리 비법과 고품격의 트릭을 즐겨 보자.

셜록 홈스 SHERLOCK HOLMES

1854년 영국 잉글랜드 요크셔 출신으로 185센티
미터의 키에 약간 마른 체형이어서 실제보다 키
가 더 커 보이며 번뜩이는 눈과 콧날이 선 매부리코 때문에 전체적으
로 날카롭고 강한 인상을 준다. 또한 각진 턱은 의지가 강한 성품임
을 엿보이게 한다.

평소 화학실험을 즐겼기 때문에 두 손은 늘 잉크나 화학 약품으로
얼룩져 있고, 손놀림이 날렵해서 다루기 쉽지 않은 물건도 아주 익
숙하게 다룰 줄 안다.

친구인 왓슨조차도 알아보지 못할 정도로 뛰어난 변장 솜씨와 연
기력을 가지고 있다. 과학적인 지식도 해박하여 '과학계는 명민한 이
론가를 잃고, 연극계는 훌륭한 배우를 놓치고 말았다'고 하기도 한
다. 파이프 담배(엽궐련)를 즐기고 위스키와 포도주를 좋아하며 가끔
은 코카인을 즐기기도 한다.

런던 베이커 가 221B에서 평생을 독신으로 살았고 23년간 탐정생
활을 하면서 아무리 많은 돈을 조건으로 사건을 의뢰해 오더라도 내
용이 시시하면 냉정하게 거절했다.

존 H. 왓슨 JOHN H. WATSON

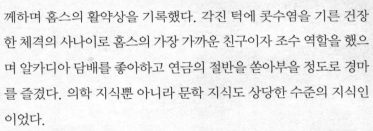

의학박사이며 예비역 군의관인 왓슨은 23년
동안 지속된 홈스의 탐정생활 중 17년을 함
께하며 홈스의 활약상을 기록했다. 각진 턱에 콧수염을 기른 건장
한 체격의 사나이로 홈스의 가장 가까운 친구이자 조수 역할을 했으
며 알카디아 담배를 좋아하고 연금의 절반을 쏟아부을 정도로 경마
를 즐겼다. 의학 지식뿐 아니라 문학 지식도 상당한 수준의 지식인
이었다.

1889년 《네 개의 서명》 사건에서 만난 메리 모스턴과 결혼해 베이
커 가와 가까운 패딩턴에 병원을 개업하여 신혼살림을 시작했다.

1891년 라이헨바흐 폭포에서 홈스가 죽은 후 켄싱턴으로 옮겨 병
원을 개업했다. 1894년 왓슨은 홈스가 살아 돌아오자 병원을 팔고
베이커 가의 하숙집으로 되돌아온다. 1929년 사망하기까지 홈스의
변치 않는 친구, 신뢰할 수 있는 협력자로서 늘 홈스의 곁에 있었다.

홈스의 말에 의하면 왓슨은 변화의 물결에서도 바위처럼 변하지
않는 사람이다.

빈집의
모험

The Empty House

로널드 아데어

전 오스트레일리아 식민지 총독의 차남으로 일시 귀국해
있는 귀족 청년. 조심스럽고 비교적 정직하며 감정에 치우
치는 일이 없다. 교제 범위가 넓지 않아 조용하고 단조로운
생활을 한다. 취미라면 사교 클럽에서 카드 게임을 하는 것
이 고작이다.

세바스찬 모런

과거 인도 제1공병대 소속 육군 대령으로 퇴역했다. 이튼
고교 및 옥스퍼드 대학 출신이면서 인도의 전쟁에서 공을
세웠다. 뼈만 앙상하게 튀어나온 코와 높이 벗겨진 이마에
굵은 백발이 섞인 콧수염을 길러 인상이 강해 보인다. 호
랑이 사냥의 명수라고 불렸을 정도로 강한 체력과 정신력
의 소유자다.

《빈집의 모험》은 1891년 8월 《스트랜드 매거진》에 발표되고 1905년 《셜록 홈스의 귀환》에 실렸다.

저자 아서 코난 도일은 일단 《최후의 과제》에서 죽어 버린 홈스를 어떻게 하면 논리적으로 문제 없이 되살릴 수 있는가에 대해 고민이 컸다고 한다. 심령 소설에 심취해 있던 그로서는 더 이상 셜록 홈스 시리즈를 쓰고 싶지 않았다. 그러나 연재를 계속하라는 독자들의 성화에 결국 손을 들고 말았지만 일단 죽인 홈스를 되살리기가 쉽지 않았던 모양이다. 그런데 바로 자신의 두 번째 부인의 도움으로 성공적으로 홈스를 돌아오게 만들 수 있었다. 그래서였을까? 도일은 이 작품을 자신의 단편 중 6위에 선정했다.

작품 속 배경 연대는 1894년이다.

밀실 살인 사건

1894년 봄, 독신의 로널드 아데어 경이 참으로 기괴하고 이해할
수 없는 방식으로 살해되었을 때 런던 사교계뿐 아니라 시민들 모두
너 나 할 것 없이 큰 충격에 휩싸였다. 하지만 경찰 조사 과정에서 흘
러나온 사건의 경위는 훗날 밝혀진 것에 비하면 빙산의 일각에 불과
했다. 굳이 많은 증거를 들지 않아도 유죄라는 증거가 너무도 명백
했기 때문이기도 했지만 말이다. 아무튼 그럼에도 그 사건은 한껏
쑤셔 놓은 벌집처럼 런던을 흔들어 놓기에 충분했다.

하지만 그로부터 10년이나 지난 지금 나는 사건 자체의 흥미로움
보다는 잇따라 발생한 사건들에 관심을 갖게 되었다. 그동안 놓쳤던
사건과 사건을 잇는 고리를 발견하게 된 것이다. 홈스 덕분에 모험
으로 가득 찬 생활을 했던 나로서도 그 사건들은 충격이었고 놀라움
이었다. 아무리 시간이 지났어도 그 사건만 생각하면 온몸에 전율이
일었고 묘한 환희와 의혹의 감정이 생생하게 되살아났다. 사실 그가
진실이 공개되는 것을 극구 반대만 하지 않았어도 진실을 공개하는

것을 나의 첫 번째 의무로 삼았을 것이다. 그런데 이제 와서 다 잊혀 가던 사건을 다시 들추어내는 것은 그토록 함구를 원했던 그가 진실 공개에 동의를 해 주었기 때문이다. 바로 지난달 3일에 말이다.

내가 범죄에 관심을 갖게 된 것은 홈스의 영향이라고 하는 게 맞을 것이다. 그래서인지 그가 사라지고 난 뒤에도 나는 으레 그랬던 것처럼 아침이면 신문을 펴 들고 갖가지 사건 기사를 탐독했다. 심심풀이긴 했지만 때때로 홈스의 방식을 빌려 사건을 해결해 보려고도 했다. 하지만 결과는 늘 신통치 않았다. 그러던 중 로널드 아데어 경의 사건을 접하게 되었다. 나는 단박에 그 사건에 흥미를 가졌다. 사실 그 사건만큼 나의 관심을 끌었던 것은 그때까지 없었다.

신문 기사에 따르면 법정은 그 사건과 관련하여 제출된 증거에 따라 '불특정 개인 또는 다수를 노린 고의적 살인'이라는 결론을 내렸다. 만약 홈스가 살아 있었다면 이 사건에 관심을 보였을 것이고 유럽 최고의 탐정이라는 명성답게 특유의 관찰력과 기민한 행동으로 경찰의 미진한 수사를 보완해 주었을 텐데, 아니 장담하건대 경찰 수사를 앞질러 해결해 버렸을 것이라는 생각이 들자 홈스가 더욱 그리워졌다. 나는 왕진을 위해 마차를 타고 다니는 동안 내내 그 사건을 나름대로 추리해 보았다. 하지만 언제나처럼 그럴듯한 실마리조차 찾아내지 못했다.

온 런던이 떠들썩했던 만큼 그 사건을 모르는 사람이 없을 테지만 우선 사건에 대해 간략히 기록해 보고자 한다. 사건은 다음과 같다.

먼저 피해자인 로널드 아데어는 오스트레일리아 식민지 총독인 메이누스 백작의 차남으로 원래 오스트레일리아에서 살고 있었다. 그런 그가 런던에 오게 된 것은 어머니의 백내장 때문이었다. 그는 어머니와 누이동생인 힐다와 함께 일시 귀국해 런던의 파크 레인

427번지에 묵었다.

로널드 아데어는 런던에 있는 동안 최상류층의 사교계에 드나들었다고 한다. 또 알려진 바에 의하면 남에게 원한을 살 만한 인물은 아니었고 특별히 이렇다 할 나쁜 짓을 저지른 적도 없었다. 카드를 좋아해서 '볼드윈', '캐번디시', '바가텔' 같은 카드 클럽의 회원이었고 거의 매일 클럽에 가서 게임을 했지만 그것도 취미 이상은 아니었다. 게다가 조심스러운 성격으로 대개는 돈을 따는 편이었기 때문에 도박 빚에 시달릴 일도 없었다. 또 카스테어스의 에디스 우들리 양과 약혼했다가 파혼한 이력이 있었지만 상호 합의에 의한 파혼이었고 또 그로 인해 상심한 흔적도 없었다. 전체적으로 그는 감정에 치우치는 성격도 아니었고 교제 범위도 넓지 않아 조용하고 단조로운 생활을 하고 있었던 것으로 파악된다. 이렇듯 지루할 정도로 차분한 젊은이에게 너무도 괴이하고도 갑작스럽게 죽음이 찾아온 것이다.

그가 죽은 시각은 1894년 3월 30일 밤 10시에서 11시 20분 사이였다. 그날도 아데어는 오후 내내 '바가텔' 클럽에서 카드 게임을 했다고 한다. 함께 게임을 한 이들은 머레이 씨, 존 하디 경, 모런 대령이었다. 그들의 증언에 따르면 그들이 한 게임은 두 사람씩 한 쌍을 이루어서 하는 휘스트 게임이었고 그때 아데어는 5파운드 정도를 잃었다고 한다. 하지만 상당한 재산가였던 아데어에게 5파운드는 크게 문제 될 것이 없었다. 아데어는 저녁 식사 후에도 '바가텔' 클럽에서 휘스트 게임을 했고 집에 돌아온 건 밤 10시경이었다고 한다. 마침 어머니와 누이동생은 친척을 만나러 나가

고 없었다. 가정부는 아데어가 자신의 방으로 사용하고 있는 2층 거실로 들어가는 소리를 들었다고 증언했다. 그 후에는 아무 소리도 듣지 못했다고 했다. 그리고 가정부는 그가 돌아오기 전에 방 벽난로에 불을 땠는데 연기가 나는 바람에 방 창문을 활짝 열어 두었다고 증언했다.

그의 방문이 다시 열린 건 11시 20분이었다. 친척집에서 돌아온 어머니 메이누스 부인과 누이동생 힐다가 잘 자라는 인사를 하기 위해 아데어의 방을 두드렸다. 하지만 방은 안으로 잠겨 있었고 안에서는 아무 소리도 나지 않았다. 문을 두드리고 소리도 질러 보았지만 소용없었다. 결국 그들은 사람을 불러 방문을 억지로 열었다.

아데어는 탁자 옆에 쓰러져 있었고 그의 머리를 중심으로 바닥에는 피가 흥건히 고여 있었다. 그의 머리는 권총 탄환에 무참하게 으스러져 있었다. 하지만 방 안 어디에서도 죽음의 원인이 될 만한 흉기는 발견되지 않았다. 그리고 그가 쓰러져 있던 바로 곁의 탁자 위에는 10파운드짜리 은행권 지폐 두 장과, 17파운드 10실링 정도의 은화와 금화가 여러 작은 더미로 나뉘어 쌓여 있었다. 그 외에는 클럽 친구들의 이름이 쭉 쓰여 있는 종이가 발견되었다. 죽기 직전까지 카드 게임에서 잃은 돈과 딴 돈을 계산해 보고 있었던 것으로 짐작된다.

그 후 경찰이 사건 현장을 철저하게 조사했는데 그것이 오히려 사건을 더욱 복잡하게 만들었다. 일단 아데어가 왜 방문을 잠갔는지 이해하기가 어려웠다. 물론 범인이 문을 잠근 후 창문으로 도망쳤다고 생각할 수도 있었다. 그러나 창문에서 땅바닥까지는 무려 6미터나 되었다. 또한 바로 밑에는 크로커스 꽃이 만발해 있는 화단이 있었는데 화단이나 근처 바닥 어디에서도 누군가 뛰어내린 흔적은 없었다.

결국 방문을 잠근 사람은 아데어 자신이었다는 결론에 도달하게 된다. 그렇다면 그는 어떤 방법으로 죽은 것일까?

가정부가 창문을 열어 놓은 상태였다고 해도 아무런 흔적도 남기지 않고 6미터나 되는 벽을 기어오른다는 것은 있을 수 없는 일이다. 그렇다면 누군가 창 밖에서 창을 통해 총을 쏜 것은 아닐까? 그러나 그것도 웬만한 명사수가 아니면 불가능한 일이다. 게다가 창이 나 있는 쪽의 거리에는 사람들의 통행이 많은 데다 1백 미터쯤 떨어진 곳에는 합승마차 승차장까지 있어서 누군가 창밖에서 안을 향해 총을 쏘았다면 목격자가 있었을 것이다. 그러나 목격자는 고사하고 총소리를 들었다는 사람조차 없었다. 그럼에도 불구하고 아무에게도 원한을 산 적이 없는 청년이 죽었고 사망의 직접적인 원인이 된 탄환, 즉 단단한 것에 부딪혔을 때 그렇게 되듯 앞쪽이 납작해진 탄환이 발견되었다. 게다가 방에 있던 돈이나 귀중품에 손을 댄 흔적도 없었다. 결국 사건은 이렇다 할 동기나 살해 방법을 찾아내지 못함으로써 복잡해져만 갔다.

나는 온종일 사건의 정황을 곱씹으면서 이 모든 것을 설명할 수 있는 가설을 세워 보려고 했다. 나의 소중한 친구가 말하곤 했듯이 모든 사건의 출발점을 찾아보기 위해 노력했다. 물론 성과는 없었다.

왕진이 모두 끝나고 한가로워진 저녁 나절, 나는 산책 삼아 느릿느릿한 걸음으로 하이드 파크 공원을 지나 옥스퍼드 가 쪽 끄트머리에 있는 파크 레인까지 갔는데 문득 시계를 보니 6시였다. 그런데 어느 집 앞의 도로에 여러 명이 모여 서서는 그 집 2층 창문을 올려다보고 있었다. 덕분에 나는 아무 노력도 하지 않고 찾으려고 했던 집을 쉽게 찾을 수 있었다.

비쩍 마른 한 사내가 주변 사람들에게 자신의 의견을 피력하고 있는 중이었다. 제법 큰 키의 사내는 짙은 색의 선글라스를 끼고 있었는데 말하는 모양새나 느낌으로 봐서는 사복경찰 같았다. 나는 그가 무슨 말을 하는지 들어 보기 위해 사람들 틈에 끼어들었다. 그러나 그의 이야기는 터무니없었다. 결국 나는 뒤로 물러났다.

그때였다. 나는 물러나다가 내 뒤에 서 있던 어떤 노인과 부딪히고 말았다. 순간 노인이 들고 있던 책 몇 권이 땅바닥에 떨어졌다. 얼핏 보니 그중 하나가 《나무 숭배의 기원》이라는 책이었다. 나는 취미인지 직업인지 알 수 없지만 노인이 이해하기 어려운 책을 수집하는 애서가일 거라 생각했다.

　"아, 죄송합니다."

　나는 황급히 사과를 하고 떨어진 책을 주워서 노인에게 주었다. 하지만 허연 구레나룻에 구부정한 허리의 노인은 내 사과는 들은 척도 않고 마치 대단한 보물을 떨어뜨리게라도 한 양 벌컥 화를 내며 내 손에 들려 있던 책을 빼앗듯이 가져가 버렸다. 매우 갑작스럽게 당한 일이라 나는 멀리 인파 속으로 사라져 가는 노인의 뒷모습을 그저 멍하니 바라볼 수밖에 없었다.

　노인이 완전히 사라지고서야 나는 정신을 차렸다. 그리고 사건 장소였던 파크 레인 427번지도 살펴보았다. 하지만 이 수수께끼를 풀 수 있을 법한 단서를 발견하지는 못했다. 집과 도로 사이에는 담이 있었지만 그 높이가 1미터 50센티미터 정도밖에 되지 않아 누구나 쉽게 담을 넘어 정원으로 들어갈 수 있었다. 하지만 설사 담을 넘었다 하더라도 창문의 높이는 무려 6미터나 되었다. 혹 수도관 같은 것이 있다면 기어오르는 게 아주 불가능하지는 않았을 것이다. 하지만 붙잡을 만한 것은 아무것도 없었다. 한참을 둘러보던 나는 아무것도 발견하지 못한 채 발길을 돌렸다.

죽음을 건너온 사내

나는 곧장 집으로 돌아왔다. 그러고는 어제 읽다가 만 책을 마저 읽을 요량으로 서재에 틀어박혔다. 글씨가 눈에 들어오지 않았다. 이런저런 생각으로 머릿속이 복잡하기만 했다. 하지만 내 공상은 채 5분도 지나지 않아 방해를 받고 말았다. 하녀였다.

"박사님, 웬 노인이 와서 박사님을 뵙겠다고 하십니다."

"노인?"

나는 자리에서 일어나 거실로 나갔다. 거기에는 아무렇게나 기른 듯한 백발 사이로 앙상하고 쭈글쭈글한 얼굴의 노인이 서 있었다. 바로 조금 전 파크 레인에서 부딪힌 노인이었다. 그는 열 권가량 되어 보이는 책을 앙상한 팔로 힘겹게 끌어안고 있었다.

"놀라신 모양이구려."

노인은 잔뜩 쉰 듯 쇳소리가 나는 이상한 목소리로 말했다.

"사실 그렇습니다."

"하기야 그게 정상일 게요. 하지만 이래 봬도 나도 양심이란 게 있

는 늙은이라오. 아까는 내가 무례했다는 것을 사과드리고 싶고 딴
뜻이 있었던 게 아니라는 걸 말하고 싶어서 이렇게 선생 뒤를 쫓아왔
소. 그런데 걸음도 느린 데다가 이렇게 절룩이기까지 해서 도통 선
생을 따라잡을 수가 없었소이다. 겨우 먼 데서 선생이 이 집으로 들
어가는 것을 보았고 그래서 이렇게 찾아온 거요. 책을 집어 준 것에
대해서도 감사드리고 싶고…….”

“주의하지 않아서 부딪힌 건 제 잘못이기도 하지 않습니까? 이렇
게까지 하지 않으셔도 됩니다.”

나는 그제야 의아함을 거두고 부드럽게 웃을 수 있었다.

“사실 나는 근처 처치 가 모퉁이에서 작은 책방을 하고 있소. 보아
하니 선생께서도 책을 보는 안목이 있으신 것 같아 이렇게 뵙게 된
게 얼마나 기쁜지 모르겠소이다. 그나저나 선생께도 책이 좀 필요할
것 같은데 어떻소? 여기 《영국의 조류》나 《카툴루스》, 《성전》 같은
책들이 있는데. 저 책장 두 번째 칸은 다섯 권만 더 있으면
꽉 찰 것 같지 않소? 저래서는 아무래도 이가 빠진 것처럼
흉해 보이는구려.”

노인은 손가락으로 내 뒤에 있는 책장을 가리켰다. 나
는 무심결에 노인의 손가락을 따라 시선을 옮겼다. 실제로
책장 두 번째 칸은 몇 권의 책이 빠져 있었다. 하지만 그게
이상하다는 생각은 한 번도 해 보지 않은 터라 별 대수롭지
않다는 듯 어깨를 으쓱하고 다시 노인을 향해 몸을 돌렸다.

순간 나는 온몸이 얼어붙는 듯한 충격에 휩싸였다. 그리
고 이내 정신을 잃고 쓰러지고 말았다.

얼마나 흘렀을까? 다시 정신이 들었을 때 목덜미는 풀
어 헤쳐져 있었고 입 안에서는 알싸한 브랜디의 맛이 느

꺼졌다. 회색의 짙은 안갯속을 헤매다 돌아온 것 같은 기분이었다.

"괜찮나?"

희뿌연 머릿속에 술잔을 든 채 나를 내려다보고 있는 누군가의 얼굴이 점점 선명해졌다.

"이거야 원! 왓슨, 자네가 이렇게까지 놀랄 줄은 몰랐어. 정신 좀 차리게."

매부리코에 움푹 꺼진 두 눈에서 번뜩이는 날카로움, 그리고 마르고 뾰족한 두 볼과 턱, 그건 분명 3년 전 세상에서 사라졌던 내 친구 홈스, 셜록 홈스였다. 머릿속의 안개가 일순간 확 사라지는 듯했다. 그러고는 내 앞에 웃고 있는 홈스의 두 팔을 세게 붙잡고 외쳤다.

"홈스, 정말 자넨가? 정말 자네 맞나? 정말 살아 돌아온 건가? 이게 어떻게, 어떻게……. 아니 어떻게 그 심연에서 기어 나온 건가?"

나는 내가 뭐라고 떠드는지도 모르고 입에서 나오는 대로 마구 지껄여 댔다.

"하하! 왓슨, 자넨 여전히 기운도 좋구먼. 조금 전 기절한 사람이라고는 믿기지 않을 정도야. 아무튼 걱정하지 않아도 되겠어. 그렇다고는 해도 사과함세. 지나치게 극적으로 나타난 것 말일세. 자네처럼 강심장인 사람이 기절을 할 정도였으니 말이야."

"자네가 살아 왔는데 기절이 뭐 대순가? 그나저나 정말 믿을 수 없군. 자네가 정말로 이렇게 내 서재에 와서 서 있다니."

나는 다시 한 번 홈스의 팔을 붙잡고 있던 손에 힘을 주었다. 손바닥으로 근육이 붙어 있는 여윈 팔이 느껴졌다. 이건 분명 홈스의 팔이었다.

"확실히 유령은 아닌 듯하군. 이런 기쁜 일은 다시없을 거네. 도대체 어떻게 된 일인가? 아니, 그보다 먼저 좀 앉게. 그리고 어떻게 살아 나왔는지 자세히 좀 얘기해 보게."

홈스는 상기된 내 얼굴을 예전처럼 재미있다는 듯 바라보며 내가 앉은 맞은편에 자리를 잡고 앉았다. 그리고 사라지기 전과 마찬가지로 손때 묻은 파이프를 꺼내 불을 붙였다. 옷은 늙은 책방 주인답게 낡은 프록코트를 입고 있었다. 나를 감쪽같이 속였던 변장용 백발과 헌책들은 탁자 위에 놓여 있었다. 달라진 것이 있다면 그전보다 훨씬 더 야위고 훨씬 더 창백해졌다는 것뿐이었다. 독수리를 연상시키는 날카로운 눈빛은 예전 그대로였다.

"그나저나 허리를 펴니 살 것 같군."

홈스는 늘어져라 기지개를 켜며 말했다.

"아무리 변장이라고는 하지만 나같이 큰 키를 30센티미터나 줄여야 한다는 건 여간 힘든 일이 아니란 말일세. 그런데 왓슨, 오늘 밤 뭐 할 일이 있나?"

"별로……."

"그럼 말이야, 지금부터 좀 위험한 일이 있는데 도와줄 텐가?"

"그걸 말이라고 하나? 도와주고말고. 하지만 그전에 어떻게 된 일인지부터 말해 달란 말일세. 내가 궁금함을 견디지 못하고 미치는 게 싫다면 말이야."

"하하, 여전하군. 하지만 그 이야기는 일이 끝난 후에 하는 게 좋지 않을까 싶네만……."

"홈스!"

"아아, 알았네. 그럼 오늘 밤 도와줄 거지?"

"언제든지, 어디든지, 자네 원하는 대로 해 주겠어."

내가 숨도 쉬지 않고 말을 잇자 홈스는 만족스러운 미소를 얼굴 가득 띠었다.

"옛날과 다름없군. 좋네. 나가기 전에 저녁을 좀 먹을 정도의 시간 여유는 있으니까 그 절벽 얘기를 해 주지. 사실 거기서 빠져나오는 건 별로 어려운 일이 아니었네. 그도 그럴 것이 원래 떨어지지 않았으니 말이야."

"떨어지지 않았다고?"

나는 놀라서 나도 모르게 소리를 질렀다. 홈스는 담배를 피우며 차분하게 이야기를 이어 나갔다.

"그렇다네, 왓슨. 난 떨어지지 않았어. 물론 그때 자네에게 유서 대신으로 남긴 쪽지는 틀림없는 진짜라네. 안전한 곳으로 통하는 샛길에 그 모리어티 교수가 서 있는 것을 보았을 때 이젠 내 인생도 끝장이라고 생각했지. 그 교수의 잿빛 눈에는 어떻게 해서라도 나를 죽이려는 의지가 담겨 있었거든. 그래서 나는 교수와 두서너 마디 말을 나누고서 나중에 자네에게 보낼 몇 마디 말을 쓸 수 있는 여유를 받아 냈다네. 그걸 담뱃갑과 지팡이와 함께 그 자리에 남긴 채 모리어티 교수의 채근을 받으며 샛길을 걸었다네. 절벽 가장자리까지 말일세.

그야말로 나는 독 안에 든 쥐가 된 셈이었지. 교수가 무기를 든 것은 아니었네. 그저 긴 두 팔로 붙잡은 게 다였어. 아마 그자도 이제 마지막이라고 생각하고 있었던 거 같아. 그저 나를 처치하려는 생각밖에는 없었던 것 같거든. 아무튼 그 위험천만한 절벽 위에서 난 살기 위해, 그자는 나를 죽이기 위해 하나로 뒤엉켜 맹렬히 싸웠네. 아, 자네도 알 걸세. 내가 동양의 무술인 유도를 조금 할 줄 안다는 것 말일세. 그 덕분에 나는 그의 손아귀에서 빠져나올 수 있었지. 그리고 그 순간 그는 몸의 균형을 잃었고 결국 뒤뚱거리다가 소름 끼치는 외마디 소리를 지르며 절벽 아래로 곤두박질쳤다네. 그러고는 물속에

가라앉았고 말이야."

"하지만 홈스!"

잠자코 귀를 기울이고 있던 나는 궁금증을 이기지 못하고 끼어들었다.

"발자국은 어떻게 된 건가? 분명 내 두 눈으로 두 사람의 발자국이 샛길을 내려간 채 되돌아온 흔적이 없는 걸 확인했단 말일세."

"아! 그건 이렇게 된 걸세."

홈스는 빙그레 웃었다.

"교수가 절벽 아래로 떨어진 순간 나는 운명의 신이 내게 다시없는 기회를 베풀어 주었다고 생각했네. 이걸 잘 이용하면 내게 닥친 죽음의 위험을 벗어날 수 있다고 생각한 거야. 그때 나를 죽이려고 마음먹고 있는 사람은 모리어티 교수 혼자가 아니었네. 게다가 자기 두목인 교수가 혼자 죽었다는 것을 알게 되면 내게 복수를 하겠다고 물불 안 가리고 덤빌 녀석이 적어도 셋은 나올 터였지. 모두 지극히 위험한 녀석들이고 말이야. 그 상황을 방치했다가는 그자들 중 하나에게 분명 죽임을 당할 수도 있었어.

하지만 내가 죽었다고 세상 사람들이 인정하게 되면 어떻게 되겠는가? 녀석들에게는 적이 없어진 셈이니 조금은 조심성 없이 행동하게 될 걸세. 그렇게 그들이 제멋대로 움직이기 시작하면 오히려 내가 놈들을 일망타진할 수 있지 않겠나? 그래서 결국 일단은 죽은 것으로 하고 시기를 봐서 다시 나의 생존을 알려야겠다고 결심한 거라네.

그러기 위해 일단 나는 자리에서 일어나 머리 뒤에 솟아 있는 암벽을 살펴보았지. 절벽은 무척 높아서 기어오른다는 건 아무래도 불가능해 보였네. 하지만 그렇다고 해서 다시 샛길로 돌아가면 발자국을 남길 수밖에 없었지. 결국 위험을 각오할 수밖에 없었던 거야. 절벽을 기어오를 수밖에 없었던 거지. 물론 쉬운 일이 아니었네. 발밑에 있는 폭포에서 나는 굉음이 고막을 괴롭혔거든. 게다가 손에 잡힌 풀뿌리가 빠지기도 했고 젖은 바위 모서리에서 발이 미끄러지기도 했다네. 정말이지 '이젠 끝장이구나.' 하고 생각한 적이 한두 번이 아니었어. 하지만 이미 포기할 수는 없었네. 그저 끈질기게 올라갈 수밖에…….

얼마나 올라갔을까? 거의 체력이 다했을 때쯤 깊이 2미터가량의 암반에 이르렀다네. 천국이더군. 거기에서는 아무에게도 들킬 걱정 없이 편히 누워 있을 수 있었으니까 말일세. 자네와 다른 일행들이 교수가 떨어진 바로 그 절벽 가장자리에서 내가 죽은 걸로 생각하고 폭포 아래만 조사하고 있는 동안, 나는 자네 바로 머리 위의 암반에서 푹 쉬고 있었던 거라네.

　이윽고 자네들이 단념하고 호텔로 철수해 버리자 결국 나는 혼자
가 되었네. 그제야 비로소 '모든 위험에서 벗어났구나.' 하며 안도를
했지. 그런데 그게 아니었어. 갑자기 위에서 거대한 바위가 으르렁
소리를 내며 내 옆을 스쳐 떨어진 거야. 그 바위는 예의 샛길 위에 떨
어진 뒤에 다시 한 번 튀어 끝내는 폭포 속으로 떨어지더군."

　"우연이라고는 해도 정말 다행이었군."

　"나도 처음에는 그렇게 생각했네."

　"뭐?"

　"우연이 아니었거든. 나도 처음에는 놀라긴 했지만 우연이라 생
각했네. 그러나 위를 쳐다보고는 그게 아니라는 것을 깨달았네. 어
두운 하늘을 등지고 한 남자의 머리가 보였고 이어서 두 번째 바위가
바로 내가 누워 있는 암반 위, 내 머리에서 30센티미터도 떨어지지
않은 곳에 떨어졌거든."

　나는 숨도 쉬지 못하고 홈스의 말에 귀를 집중했다.

　"내 적은 모리어티 교수 혼자가 아니었다는 증거라고나 해야 할
까? 아무튼 그자는 교수의 수하였을 거야. 그자는 나와 교수가 싸우
는 동안 멀리서 감시하고 있다가 교수만 죽고 내가 살아남은 걸 보았
던 거지. 그러고는 다른 길로 절벽 꼭대기에 올라가서는 교수가 하
려 했던 일을 완수하려 한 것이 틀림없었어. 짧은 순간 이런 생각들
이 머리를 스치더군. 하지만 더 생각을 이을 수가 없었다네. 다시 그
끔찍한 얼굴이 절벽 위에 나타났거든. 그건 곧 세 번째 바위가 떨어
질 거라는 예고나 다름없었어. 망설일 시간이 없었네. 나는 서둘러
올라왔던 절벽을 다시 내려가기 시작했네. 내려가기란 오르기보다
백 배는 어렵더군. 하지만 위험하다고 그만둘 수도 없었네. 암반 끝

에 손을 걸고 허공에 매달린 순간 거대한 바위가 몸을 스치고 지나갔으니 말일세. 아무튼 난 무사하게 샛길로 이어지는 길까지 내려갈 수 있었네. 물론 손이 온통 벗겨지고 피투성이가 되었지만 말일세. 하지만 쉬고 있을 여유가 없었네. 곧바로 어둠 속을 달려야만 했네. 무려 15킬로미터나 도망갔지.

내가 다시 세상 속에 등장한 건 그로부터 일주일 후였네. 그곳은 이탈리아 피렌체였지. 나는 그곳에서 누구 한 사람 나의 생존에 대해 정확하게 아는 사람이 없다는 것을 확인했지. 하지만 살기 위해서는 돈이 필요했네. 하는 수 없이 한 사람에게 연락을 했다네. 바로 내 형인 마이크로프트였네."

홈스는 잠시 말을 멈추고 내 얼굴을 부드러운 눈길로 바라보았다.

"왓슨, 자네에겐 두고두고 용서를 빌어야겠지. 하지만 그때는 세상 모두로부터 나의 죽음을 인정받아야만 했다네. 절대로 말일세. 지난 3년 동안 내가 얼마나 자네에게 연락을 하고 싶었는지 모를 걸세. 편지를 쓰려고 몇 번이나 펜을 들었지만 결국은 다 그만둬야만 했지. 그건 자네가 나를 아끼는 나머지 비밀을 누설하는 실수를 저지를까 봐 걱정이 되었기 때문이네. 아까도 자네가 내 책을 떨어뜨렸을 때 내가 얼른 도망간 것도 그 때문이었네. 그때 내가 좀 위태로운 입장에 있었거든. 만약 자네가 나를 알아보고 조금이라도 놀란 표정을 지으면 나의 정체가 드러날 수 있었고 그렇게 되면 돌이킬 수 없는 결과를 초래할 수도 있었기 때문이었다네.

아무튼 그때 난 돈이 필요했고 그래서 궁여지책으로 형을 찾아갈 수밖에 없었네. 2주나 지났기 때문인지, 당시 런던의 분위기는 그렁저렁 흐지부지되어 있더군. 그렇게도 내 목숨을 노리는 모리어티 일당이 재판을 받았음에도 불구하고 석방되어 있었으니 말일세."

"그렇겠군. 그럼 여태껏 런던에 숨어 있었던 건가?"

"설마. 그런 위험을 감수할 수야 없지."

"그럼 그동안 도대체 어디에 있었던 건가?"

홈스는 다시 한 번 담배를 깊게 빨아들여 푸른 연기 구름을 머리 위로 뿜어 올렸다.

"티베트와 페르시아를 여행했다네. 그리고 잠시 프랑스에 머물렀지."

"그럼 왜 돌아온 건가?"

"시간도 그만큼 흘렀으면 되었겠다 싶어서라네. 물론 그즈음 파크 레인 사건의 소식을 듣는 바람에 좀 서둘렀지만 말일세. 사건 자체도 관심이 갔지만 나 개인과도 관련이 있는 것같이 생각되었기 때문이라네. 그래서 오늘 오후 2시에 그리운 옛 방에 돌아와 그리운 옛 친구 왓슨을 만날 수 있기만 하면 된다고 생각했지."

나는 그저 놀랍기만 했다. 지난 3년 동안 죽었다고 생각했던 그가 그 벼랑에서 살아 돌아온 것부터가 도저히 믿을 수 없는 일이었다. 깡마르고 키가 큰 몸매와 예리하고 민첩한 얼굴이 눈앞에 있지 않았다면 말이다.

"내 얘기는 일단 여기서 접기로 하세. 아까도 말했지만 오늘 저녁에 자네 도움이 필요한 일이 있으니까 말일세. 절대로 후회하지 않을, 보람 있는 일이 될 거야."

"좀 더 자세히 말해 주게."

홈스는 여전히 느긋한 얼굴로 말했다.

"사건 이야기라면 날이 샐 때까지 실컷 보고 듣게 될 거야. 그러니 우선은 3년간 쌓이고 쌓인 이야기나 하는 게 어떻겠나? 조급해 하지 말고 9시 반까지는 지난 이야기로 시간을 때우세. 그러고 나서 그 미스터리 같은 '빈집의 모험'에 착수하세나."

홈스의 이야기는 내 모든 신경을 빼앗기에 충분했다. 나는 아무 질문도 하지 못한 채 홈스의 이야기에 귀를 기울였다.

"자, 이야기는 이쯤 하고 일어나세."

"뭐? 벌써?"

시계는 어느새 약속한 9시 반을 가리키고 있었다. 우리는 부랴부랴 일어나 이륜마차에 나란히 앉아 어딘가로 달려갔다. 그제야 호주머니 속에 권총을 넣은 채 홈스와 나란히 앉아 어떤 모험이 기다리고 있는 곳으로 달려가고 있다는 실감을 할 수 있었다.

'아, 정말로 옛날로 돌아간 느낌이군.'

내 가슴이 마구 두근거리고 있었다.

두 명의 홈스

마차가 움직이는 동안 홈스는 말이 없었다. 사건을 앞에 둔 홈스는 언제나 냉정하고 근엄했으며 말수가 적었다. 예전 그대로였다. 가로등 불빛이 비출 때마다 이마를 찌푸리고 입술을 굳게 다문 그의 얼굴이 보였다. 홈스의 얼굴이 심각한 것을 보고 나는 이번 모험이 결코 가볍지 않다는 것을 직감했다.

처음에 나는 예전 하숙집이 있었던 베이커 가로 가는 것은 아닐까 생각했다. 그러나 홈스는 훨씬 앞에서 마차를 멈추게 했다.

"자, 이제 내리세."

홈스는 마차에서 내리면서도 좌우를 유심히 살폈다. 그러고는 말없이 주위를 확인하며 길모퉁이를 돌았다. 그의 눈빛은 날카로웠다. 홈스는 추적하는 자가 있는 것은 아닌지 뒤를 확인하는 것도 잊지 않았다.

홈스는 런던의 복잡한 골목으로 나를 이리저리 잘도 끌고 다녔다. 신기할 정도였다. 예전부터 런던 뒷골목에 대해서는 홈스를 따를 자가 없었다. 이번에도 홈스가 가는 길은 나로서는 그 존재 자체도 몰랐던 길들뿐이었다. 홈스는 특유의 빠른 걸음으로 자신 있게 골목을 누볐다. 얼마를 갔을까? 음침한 낡은 집들이 즐비한 조그만 거리에 나왔을 때였다. 갑자기 홈스가 좁은 골목길을 재빨리 돌아들어 나무문을 지나 인기척이 없는 안뜰로 들어가더니 열쇠로 어떤 집의 뒷문을 열고는 재빨리 안으로 들어가 곧바로 문을 잠갔다.

집 안은 캄캄했다. 하지만 먼지 냄새가 나고 인기척이 없는 것으로 보아 빈집이라는 것은 금방 알 수 있었다. 안으로 들어가자 우리의 발걸음에 맞춰 삐걱대는 소리가 났다. 마루가 나무로 되어 있는 듯했다. 너무 캄캄해서 앞을 분간할 수가 없었던 나는 손을 뻗어 벽을 짚었다. 그러자 갈기갈기 찢어진 채 간신히 붙어 있는 벽지가 느껴졌다. 그 순간 홈스의 차갑고 여윈 손이 내 손목을 잡았다. 그는 긴 복도로 나를 끌고 갔다. 이윽고 희미하게 보이는 것이 있었다. 어떤 문 위에 있는 채광창이었다. 그러나 홈스는 바로 그 앞에서 갑자기 오른쪽으로 돌더니 어떤 방으로 나를 이끌었다.

방 안 역시 캄캄했다. 하지만 거리에서 비쳐 들어오는 불빛으로 방의 중앙만큼은 어슴푸레하게나마 확인할 수 있었다. 그곳은 커다랗고 네모진 방이었다. 바깥의 불빛이 닿지 않는 방구석은 칠흑같이 어두웠다. 우리가 서 있는 곳도 마찬가지였다. 바로 곁에 서 있는 홈스의 얼굴 윤곽도 보이지 않을 정도였다. 그저 그가 내 어깨에 손을 대고 있다는 것만으로 그가 바로 곁에 있음을 느낄 뿐이었다.

"어딘지 알겠나?"

홈스의 입김이 느껴지는 것으로 봐서 그가 내 귓가에 대고 말하고 있는 것이 분명했다.

"글쎄⋯⋯."

나는 잠시 말을 멈추고 먼지가 잔뜩 내려 앉아 있는 흐린 창문 너머를 바라보았다.

"틀림없는 베이커 가인데……."

"맞았네."

홈스의 목소리에는 생기가 넘쳤다.

"우리는 옛날 우리가 살던 하숙집 바로 건너편에 있는 캠든 하우스에 와 있네."

"그래? 그런데 이곳에는 왜 온 건가?"

"건너편 건물을 실컷 바라볼 수 있기 때문이지."

"건너편? 옛집을 말인가?"

"그렇다네. 왓슨, 수고스럽겠지만 창문 가까이 다가서서 우리의 옛날 그 방을 살펴보게나. 물론 밖에서 우리가 여기 있다는 것, 그리고 그곳을 주시하고 있다는 것을 들켜서는 안 되네. 그러니 몸을 잘 숨기게."

나는 홈스가 시키는 대로 기다시피 해서 창 쪽으로 갔다. 그리고 눈으로 그리운 옛집의 창문을 찾았다. 그런데 시선이 방에 닿는 순간이었다.

"허헉!"

나는 나도 모르게 소리를 지를 뻔했다. 숨이 막힐 정도였다. 그리고 반사적으로 옆에 서 있던 홈스를 바라보았다. 잘 보이지는 않았지만 분명 홈스는 그 순간 바로 내 곁에 있었다. 나는 다시 내 눈을 의심하며 옛집 창문으로 시선을 가져갔다.

전등이 빛을 내며 켜져 있는 방에는 차양이 내려져 있었다. 그리고 바로 그 차양에 의자에 앉아 있는 남자의 그림자가 비치고 있었다. 깡마른 몸매, 삐딱하게 기울인 고개, 약간 올라간 듯 치켜든 어깨, 그리고 높고 날카로운 콧날……. 그것은 분명 평상시 하숙집에서 생활하던 홈스의 모습이었다. 나는 다시 내 옆의 홈스를 돌아보았다. 그리고 손을 뻗어 내 곁의 홈스가 실체인지를 확인했다. 홈스는 웃음을 참느라 몸을 비틀고 있었다.

"홈스, 이게 도대체……."

그제야 잠자코 있던 홈스의 입에서 예의 키드득거리는 웃음소리가 새어 나왔다.

"어떤가?"

"홈스, 저 사람은 누군가?"

"사람이라……. 어때? 나하고 무척 닮았지? 그렇지 않은가?"

어둠 속에서 들려오는 홈스의 목소리는 의기양양했고 또 웃음기가 가득 배어 있었다.

"닮은 정도가 아니네. 바로 자네란 말일세, 자네!"

홈스는 다시 키드득거렸다.

"나라고 해도 과언은 아니네. 나를 본뜬 인형이니까 말이야."

"인형?"

"그렇다네. 밀랍으로 만든 인형이지. 오늘 오후 베이커 가에 돌아오자마자 내가 제일 좋아하는 의자에 앉혀 놓았지."

"자네로 보이게 하게 위해서? 자네가 여기에 온 것을 들키면 안 된다고 하지 않았나? 그런데 왜 저런 짓

을……?"

"그야 내가 안에 있는 것처럼 보이게 하기 위해서지. 그리고 난 여기에서 나를 감시하는 자들을 다시 감시하고 말이네."

"저 방을 감시하는 사람이 있단 말인가?"

"확실하네."

"그게 누군가? 설마 모리어티 일당?"

"그렇다네. 과거의 적들이라고 해야 할까? 아무튼 놈들은 내가 살아 있는 걸 알고 있어. 그러니 개중에는 조만간 내가 집으로 돌아오리라고 생각하는 놈들도 있었지. 그 덕분에 놈들은 오늘 아침에 내가 도착한 걸 보았고 말일세."

"자네가 온 것을 이미 들켰다고? 그걸 어떻게 확신하나?"

"창에서 내려다보니까 한 녀석이 내 방을 쳐다보고 있더군. 마침 얼굴을 알고 있는 자였지. 이름은 파커, 직업이라고 하면 뭐하지만 노상강도였지. 뭐, 그다지 흉포한 놈은 아니야. 그자만 같으면야 신경 쓸 일도 없지. 하지만 진짜 신경 쓰이는 건 그자 뒤에 있을 자라네. 바로 모리어티 교수의 수제자이자 절벽에서 나를 향해 바위를 굴려 떨어뜨렸던 자 말일세. 그자는 이 런던에서도 손꼽히는 위험한 범죄자거든. 그런데 바로 그자가 오늘 밤 내 뒤를 쫓을 거라네. 물론 놈은 이렇게 우리가 자기 뒤를 밟고 있다는 건 모를 테지만 말일세."

"그럼 저 인형이 미끼가 되는 거로군."

"바로 그거야!"

홈스의 의도는 확실했다. 자신을 닮은 밀랍 인형을 미끼로 하는 사냥꾼이 되겠다는 것이었다. 물론 목표물은 홈스 자신, 즉 저 인형을 감시하고 있을 위험한 그 누군가였다.

우리는 어둠 속에 말없이 서서 부산하게 지나다니는 사람들을 지켜보았다. 홈스는 꼼짝도 하지 않았다. 날씨는 금방이라도 폭풍우가 몰아칠 것만 같았다. 바람은 길고 날카로운 비명을 지르며 어둠에 잠긴 거리를 날아다니고 있었다. 그 때문에 길을 지나가는 사람들은 대개 윗도리와 옷깃으로 목을 감싸고 있었다.

어둠 속의 그림자

나는 거리에서 한시도 눈을 떼지 않았다. 아까 지나간 듯한 사람이 다시 지나가는 것 같기도 했지만 이상한 점은 없었다. 그러다 문득 하숙집과 좀 떨어진 골목 입구에서 바람을 피하고 있는 듯한 사내의 그림자가 눈에 띄었다. 두 명이었다.

나는 홈스는 돌아보았다. 하지만 홈스는 안타까운 듯한 조그만 소리를 냈을 뿐이었다. 그는 여전히 날카로운 시선으로 거리를 내다보고만 있었다. 그러다 문득 자리를 벗어나 밖에서 안 보이는 위치에서 서성거리기도 하고 때로는 손가락으로 벽을 두드리기도 했다. 생각대로 일이 되어 가지 않아 점점 불안해지는 모양이었다.

밤은 깊어 거리에 인적이 끊어질 무렵이었다. 홈스는 불안감을 이기지 못하고 다시 실내를 이리저리 돌아다니기 시작했다. 나는 홈스에게 말을 걸어볼까 하다가 문득 건너편 창문을 쳐다보았다. 그런데 그곳에는 놀라운 일이 벌어지고 있었다.

"호, 홈스?"

내 놀라움은 이루 말할 수가 없었다. 인형이라던 홈스의 그림자가 움직이고 있었던 것이다. 나는 놀란 어린애처럼 홈스의 팔을 부여잡았다.

"저기 좀 보게. 자네, 아니 저 그림자가 움직이고 있어."

내가 말하는 사이 옆으로 앉아 있던 건너편 홈스의 그림자는 몸을 틀어 완전히 이쪽을 향해 돌아 앉아 있었다.

"아, 그거……."

놀라는 내가 무색할 정도로 홈스는 태연했다.

"그거야 당연히 움직여야지. 왓슨, 유럽에서도 으뜸으로 손꼽히는 악당을 속이는데 몇 시간째 움직이지도 않는 허수아비를 세워 놓았대서야 어디 셜록 홈스라고 할 수 있겠나?"

"그럼 인형이 저절로 움직인다는 말인가?"

홈스는 어깨를 으쓱하며 말했다.

"뭐, 저절로 그럴 수만 있다면 더할 나위 없이 좋겠지. 실은 하숙집 주인 허드슨 부인이 15분마다 인형을 움직여 주고 있고 있다네. 물론 밖에서 부인의 그림자는 보이지 않게 말일세. 우리가 이 방에 온 지 한 시간 되었으니까 부인이 여덟 번이나 수고하신……!"

그때였다. 여태껏 느긋하기만 했던 홈스가 하던 말을 황급히 멈추고 숨을 죽였다. 머리를 조심스럽게 내민 채 신경을 곤두세우고 거리를 응시하고 있는 그의 몸은 미동도 없었다.

나는 홈스의 시선이 가 닿은 곳을 찾아 거리를 바라보았다. 거리 입구에 서 있던 수상한 두 사내의 그림자는 보이지 않았다. 하지만 어느 집의 빛이 닿지 않는 현관 구석에 몸을 웅크리고 숨어 있을지도 몰랐다. 바람의 자취도, 사람들의 흔적도 모두 사라진 거리는 모든 것이 고요했다. 건너편 집 창문의 차양만이 사람의 검은 그림자를 뚜렷이 나타내며 노랗게 빛나고 있었다.

다음 순간, 갑자기 홈스가 가장 캄캄한 방구석으로 날 끌어당겼다. 그러고는 한쪽 손을 내 입술에 대고 소리를 지르지 못하게 했다. 나를 붙든 그의 손이 떨리고 있었다. 홈스가 이처럼 신경을 곤두세운 건 여태까지 없었던 일이었다. 분명 어두운 골목길에는 인기척이 없었고 움직임도 없었는데 나로서는 영문을 모를 일이었다. 그러나 내 의문은 일순간에 사라졌다. 그와 동시에 홈스를 긴장시킨 것의 정체도 알아챌 수 있었다.

바로 목소리가 들려온 것이다. 그것도 건너편 집이나, 베이커 가가 아닌 바로 우리가 숨어 있는 이 집 뒤편에서 소리가 났다. 목소리는 지극히 나지막했지만 분명히 이 집 뒤편에서 들리고 있었다.

문이 열리고 닫혔다. 이어서 복도를 살며시 거니는 소리가 들려왔다. 상대는 우리가 그랬던 것처럼 소리를 내지 않으려고 무던히 애쓰고 있었다. 하지만 빈집에서는 아주 작은 소리도 크게 울리기 마련 아닌가!

홈스는 벽을 등지고 몸을 움츠리며 권총을 거머쥐었다. 한 마디 말도, 지시도 없었지만 그 행동만으로도 나는 내가 취해야 할 행동을 알 수 있었다. 나 역시 조심스레 권총을 거머쥐고 벽에 몸을 바싹 붙였다.

우리는 잔뜩 긴장한 채 우리가 걸어왔던 복도를 응시했다. 한동안 어둠 속에 있어서인지 희미하게나마 사물을 분간할 수 있었다. 마침내 열린 문틈으로 한껏 긴장한 채 이쪽을 향해 걸어오고 있는 그림자가 눈에 들어왔다. 사내는 잠시 자리에 서서 주위를 돌아보았다. 그러고는 망설이지 않고, 그러나 조심스럽게 우리가 있는 방으로 향했다. 이제 3미터만 오면 정체 모를 사내와 맞닥뜨릴 터였다. 나는 권총을 든 손에 힘을 주었다. 그리고 여차하면 공격할 자세를 취했다. 하지만 사내는 이쪽의 정체를 알아차린 것 같지 않았다.

마침내 사내가 방으로 걸어 들어왔다. 그러고는 태연히 우리 곁을 지나 살며시 창가로 다가갔다. 다음 순간 그는 조심스럽게 창문을 15센티미터가량 밀어 올리더니 열린 틈으로 몸을 내밀었다. 순간 거리의 가로등 불빛이 먼지투성이의 유리를 거치지 않고 정통으로 그의 얼굴을 비춰 주었다.

사내는 흥분해 있는 것 같았다. 두 눈은 독사의 눈처럼 번뜩이고 있었고 얼굴은 경련을 일으키는 것처럼 미세하게 떨리고 있었다. 바짝 마른 거무스름한 얼굴과 뼈만 앙상하게 튀어나온 코, 높이 벗겨진 이마, 굵은 백발이 섞인 콧수염을 기른 독살스러운 인상의 사내였다. 얼핏 보아도 중년은 지난 듯했다. 오페라 모자를 눌러쓰고 있었고 앞을 열어 놓은 외투 밑으로 야회복 셔츠가 불빛을 받아 하얗게 보였다. 그는 손에 지팡이 같은 것을 들고 있었는데 마룻바닥에 내려놓으니까 금속성의 소리가 났다. 사내는 거리를 바라보며 외투 주머니에서 큼직한 물건을 꺼내 만지작거리기 시작했다. 잠시 후 용수철이나 나사못을 끼웠을 때처럼 '찰칵' 하는 날카로운 소리가 났다.

이번에는 마룻바닥에 무릎을 꿇고는 몸을 앞으로 기울이며 무언가 지렛대와 같은 것에 힘껏 힘을 주었다. 문지르는 듯한 소리가 났다. 이어서 힘차고 경쾌한 '찰칵' 하는 소리가 났다. 무엇인지 확실치는 않았지만 그 일도 끝난 듯했다. 사내는 다시 움직였다. 긴 관 속에 무언가를 집어넣고는 마개를 '찰칵' 하고 막았다. 내가 보기에 긴 관은 마치 개머리판이 붙은 총신 같았다.

모든 준비가 끝난 듯 사내는 다시 창가로 다가갔다. 그리고 무언가를 쑤셔 넣고 마개로 막은 총신 끝은 열어 놓은 창턱에 걸었다. 가로등 빛이 어른거리는 그의 얼굴에서 두 눈이 섬뜩하게 빛나고 있었다. 마치 먹이를 노리는 야수의 눈과 같았다. 사내는 천천히 그리고 여유롭게 개머리판을 어깨에 댔다. 그러고는 앞의 차양에 비친 사람 그림자를 보면서 만족스러운 듯 한숨을 내쉬었다.

잠시 사내의 움직임이 멎었다. 짧은 순간 방 안에 묵직한 적막이 흘렀다. 다음 순간 방아쇠에 건 사내의 손가락이 서서히 움직이기 시작했다. 그때였다.

홈스가 어둠을 박차고 뛰어나가서는 사내의 등을 공격했다. 순식간의 일이었다. 일순간 사내의 몸이 바닥에 나동그라졌다. 그만큼 홈스의 공격은 빠르고 정확했다. 하지만 사내는 만만치 않았다. 그는 곧바로 일어나더니 필사적으로 홈스에게 덤벼들었다. 어느새 홈스의 멱살이 그의 손아귀에 놓여 있었다. 더 이상 망설일 시간이 없었다. 나는 곧바로 사내의 목덜미를 향해 달려들었다. 그리고 권총 손잡이로 그의 목덜미를 가격했다. 그러자 사내의 몸이 스르르 무너져 내렸다. 기절해 버린 듯했다. 하지만 안심할 수 없었다. 나는 쓰러진 사내의 몸을 위에서 덮쳐 움직이지 못하도록 눌렀다. 홈스는 어느새 호루라기를 세게 불고 있었다.

조심스럽지 못한 구둣발 소리가 집 안 전체에 울려 퍼졌다. 그리고 잠시 후 세 명의 사내가 방으로 뛰어들었다. 그들의 태도나 희미하게 보이는 복장으로 봐서 두 명의 제복경관과 한 명의 사복형사인 듯했다.

"레스트레이드 경감이오?"

어둠 속에서 홈스가 물었다.

"네, 홈스 씨! 이 사건은 내가 맡았습니다. 런던에 잘 돌아오셨습니다."

경감은 홈스가 돌아와 있는 것을 이미 알고 있는 듯했다. 아니, 이미 이번 상황에 대해 다 알고 있는 것 같았다. 두 명의 제복경관이 일사불란하게 내 밑에 있던 사내를 양쪽에서 붙잡아 일으켜 세웠다. 사내는 분한 듯 숨을 몹시 헐떡이고 있었다.

호루라기 소리 때문인지 어느새 거리에는 구경꾼이 모여들고 있었다. 홈스는 창가로 다가가 잠시 밖을 보더니 이내 창문을 닫고는 차양을 내렸다. 그러는 사이 레스트레이드 경감이 양초를 두 자루 꺼내 불을 켰고 경관이 석유등 덮개를 벗겼다. 그제야 나는 사내의 얼굴을 찬찬히 들여다볼 수 있었다.

무척 강한 인상이었다. 싸늘한 푸른 눈, 사나운 눈초리, 매부리코, 빳빳한 콧수염, 깊은 주름이 잡힌 도전적인 이마……. 호랑이와 꼭 닮은 인상이었다. 선입견 때문인지 모든 것이 그가 매우 위험한 인물이라는 것을 암시하는 듯했다.

사내는 증오와 놀라움이 섞인 표정으로 홈스를 잡아먹을 듯 노려보다가 비명을 지르듯 악을 썼다.

"이 건방진 악마 같으니라고!"

하지만 홈스의 얼굴에는 승자의 여유가 있었다. 그는 멱살을 잡힐 때 구겨졌던 옷깃을 고치며 대꾸했다.

"여, 대령. 스위스의 폭포 위에서 바위 선물을 받은 뒤 첫 대면인 것 같군요."

홈스가 빙글거리며 말하자 사내는 그저 이글거리는 눈으로 홈스를 노려볼 뿐 아무 말도 하지 않았다.

"아, 아직 소개하지 못했군요."

홈스가 사내에게서 시선을 거두고 사람들을 향해 말했다.

"여러분, 이분으로 말하자면 영국 육군 대령이자 인도에서 복무하셨던 그 유명한 세바스찬 모런 대령이십니다. 맹수 사냥에 있어서는 세계 최고의 명수지요. 대령, 당신이 잡은 호랑이 수만으로도 당신이 세계 제일일 겁니다."

모런 대령이라 소개된 사내는 입을 일자로 굳게 다물고 있었다. 홈스가 말했다.

"그런데 참 이상한 일도 다 있군요. 그런 최고의 사냥꾼이 이런 간단한 계략에 걸려들다니 말입니다. 당신도 잘 아실 텐데요. 나무 밑에 새끼 양을 매놓고서 호랑이가 미끼에게 덤비는 것을 총을 들고 기다리는 계략 말입니다. 이번 계약으로 말하자면 이 빈집이 나무고 당신은 호랑이였던 셈이라고나 할까요?"

모런 대령은 정말 호랑이처럼 으르렁거리며 홈스에게 덤비려고 했다. 하지만 두 경관에게 양팔을 모두 붙잡힌 그로서는 앞에서 얄밉게 비아냥거리는 홈스가 그림의 떡일 수밖에 없었다.

홈스가 말했다.

"정직하게 말하면 한 가지는 놀랐습니다. 당신까지 이 빈집을 이용하리라곤 미처 예상하지 못했다 이겁니다. 그저 거리에서 총을 쏠 거라고 생각했던 것이지요. 그래서 레스트레이드 경감과 부하들에게 망을 보게 했는데 말입니다. 아무튼 당신이 이곳에 들어온 것 외에는 모두 계획대로 된 셈입니다."

나는 그제야 어둠 속에서 옷깃을 여미고 있던 수상한 두 사내의 정체가 경찰이었다는 것을 알 수 있었다.

"여보시오, 경감!"

레스트레이드 경감을 부른 건 뜻밖에 모런 대령이었다. 그는 조금도 굴하지 않는 눈빛으로 경감을 쳐다보았다.

"나를 체포할 정당한 이유가 있는지는 모르겠지만 그렇더라도 이자의 조롱을 받고 있을 이유는 없소. 내가 법망에 걸려들었다면 어서 모든 걸 법대로 처리해 주시오."

"옳은 말씀입니다."

레스트레이드 경감이 어깨를 으쓱하며 말했다.

"그럼 경찰서로 가 봅시다. 홈스 씨, 무슨 하실 말씀이라도 더 있으십니까?"

홈스는 어느새 모런 대령이 창턱에 걸어 두었던 총신을 집어 들고 구경하고 있었다. 자세히 보니 그것은 고성능 공기총이었다.

"음, 이건 정말 무서운 무기지요. 소리도 나지 않고 성능은 말할 것도 없고 말입니다."

"그 무기에 대해 잘 알고 계십니까?"

경감이 물었다.

"물론이오. 이걸 만든 사람은 폰 헤르더라는 장인인데 독일 사람이자 맹인이지요. 이 총은 바로 모리어티 교수가 주문하여 만들게한 총이오. 이 총에 대한 소문은 전부터 듣고 있었지만 이렇게 만져보는 건 저도 처음이군요. 레스트레이드 경감, 조심해서 맡아 주시오. 이 특제 탄환도 말입니다."

"잘 보관할 테니 염려 마십시오."

레스트레이드 경감은 두 명의 경관과 눈빛을 교환했다. 그러자 경관이 양쪽에서 모런 대령의 팔을 끌어안다시피 야무지게 붙잡았다. 그러고는 방문 쪽으로 잡아끌었다. 경감이 모런 대령에게 말했다.

"할 말이 있소?"

"도대체 내게 무슨 혐의가 있다고 이런 식으로 대하는 거요?"

모런 대령의 목소리는 놀랄 만큼 차분했다. 게다가 당당했다. 경감은 어이가 없다는 듯 피식하고 웃었다.

"무슨 혐의냐고요? 그야 물론 셜록 홈스 씨에 대한 살인 미수이지요."

"안 됩니다."

대답을 한 건 모런 대령이 아니라 홈스였다.

"네? 안 된다니요?"

"레스트레이드 경감, 그건 안 될 말이오. 이 사건으로 세상에 얼굴을 내놓고 싶지 않을뿐더러 모런 대령의 체포는 당신이 해냈으니까공적은 모두 당신 것이오. 암, 그렇고말고요. 그러니 레스트레이드경감, 축하하오. 늘 그렇지만 멋지고 대담한 체포 솜씨였소. 그 수수께끼 사건의 범인을 사로잡으셨으니 말이오."

"수수께끼 사건이라니요? 그게 무슨 말입니까, 홈스 씨?"

어리둥절하기는 경감이나 나나 마찬가지였다.

"경찰이 전력을 다해도 붙잡지 못한 사람 말이오."

"네?"

"이거야 원! 지난달 30일 파크 레인 가 427번지 2층의 열린 창 사이로 공기총으로 덤덤탄(dumdum bullet : 사람이나 동물의 몸에 명중하면 보통 탄보다 상처가 크도록 총알이 터지면서 납 알갱이가 퍼지게끔 만들어진 특수 소총탄 - 편집자 주)을 쏘아 로널드 아데어 경을 살해한 범인 말이오. 레스트레이드 경감, 그게 바로 모런 대령의 혐의요."

방 안은 일순 조용해졌다. 정적을 깨뜨린 건 홈스였다.

"자, 그럼 이제 가 볼까? 왓슨, 부서진 창틈으로 스미는 바람을 참아도 좋다면 내 서재에 가서 담배나 피우면서 반 시간쯤 재미있고 유익한 이야기를 들려주겠네. 어떤가?"

홈스는 내 대답을 기다리지도 않고 놀라서 멍청하게 서 있는 일행을 뒤로하고 방을 성큼성큼 나가 버렸다.

쫓고 쫓기는 두 사내

우리가 예전에 살던 방은 조금도 변함이 없었다. 화학 실험용 도구와 산(酸) 때문에 더러워진 테이블도 그대로였고 런던의 범죄자들이 태워 버리고 싶어 하는 스크랩과 메모가 가지런히 놓여 있는 선반도 그대로였다. 도표, 바이올린 상자, 담배 파이프 걸이 등도 예전과 똑같이 그 자리에 놓여 있었다. 마치 어제까지도 홈스가 살고 있었던 것만 같았다. 물론 그것은 홈스의 형 마이크로프트 홈스의 부탁으로 하숙집 주인 허드슨 부인이 관리하고 있었기 때문에 가능한 일이었다.

방에는 두 사람이 있었다. 한 사람은 반가운 미소를 지으며 맞아 준 집주인 허드슨 부인이었고 또 한 사람은 이날 밤의 모험에 미끼 역할을 훌륭하게 해 준 또 하나의 홈스였다. 바로 모런 대령의 표적이 되어 준 홈스 인형이었다. 인형은 조그만 테이블을 받침대로 하여 그 위에 세워져 있었는데 홈스의 낡은 가운을 입고 있었다.

"정말이지 놀랍게 닮았군."

길에서 쳐다본다면 영락없이 홈스였다. 홈스가 허드슨 부인을 향해 부드럽게 웃으며 말했다.

"멋지게 해 주셨습니다, 허드슨 부인."

"일은 잘된 건가요?"

"물론입니다. 부인 덕이 컸습니다."

"아, 다행이네요. 말씀하신 대로 인형 옆에 다가갈 때 무릎을 꿇고 갔는데 어찌나 조마조마하던지요."

"정말로 고맙습니다. 그런데 총알이 어디에 박혔는지는 보셨습니까?"

"네, 물론이에요. 그런데 그게 이 훌륭한 인형을 망가뜨렸지 뭡니까? 머리를 관통하고 나서는 벽에 부딪혀 납작해졌고 말이에요. 양탄자 위에서 주워 두었지요. 이거예요."

홈스는 허드슨 부인이 내민 총알을 받아서 살펴보더니 내게도 보여 주었다.

"하!"

홈스는 짧은 탄성을 질렀다. 무척이나 만족한 듯한 얼굴이었다.

"역시나 덤덤탄이야. 참으로 천재적인 착상이로군. 공기총에서 이런 게 튀어나오리라고는 아무도 생각지 못할 테니까 말이야."

홈스는 총알을 내게 넘기고는 부인에게 말했다.

"허드슨 부인, 정말로 큰 도움을 주셨습니다."

"별말씀을요. 저도 즐거웠답니다. 그보다 홈스 씨, 다시 뵙게 되어 정말 기쁩니다."

허드슨 부인은 사람 좋은 인상으로 인사를 하고 방을 나갔다.

"자, 왓슨. 예전처럼 그 의자에 앉게나. 자네의 궁금증을 속 시원히 풀어 줄 테니까."

홈스는 초라한 프록코트를 벗은 다음 인형에게 입혀 놓았던 가운을 걸쳤다. 그리고 담배 파이프에 불을 붙였다. 예전과 같은 모습이었다.

"모런 대령이라는 자, 예나 지금이나 예리하고 날카로워. 이것 좀 보게."

홈스는 부서진 자기 인형의 이마를 찬찬히 바라보더니 웃으며 말했다.

"후두부의 한가운데를 정확하게 꿰뚫었어. 인도 최고의 명사수라는 명성에 걸맞은 솜씨야. 런던에서도 그에 필적할 사람이 그다지 많지 않을걸. 이름은 들어 본 적 있겠지?"

"아니."

"그래? 뭐, 원래 명성이란 허망한 거니까. 하지만 내 기억이 틀림없다면 금세기 최대의 범죄자 모리어티 교수의 이름도 자넨 그때 처음으로 들었다고 했으니 별로 놀라운 일도 아니지. 그럼 선반에서 내가 만든 범죄자 서류철 좀 내려 주게."

홈스는 의자에 등을 기댄 채 연신 구름 같은 연기를 내뿜으며 내가 건네준 서류철을 지루한 듯 넘겼다. 그러고는 마침내 무엇을 찾았는지 동작을 멈추고 서류철을 다시 내게 건네주었다. 거기에는 다음과 같이 쓰여 있었다.

> **세바스찬 모런**
> 육군 대령. 퇴역. 과거 인도 제1공병대 소속. 아버지는 전 페르시아 공사인 오거스터스 모런 경. 이튼 고교 및 옥스퍼드 대학 출신. 인도의 전쟁에서 공을 세움.

저서 : 《서부 히말라야의 맹수 사냥》, 《밀림의 3개월》. 주소: 콘딧 가.
소속 클럽 : 앵글로 인디언 클럽. 탱커빌 클럽, 바가텔 카드 클럽.
런던에서 제2의 위험인물.

나는 서류철을 홈스에게 돌려주면서 말했다.

"놀라운 기록이군. 그야말로 명예로운 군인 경력 아닌가?"

"자네 말대로야. 어느 시기까지는 올바르게 살아왔거든. 무쇠와 같은 강한 신경의 소유자로서 부상당한 식인 호랑이를 추적하다 도랑에 빠진 이야기는 지금도 인도에서 화젯거리야. 그런데 말이야 왓슨, 왜 어느 높이까지 자라다가 갑자기 밉게 가지를 뻗는 나무가 있잖나? 그게 비단 나무만 그렇지는 않거든. 인간에게서도 그런 걸 종종 볼 수 있으니 말일세.

원인이야 어쨌든 모런 대령은 갑자기 나쁜 쪽으로 내달렸다네. 눈에 띄는 사건은 일으키지 않았지만 더 이상은 인도에 있기 어려운 지경이 되고 말았지. 그래서 곧바로 퇴역하고는 런던으로 돌아왔는데 일단 나쁜 길로 빠지니 헤어날 수 없었지. 결국 모리어티 교수에게 발탁되어 한동안 참모 역할을 했다네. 모리어티는 모런에게 아끼지 않고 돈을 주어 보통 범죄자가 감당하지 못하는 최고급의 일에만 이용했지. 1887년에 로더의 스튜어트 부인이 죽은 사건을 기억하나?"

"글쎄……."

"그런가? 아무튼 그 사건도 분명 모런이 한 짓이었네. 하지만 도저히 증거를 잡을 수가 없었네. 하도 교묘하게 뒤에 숨어 있어서 말이야. 어찌나 교묘한지 모리어티 일당이 송두리째 법망에 걸렸을 때도 그 대령만은 유죄로 만들지 못했어. 그 무렵 내가 자네 집을 찾아갔을 때 차양을 내리게 한 것을 기억할 거야."

나는 가만히 고개를 끄덕였다.

"그건 바로 공기총이 무서워서였다네. 그때 자넨 내가 지나치게 신경이 예민하다고 생각했을지 몰라도 나로서는 충분히 이유가 있었던 거지. 그 무서운 총의 존재를 알고 있었고, 또 세계에서 손꼽히는 명사수가 그 총을 쥐고 있다는 걸 알고 있었거든. 모런이 나를 노린 것은 그때만이 아니었네. 우리 둘이 스위스에 갔을 때도 모런은 모리어티와 함께 나를 쫓고 있었고 그 아슬아슬한 폭포의 벼랑 위에서 공포의 5분을 선물한 것도 바로 모런이었다네.

그래서 '어떻게 해야 그를 감옥에 보낼 수 있을까?'가 내 최대의 숙제였다네. 프랑스에 머물고 있을 때도 온통 그 생각뿐이었지. 그때 내가 한 일이라고는 정신을 바짝 차리고 신문을 읽는 것이었네. 그와 같은 자는 분명 또 다른 사건을 일으키리라는 생각에서였지. 아무튼 그자를 잡지 않고서는 내가 런던에서 마음 편히 있을 수 없을 테니 나로서는 그야말로 필사적일 수밖에 없었지. 그런데 어느 날 내 온 신경을 사로잡는 기사가 눈에 띄더군. 바로 로널드 아데어 경 사건이 터진 거야. 나는 그걸 기회로 보았네."

"자네와 그자는 서로 쫓고 있었던 거로군. 그나저나 어떻게 사건 현장도 보지 않고 모런 대령이 범인일 거라고 생각한 건가?"

"현장은 볼 필요도 없었어. 그동안 내가 알고 있는 그자의 기록만으로 충분했거든. 우선 대령은 아데어 경과 트럼프 게임을 했을 거야. 그리고 클럽에서 집까지 아데어 경을 미행한 다음 그가 방에 있는 것을 확인한 다음 창문 사이로 아데어 경을 쏜 거네. 두 번 생각할 여지도 없었네. 나는 확신을 가지고 곧바로 귀국했지.

하지만 내가 살아 있다는 것을 알고 있던 모런이 무방비 상태로 있으리라고는 볼 수 없었네. 분명 내 집과 자네 주변을 늘 감시했을 테지. 섣불리 나타나 모런의 부하가 나를 발견이라도 했다가는 내가 귀환했다는 게 모런에게 보고될 것이 불을 보듯 뻔한 일이었어. 그런데 난 바로 그 점을 이용하기로 한 거네. 만약 자네가 대령이고 내가 돌아왔다는 것을 알게 되었다면 자네는 어떻게 하겠나?”

“일단은 나를 잘 알고 있는 자네가 돌아왔다는 건 내게 위협이 되겠지. 그러면 내 범죄가 드러날 수 있을 거고 말이야. 만약 나 같으면 내게 위협이 되는 자네부터 공격하겠네.”

홈스는 내 대답이 마음에 들었는지 활짝 웃으며 말했다.

“바로 그거야. 자기의 범죄가 드러날 위험이 있다고 생각하기 때문에 서두를 것이 틀림없었어. 그렇다고 순진하게 내가 표적이 될수는 없었네. 그래서 대령에게는 창가에서 노리기에 알맞은 표적을만들어 주고 경찰에는 내가 도움을 받을 일이 생길지도 모른다고 미리 말해 두었다네. 그다음은 자네도 알 거고. 단지 그자도 나와 같은장소를 이용할 거라고는 생각 못했지. 어떤가 왓슨? 아직도 궁금한게 있나?"

"물론이야. 아직 모런 대령이 로널드 아데어 경을 죽인 동기를 말해 주지 않았네."

"아, 왓슨. 그거라면 나로서도 지금까지 모은 증거로 추리할 뿐이네. 하지만 지금까지 알려진 것만으로 추리한다면 다음과 같지 않을까 싶군. 먼저 아데어 경이 죽던 날 오후 내내 '바가텔' 클럽에서 카드게임을 했다는 건 알고 있을 테지? 모런 대령도 그 자리에 있었고 말이야. 그날 아데어 경은 5파운드를 잃었는데 그게 아마 모런이 속임수를 쓴 탓이었을 거야. 그리고 그날 아데어 경이 모런의 속임수를알아차린 거고 말이네. 아데어 경은 모런에게 당장 클럽에서 탈퇴하고 다시는 속임수를 쓰지 않겠다고 약속하지 않으면 속임수를 쓴 것을 죄다 불어 버리겠다고 강경하게 말했을지도 모르지. 아데어 경과같은 젊은이가 나이 많은 유명 인물의 비밀을 폭로하여 사회에서 매장시킨다는 건 쉽게 생각할 수 있는 일은 아니지만 클럽에서 속임수를 썼다는 건 불명예스러운 일이니 모런으로서는 당혹스럽기도하고 자존심도 상했을 거야. 게다가 모런은 카드 게임을 하면서 속임수를 쓰는 것을 수입의 원천으로 삼고 있었기 때문에 클럽 탈퇴는 곧 파멸을 의미했네. 그래서 아데어를 죽이기로 한 거지."

"그럼 죽기 전 아데어 경 책상 위에 있던 돈들이 의미하는 건 뭔가?"

"그건 아마도 그동안 모런과 한 팀이 되어 게임을 하면서 딴 돈을 계산하고 있었던 것이 아닐까 싶네. 아무리 제 잘못은 아니었다 해도 한 팀이었던 만큼 모런 때문에 딴 정당하지 않은 돈을 돌려주기 위해서였겠지."

"문을 잠근 건?"

"집에 돌아온 어머니나 누이동생이 돈을 세고 있는 것을 보고 꼬치꼬치 캐묻지 않을까 싶어서였을 거네. 대강 그렇게 된 게 아닐까?"

"정말 놀랍군."

사건이 놀랍다는 게 아니라 단지 신문 기사에 나온 사건 정황만으로 그 같은 추리를 해내는 홈스가 놀랍다는 말이었다. 나는 비로소 홈스가 살아 돌아왔다는 게 실감이 났다.

"내 추리가 맞는지 안 맞는지는 재판에서 밝혀지겠지. 한 가지 분명한 건 어느 쪽이든 모런 대령이 우리를 괴롭히는 일은 앞으로 없을 거라는 것이라네. 폰 헤르더의 유명한 공기총은 런던 경시청의 진열장을 장식하게 될 거고 말이야. 그건 다시 말하면 이 셜록 홈스가 런던에서 일어나는 온갖 사건을 다시 안심하고 연구할 수 있다는 말이라네."

노우드의
건축가

The Norwood Builder

존 헥터 맥팔레인

런던의 법률사무소에 근무하는 20대의 변호사다. 부모님과는 안면이 있으나 정작 자신은 한 번도 만난 적 없는 올데이커로부터 어느 날 갑자기 유산 상속인으로 지명받아 당황하게 된다. 유산 상속 문제와 관련해 올데이커의 집을 밤늦게 방문한 다음 날, 살인 및 방화 혐의로 경찰에 쫓기는 신세가 되어 홈스를 다급히 찾아간다.

조너스 올데이커

유명 건축가로 52세의 독신남이다. 대부분의 일을 정리한 후 런던의 교외에 자리한 저택에서 조용히 살아간다. 친분이 있던 부부의 아들, 존 헥터 맥팔레인을 유산 상속인으로 지명하는 유언장을 작성한다. 올데이커가 법적 절차에 따라 유언장을 작성한 다음 날 아침, 런던의 주요 일간지마다 그가 살해되었다는 기사가 실린다.

렉싱턴 부인

올데이커 집안의 가정부로 피부가 까맣고 작은 몸집에 말랐다. 맥팔레인이 올데이커의 집을 찾아왔을 때 문을 열어주었다. 홈스에게 사건에 대해 증언할 때 맥팔레인을 집에 들여놓은 것에 대해 무척이나 자책한다. 마지못해 대답하는 태도 때문에 홈스에게 뭔가 숨기고 있다는 인상을 주게 된다.

《노우드의 건축가》는 1903년 10월 《스트랜드 매거진》에 발표되고 1905년 《셜록 홈스의 귀환》에 실린 작품이다.

　영국에서는 셜록 홈스 영화를 무성영화 시절인 1906년부터 만들어 왔는데, 1921년 스톨 영화사가 주인공을 빼닮은 엘리 노우드를 주연으로 내세워 47편의 영화를 만들면서 일약 약진한다. 또한 미국에서는 홈스 역의 배우로 존 배리모어를 내세웠는데 저자 도일은 이 두 사람의 연기에 매우 만족해했다고 한다. 특히 노우드는 자신의 작품 속에 이미 한 자리를 차지하고 있다고 재미있어 했는데, 자신을 거절한 여인의 아들에게 죄를 뒤집어씌우기 위해 죽은 척했던 '조너스 올데이커'가 등장하는 작품이 바로 이 작품 《노우드의 건축가》였던 것이다.

　작품 속 배경 연대는 1895년으로 되어 있다.

결백을 호소하는 청년

"아, 정말 지루하군. 뭔가 재미있는 일이 없을까?"

아침 식사를 마친 홈스가 의자 뒤로 몸을 한껏 젖히며 말했다.

"범죄를 연구하는 전문가로서 말한다면……."

그는 지루함을 못 견디겠다는 듯 이번에는 천천히 기지개를 켰다.

"안타깝게도 모리어티 교수가 죽은 후 이 도시는 세상에서 가장 따분한 곳이 되어 버렸다네."

"아마 런던 시민들은 그 의견에 동의하지 않을 걸세. 오히려 자네 말에 화를 내지 않을까?"

내가 빙긋 웃으며 대꾸했다.

"그렇긴 해. 내 입장만 생각한다면 너무 이기적일 거야."

홈스는 멋쩍은 표정으로 말을 이었다.

"살기 좋은 세상을 위해서는 범죄가 줄어드는 게 아주 바람직하겠지. 불쌍하게도 일거리가 없어 빈둥거릴 수밖에 없는 나 같은 사람에겐 그 반대지만.

왓슨, 사실 난 모리어티 교수가 한창 활약하던 시절이 그립다네. 그땐 매일 아침 신문을 펼치며 독창성 넘치는 사건들을 대하는 기쁨을 느꼈거든. 소소한 흔적, 미세한 단서만으로도 난 그 영리하고 악랄한 자가 배후에 도사리고 있음을 알아챌 수 있었다네. 마치 노련한 사냥꾼이 나무 기둥의 희미하게 긁힌 흔적만 보고도 회색곰이 지나갔다는 걸 알듯이 말일세.

실마리를 발견한 사람은 하찮은 도둑질, 무분별한 폭력, 우발적인 범죄라는 각각의 퍼즐 조각을 전체의 틀 속에서 맞춰 나갈 수 있지. 모리어티가 살아 있던 당시의 런던은 범죄를 연구하는 사람에게는 유럽의 어느 곳보다도 살 만한 도시였지만, 요즘 같아서야 어디……."

런던의 주요한 범죄 조직을 소탕하는 데 결정적 기여를 한 홈스가 자신이 가져온 결과에 대해 농담 섞인 불평을 하는 모습은 아이러니했다.

이것은 홈스가 귀환하고 몇 개월이 지난 어느 날의 일이었다. 나는 개업했던 병원을 홈스의 부탁으로 다른 사람에게 넘기고 베이커 가의 하숙집으로 돌아와 홈스와 함께 지내고 있었다. 켄싱턴에 있던 나의 아담한 병원을 사들인 사람은 버너라는 젊은 의사였다. 나는 그가 흥정을 하리라 예상하고 병원 매매가를 최대한 높여 불렀지만 그는 아무 말 없이 흔쾌히 돈을 지불했다. 그리고 몇 년 후에야 버너 의사가 홈스의 먼 친척이며 그때 병원 인수금을 지원한 사람이 바로 홈스였음을 우연히 알게 되었다.

나중에 사건 기록을 펼쳐 보니 홈스의 불평처럼 내가 베이커 가로 돌아오고 나서 한 달간은 이렇다 할 사건이 없었다. 전 대통령 무릴로의 사건, 네덜란드 증기선 프리스랜드 호의 사건이 있긴 했으나 홈스를 만족시킬 만큼 까다롭지는 않았던 것이다.

이성적이며 자긍심이 강한 홈스는 대중의 찬사를 매우 꺼렸기 때문에 자신에 대한 사적인 이야기나 수사 과정, 사건 해결에 대한 기록을 이제는 발표하지 말아 달라고 내게 요청했다. 그러나 내가 홈스의 룸메이트가 된 이후 자연스레 사건 기록일지를 다시 쓰게 되었으며 사건에 대해 아무 말도 하지 말라는 홈스의 당부도 흐지부지되었다.

한참을 툴툴거리던 홈스가 천천히 신문을 펼쳤다. 그런데 갑자기 벨이 연달아 울리더니 누군가 부서져라 문을 두드려 댔다. 곧 문 열리는 소리, 다급히 복도를 달려와 계단으로 뛰어오르는 발소리가 났다. 그리고 방문이 벌컥 열리더니 한 젊은이가 뛰어 들어왔다. 그는 백지장처럼 하얗게 질린 얼굴, 온통 헝클어져 이마를 뒤덮은 머리, 쉴 새 없이 불안하게 움직이는 눈동자, 부들부들 떨리는 팔 때문에 미친 사람처럼 보였다. 우리가 놀란 눈으로 쳐다보자 젊은이는 자신의 갑작스러운 방문에 대해 양해를 구해야겠다고 생각한 듯했다.

"정말 죄송합니다, 홈스 씨."

그가 금방이라도 숨이 넘어갈 것처럼 헐떡이며 간신히 말했다.

"하지만 어쩔 수 없었습니다. 실례라는 걸 알지만 말입니다. 가만히 있다가는 미쳐 버릴 것 같아서요. 홈스 씨, 저는 존 헥터 맥팔레인입니다."

마치 자신의 이름만으로도 이렇게 갑작스러운 방문의 이유를 모두 이해하리라 기대하는 말투였다. 하지만 나는 영문을 몰라 고개를 돌려 홈스를 보았다. 표정 변화가 없는 홈스의 얼굴을 보니 그 역시 이 젊은이에 대해 전혀 모른다는 것을 알 수 있었다.

"일단 담배를 피우며 진정하시는 게 어떻겠습니까? 맥팔레인 씨."

홈스가 담뱃갑에서 궐련을 한 대 뽑아 그에게 건넸다.

"이쪽은 내 절친한 친구, 왓슨입니다. 왓슨은 의사니까 당신에게 진정제를 처방해 줄 수 있을 겁니다. 요즘 날씨가 많이 풀렸지요? 아마 여름도 곧 올 것 같습니다. 이제 진정이 좀 되었으면 무슨 일로 찾아온 건지 차분하게 설명해 주시지요. 당신의 이름만으로는 당신이 겪은 일에 대해 아무것도 알 수 없으니까요. 아, 물론 당신이 독신이며 변호사이고 프리메이슨 회원이란 점, 그리고 천식으로 고생하고 있다는 것은 이미 알고 있습니다."

나는 홈스가 그 사실들을 어떻게 추리해 냈는지 쉽게 짐작할 수 있었다. 깔끔하지 못한 옷차림, 법률 관련 서류 뭉치, 시곗줄에 새겨진 프리메이슨의 이니셜, 가쁘게 몰아쉬는 호흡에서 단서를 얻어 낸 것이다. 그러나 홈스의 추리 방식을 처음 접하는 젊은이는 눈이 휘둥 그레졌다.

"모두 맞습니다! 한 가지 덧붙이자면 현재 런던에서 가장 억울한 사람이기도 합니다. 하늘은 저의 결백함을 알고 있습니다. 홈스 씨, 만일 그들이 제 이야기가 끝나기 전에 체포하러 온다면 마칠 동안만 기다려 달라고 해 주세요. 진실을 모두 말할 수 있도록 말입니다. 홈스 씨가 이 사건을 맡아 주신다면 저는 감옥에 가더라도 상관없습니다."

"아니, 체포라고요?"

이번엔 홈스가 놀란 얼굴로 물었다.

"정말 재미있……, 아니 아니, 관심이 가는군요. 어떤 이유로 체포되는 겁니까?"

"로어 노우드의 조너스 올데이커를 살해한 혐의입니다."

홈스는 동정심과 만족감이 섞인 묘한 표정을 지었다.

"당신이 오기 전 나는 이 친구에게 요즘 신문을 아무리 뒤적여도 큰 사건을 찾아보기 어렵다고 말하고 있었습니다."

맥팔레인은 아직도 희미하게 떨리는 손으로 홈스의 무릎 위에서 《데일리 텔레그래프》를 집어 올렸다.

"이 신문을 보시면 제가 왜 오늘 아침 불쑥 찾아왔는지 금방 아실 겁니다. 모든 런던 시민들이 저의 불행에 대해 떠들고 있는 것 같습니다."

맥팔레인이 신문을 몇 장 넘기더니 한 면을 펼쳐 보였다.

"바로 이 기사입니다. 기사 제목은 '로어 노우드의 괴사건. 유명한 건축가의 실종. 살인 및 방화 범인 추적 중.' 경찰은 이미 제가 범인이라 단정 짓고 추적 중입니다. 런던브리지 역에서부터 누군가 뒤를 밟고 있다는 걸 알아챘으니까요. 체포 영장이 떨어지자마자 저를 잡아가려고 따라온 게 확실합니다. 아, 어머니가 이 사실을 알면 얼마나 가슴 아파 하실지 걱정입니다. 저는 이제 어쩌면 좋을까요?"

두려움 가득한 표정의 맥팔레인은 뼈마디가 하얗게 불거질 만큼 두 주먹을 꽉 쥐었다.

나는 살인 용의자로 지목된 젊은이를 찬찬히 관찰했다. 연한 금발에 잘생긴 얼굴이었으며 다림질을 하지 않아 구겨진 옷을 입고 있었다. 크고 푸른 눈은 겁에 질려 있었고 얇고 가는 입술과 깨끗하게 면도한 턱이 인상적이었다. 27세쯤 되어 보였고 옷차림이나 말투로 보아 신사임을 알 수 있었다. 얇은 여름용 겉옷의 주머니 밖으로 삐져나온 서류 뭉치의 법률 용어들이 그의 직업을 말해 주었다.

"그렇다면 이야기를 들을 시간이 별로 없군."

홈스가 씁쓸하게 말했다.

"왓슨, 맥팔레인 씨에 대한 기사를 읽어 보겠나?"

나는 조금 전에 젊은이가 펼친 신문에서 기사를 찾아 소리 내어 읽었다.

어젯밤부터 오늘 이른 새벽 사이에 로어 노우드에서 끔찍한 범죄가 발생했다. 이 지역의 유명 건축가 조너스 올데이커 씨는 52세의 독신 남성이다. 시드넘 가의 딥딘 저택에 살고 있으며 건축 일에서 은퇴한 후 수년 동안 집에만 틀어박혀 살아왔다. 오랫동안 일을 하며 모아 놓은 재산이 상당하다고 알려져 있다.

딥딘 저택 뒤뜰에는 작은 통나무 더미가 있었는데 오늘 새벽 2시쯤 이곳에서 화재가 일어났다. 주민의 신고로 소방차가 곧 현장에 도착했지만 바싹 마른 목재에 불이 붙어 쉽게 꺼지지 않았다. 처음에는 단순한 방화 사건이라 여겼으나 그보다 심각한 범죄임을 말해 주는 증거들이 발견되었다. 이웃들이 모두 잠에서 깨어 거리로 나올 만큼 큰 소동이었음에도 정작 집주인 조너스 올데이커 씨는 화재 현장에 나타나지 않았다.

집 안에는 올데이커 씨가 없었으며 그의 침실을 조사했으나 잠을 잔 흔적은 찾을 수 없었다. 또한 금고 문이 열려 있었고 중요한 서류들이 바닥에 떨어져 있었다. 난투극이 벌어진 듯 흐트러진 집기들과 몇 군데에서 핏자국이 발견되었다. 역시 침실에서 발견된 떡갈나무 지팡이의 손잡이에도 피가 묻어 있었다. 문제의 지팡이의 주인은 그날 밤 늦게 올데이커 씨를 찾아왔던 존 헥터 맥팔레인으로 밝혀졌다. 맥팔레인은 런던 시 이스트 센트럴의 그레셤 건물 426호 '그레이엄 맥팔레인 법률사무소'에서 일하는 젊은 변호사라고 한다. 경찰이 범죄 동기를 말해 주는 증거를 확보함에 따라 곧 범인을 체포할 것으로 보인다.

경찰은 존 헥터 맥팔레인을 조너스 올데이커의 살인 혐의로 체포할 예정이다. 구속영장 발부가 확실시되었으며 노우드 사건 현장에서 활발한 현장 조사가 이루어지고 있다. 또한 침실에서는 올데이커 씨의 핏자국 외에도 뒤뜰과 통하는 프랑스식 창문이 열려 있는 것이 확인되었다. 부피가 큰 물체를 끌고 나간 흔적이 창문틀에서 나뭇더미가 있는 곳까지 연결되어 있었고 화재 장소에서는 시커멓게 탄 물체가 발견되었다.

범인이 피해자를 침실에서 살해하고 서류를 훔친 다음, 나뭇더미가 있는 곳까지 사체를 끌고 가 범행 흔적을 없애기 위해 불을 지른 것으로 경찰은 추정하고 있다. 이 사건을 담당한 런던 경찰청의 레스트레이드 경감은 사건을 조속히 해결하도록 최선을 다하겠다고 말했다.

가만히 눈을 감고 경청하던 홈스가 천천히 입을 열었다.

"흠, 분명 재미있는 사건이군."

뭔가 떨떠름함이 느껴지는 말투였다.

"한 가지 궁금한 점이 있습니다. 맥팔레인 씨, 모든 증거가 당신을 가리키는데 왜 경찰이 지금까지 당신을 체포하지 않았을까요?"

"전 블랙히스의 토링턴 산장에서 부모님과 함께 살고 있습니다. 어젯밤 조너스 올데이커 씨 댁에 갔다가 시간이 너무 늦어 노우드에 있는 한 호텔에서 묵었습니다.

오늘 아침, 저는 호텔에서 나와 출근하려고 기차를 탔습니다. 그리고 평소처럼 이 신문을 읽다가 비로소 사건 기사를 접한 겁니다. 제가 함정에 빠져 옴짝달싹 못하게 됐다는 걸 깨닫자마자 서둘러 홈스 씨를 찾아왔습니다. 런던의 사무실이나 집으로 갔다가는 바로 체포될 테니까요. 아까 말씀드렸다시피 런던브리지 역에서부터 누가

절 따라왔습니다. 아, 그런데 이게 무슨 소리입니까?"

벨이 울리더니 계단을 올라오는 육중한 구둣발 소리가 들렸다. 뒤이어 레스트레이드 경감이 모습을 드러냈다. 그는 순경 두 명과 함께였다.

"존 헥터 맥팔레인 씨가 맞소?"

레스트레이드 경감이 물었다.

맥팔레인은 얼빠진 표정으로 힘없이 자리에서 일어났다.

"조너스 올데이커를 살해한 혐의로 체포하겠소."

청년에게서는 아까 질풍처럼 방 안으로 뛰어들던 기세를 찾아볼 수 없었다. 그는 모든 걸 포기한 사람처럼 의자에 쓰러지듯 앉았다.

"잠시만 기다려 주시면 안 되겠습니까? 레스트레이드 경감."

홈스가 부드럽게 말했다.

"이 청년을 30분 정도 더 늦게 체포해 간다고 해도 큰 문제는 없겠지요? 아주 재미있는 사건에 대해 막 이야기하려던 참입니다. 혹시 우리가 사건 해결에 어떤 도움이 될 수도 있지 않겠습니까?"

"사건은 이미 완전히 해결되었습니다만, 홈스 씨."

경감이 무뚝뚝한 목소리로 말했다.

"하지만 나는 경감이 거절하지 않으시면 맥팔레인 씨의 이야기를 더 듣고 싶습니다."

"허, 홈스 씨의 청을 거절할 순 없지요. 이전에 몇 번 홈스 씨의 도움을 받았으니 런던 경찰청으로서는 신세를 진 셈이니까요. 하지만 나는 용의자와 함께 있어야 합니다. 그리고 맥팔레인 씨가 하는 모든 말은 나중에 본인에게 불리한 증거가 될 수도 있음을 알려야 합니다."

"네, 알겠습니다. 저는 오직 여러분에게 진실을 말하고 싶을 뿐입니다."

의문의 유언장

맥팔레인이 마른 침을 삼킨 후 입을 열었다.

"먼저 설명하고 싶은 점은 제가 조너스 올데이커와 생면부지라는 사실입니다. 부모님이 그분과 오래전부터 알고 지낸 사이라서 이름을 들어보긴 했습니다. 그러나 멀리 떨어져 살고 있었기 때문에 그 사람을 만난 적은 없습니다. 그러니 어제 오후 3시쯤 그가 연락도 없이 제 사무실로 찾아왔을 때 저는 깜짝 놀랄 수밖에 없었습니다. 올데이커 씨가 찾아온 이유를 듣자 더욱 놀라웠습니다. 인사를 마친 그가 수첩을 꺼내더니 몇 장을 찢어 책상 위에 올려놓더군요. 여기 그 종이들을 가져왔습니다.

갑작스러운 방문에 놀란 제게 그가 말했습니다.

'내 유언장에 넣고 싶은 내용이오. 이걸 정리해서 법적인 효력이 있는 유언장으로 만들어 주시오. 그동안 난 여기 앉아 기다리겠소.'

그런데 유언장 작성을 위해 그가 내민 종이에 적힌 내용을 읽다가 더더욱 놀라고 말았습니다. 그날 처음 만난 제게 전 재산을 상속한다고 써 있었으니까요!

올데이커 씨는 약삭빠른 족제비를 연상시키는 얼굴에 잿빛 눈동자, 그리고 송충이처럼 거친 흰 눈썹을 가졌는데 어쨌든 인상이 좋진 않았습니다. 게다가 말문이 막힌 저를 흥미롭다는 듯 바라보는 표정이 왠지 음흉했습니다. 전 유언장을 몇 번이나 다시 읽어 보았지만 믿을 수 없었습니다.

올데이커 씨가 설명하길, 자신은 독신이고 일가친척도 없어 유산에 대해 고민을 많이 했다고 합니다. 그러던 차에 제가 생각났다고 하더군요. 그가 젊었을 때부터 저희 부모님과 친분이 있었기에 저에 대한 칭찬을 많이 들어 온 터라 재산을 물려줘도 좋겠다고 생각했답니다. 올데이커 씨의 설명에도 불구하고 너무 뜻밖이라 고맙다는 인사도 제대로 못했습니다.

어쨌든 정신없는 와중에도 저는 법적인 절차에 따라 유언장 작성을 마쳤습니다. 이것이 그날 작성한 유언장 원본, 그리고 이건 올데이커 씨가 친필로 쓴 초안입니다. 완성된 유언장을 훑어보던 그가 유산과 관련해서 제가 살펴봤으면 하는 서류들, 즉 건축 계약서, 소유권 증명서, 대출 증명 서류, 영수증 등이 있다고 했습니다. 그러면서 자신은 일단 시작한 일은 깨끗하게 마무리 지어야 마음이 놓이는 성격이라면서 완성된 유언장을 들고 그날 밤 자기 집으로 찾아오라고 했습니다.

'한 가지 부탁이 있는데 이 일이 다 끝날 때까지는 부모님에게 절대 말하지 않았으면 하네. 나중에 깜짝 놀라게 해 주잔 말일세.'라고도 말했습니다. 몇 번씩이나 이 말을 되풀이하기에 저는 그러겠다고 약속했지요.

올데이커 씨는 그날 밤 9시 전에는 밖에 있을 예정이니 9시까지 오라고 했습니다. 밤늦게 남의 집을 방문한다는 게 마음에 좀 걸렸지만 저로서는 거절할 입장이 아니었습니다. 하루아침에 재산을 물려주겠다는 사람의 말에 따라야 하는 상속자가 되었으니까요. 부모님께는 급한 일이 생겨 늦게 들어갈 수도 있다고 전보를 쳤습니다. 초행길이라 길을 좀 헤매서 9시 30분에야 그 집에 도착했……."

"끼어들어 미안하지만 누가 나와서 문을 열어 주었나요?"

홈스가 빠른 목소리로 물었다.

"가정부로 보이는 중년 여자였습니다."

"가정부가 당신이 오리라는 걸 알고 있던가요?"

"네."

"알겠습니다. 계속하세요."

맥팔레인이 이마에 솟은 땀을 소매로 훔치고는 말을 이었다.

"가정부가 응접실로 안내했습니다. 늦은 시간이라 올데이커 씨와 저는 간단하게 저녁 식사를 마쳤습니다. 식사 후 그가 침실로 데려가더군요. 침실 벽에는 커다란 금고가 있었는데 그가 금고 문을 열고 서류를 잔뜩 꺼내 왔습니다. 서류 검토를 마치고 나니 밤 12시쯤 되었습니다. 그는 가정부를 깨우지 않도록 뒤뜰로 연결된 프랑스식 창문으로 나가라고 했습니다. 그 창문은 우리가 일하는 내내 활짝 열려 있었지요."

"그 창문의 커튼은 어떤 상태였습니까?"

홈스가 질문했다.

"음, 정확하진 않지만 커튼으로 창문이 반쯤 가려져 있었던 것 같습니다. 네, 그래요. 창문을 열려고 그가 커튼을 젖혔으니까요. 창문 앞에서 올데이커 씨와 인사를 하는데 제 지팡이가 보이지 않더군요. 올데이커 씨가 찾아 놨다가 돌려주겠다며 더 늦기 전에 어서 가 보라고 했습니다. 그래서 저는 서둘러 그 집을 떠났습니다. 금고 문도 열려 있고, 서류들도 책상 위에 그대로 펼쳐 놓은 채로 말입니다. 시간이 너무 늦었기에 블랙히스로 돌아가지 않고 애널리 암스 호텔에 방을 잡았습니다. 그리고 다음 날 아침, 신문을 펼치기 전까진 이 사건에 대해 전혀 모르고 있었던 겁니다."

"질문이 있다면 더 물어보셔도 좋습니다, 홈스 씨."

맥팔레인이 설명하는 동안 그를 날카로운 눈으로 쳐다보던 레스트레이드 경감이 말했다.

"아무래도 제일 먼저 블랙히스로 가서 조사를 해야겠군요."

"사건이 일어난 건 노우드인데요?"

경감이 의아하다는 듯 물었다.

"아, 그래요. 바로 거기 말입니다."

의미심장한 미소가 홈스의 입가에 잠깐 스쳤다. 레스트레이드 경감이 그런 홈스를 의아한 눈빛으로 쳐다보았다. 그동안의 경험으로 경감은 홈스의 명석한 두뇌가 자신보다 한 수 위라는 걸 잘 알고 있었다.

"홈스 씨, 잠깐 이야기 좀 나눌까요?"

경감이 홈스에게 물은 뒤 다시 맥팔레인에게 말했다.

"당신을 체포하기 위해 순경들이 문밖에서 기다리고 있소. 당신을 경찰서로 데려갈 마차도 길에서 대기 중이오."

불쌍한 맥팔레인은 간신히 의자에서 몸을 일으켰다. 그는 간절한 눈빛으로 홈스를 잠시 바라보다가 방을 나갔다. 순경들이 청년의 양

옆에 서서 계단을 내려갔다. 뒤이어 마차가 떠나는 소리가 들렸으나 레스트레이드 경감은 그대로 방에 남았다.

홈스는 올데이커가 수첩에 쓴 유언장 초안을 불빛에 비추며 자세히 관찰했다. 홈스의 얼굴을 보니 매우 흥미로워하는 것을 알 수 있었다.

"이 유언장에 몇 가지 단서가 보이지 않습니까, 경감?"

홈스가 종이를 경감에게 건네주었다. 경감은 당혹스러운 표정으로 유언장을 들여다보았다.

"처음 2줄, 중간쯤, 맨 마지막 3줄 정도는 글씨를 알아볼 수 있습니다. 그런데 나머지 부분은 글씨가 개발새발이군요. 여기, 여기, 그리고 여기는 뭐라고 썼는지 도저히 알아볼 수도 없습니다. 자, 이게 무엇을 의미할까요?"

홈스가 눈을 반짝이며 물었다.

"그, 글쎄요. 홈스 씨 생각은 어떻습니까?"

"올데이커는 기차 안에서 유서 초안을 썼습니다. 글씨를 바르게 쓴 부분은 기차가 역에 섰을 때 쓴 것, 글씨가 조금 흐트러진 부분은 기차가 막 움직일 때 쓴 것이지요. 그리고 전혀 알아볼 수 없는 부분은 덜컹거리며 쉬지 않고 빨리 달릴 때 쓴 겁니다. 잘 관찰하면 교외 노선을 달리는 기차에서 이 유언장을 작성했다는 걸 눈치 챌 수 있습니다. 런던과 이어진 노선에서 기차가 이렇게 정차하지 않고 빨리 달리는 것은 단 하나뿐이지요. 노우드에서 런던브리지 역으로 오는 동안 딱 한 번만 정차하는 특급 열차."

레스트레이드 경감이 호탕하게 웃었다.

"허허허, 홈스 씨의 추리는 아무래도 따라가기 힘들군요. 그 사실이 어떤 단서가 됩니까?"

"그것이 젊은이의 이야기가 신빙성이 있다는 걸 말해 주지요. 조너스 올데이커가 작성한 초안은 어제 기차 안에서 작성되었습니다. 하지만 뭔가 이상하지 않습니까? 중요한 유언장을 기차 안에서 급히 갈겨쓰다니 말입니다. 즉, 올데이커는 이 유언장을 그다지 중요하게 여기지 않았던 겁니다. 효력을 발휘할 일이 없는 유언장이기에 기차 안에서 급조한 것이지요."

"올데이커가 살해당한 건 그 유언장 때문입니다."

레스트레이드가 대꾸했다.

"정말 그렇게 생각하십니까?"

"홈스 씨는 나와 생각이 다른가 봅니다."

"얼핏 보면 경감의 말이 맞을 수도 있겠지만 나는 이 사건이 의외로 풀기 어려운 문제라고 생각합니다."

"풀기 어렵다니요? 유산이라는 확실한 동기가 있지 않습니까? 그 젊은이는 올데이커가 죽으면 막대한 유산이 돌아온다는 사실을 깨달은 겁니다. 자, 그다음에 젊은이가 무엇을 했을까요? 유언장에 대해 아무에게도 말하지 않고, 그날 밤 유산을 주겠다고 한 노인의 집을 찾아갈 핑계를 만들었습니다. 노인의 집을 방문한 후에는 집 안의 사람들이 모두 잠들 때까지 기다렸다가 노인의 침실로 숨어들어 그를 죽였습니다. 그런 다음 범죄를 은폐하기 위해 사체를 뒤뜰의 나뭇더미에 숨기고 불을 질렀습니다. 그리고 근처 호텔에서 태연하게 하룻밤 묵은 겁니다.

경찰은 노인의 침실에서 핏자국과 지팡이를 찾아냈습니다. 그러나 젊은이는 자신이 아주 깨끗하게 노인을 해치웠다고 믿었고, 사체가 불에 타 버리면 노인이 어떻게 죽었는지 아무도 모를 거라 생각했 겠지요. 하지만 증거들은 그 젊은이가 범인이라고 말하고 있습니다. 이 정도면 전모가 너무나 명확하게 드러난 범죄 아닙니까?"

"그러나 유산이 살인 동기라고 단정 짓는다면 너무 뻔한 이야기가 되지 않을까요? 레스트레이드 경감."

홈스가 낮은 목소리로 말했다.

"당신은 뛰어난 수사력에 비해 상상력이 빈약한 것 같습니다. 당 신이 만약 그 젊은이라면 올데이커가 사무실로 찾아와 유언장을 작 성한 바로 그날 밤에 범행을 저지르겠습니까? 당장 용의자로 주목받 을 게 뻔한 너무 위험한 선택이 아닐까요? 굳이 그날 서둘러 범행을 저질러야만 했을까요? 그리고 자신이 올데이커의 집을 방문했다는 걸 가정부가 알고 있는 날을 택해야만 했을까요? 차라리 다른 날 몰 래 찾아가 범행을 저지르는 편이 자연스럽지 않습니까?

이상한 점은 또 있습니다. 범죄 사실을 숨기기 위해 방화까지 서 슴지 않는 대담하고 치밀한 범인이 자기 지팡이를 두고 나오겠습니 까? 경찰이 지팡이를 발견하는 순간, 범인은 곧 자신임이 드러날 텐 데 말입니다. 어떻습니까? 나는 뭔가 석연치 않은데요, 레스트레이 드 경감."

"홈스 씨, 당신도 잘 아시겠지만 아무리 치밀한 범인이라도 당황 하면 의외의 실수를 곧잘 저지릅니다. 이성적인 사람이라도 처음으 로 범죄를 저지를 땐 제정신이 아니거든요. 어쩌면 지팡이를 찾으러 다시 침실로 돌아가기가 두려웠을지도 모릅니다. 좀 더 그럴듯한 가 설은 없습니까?"

"물론 5개 이상의 가설을 제시할 수 있습니다. 아주 그럴듯하면서 도 증명 가능한 가설을 하나 말해 보겠습니다.

　늦은 밤, 한 노인과 젊은 변호사가 침실에서 경제적인 가치가 있
는 서류를 보고 있습니다. 그때 마침 지나가던 불량배가 창문을 통
해 그 모습을 봅니다. 프랑스식 창문은 반 정도만 커튼으로 가려져
있었으니까요. 젊은이가 나갔습니다. 그 불량배가 조용히 침실로 들
어갑니다. 그리고 젊은이가 두고 간 지팡이로 올데이커 씨를 죽입니
다. 증거를 인멸하기 위해 사체를 뒤뜰까지 끌고 가 불을 지른 후 사
라집니다."

　"어차피 목격자도 없고 피해자의 주변 인물도 아닌데 그 불량배가
굳이 사체를 태워야 했습니까?"

　"그럼 맥팔레인은 무엇 때문에 사체에 불을 질렀습니까?"

　"증거를 없애야 했으니까요."

경감이 당연하다는 듯 대답했다.

"불량배 또한 범죄의 흔적을 없애기를 원했겠지요."

홈스가 대꾸했다.

"그런데 홈스 씨, 살인까지 한 불량배가 왜 아무것도 훔치지 않았을까요?"

"침실에 있었던 서류들은 불량배가 팔 수 있는 물건이 아니었으니까요."

레스트레이드 경감은 홈스의 말이 끝나자 동의할 수 없다는 듯 고개를 가로저었다. 그러나 이전보다는 자신감이 조금 줄어든 것처럼 보였다.

"홈스 씨 가설이 그렇다면 말씀하신 불량배를 찾아내기 바랍니다. 그동안 맥팔레인은 구류시키고 있겠습니다. 누가 옳은지는 나중에 밝혀지겠지요. 그러나 이것만은 잊지 마십시오. 올데이커의 금고에 있던 서류는 모두 그대로 있습니다. 서류를 훔칠 이유가 없는 사람은 맥팔레인뿐입니다. 어차피 올데이커의 모든 것을 물려받을 테니 굳이 서류를 훔쳐낼 이유가 없지요."

홈스는 이 말을 듣고 강경하던 태도를 조금 누그러뜨렸다.

"나는 그것이 경감의 가설을 지지하는 중요한 증거임을 알고 있습니다. 단지 경감이 틀림없다고 생각하는 한 가지 가설 이외에도 다른 가능성이 많다고 말하고 싶을 뿐입니다. 어쨌든 말씀하신 대로 결국엔 누가 옳은지 알게 되겠지요. 오늘도 바쁜 하루를 보내시겠군요. 나도 시간이 된다면 노우드에 잠깐 들러 보겠습니다."

홈스의 절망

경감이 나가고 문이 닫히자마자 홈스는 자리에서 일어나 외출 준비를 시작했다. 결코 서두르지 않지만 민첩한 그의 모습에서 오랜 세월 탐정으로 일해 온 노련함이 엿보였다.

"일단 블랙히스에 가 봐야겠네, 왓슨."

홈스가 프록코트를 걸치며 말했다.

"사건은 노우드에서 일어났지 않나?"

내가 깜짝 놀라서 물었다.

"살인 사건 뒤에는 또 다른 사건이 숨어 있다네. 경찰은 표면에 드러난 사건에만 주목하고 있는데 그래서는 사건의 진상에 다가가기 어렵지. 왜냐하면 실제 범행 이전에 일어난 다른 사건이 그 범행의 이유가 되었기 때문이네. 그러니 사건에 제대로 접근하려면 이면에 감춰져 있는 사건을 밝혀내야만 해.

올데이커가 급조해 낸 수상한 유언장에는 전혀 뜻밖의 사람에게 재산을 물려준다고 써 있네. 그가 왜 그런 내용의 유언장을 썼는지 알아낸다면 사건은 아주 쉽게 해결될 걸세. 왓슨, 코트를 입지 않아도 되네. 간단한 탐문 수사가 될 테니 나 혼자 얼른 다녀오겠네. 저녁 먹기 전에는 돌아올 거야. 나에게 도움을 청한 맥팔레인을 위해 뭔가 해야 되지 않겠나."

그러나 홈스는 저녁 식사 시간이 지나서야 돌아왔다. 코트와 모자를 천천히 벗는 뒷모습에는 지치고 실망한 기색이 역력했다. 아침에 기대했던 대로 수사가 진행되지 않았음을 알 수 있었다. 홈스는 저녁도 먹지 않은 채 기분 전환을 하려는 듯 1시간 동안 바이올린을 켰다. 그러다 갑자기 바이올린을 집어던지더니 내가 궁금해 마지않던 것들에 대해 설명했다.

"오늘 제대로 풀린 일이 없다네. 정말 힘이 빠지는군. 아침에는 레스트레이드 경감의 생각이 잘못됐다고 확신했지만 오후가 되자 잘못 판단하고 있는 건 오히려 내가 아닐까 하는 생각이 들었네. 이 사건만큼은 경감의 생각이 맞는 것 같아. 나는 내 직감을 믿네. 그런데 속속 드러나는 사실들이 내 직감과는 자꾸 반대되는 사실을 가리키고 있어. 판사에게는 나의 증거 없는 추리보다는 레스트레이드 경감이 발견한 사실들이 더 설득력 있을 테니 아주 걱정스럽다네."

홈스의 표정을 살피며 내가 물었다.

"블랙히스에는 가 봤는가?"

"그럼, 아침에 말한 대로 가장 먼저 들렀다네. 죽은 올데이커가 악한이었다는 사실을 거기서 알게 됐지. 맥팔레인의 아버지는 아들을 만나기 위해 외출 중이라 어머니만 만나 보았네. 아담한 체구에 부드러운 푸른 눈을 가진 얌전한 부인이었어. 그런데 분노와 두려움에 어찌할 줄 모르더군. 당연히 어머니는 아들이 절대 그런 끔찍한 짓을 저지를 사람이 아니라며 항변하더군.

그러나 올데이커가 죽었다는 소식에는 전혀 놀라거나 슬퍼하지 않았어. 오히려 냉정하게 말하더군. 경찰이 그 말을 들었다면 맥팔레인이 어머니 때문에 알게 모르게 올데이커에 대한 적개심을 키웠을 거라 생각했을 걸세.

'그 작자는 인간이라고 할 수도 없어요. 악마 같고 교활한 원숭이일 뿐이에요. 젊었을 때부터 그랬지요.'

내가 좀 더 자세히 알아보기 위해 물었네.

'올데이커와는 젊었을 때부터 친분이 있나요?'

'아주 잘 아는 사이라고 해야겠지요. 그런 사람에게서 벗어나 가난하지만 선량한 남편과 결혼했으니 얼마나 다행인지! 아, 저는 올데이커와 약혼한 사이였어요. 그런데 세상에, 어느 날 그가 카나리아 새장 안에 굶주린 고양이를 풀어놓았지 뭐예요. 그저 고양이가 새를 괴롭히는 걸 보고 싶었다고 하더군요. 하지만 저는 그렇게 잔인무도한 사람과는 더 이상 만날 수 없었어요.'

맥팔레인 부인이 책상 서랍을 뒤지더니 사진을 한 장 꺼내 보여 주더군. 젊은 숙녀의 사진이었는데 칼로 마구 그어져 얼굴을 알아볼 수 없을 정도였네.

'이건 제 사진이에요. 제가 결혼하는 날 아침에 저주를 퍼붓는 편지와 함께 보내왔지요.'

'그래도 그가 지금은 부인을 용서한 것 같군요. 아드님에게 전 재산을 남기겠다고 마음먹었으니 말입니다.'

'오, 그런 일은 없을 거예요. 제 아들이나 저나 올데이커의 손이 닿은 것은 그 어떤 것도 받고 싶지 않아요. 그가 죽은 후에라도 말이에요. 신께 맹세코 제 아들은 결백합니다! 반드시 제 아들의 무고함이 밝혀질 겁니다. 흉악한 올데이커는 천벌을 받은 거예요.'

　부인이 눈물을 글썽이며 말하더군. 부인에게 몇 가지 질문을 더 해 보았지만 아무 단서도 얻지 못했네. 오히려 아들의 결백함을 증명하는 데 방해만 될 내용이었지. 결국 나는 블랙히스를 떠나 노우드로 향했어.

　딥딘 저택은 규모가 큰 벽돌 건물이더군. 넓은 정원이 잔디로 덮여 있었네. 길에서 좀 떨어진 뒤뜰에는 나뭇더미가 쌓여 있었는데 여기가 바로 화재 현장이네. 여기 보게나. 수첩에 집 구조를 대략 그려 왔다네. 침실 창문은 여기 왼쪽인데, 길에서 창문을 통해 침실이 훤히 보이는 걸 확인했네. 그나마 오늘의 성과라 할 수 있지.

　레스트레이드 경감은 현장에 없었고 화재 현장을 재조사하던 경관들이 대단한 것을 발견해 냈더군. 잿더미가 된 나무들을 오전 내

내 뒤지다가 작고 둥근 금속들을 찾아낸 거야.

자세히 살펴보니 새까맣게 변한 금속 단추라는 걸 알 수 있었네. 신사용 바지 단추였어. 나는 그 단추들 중 하나에 희미하게 남아 있는 '하임스'라는 이름을 발견했다네. 바로 올데이커의 단골 양복점 이름이었지.

행여 무슨 단서라도 건질까 해서 잔디밭도 조사했지만 워낙 건조한 날씨 탓에 단단하게 굳은 땅에는 어떤 흔적도 남아 있지 않더군. 그저 어떤 묵직한 것을 나뭇더미가 있는 곳까지 끌고 간 흔적만 확인할 수 있었지. 모든 정황이 경감의 가설을 뒷받침해 주더군. 한여름의 작열하는 햇빛 아래 한 시간가량 잔디밭을 기어 다니며 증거를 찾았지만 아무 성과도 없었네.

그다음 나는 올데이커의 침실로 들어갔어. 핏자국은 아주 작고 흐릿했지만 최근에 생긴 것은 틀림없었네. 역시 지팡이에 묻은 핏자국도 희미했지. 경찰이 지팡이를 치우긴 했지만 맥팔레인의 것이라는 건 틀림없었네. 본인 스스로도 인정했으니까. 올데이커와 맥팔레인의 발자국이 카펫에 어지럽게 남아 있었지만 그 이외의 발자국은 없었어. 이 역시 내 가설에는 아무 도움이 되지 못하는 증거였지. 그렇게 경찰의 주장을 뒷받침할 만한 사실들이 하나씩 드러나니 나는 점점 절망하게 됐다네.

내가 한 가닥 희망을 찾은 것은 금고 안을 조사할 때였는데, 사실 내세울 만한 단서는 아니라네. 금고에 보관하던 서류들은 대부분 밖에 나와 있었어. 봉인된 편지들 중 한두 개는 이미 경찰이 뜯어보았더군. 그런데 내가 보기에 서류 대부분은 별로 중요한 내용이 아니었네. 올데이커에게는 꽤 재산이 많았을 텐데도 은행 통장에 잔금은 거의 없더군. 분명 남아 있는 서류 외에 그의 재산과 관련된 중요한 서류가 어딘가에 있으리라는 생각이 들었네. 그 서류만 찾아낸다면 그 자신만만한 레스트레이드 경감의 콧대를 납작하게 눌러 줄 텐데. 곧 물려받을 재산을 구태여 훔칠 사람은 없으니까 말일세.

집안 구석구석을 이 잡듯 뒤졌지만 아무것도 찾아내지 못했다네. 그래서 가정부를 만나 봤지. 렉싱턴 부인은 까만 피부에 마르고 작은 여자더군. 말을 무척 아꼈는데 가늘게 뜬 눈에는 의심이 가득했어. 뭔가를 숨기는 것 같은 느낌이 들었지. 마음만 먹었으면 분명 내게 중요한 말을 털어놓았을 거야. 그런데 입을 꾹 다물고 묻는 말에 마지못해 대답하더군. 맥팔레인이 9시 반쯤 찾아왔는데 자기가 문을 열어 주었다고 했네. 그때 문만 열어 주지 않았다면 주인이 아직 살아 있었을 거라며 몹시 자책하더군. 저녁 식탁을 차린 뒤 10시 반쯤 잠자리에 들었는데 가정부의 침실은 올데이커의 침실과 반대쪽 구석에 있기 때문에 아무 소리도 못 들었다고 했네.

하지만 그날 찾아온 사람은 맥팔레인뿐이고, 게다가 지팡이까지 남겨 두고 갔으니 그가 범인이라는 거야. 가정부는 불이 났다는 소리에 놀라 깨어났다면서 불쌍한 주인님이 살해된 게 분명하다고 하더군. 올데이커 씨와 사이가 나쁜 사람은 없었는지도 물어봤지만 이렇게 대답했어.

'글쎄요, 모든 사람과 사이가 좋은 사람은 드물겠지요. 하지만 주인님은 사람들과 거의 왕래가 없었고 사업상 가끔 찾아오는 손님 몇몇이 전부였습니다.'

짯더미에서 찾은 단추를 보여 주자 올데이커가 그날 밤 입었던 바지의 단추가 맞다고 했네. 잠에서 깬 가정부가 서둘러 뒤뜰로 달려 나왔지만 한 달 가까이 가물었으니 바싹 마른 나무가 무섭게 타오르는 것만 보았다는 거야. 그리고 소방수들처럼 자기도 사체가 타는 고약한 냄새를 맡았지만 올데이커의 서류나 다른 물건이 불에 타는 것은 보지 못했다고 했네.

보다시피 이렇게 오늘 하루는 별 소득 없이 지나갔다네. 왓슨, 하지만 난……."

홈스가 주먹을 불끈 쥐며 단호히 말했다.

"난 분명히 뭔가 잘못됐다는 걸 안다네. 탐정의 직감으로 가정부가 진실을 알고 있다는 걸 확신했지. 의심과 반항심, 두려움이 엿보이는 어두운 눈빛에서 그게 느껴지거든. 그 눈빛은 무언가를 감추는 사람에게서 볼 수 있지. 그러나 심증뿐이니 답답하군. 왓슨, 행운의 여신이 우리에게 미소 짓지 않는다면 이번 사건이 나의 실패작이 될 수도 있을 거야."

"맥팔레인은 범죄와는 아무 상관없는 청년처럼 보이던데?"

내가 물었다.

"겉모습만 보고 판단하는 건 위험하다네, 왓슨. 1887년 우리를 찾아온 버트 스티븐슨을 기억하나? 그런데 정작 그가 범인이었지 않나. 그처럼 온순하고 여려 보이기까지 한 젊은이가 말이야."

"하긴 그랬지."

"우리가 뭔가 다른 것을 찾아내지 못하면 맥팔레인은 교수대에 오를 거야. 지금 경찰이 말하는 가설은 거의 완벽해 보인다네. 앞으로 경찰 수사가 진행될수록 맥팔레인의 혐의는 더욱 짙어질 거야.

아, 한 가지 확인할 점이 있더군. 올데이커의 은행 통장을 살펴보다가 발견했는데, 저금액이 형편없었던 이유가 작년에 코넬리우스라는 사람에게 여러 번 거액을 송금했기 때문이었어. 코넬리우스가 건설 쪽 일을 하는 사람일 수도 있지만 이미 은퇴한 올데이커가 무슨 이유로 그렇게 큰돈을 보내야 했을까? 이 점에 대해 꼭 알아봐야겠어. 이 사건에 뜻밖의 실마리를 제공해 줄 수도 있거든. 이상하게도 올데이커가 그 사람에게 송금한 내역에 대한 영수증이 하나도 발견되지 않았어. 그러니 은행에 가서 출금을 한 코넬리우스에 대해 물어봐야 할 것 같네. 하지만 왓슨, 무척 걱정스럽네. 만약 내가 은행에서도 단서를 얻어 내지 못하면 레스트레이드 경감은 맥팔레인을 살인자로 단정 지을 것 아닌가. 경찰로서는 신속한 수사로 살인자를 잡았으니 큰 성과를 낸 거지."

피 묻은 지문

다음 날 아침, 잠에서 깨어 거실로 나갔더니 홈스는 이미 안락의자에 앉아 있었다. 그런데 핼쑥한 얼굴에 붉게 충혈된 눈을 보니 아마도 밤새 잠을 이루지 못한 것 같았다.

수면 부족으로 눈 밑에 짙은 그늘이 졌지만 눈빛만은 더욱 날카롭게 번득이고 있었다. 안락의자 옆 탁자 위의 재떨이에는 담배꽁초가 넘칠 듯 수북했고, 아무렇게나 펼쳐진 조간신문도 놓여 있었다. 신문 옆에는 봉투를 뜯은 전보도 한 통 보였다.

"한번 읽어 보게. 자네는 어떻게 생각하나?"

홈스가 전보를 내게 건넸는데 노우드에서 부친 것이었다.

결정적 증거 발견. 맥팔레인이 범인임. 이번 사건에서 물러나기 바람.
레스트레이드.

"흠, 결정적 증거라……. 그렇다면 상황이 심각하군, 홈스."

"이번만큼은 레스트레이드 경감의 승리가 확실한 것 같네."

홈스의 까칠해진 얼굴에 쓴웃음이 스쳤다.

"하지만 벌써 포기할 수는 없어. 레스트레이드 경감이 결정적인 증거라고 판단한 것이 어쩌면 그의 생각과는 전혀 다른 의미를 지닐 수도 있으니까. 어서 아침 식사를 하고 같이 노우드로 가 보세. 오늘은 자네와 같이 갔으면 하네. 자네가 옆에 있으면 내가 더 힘이 날 것 같거든."

홈스는 음식에 손도 대지 않았다. 그는 사건에 몰두할 때면 식음을 전폐하고 탈진해서 쓰러질 때까지 무서운 정신력으로 버티는 버릇이 있었다. 내가 의사로서 진지하게 그의 잘못된 습관에 대해 언급하면 그는 모든 기운을 사건 해결에 쏟아 음식물을 소화시킬 여력이 없다고 말하곤 했다. 그날 아침도 식사 대신 궐련만 찾는 홈스가 내게는 새삼스럽지 않았다.

노우드에 도착하니 딥딘 저택 주변에는 여전히 구경꾼들이 삼삼오오 모여 있었다. 딥딘 저택의 겉모습은 내가 머릿속에 그렸던 교외 지역의 저택과 거의 비슷했다. 정원에 들어서자 레스트레이드 경감이 우리를 반겼다. 승리감에 도취된 그는 의기양양하게 웃고 있었다.

"어서 오십시오. 홈스 씨, 경찰의 주장을 뒤집을 만한 증거는 찾으셨습니까?"

"아직 못 찾았습니다."

홈스가 조용히 대답했다.

"그렇습니까? 우리 경찰은 어제 결론을 내렸습니다. 그리고 오늘, 그 결론을 확실하게 뒷받침해 줄 증거를 발견했습니다. 이번만큼은

당신이 패자인 것 같습니다, 홈스 씨."

"그 결정적인 증거가 무엇인지 정말 궁금합니다, 경감."

레스트레이드가 껄껄 소리 내어 웃었다.

"홈스 씨도 지는 건 못 참는 성격인가 봅니다. 그러나 홈스 씨도 사람이니 매번 옳을 수는 없겠지요. 그렇지 않습니까, 왓슨 박사? 자, 이리 오시지요. 올데이커를 살해하고 방화를 저지른 자가 맥팔레인이라는 사실을 확인시켜 드리겠습니다."

경감이 우리를 복도로 안내하더니 으스대며 성냥불을 그었다. 작은 불꽃이 타오르자 하얀 벽에 도장처럼 찍혀 있는 핏자국이 보였다. 경감이 성냥불을 바짝 가져다 대자 그 둥근 핏자국이 선명한 엄지손가락 지문임을 알 수 있었다.

"확대경으로 자세히 보시겠습니까, 홈스 씨?"

"네, 안 그래도 확대경을 꺼냈습니다."

"사람마다 고유한 지문을 갖고 있다는 사실은 아시지요?"

"네, 그렇다고 들었습니다."

"자, 오늘 아침에 채취한 맥팔레인의 지문 사본과 이 벽에 찍힌 지문을 비교해 보시겠습니까?"

경감이 밀랍으로 뜬 지문 사본을 벽의 지문 바로 옆에 댔다. 한눈에 보아도 두 개의 지문은 같은 사람의 것임이 분명했다. 청년에게 희미하게나마 남아 있던 희망의 빛이 완전히 꺼져 버렸다.

"어떻습니까? 결정적인 증거라 할 만하지요?"

레스트레이드가 말했다.

"네, 결정적인 증거라 할 수 있군요."

나도 모르게 경감과 같은 말을 중얼거렸다.

"아주 결정적입니다."

홈스 역시 말했는데 그의 목소리에서 뭔가 평소와 다른 점이 느껴졌다. 호기심을 느낀 나는 홈스를 쳐다보았다. 시무룩하게 굳어 있던 그의 표정이 180도 달라져 있었다. 두 눈을 반짝반짝 빛내며 입술을 실룩거리고 있었는데 터져 나오려는 웃음을 간신히 참고 있는 것이 분명했다.

"하, 세상에 이럴 수가!"

홈스가 드디어 말문을 열었다.

"누가 알았겠습니까? 그토록 선량해 보이는 젊은이가 이런 짓을 하다니 말입니다. 정말 깜박 속아 넘어가기 쉽군요. 자신이 내린 판단이 항상 옳다고 믿어선 안 된다는 교훈을 얻었습니다, 레스트레이드 경감."

"그러게 말입니다. 사람들은 겉모습만 보고 잘못된 판단을 내리기 쉽습니다, 홈스 씨."

레스트레이드 경감이 대답했다. 우쭐거리는 모습은 차마 눈뜨고 보기 힘들 정도였지만 나는 아무 말도 할 수 없었다.

"두고 온 모자를 가져가기 위해 범죄 현장으로 되돌아왔다가 이렇게 뚜렷한 엄지손가락 자국을 남기다니, 정말 악인은 하늘이 벌하는군요. 어두운 복도에서 벽에 걸린 모자를 찾다가 지문을 찍는 건 아주 자연스러운 행동입니다."

홈스가 차분하게 말했지만 웃음을 애써 참느라 목소리가 가늘게 떨렸다.

"아, 이 놀라운 엄지손가락 자국은 대체 누가 발견했나요?"

"간밤에 가정부가 발견해서 경비를 서고 있던 순경에게 알려줬습니다."

"그 순경은 어디에 있었습니까?"

"올데이커의 침실에서 경비를 서고 있었습니다. 사건 현장이 훼손되는 걸 막기 위해서입니다."

"그런데 말입니다, 경찰이 왜 이제야 이 지문을 발견했습니까?"

"복도는 범죄 현장이 아니라서 침실만큼 샅샅이 조사하진 않았으니까요. 그리고 이곳이 눈에 잘 띄는 장소도 아니고요."

"그건 그렇군요. 그런데 어젯밤 순경이 벽의 지문을 확인한 것은 확실하지요?"

레스트레이드 경감은 자꾸만 뻔한 질문을 하는 홈스를 못마땅한 얼굴로 쳐다보았다. 나 역시 홈스가 그런 질문을 하는 의중을 파악하지 못해 당황하고 있었다.

"아니, 지문이 어젯밤에 갑자기 생겼다면 밤새 맥팔레인이 감옥에서 나와 아무도 몰래 자신에게 불리한 증거를 남기기라도 했단 말입니까? 이 지문이 맥팔레인의 것인지 아닌지 전문가에게 감식을 받을까요?"

"맥팔레인의 지문이라는 건 의심의 여지가 없습니다."

"그럼 이것으로 충분하지 않습니까?"

레스트레이드 경감이 답답하다는 듯 말했다.

"난 신속하고 정확한 수사를 좋아합니다. 홈스 씨, 증거를 확보했으니 이제 사건을 종결짓겠습니다. 거실에서 사건 보고서를 쓰고 있을 테니 뭔가 하실 말씀이 있으면 그리로 오십시오."

홈스의 얼굴에 언뜻 기쁨의 미소가 스쳤으나 곧 원래의 냉정을 되찾고 말했다.

"선명한 엄지손가락 지문이라……, 불행한 청년이군. 왓슨, 안 그런가? 그런데 이 지문이 역설적이게도 맥팔레인에게 한 가닥 희망을 던져 주고 있다네."

"그 말을 들으니 안심이 되는군."

나는 진심을 담아 대답했다.

"맥팔레인이 완전히 끝난 건 아닐까 걱정했네."

"그 청년이 범인이라고 단정 짓기는 아직 이르다네. 왓슨, 이 지문에는 치명적인 결함이 있거든. 레스트레이드 경감은 쉽게 간과해 버렸지만 말일세."

"뭐라고? 그게 정말인가? 어떤 결함이?"

"어제 낮까지만 해도 없었던 증거란 사실이지. 내가 조사했을 때는 저 지문이 분명히 없었다네. 왓슨, 이 어두운 복도를 벗어나 잠깐 햇볕을 쬐는 게 어떤가?"

현재 상황이 어떻게 돌아가고 있는지 전혀 파악할 수 없어 나는 무척이나 혼란스러웠다. 그러나 절망으로 가득했던 가슴이 한 줄기 희망으로 밝아 오는 것을 느끼며 홈스와 정원을 천천히 거닐었다. 홈스는 저택 주위를 한 바퀴 돌며 주변을 꼼꼼히 살펴보았다. 그다음에는 집 안으로 들어가 지하실부터 다락방까지 한 곳도 빠짐없이 훑어보며 돌아다녔다. 대부분 텅 빈 방들이었지만 홈스는 모든 방을 하나하나 다 점검했다. 마지막으로 침실 3개가 있는 맨 위층 복도에 이르렀을 때 홈스가 희색이 만연한 얼굴로 말했다.

"간만에 재미있는 사건을 만났는걸, 왓슨. 이제 레스트레이드 경감에게 가야겠네. 내 생각을 말하고 도움을 구해야겠어. 아까는 그가 우리를 비웃었지만, 내 생각이 옳았다는 것이 증명되면 상황이 역전될 걸세. 좋아, 이제 어떻게 해야 할지 알겠어."

우리는 거실로 레스트레이드 경감을 찾아갔다.

"사건이 종결되었다는 보고서입니까?"

홈스가 물었다.

"그렇습니다. 애초에 경찰이 예상한 대로 사건이 해결되었다는 내용이지요."

경감이 씩 웃으며 대답했다.

"그런데 말입니다, 종결 보고서를 쓰기는 아직 좀 이르지 않습니까? 나는 증거가 완벽히 갖춰지지 않았다는 생각이 듭니다."

레스트레이드 경감은 홈스와 몇 차례나 수사를 진행한 경험이 있던 터라 이 말을 그냥 흘려듣지 않았다. 그가 펜을 멈추고 의아한 눈빛으로 홈스를 보았다.

"무슨 말씀입니까, 홈스 씨?"

"경감이 꼭 만나야 할 중요한 증인이 있습니다."

"그렇다면 홈스 씨가 그 증인을 데리고 올 수 있습니까?"

"네, 가능할 것 같습니다."

"당장 그 증인을 만나고 싶군요."

"경감을 위해 최선을 다해 보겠습니다. 이 저택에 순경이 몇 명이나 있습니까?"

"3명입니다만?"

"그 정도면 충분합니다. 건장한 체격에 목소리도 우렁찬 사람들이겠지요?"

"물론입니다. 그런데 왜 그런 걸 물으시는

지 모르겠군요."

"아, 사건 해결에 아주 중요
한 요소입니다. 순경들을 불러
주시면 제가 증인을 이곳에 데
려오지요."

5분쯤 지나자 정말 체격이
좋은 순경 3명이 복도로 왔다.

"여러분은 바깥 창고에서 짚
더미를 가지고 오십시오. 각자
한 아름씩 들고 오면 될 겁
니다. 그 짚더미는 내가 말
한 증인을 불러내는 데 꼭
필요합니다. 모두들 감사합니

다. 자, 왓슨, 주머니에 성냥이 있으면 좀 건네주게. 레스트레이드
경감, 이제 함께 꼭대기 층으로 갈까요?"

아까도 말했지만 맨 위층에는 세 개의 침실을 연결하는 넓은 복도
가 있었다. 우리는 홈스를 따라 복도 맨 끝에 모여 섰다. 순경들은 서
로 얼굴을 보며 키득키득 웃었고 홈스를 보는 경감의 얼굴에는 당황
스러움과 일말의 기대, 그리고 비웃음이 복잡하게 섞여 있었다. 놀
라운 마술을 선보이는 마술사처럼 홈스가 우리 앞으로 나섰다.

"순경 중에 한 분이 양동이 두 개에 물을 떠 주시겠습니까? 나머
지 분들은 바닥에 짚을 골고루 뿌려 주시기 바랍니다. 아, 짚이 벽에
는 닿지 않게 조심하셔야 합니다. 아주 좋습니다. 준비가 얼추 끝났
군요."

홈스를 바라보는 레스트레이드 경감의 얼굴이 화를 참지 못해 점

차 붉게 변했다.

"우린 바쁜 사람들입니다. 이런 장난은 그만 집어치우시지요, 셜록 홈스 씨! 당신이 알고 있는 게 있으면 그냥 직접 말로 하면 되지 않습니까?"

"아, 오해하지 마십시오. 레스트레이드 경감, 이럴 수밖에 없는 이유가 있습니다. 사실 당신도 조금 전 저를 마음껏 비웃지 않았습니까? 그러니 제가 약간 성가신 일을 벌이더라도 넓은 아량으로 지켜봐 주셨으면 합니다. 왓슨, 창문을 열어 주게. 그리고 성냥불을 켜서 짚 가장자리에 던져 주겠나?"

나는 잠자코 홈스의 말대로 했다. 잘 마른 지푸라기에 떨어진 성냥불은 금세 번졌고 활짝 열린 창문으로 들어온 바람이 회색 연기를 퍼뜨려 복도는 온통 연기로 가득해졌다.

"그 증인이 곧 나타날 겁니다. 레스트레이드 경감, 우리 모두 '불이야!' 하고 목청껏 외쳐야 합니다. 자, 시작합니다. 하나, 둘, 셋!"

"불이야!"

모두 있는 힘껏 고함을 질렀다.

"아주 잘하셨습니다. 한 번 더 해 볼까요?"

"불이야!"

"마지막으로 한 번만 더!"

"불이야!"

결정적 증인의 등장

우리는 온 동네 사람이 다 들을 만큼 큰 소리로 외쳤다. 그런데 '불이야!' 소리가 채 끝나기도 전에 깜짝 놀랄 일이 눈앞에 펼쳐졌다. 갑자기 복도 끝의 벽 한쪽이 열리더니 굴 밖으로 뛰쳐나오는 생쥐처럼 왜소한 노인 한 명이 튀어나왔다.

"그렇지!"

홈스가 나직이 말했다.

"왓슨, 어서 짚더미에 물을 붓게나. 이제 됐네. 레스트레이드 경감, 사라졌던 중요 증인이 나타났습니다. 바로 조너스 올데이커 씨입니다."

경감은 입을 딱 벌린 채로 새롭게 출현한 인물을 그저 바라보기만 했다. 노인은 어두운 곳에 있다가 밝은 복도로 나와서인지 눈을 연신 깜빡거렸다. 노인은 아직도 모락모락 연기를 내고 있는 짚더미와 우리를 번갈아 쳐다보았다. 빠르게 움직이는 회색 눈동자와 흰 눈썹이 두드러지는 노인의 얼굴은 참으로 교활하고 사악해 보였다.

"당신, 도대체 뭐야?"

경감이 간신히 입을 열었다.

"그동안 무슨 짓을 꾸민 거야?"

올데이커는 잡아먹을 듯 노려보는 경감에게서 한 발 뒤로 물러나더니 주름투성이 얼굴을 일그러뜨리며 간사하게 웃었다.

"경감님, 늙은이의 장난일 뿐입니다. 악의는 없었습니다."

"악의는 없었다? 거참, 어이가 없군. 결백한 젊은이를 교수대로 보낼 뻔했는데도 악의가 없었다고? 홈스 씨가 아니었으면 자칫 당신 뜻대로 되었을지도 모르는데!"

노인이 비굴하게 말했다.

"아이고, 그저 장난이었습니다. 암요, 장난이었지요."

"구제불능인 사람이구먼. 장난이라고? 올데이커, 다시는 이런 못된 장난을 칠 수 없게 해 주지. 어서 데리고 내려가게. 내가 갈 때까지 거실에 붙잡아 두고 있게."

순경들이 올데이커 노인을 부축해서 내려가자 경감이 말했다.

"홈스 씨, 조금 전에는 부하들이 있어서 가만히 있었지만 왓슨 박사 앞에서야 괜찮으니 말하겠습니다. 정말 감탄했습니다. 어떻게 알아내셨는지 영문을 모르겠군요. 죄 없는 젊은이의 목숨뿐 아니라 자칫 땅에 떨어질 뻔한 내 체면도 살려 주셨습니다. 홈스 씨가 아니었으면 나는 돌이킬 수 없는 실수를 저질렀을 겁니다."

홈스는 풀이 잔뜩 죽은 경감의 어깨를 두드렸다.

"이번 사건으로 오히려 경감의 명성이 더 자자해질 겁니다. 사건 보고서를 아직 완성하진 않으셨지요? 약간 고치셔야겠습니다. 아무리 교활한 악당이라도 레스트레이드 경감의 날카로운 눈을 피해 갈 수 없다는 걸 모두들 알게 되겠지요."

"이 사건 수사에 홈스 씨는 참여하지 않은 것으로 하라는 말씀이십니까?"

"네. 나에게는 재미있는 사건 자체가 보상입니다. 그리고 시간이 한참 흐른 뒤에는 여기 있는 기록자가 이 사건에 대한 글을 세상에 발표하면 나도 명예를 얻겠지요. 그렇지 않은가, 왓슨? 이제 그 쥐새끼 같은 노인이 숨어 있던 방을 구경해 볼까요?"

은신처는 복도 끝에 있었는데 폭이 좁은 문을 통해 드나들 수 있는 조그만 방이었다. 문은 나무 널빤지로 이어 붙인 벽처럼 보이도록 교묘히 숨겨져 있었다. 방 안에는 가구 몇 개와 약간의 음식, 물통이 있었고 신문과 책도 마련되어 있었다.

"이 모든 건 올데이커가 건축가였기 때문에 가능했네. 누구의 도움도 받지 않고 혼자 비밀스럽게 이 방을 만들 수 있었겠지. 물론 숨어 있는 동안은 가정부가 도와주어야 했지만. 레스트레이드 경감, 가정부도 공범으로 체포해야 할 겁니다."

"당연히 그래야지요. 그런데 이 은신처를 어떻게 알아냈습니까?"

"올데이커가 집에 숨어 있다고 확신한 것은 아까 이 복도를 걷다가 아래층 복도보다 그 길이가 좀 더 짧다는 사실을 발견했을 때였습니다. 올데이커가 어디 숨었는지는 불 보듯 뻔했지요. 그는 불이 났다는 소리에도 가만히 은신처에 숨어 있을 만한 사람이 아니라고 생각했습니다. 우리가 은신처를 덮쳐서 올데이커를 끌어낼 수도 있었지만, 그가 스스로 뛰어나오게 하는 편이 더 재미있을 것 같았지요. 뭐, 오늘 아침 경감이 나를 마음껏 비웃었기에 좀 놀라게 하려는 의도도 있었습니다."

"그렇다면 우리는 비긴 셈입니다, 허허허. 여전히 살아 있는 올데이커가 은신 중이라는 건 어떻게 알았습니까?"

"오늘 경감이 보여 준 지문이 단서가 되었습니다. 레스트레이드 경감의 말처럼 결정적 증거였지요. 물론 당신이 말한 의미와는 다른 의미에서 말입니다. 어제 낮에는 그 지문이 분명히 없었습니다. 내가 온 집 안과 정원까지도 자세히 조사했기 때문에 확신할 수 있었습니다. 그 지문은 누군가 어젯밤에 조작한 것이었습니다."

"어떻게 그럴 수가 있습니까?"

"방법은 의외로 간단합니다. 침실에서 서류 정리를 할 때 보안을 위해 촛농으로 봉투를 밀봉하라고 올데이커가 맥팔레인에게 말했겠지요. 중요 서류라면 밀봉이야 당연한 거니까 맥팔레인은 아무 의심 없이 말랑말랑한 촛농을 봉투에 붙이고 엄지손가락으로 눌렀을 겁니다. 워낙 일상적인 일이라 우리에게 진상에 대해 말할 때 기억도 못 해냈을 테지요. 올데이커 역시 사건 당시에는 젊은이의 지문이 찍힌 촛농을 범죄에 이용해야겠다고는 생각 못했을 겁니다. 그런데 은신처에서 사건에 대해 생각하다가 맥팔레인이 범인이라는 데 쐐기를 박을 증거를 만들 수 있다는 걸 깨달은 겁니다.

청년의 지문이 찍힌 봉인을 찾아서 거기에 피를 묻힌 다음, 밤에 몰래 복도 벽에 찍었습니다. 벽에 묻힐 피야 아마도 자기 손가락을 찔러 얻었겠지요. 가정부의 도움을 받거나 본인이 직접 그 지문을 남겼을 겁니다. 아, 올데이커의 서류를 점검해 보면 사라진 서류가 있겠군요. 청년의 지문이 찍힌 채 봉인된 서류는 은신처에서 나올 겁니다."

"아주 훌륭합니다!"

레스트레이가 큰 소리로 외쳤다.

"더할 나위 없이 완벽한 추리입니다! 홈스 씨의 설명을 들으니 이제 사건이 명확해졌습니다. 그런데 이 악랄한 장난의 동기가 무엇입니까?"

기고만장하던 태도가 싹 사라진 지금, 경감은 선생님에게 질문하는 모범생처럼 보였다. 그런 경감을 보고 있자니 나는 웃음이 터질 것 같았다.

"동기를 알아내는 건 어렵지 않습니다. 올데이커는 한 번 원한을 품으면 절대 잊지 않는 음흉한 작자입니다. 그런 그가 맥팔레인의 어머니와 약혼했다가 파혼당했다는 건 아시지요? 아, 아직 모르셨다고요? 이런, 제가 분명히 노우드보다 블랙히스를 먼저 가 봐야 한다고 했을 텐데요. 아무튼 올데이커의 마음속에는 맥팔레인 부인으로부터 거절당한 상처가 사무친 원한이 되어 남아 있었습니다.

어떻게 복수를 해 줄지 늘 생각해 오던 그가 마침내 기회를 잡았습니다. 최근 몇 년간 사업이 기울자 다른 일에 손을 댔다가 빚을 진 것 같습니다. 그래서 빚쟁이들의 눈을 피하기 위해 '코넬리우스'라는 가명으로 계좌를 만들고 그 통장으로 자신의 전 재산을 이체했습니다. 은행을 찾아가 조사하면 올데이커가 거액의 수표를 코넬리우스에게 송금한 사실이 확인될 겁니다. 아직 수표 추적은 못했지만 그가 가끔 방문하던 어느 지방의 은행에서 발견될 거라고 확신합니다. 올데이커는 두 개의 이름으로 이중생활을 하고 있었던 겁니다. 이름을 바꾸고 재산도 모두 코넬리우스에게 넘긴 다음, 올데이커를 완전히 사라지게 하고 런던에서 멀리 떨어진 곳에서 코넬리우스로서 새로운 삶을 살겠다고 결심한 거지요."

"음, 그렇다면 모든 게 이해됩니다."

"의심을 사지 않고 올데이커로서의 삶을 정리할 방법을 궁리하다가 옛 약혼자에게 복수도 할 수 있는 방법을 떠올린 겁니다. 바로 맥팔레인 부인의 아들에게 살해되는 것으로 꾸미는 음모였으니, 정말 치가 떨리는 작자입니다.

올데이커는 거의 완벽하게 일을 꾸며 냈습니다. 새로 작성한 유언장이 맥팔레인을 범인으로 몰고 가는 훌륭한 동기가 되었으니까요. 그는 청년이 부모에게는 알리지 않고 자신을 찾아오게 만들었습니다. 그러고는 지팡이를 숨겨 놓고 핏자국을 남기고 나뭇더미 속에 단추와 동물 사체를 집어던지고 불을 지른다는 계획은 아주 그럴듯한 흉계였습니다.

그러나 안타깝게도 올데이커에게는 훌륭한 예술가라면 갖춰야 할 재능이 없었습니다. 작품에서 손을 떼야 하는 때를 미처 알지 못했던 겁니다. 이미 완벽한 작품에 필요 이상으로 손을 댔습니다. 그의 입장에서는 바짝 조인 맥팔레인의 숨통을 아예 끊어 놓고 싶었겠지요. 빠져나갈 여지가 전혀 없게 말입니다. 그러나 지나친 욕심으로 모든 일을 망쳐 버렸습니다. 그럼 이제 아래층으로 내려갈까요? 그에게 꼭 말하고 싶은 게 있습니다."

흉악한 노인은 몸을 잔뜩 웅크린 채 거실 의자에 앉아 있었다. 노인의 뒤에는 순경 두 명이 서 있었다.

"경감님, 생각이 짧은 불쌍한 늙은이의 장난이었습니다. 흔한 장난 말입니다."

노인이 울음 섞인 목소리로 떠들어 댔다.

"맹세코 말할 수 있습니다. 문득 내가 사라지면 무슨 일이 생길지 궁금해서 숨어 봤습니다. 설마 제가 그 청년에게 나쁜 마음을 품고 그런 짓을 했다고 생각하진 않으시겠지요?"

"그거야 재판정에서 결정되겠지."

레스트레이드가 퉁명스럽게 대꾸했다.

"살인미수 및 음모 혐의로 당신을 체포하겠다."

"참, 코넬리우스 명의의 계좌에 당신의 전 재산이 있다는 걸 빚쟁이들이 알게 될 겁니다."

홈스가 명랑하게 말했다. 노인의 놀란 눈이 곧 분노로 이글거렸다.

"당신에게는 신세를 많이 지는군. 이 빚은 내 반드시 갚지."

빙긋 웃으며 홈스가 말했다.

"앞으로 그럴 기회가 당신에겐 없을 것 같군요. 그건 그렇고, 나뭇더미 속에 바지와 같이 태운 것이 뭐였습니까? 개? 아니면 토끼? 허, 입을 안 여시는군. 말해 준다면 당신의 마지막 친절에 감사할 텐데. 그럼, 토끼였다고 생각하겠습니다. 토끼 2마리라면 현장의 핏자국을 만들기에도 충분하고, 타고 남은 숯의 양과도 비슷하니까요. 돌아가서 사건을 기록할 때 토끼 2마리라고 쓰게나, 왓슨."

춤추는
사람들

힐턴 큐빗

노퍽 주 유서 깊은 큐빗 가문 출신의 깔끔한 중년 신사. 185 센티미터 정도의 큰 키에 깊고 푸른 눈, 부드러운 인상의 소유자. 우직할 정도로 성실하며 아내에 대한 사랑이 극진하다.

큐빗 부인

힐턴 큐빗의 아내. 런던의 같은 하숙집에서 만난 큐빗과 사랑에 빠진 후 곧바로 결혼한 미국인. 마음이 착하고 불의를 피해 머나먼 타국행을 마다하지 않을 정도로 결단력이 있다.

마틴 경위

노퍽 경찰대 소속의 경위. 밀랍으로 굳힌 콧수염에 말쑥한 차림을 즐기며 몸이 민첩하다. 다소 신경질적인 인상이지만 실제로는 겸손한 성격의 소유자다. 이번 사건의 책임자로서 홈스를 돕는다.

에이브 슬레이니

미국인. 큰 키에 약간 거무스레한 피부, 회색 플란넬 정장에 파나마 모자를 쓴 멋쟁이다. 빳빳한 검은 턱수염과 큼직한 매부리코 때문에 사나워 보인다. 이번 사건의 열쇠를 쥐고 있는 인물이다.

《춤추는 사람들》은 1903년 12월에 《스트랜드 매거진》에 발표된 작품으로 후에 《셜록 홈스의 귀환》에 수록되었다. 저자 코난 도일은 이 작품을 스스로 선정한 '베스트 12' 중 3위에 올릴 정도로 높이 평가했다. 원고는 적십자 바자회에 기부되어 1918년 4월 22일 10파운드 10실링에 낙찰되었는데, 1923년 뉴욕 경매에서는 무려 5백 달러에 낙찰되기도 했다.

이 작품의 매력은 암호 해독에 있다. 암호 중 가장 기초적이라 할 수 있는 '문자 대치 암호'이지만, 단순한 숫자가 아니라 사람 모양의 그림이라는 점이 흥미를 더한다. 이 암호는 코난 도일이 착안해 낸 것은 아니라고 한다. 그는 단지 1903년 힐 하우스 호텔에서 사인북에 서명을 하다가 호텔 경영자의 아들인 G. J. 큐빗이 자신의 이름과 주소를 이 암호를 이용해 쓴 것을 작품에 인용했을 뿐이다. 실제 이 암호가 세상에 모습을 나타낸 것은 《춤추는 사람들》이 발표되기 20여 년 전인 1874년 어린이 잡지인 《세인트 니콜라스 매거진》 6월호에 게재된 《Restless Imp》에서였다.

추리의 고리

그날은 찌는 듯 무더운 7월의 어느 날이었다. 나와 홈스가 살고 있는 베이커 가 221B번지의 2층 방은 정체 모를 파란 연기로 가득 차 있었다. 그 속에서 홈스는 고양이처럼 가늘고 긴 등을 잔뜩 웅크린 채 연기의 근원지인 유리관을 뚫어지게 쳐다보고 있었다.

고개를 푹 수그리고 있었기 때문에 우중충한 회색 깃털에 검은 볏을 단 말라빠진 새처럼 보였다.

나는 내 친구의 실험에는 전혀 관심이 없었다. 매캐한 냄새가 코를 찔렀지만 그와 함께 살면서 어느새 이런 환경에 익숙해져 있었기 때문에 그저 평소에 즐겨 앉던 의자에 몸을 깊숙이 파묻고 깊은 생각에 빠져 있었다.

"그만두기로 했나 보군."

"뭐?"

나는 갑자기 홈스의 목소리를 듣고 현실로 돌아왔다.

홈스는 나를 바라보며 빙그레 웃고 있었다.

"뭐라고? 잘 못 들었어."

"별건 아니네. 그저 자네가 남아프리카 광산 주식을 사는 것을 포기한 모양이라고 말했을 뿐이야."

난 기가 막혔다. 홈스는 느닷없이 내 머릿속에 들어갔다 나오기라도 한 사람처럼 말하고 있었던 것이다.

"뭐야? 어떻게 알았나? 그 주식에 대해서는 한마디도 꺼낸 적이 없는데……."

사실 홈스는 남의 마음속을 꿰뚫어 보는 데 비상한 재주를 가지고 있었다. 물론 실제로 독심술을 사용했던 것은 아니다. 단지 남달리 뛰어난 관찰력과 분석력으로 앞뒤를 판단했을 뿐이다. 그렇다고 해도 밑도 끝도 없이 툭 던지는 그의 한마디에 속내를 들켜 버린 듯 놀라기는 매번 마찬가지였다. 홈스는 그렇게 사람들이 놀라는 것을 즐기는 것 같았다.

그날도 그랬다. 홈스는 연기가 쏟아져 나오고 있는 시험관 하나를 든 채 동그란 의자를 빙 돌려 나를 바라보았다. 움푹 들어간 그의 눈에는 여지없이 장난기 가득한 웃음이 스치고 있었다.

"왓슨, 꽤 놀랐지, 그렇지?"

"그걸 말이라고 하나? 도대체 어떻게 안 건가?"

"알려 주는 건 어렵지 않지만 그만두겠네. '쳇, 난 또 뭐라고.' 하면서 비웃을 테니까 말이야."

"비웃지 않겠다고 약속할 테니 어서 말해 보게."

"그럼 자네가 깜짝 놀랐다는 각서와 서명을 받아야겠네."

"홈스!"

내가 안달이 나서 다그치자 홈스는 호탕하게

웃어 젖혔다.

"좋아, 얘기해 주지."

홈스는 한참 만에 웃음이 아직 남아 있는 얼굴로 들고 있던 시험관을 테이블 위에 내려놓고 이야기를 시작했다.

"왓슨, 난 자네도 알다시피 자네 마음을 읽는 재주는 없네. 다만 여러 가지 정황을 종합해서 추리를 할 뿐이지. 사실 추리라는 건 그리 어려운 게 아니야. 뒤의 일은 앞의 일과 반드시 연관되어 있거든. 추리라는 건 그저 각각의 사실을 하나의 고리로 연결하기만 하면 되는 거야. 하지만 그 중간 과정을 빼고 맨 처음과 끝만 연결시켜서 사람들에게 얘기하면 열에 아홉은 깜짝 놀란다네. 아주 효과적이지. 내가 자네의 의중을 알아낸 것도 바로 그런 방법을 이용한 것뿐이야. 아무튼 자네 생각에 대한 내 추리의 열쇠는 바로 자네 왼쪽 손에 있었네."

"왼손?"

난 왼손을 들어 들여다보았다. 하지만 이상할 것 없는 평범한 손이었다.

"잘 보면 엄지와 검지 사이에 움푹 들어간 흔적이 있지? 그 흔적으로 보면 자네는 어젯밤 당구를 쳤어. 증거는 또 있네. 어젯밤 자네가 외출에서 돌아왔을 때 왼손 엄지와 검지에 분필가루 같은 것이 묻어 있었거든. 바로 당구를 칠 때 큐가 미끄러지는 것을 막기 위해 바르는 초크였어. 평소에 당구를 칠 때 자네는 아주 습관적으로 초크를 바르거든."

"그렇군. 이게 광산 투자를 포기한 것과 무슨 상관인가?"

"아니, 아주 관련이 깊어. 자, 이제 중간에 빠진 고리들을 자세히 얘기해 줌세."

홈스는 학생들 앞에서 강의하는 교수처럼 진지한 표정으로 말을 이었다.

"첫째, 자네는 어젯밤 당구를 쳤네. 둘째, 자네에게는 당구 칠 때 초크를 바르는 습관이 있어. 셋째, 자네는 꼭 시스턴하고만 당구를 치지. 넷째, 시스턴이라는 친구는 주식이나 경마로 한몫 잡아 보려고 혈안이 되어 있네. 다섯째, 정확히 4주 전에 자네는 내게 시스턴에게서 공동 투자를 하자는 제안을 받았다고 했네. 그건 남아프리카 광산에 대한 주식이었는데 기한이 한 달이라는 말도 덧붙였어. 여섯째, 자네 수표책은 내 서랍 안에 있지만 아직까지도 열쇠를 달라고 한 적이 없어. 결국 자네가 고민하는 사이 시스턴이 제시한 기한은 끝나 버렸네. 이 모든 것을 종합해 보면 자네는 투자를 포기한 것이 되지."

"정말 간단하군."

내가 어이없다는 듯 한숨을 쉬자 홈스는 홈스대로 이죽거렸다.

"내 그럴 줄 알았어. 얘기를 다 듣고 나자 금방 아무것도 아니라는 표정이 되는군. 좋아! 그럼 이건 자네가 설명해 보게."

홈스는 내 앞에 있는 테이블에 종이쪽지 하나를 던져 놓더니 다시 유리관 쪽으로 돌아앉아 버렸다. 나는 종이쪽지를 들여다본 순간 이맛살을 찌푸렸다. 거기에는 고대 상형문자 같은 모양의 우스꽝스러운 그림들이 그려져 있었다.

"이건 어린애들이 장난으로 그린 그림 아닌가? 설명하고 말고 할 것도 없지 않나?"

"어린애 장난이라고? 자네는 어린애들이 그린 그림을 보고 신경쇠약에 걸리는가 보군."

"신경쇠약이라니, 그건 또 무슨 소린가? 이 그림을 보고 누가 신경쇠약에 걸렸다는 건가?"

"바로 그렇다네."

"이게 도대체 뭔데……?"

난 다시 한 번 종이쪽지를 들여다봤지만 아무것도 알 수 없기는 마찬가지였다.

"나도 아직은 정확히 알 수는 없어. 하지만 중대한 비밀을 간직하고 있다는 것만은 분명해."

"사건인가?"

나는 비밀이라는 말에 호기심이 발동했다.

"그래. 노퍽 주 라이딩 소프 영주관에 살고 있는 힐턴 큐빗 씨가 비밀을 풀어 달라면서 우편으로 보낸 거야. 뭐, 어쨌든 우편물을 먼저 붙이고 곧바로 기차로 온다고 했으니까 조만간 의뢰인인 큐빗 씨도 도착할 걸세. 아, 드디어 오신 것 같군."

아니나 다를까, 아래층에서 초인종 소리가 났다. 그리고 곧이어 계단을 올라오는 묵직한 발자국 소리가 들려오더니 방문 앞에서 멈춰 섰다. 가볍게 문을 두드리는 노크 소리가 들렸다.

"들어오십시오."

홈스가 나를 향해 싱끗 웃어 보이더니 큰 소리로 말했다.

춤추는 사람들

문을 열고 들어온 사람은 수염 자국이 선명한 마흔 살가량의 신사였다. 키가 아주 컸는데 대충 보기에도 185센티미터는 넘어 보였다. 맑은 눈과 건강하게 홍조를 띤 양 볼은 그가 사는 곳이 얼마나 청정한 곳인지를 짐작하고도 남게 했다. 적어도 런던의 지독한 안개 속에서 사는 사람이 아니라는 것만은 확실했다. 안으로 성큼성큼 들어서는 그의 모습에서 나는 동부 연안에 부는 상쾌한 바람이 한 줄기 불어 들어오는 것 같은 착각이 들었다.

사내는 점잖게 우리와 악수를 나눈 뒤 의자에 앉으려다가 멈칫했다. 내가 방금까지 보다가 테이블에 올려놓은 이상한 그림이 그려진 종이쪽지를 본 것이다.

"생각대로 우편물이 먼저 와 있었군요. 자, 이걸 어떻게 생각하십니까?"

그는 의자에 앉으면서 소리치다시피 큰 소리로 물었다.

"제가 듣기로는 당신은 수수께끼 같은 것들을 무척 좋아하신다더군요. 하지만 이것보다 더 기묘한 것은 보지 못하셨을 겁니다. 그래서 먼저 연구해 보시라고 우편으로 보내 드린 겁니다."

"확실히 흥미롭기는 합니다."

홈스는 천천히 자리에서 일어나더니 테이블 쪽으로 다가왔다. 그러고는 문제의 종이쪽지를 엄지와 검지를 이용해 집어 들며 말을 이었다.

"우스꽝스럽게 생긴 사람 여럿이 춤을 추고 있는 듯도 하고 뭔가 암호인 듯도 하고 말입니다. 하지만 제가 궁금한 건 애들이 낙서해 놓은 것만 같은 이 그림의 진위가 아닙니다. 큐빗 씨께서 이 그림에 어떤 의미가 있을 거라고 생각한 이유입니다."

"아, 오해하셨군요. 그렇게 생각한 것은 저의 아내입니다. 아내는 그 그림을 받은 뒤부터 지금껏 공포에 떨고 있습니다. 비록 직접적으로 말을 한 건 아니지만 그 눈을 보면 누구라도 금방 알 수 있을 겁니다. 그러니 아내를 위해서라도 꼭 그 그림의 비밀을 밝혀내야만 합니다."

홈스는 대답 대신 종이쪽지를 들어 햇빛에 비춰 보았다. 나는 홈스의 어깨너머로 다시 한 번 종이에 그려진 그림을 확인했다.

공책에 아무렇게나 그려서 뜯어낸 그것에는 숨겨진 그림 같은 건 없었다.

"재미있겠는걸."

홈스는 그림을 한참 들여다보다가 혼잣말을 하더니 이내 조심스럽게 접어서 지갑 속에 넣었다.

"힐턴 큐빗 씨, 저는 이 그림과 함께 보내 주신 편지로 그동안 있었던 일을 대강은 알고 있습니다만 여기 있는 왓슨 박사에게는 아직 설명해 주지 못했습니다. 그러니 괜찮으시다면 다시 한 번 자세히 설명해 주셨으면 좋겠군요."

"저는 말을 조리 있게 하는 사람이 아니라……."

큐빗이라 불린 사내는 불안한 듯 투박한 두 손을 쥐었다 폈다 하더니 무거운 목소리로 이야기를 시작했다.

"혹시라도 이해가 잘 안 되신다면 그때그때 물어봐 주십시오. 먼저 지금의 제 아내와 결혼하게 된 경위부터 설명해 드려야겠군요."

큐빗은 동의를 구하려는 듯 홈스를 바라보았고 홈스는 가볍게 고개를 한 번 끄덕였다.

"좋습니다. 아, 그 전에 밝혀두고 싶은 게 있습니다. 저는 큰 부자는 아니지만 지난 5백 년 동안 라이딩 소프에 살면서 나름대로 명성을 쌓은 유서 깊은 집안의 후손입니다. 노퍽 주에서 우리보다 유명한 가문은 없을 겁니다. 저는 작년에 빅토리아 여왕 즉위 60주년을 축하하는 기념식에 참석하기 위해 런던에 온 일이 있습니다. 우리 교구의 파커 목사 소개로 러셀 광장에 있는 하숙집에서 한동안 머물렀는데 바로 거기서 젊은 미국 여성인 엘시 패트릭, 그러니까 지금의 제 아내를 만난 겁니다. 그때 아내도 바로 그 집에 머물고 있었던 거지요. 우리는 오가며 얼굴을 익힌 후 자연스럽게 친구가 되었습니다. 그렇게 한 달을 보내는 사이 저는 사랑에 빠져 버리고 말았습니다. 집으로 돌아가야만 했을 때 저는 그녀와 헤어질 수 없었습니다. 그래서 등기소에서 하객 하나 없이 조촐한 결혼식을 올렸습니다. 뭐, 결혼식이라기보다는 혼인 신고만 한 것이었지만 말입니다. 어쨌든 우리는 그렇게 부부가 되었고 함께 노퍽으로 돌아왔습니다. 홈스씨, 저같이 유서 깊은 가문의 자제가 오다 가다 만난 근본도 모르는 여자와 결혼했다고 흉보시지는 않으셨으면 좋겠군요. 일단 제 아내를 만나 보시면 그런 생각이 기우였다는 것을 아시게 될 테니 말입니다.

과거 문제에 있어서도 아내는 아주 솔직했습니다. 결혼 자체를 재고해 보라며 시간을 준 것도 아내였습니다. 혼인신고를 하기 전날 아내는 이런 말을 했습니다.

'옛날에 나는 아주 불쾌한 사람들과 알고 지냈어요. 영국으로 온 것도 그들과 연을 끊고 싶어서였지요. 어쨌든 그때의 기억은 너무 괴롭고 고통스러워서 다시는 떠올리기도, 입에 담기도 싫어요. 하지만 한 가지 분명한 건 당신이 만약 나와 결혼하신다면 당신은 조금도 수치스러울 것 없는 여자를 아내로 맞이하게 된다는 거예요. 대신 한 가지는 약속해 주셔야 해요. 바로 결혼하기 전에 있었던 일에 대해서는 한 가지도 묻지 않는다는 거예요. 만약 이 조건이 마음에 걸리거나 받아들이기 어렵다면 그대로 노퍽으로 돌아가세요. 저는 저대로 여기 남아 지금처럼 혼자 살아가겠어요. 그런다 해도 당신을 원망하지는 않을 테니 걱정 마시고요.'

저는 그녀가 내건 조건을 두말 않고 수락했습니다. 그리고 지금까지 그 약속을 충실히 지키고 있습니다.

이렇게 해서 우리가 결혼한 지 어느덧 1년이 되었습니다. 그동안 우리는 정말로 행복했습니다. 그런데 6월 말, 그러니까 한 달 전이었습니다."

큐빗은 흥분한 듯 잠시 말을 멈췄다가 이었다.

"그날 아침 아내 앞으로 미국에서 온 편지가 배달되었습니다. 그

런데 편지를 읽는 아내의 얼굴이 점점 파랗게 질려 갔던 겁니다. 아
내는 죽은 사람의 얼굴처럼 되어서는 곧바로 그 편지를 봉투째 불이
활활 타오르고 있는 벽난로에 던져 버리더군요. 그러고는 편지에 대
해 굳게 입을 다물었습니다. 물론 저도 묻지 않았습니다. 결혼 전 일
에 대해 묻지 않기로 약속했으니까요."

"큐빗 씨."

홈스가 큐빗의 말을 끊었다.

"미국에서 온 것인지는 어떻게 아신 겁니까?"

"겉봉에 찍혀 있던 소인을 얼핏 봤습니다."

"그렇군요. 계속하십시오."

큐빗은 헛기침을 몇 번 한 후 이야기를 계속했다.

"편지를 받은 날, 분명히 그때부터였습니다. 우리 부부의 편안한 일상이 깨진 게 말입니다. 그날 이후 아내는 늘 불안해했습니다. 또 두려움이 가득한 얼굴로 늘 무언가를 기다리는 것 같았지요. 아, 아내가 저를 믿어만 준다면 얼마나 좋을까요? 그렇게 되면 제가 더없이 충실한 자기편이라는 것을 알게 될 텐데 말입니다. 하지만 아내가 먼저 말하기 전에는 물어볼 수가 없으니 답답할 노릇이었습니다.

홈스 씨, 선입견을 가지실까 봐 드리는 말씀인데, 아내는 아주 진실한 여자입니다. 과거에 어떤 일이 있었다 하더라도 그것은 아내가 의도한 것은 아니라는 겁니다. 절대로 그럴 사람이 아닙니다. 저는 일개 지주에 불과하지만 가문의 영예는 누구보다도 소중히 여기고 있습니다. 그건 아내도 잘 알고 있지요. 그렇기 때문에 비록 과거일망정 가문에 먹칠을 할 만한 일은 하지 않았을 겁니다. 그건 분명합니다."

큐빗은 자신의 주장에 동의를 얻으려는 듯 홈스를 쳐다보았다. 홈스는 긍정인지 아닌지 모르게 고개를 끄덕였다. 내가 보기에는 그저 의미 없는 고갯짓 같았지만 큐빗은 안심이 된다는 듯 다음 이야기를 계속 이어 나갔다.

"그런데 일주일 전인 지난 화요일에 이상한 일이 일어났습니다. 아침 일찍 일어나 거실로 나오다가 창틀에 이 종이쪽지에 있는 것과 같이 춤을 추는 듯한 우스꽝스러운 사람들이 그려져 있는 것을 발견한 겁니다. 그것은 분필로 그려져 있었는데 처음엔 마구간에서 심부름을 하는 아이가 낙서한 것이라고 생각했습니다. 하지만 그 애는 자기가 한 게 아니라고 하더군요. 누가 한 짓인지는 알 수 없었지만 밤사이에 그려진 것은 분명했습니다. 전날 밤 자러 가기 전에 문단속하면서 확인한 것이었으니까요. 어쨌든 저는 하녀에게 그림을 말끔히 지워 내라고 이른 후 잊기로 했습니다. 그런데 아침 식사를 하다가 지나가는 말로 아내에게 그 그림에 대해 말하게 되었습니다. 순간 아내의 얼굴이 창백해지더군요. 그러더니 앞으로 또 그런 그림이 있거든 자신에게도 보여 달라고 부탁하는 것이었습니다.

그로부터 4, 5일은 아무 일도 일어나지 않았습니다. 아내는 여전히 어딘지 모르게 초조해하고 있었지만 그렇다고 크게 티를 낸 것은 아닙니다. 그저 조금 초조해하는 모습을 종종 보였을 뿐입니다. 그런데 바로 어제 아침, 또다시 같은 그림이 발견된 것입니다. 이번에 그림이 발견된 곳은 정원에 있는 해시계 위였습니다. 저는 아무 생각 없이 아내가 부탁한 대로 아내 엘시에게 그것을 보여 줬습니다. 그러자 아내는 정신을 놓아 버리고 말더군요. 얼마 후 눈을 뜨긴 했지만 아직도 꿈속을 헤매는 것인지, 아니면 반쯤 정신이 나간 것인지 묻는 말에 대답도 못하고 그저 멍하게 있을 뿐이었습니다. 하지만 한 가지는 확실했습니다. 아내의 눈이 공포로 떨고 있다는 것 말입니다.

홈스 씨, 생각다 못해 당신에게 편지와 함께 이 종이쪽지를 먼저 보낸 겁니다. 물론 경찰에 신고해 볼까도 생각해 봤지만 비웃음만 당하고 말 것 같았습니다. 하지만 당신이라면 애들 장난으로 취급하지 않고 진지하게 고민해 주리라는 생각이 들었습니다. 이미 말했듯이 저는 재산이 많지는 않습니다. 하지만 내 아내에게 진짜로 어떤 위험이 닥친 거라면 전 재산을 털어서라도 아내를 지킬 겁니다.”

동부의 오래된 땅에서 온 사내는 우직해 보일

정도로 성실한 눈빛을 가지고 있었다. 그는 크고 푸른 눈과 보름달처럼 훤한 낯빛에 성실하고 단순한 태도가 몸에 배어 있었다. 또 지주의 아들로 넉넉하게 자라서인지 인상이 너그럽고 부드러웠다. 무엇보다도 내 눈길을 끈 건 아내에 대한 사랑과 신뢰가 빛나고 있는 얼굴이었다.

그의 이야기를 매우 주의 깊게 듣던 홈스는 그가 입을 다문 후에도 무슨 생각을 하는지 한동안 말이 없었다.

"큐빗 씨."

드디어 홈스가 입을 열었다.

"부인께 비밀을 털어놓으라고 설득하는 것이 가장 빠르고 확실한 방법이 아닐까요?"

"그건 안 됩니다."

큐빗은 무거운 표정으로 커다란 머리를 절레절레 흔들었다.

"저는 아내와 약속을 했습니다. 그러니 어떤 경우에도 지키지 않으면 안 됩니다. 또 그렇게 쉽게 얘기할 수 있는 것이라면 제가 묻기 전에 아내가 털어놨을 겁니다. 그렇다고 해서 아내가 두려움에 떨고 있는데 아무것도 하지 않는 것은 남편 된 사람의 도리가 아니라고 생각합니다. 그저 약속을 지키면서 남편으로서 할 일을 하고 싶을 뿐입니다."

"잘 알겠습니다. 그렇다면 저도 기꺼이 도움이 되어 드리도록 하지요."

"아, 감사합니다."

"그럼 몇 가지 질문을 좀 하겠습니다. 먼저, 최근에 집 근처에서 낯선 사람을 보았다는 얘기를 들으신 일이 없었습니까?"

"그런 일 없습니다."

"큐빗 씨가 사시는 곳은 조용한 고장이겠지요? 낯선 사람이 나타나면 금방 소문이 날 정도로 말입니다."

"근처에 나타났다면 그럴 겁니다. 하지만 조금 떨어진 곳에 작은 해수욕장이 몇 개 있는데 그곳에는 외지인이 많이 옵니다. 그러니 낯선 사람이라고 해도 특별할 것은 없을 겁니다. 그곳 농부들 몇몇은 숙박객을 받기도 하지요."

"큐빗 씨, 이 그림에는 분명히 비밀이 감춰져 있습니다. 하지만 임의로 만들어진 것이라면 해독하기란 거의 불가능하다고 봐야 할 것입니다. 반대로 이 그림들 사이에 어떤 규칙이 있다면 그 의미를 알아내는 것은 그리 어려운 일이 아니지요. 대신 더 많은 정보가 필요합니다. 지금 큐빗 씨께서 들려주신 얘기로는 너무 막연해서 정확한 추리를 할 수가 없군요. 그러니……."

큐빗은 수업을 열심히 듣고 있는 학생처럼 홈스를 주목했다.

"일단은 노퍽으로 돌아가서 주변에 좀 더 신경을 쓰십시오. 그러다 만약 새로운 그림이 나타나면 정확하게 베껴 놓으십시오. 지난번 창틀에 나타났다는 그림을 그냥 지워 버리셨다니 조금 유감입니다만 그림을 그린 자가 정말 어떤 의도가 있다면 분명히 새로운 그림을 그릴 게 틀림없습니다. 또 한 가지, 근방에 낯선 사람이 있는지 세밀하게 조사해 주시기 바랍니다. 그런 다음 새로운 정보가 모이면 다시 방문해 주십시오. 큐빗 씨, 지금 당장 제가 해 드릴 수 있는 조언은 이게 전부입니다. 하지만 만약 위급한 일이 생기면 연락을 주십시오. 곧바로 노퍽으로 달려가겠습니다."

보이지 않는 적

그날 이후 홈스는 혼자서 깊은 생각에 빠지는 일이 잦아졌다. 그럴 때마다 그는 주머니에서 큐빗이 주고 간 종이쪽지를 꺼내 뚫어져라 바라보곤 했다. 하지만 입으로는 아무 말도 하지 않았다. 말을 시킨다고 해서 대답할 홈스가 아니라는 것을 잘 알기 때문에 나 역시 아무것도 묻지 않았다. 그렇게 2주라는 시간이 흘러갔다.

그러던 어느 날 오후였다. 외출을 하려고 나서는 나를 홈스가 불러 세웠다.

"왓슨, 오늘은 외출하지 않는 게 어떨까?"

"왜?"

"큐빗 씨가 올 거야. 기억하지? 전에 춤추는 사람이 그려진 이상한 종이쪽지를 맡기고 간 사람 말이야. 오늘 아침에 그 사람한테서 전보가 왔는데 1시 20분쯤에 리버풀 가에 도착한다고 했으니까 조금 후면 여기 들이닥칠 걸세. 뭔가 심상치 않은 일이 일어난 모양이야."

결국 나는 외출을 포기하고 의자에 앉았다. 하지만 나는 다시 의자에서 일어나야만 했다. 큐빗의 묵직한 발소리가 계단 쪽에서 들려왔던 것이다. 리버풀에 도착하자마자 이륜마차를 잡아타고 전속력으로 달려온 모양이었다.

"홈스 씨!"

방으로 들어오면서 그는 다짜고짜 큰 소리로 홈스를 불렀다. 그는 전과는 달리 피곤해 보였다. 두 눈은 충혈되어 있었고 두 볼은 야위어 있었으며 이마에는 주름까지 잡혀 있었다. 단 2주 만에 그는 자신의 나이보다 훨씬 나이 들어 보이는 얼굴로 변해 있었던 것이다.

"정말 미칠 것 같습니다."

큐빗은 급하게 달려온 탓인지 숨을 헐떡이며 의자에 털썩 주저 앉아 버렸다.

"홈스 씨, 보이지 않고 알지도 못하는 적에게 일거수일투족을 감시당하고 있는 기분이란 경험해 보지 않은 사람은 잘 모를 겁니다. 정말이지 미치기 일보 직전입니다. 덕분에 아내는 점점 수척해져 가고 있습니다. 더 이상은 마를 피도, 살도 남아 있지 않을 겁니다. 내 눈앞에서 아내가 죽어 가고 있단 말입니다. 그런데도 저는 아무것도 해줄 수 없습니다. 아무것도요."

큐빗은 격앙되어 자신의 머리를 감싸 쥐고는 거칠게 흔들어 댔다. 홈스는 그가 진정하기를 기다렸다가 조용히 입을 열었다.

"부인께서는 여전히 아무 말도 하지 않으셨습니까?"

"네, 아직은요. 종종 말하려는 듯 망설이는 눈치를 보인 적도 있습니다. 전 아내가 가슴속의 고민을 털어놓고 그 공포와 근심에서 해방되기를 바라는 마음에 독려했는데 제 방법이 서툴렀는지 끝내 입을 다물어 버리더군요. 오히려 움츠러들게 만들고 말았지요.

가끔 아내는 우리 집안의 오랜 역사나 그동안 쌓아온 명성과 명예에 대한 얘기를 했습니다. 그럴 때마다 속내를 털어놓을지 말지 망설이는 기색이 역력했습니다. 그러나 결국에는 다른 얘기로 말을 돌려 버리곤 했지요."

"하지만 뭔가 새로운 것을 발견하셨지요?"

"네, 전에 홈스 씨가 말씀하신 대로 그 이상한 그림이 또 나타났지 뭡니까? 물론 이번에는 잘 베껴 왔습니다. 하지만 그보다 중요한 건 제가 그자를 봤다는 겁니다."

"네? 그림을 그린 자를 보셨단 말씀이십니까?"

홈스가 약간 톤이 높아진 목소리로 묻자 큐빗은 자랑스러운 듯 의기양양하게 대답했다.

"그렇습니다. 그림을 그리고 있는 현장을 목격한 겁니다."

"처음부터 차근차근 말씀해 주십시오."

홈스는 큐빗이 감정에 치우쳐 중요한 것을 놓치게 될까봐 염려하는 듯 느긋한 목소리로 말했다.

"네. 새 그림을 발견한 것부터 말해야겠군요. 그건 지난번에 여기를 방문했던 바로 다음 날 아침이었습니다. 그것은 헛간의 문짝 위에 분필로 그려져 있었습니다. 헛간은 잔디밭 바로 옆에 있기 때문에 현관에서 보면 아주 잘 보이지요. 덕분에 아침 산책을 나왔다가 바로 발견할 수 있었습니다. 이게 바로 그 그림입니다. 정확하게 베낀 것입니다."

큐빗은 주머니에서 종이 한 장을 꺼내 탁자 위에 올려놓았다.

"잘하셨습니다."

홈스가 그림을 보며 약간 흥분한 목소리로 말했다.

"좋군요. 아주 잘하셨습니다. 자, 말씀 계속하십시오."

"그림을 베낀 후에는 말끔하게 지워 버렸습니다. 아내가 보지 않도록 말입니다. 그런데 이틀 뒤 아침에 헛간 문짝에 새 그림이 나타났습니다. 바로 이겁니다."

큐빗이 주머니에서 다른 종이를 꺼내 탁자 위에 놓자 홈스는 기쁜 듯 양손을 맞잡고 비비면서 싱글벙글했다.

"자료가 점차 늘어나고 있군요. 좋습니다."

그의 목소리에는 만족감이 넘쳐흘렀다. 큐빗은 다시 말을 이었다.

"그로부터 사흘 후 다시 그림을 발견했습니다. 이번에는 종이에 그려져서 해시계 위에 조약돌로 눌러 놓았더군요. 이 그림은 보시다시피 오늘 가지고 온 것 중에 두 번째 것과 동일합니다. 전에 가져온 것까지 생각하면 세 번째 것과 같은 것이지요. 어쨌든 그동안에 그림이 그려진 시간이 밤이라는 점에 착안한 저는 밤에 숨어서 몰래 지켜보기로 했습니다. 연발 권총으로 무장하고 말입니다. 저는 잔디밭과 정원이 한눈에 보이는 1층 서재에 자리를 잡았습니다."

큐빗은 점점 자신의 이야기에 몰입하고 있었다.

"정원은 달빛만 고요히 흐를 뿐 조용했고 또 어두웠습니다. 새벽 2시쯤 되었을까요? 잔뜩 긴장하고 있는데 갑자기 등 뒤에서 발소리가 들려왔습니다. 깜짝 놀라 돌아다보니 다행히 아내 엘시였습니다. 실내복 차림의 그녀는 걱정스러운 눈빛으로 조심스럽게 내게 다가왔

습니다.

'왜 안 자고 나왔소?'

'힐턴, 이제 그만 주무세요. 이러다 밤새겠어요.'

'아니오. 오늘은 기필코 어떤 놈이 이런 장난질을 치는지 두 눈으로 확인하고 말 거요.'

'그럴 것 없어요. 그냥 장난일 뿐이잖아요. 정신 나간 사람이 하는 짓이 분명해요. 그러니 이 제 그만해요. 정 신경이 쓰인다면 이참에 우리 어디 여행이라 도 가요. 기분 전환도 되고 좋을 거예요.'

엘시는 내 팔을 다정하게 껴안으며 말했습니다.

'그럴 순 없소. 장난을 하는 자를 피해 내가 내 집에서 도망을 친다는 게 말이나 되오? 세상 사람들이 알면 나를 비웃을 거요.'

'그러지 말아요. 결국 당신 몸만 상하게 될 거예요.'

그 순간 아내의 얼굴이 하얗게 질리는 게 보였습니다. 그러더니 제 팔을 잡은 손에 힘이 들어가는 것이었습니다. 아내의 시선은 정원을 향해 있었습니다. 저는 뭔가가 나타났다는 것을 직감적으로 알아챘습니다. 권총을 단단히 쥐고 재빨리 뒤를 돌아 정원 쪽을 쳐다봤습니다. 달빛 아래였지만 저는 분명히 봤습니다. 헛간 그늘에서 누군가의 검은 그림자를 말입니다. 그 그림자는 낮게 포복한 자세로 헛간 모퉁이를 돌아가더니 문 앞에 쪼그리고 앉더군요.

저는 그자를 잡기 위해 밖으로 나가려 했습니다. 그런데 엘시가 두 팔로 나를 껴안고 필사적으로 매달렸습니다.

'엘시!'

저는 엘시를 떨쳐내려 했지만 도저히 그럴 수 없었습니다. 그만큼 아내는 필사적이었습니다. 겨우 아내를 뿌리치고 밖으로 나갔을 때에는 놈은 이미 사라지고 난 뒤였습니다. 하지만 이번에도 그자는 흔적을 남기고 갔더군요. 바로 춤추는 사람들이 그려진 그림이었습니다. 그런데 그 그림은 이미 두 번이나 나타났던 것이었습니다. 바로 이미 제가 완벽하게 베껴 놓았던 세 번째와 네 번째 그림과 동일했던 겁니다."

"결국 세 번째부터 다섯 번째까지 동일한 그림이 나타났다는 것이로군요."

홈스가 긴 침묵을 깨고 물었다.

"맞습니다. 저는 집 주위를 돌면서 그자가 혹시 숨어 있지 않나 하고 샅샅이 뒤져 봤습니다. 사람이 숨은 흔적 같은 건 없더군요. 하지만 놈은 분명히 그곳에 있었습니다."

"왜 그렇게 생각하셨죠?"

"아침이 돼서 헛간에 가 보니 전날 밤에 보았던 그림 바로 밑에 새로운 그림이 그려져 있었으니까요."

"그 그림도 갖고 오셨겠지요?"

"물론입니다. 다른 것들에 비해 아주 짧은 것이었지요. 바로 이겁니다."

큐빗은 다시 주머니에서 또 다른 한 장의 종이를 꺼냈다. 그것은 이전의 것들과는 다른 춤을 추고 있었다.

"그런데 큐빗 씨."

홈스가 그림을 보면서 입을 열었다. 나는 내 친구의 눈빛을 보며 그가 무척 흥미진진해하고 있다는 것을 알 수 있었다.

"이 그림을 밤에 그린 것과 연결해서 그렸던가요, 아니면 전혀 별도로 그렸던가요?"

"좀 떨어진 곳에 따로 그려져 있었습니다."

"좋습니다. 일이 아주 재미있게 되어 가는군요. 이제야 일의 실마리를 잡을 수 있을 것 같습니다. 자, 큐빗 씨! 다음에는 무슨 일이 일어났는지 계속 말씀해 주십시오."

"홈스 씨, 이젠 달리 말씀드릴 게 없습니다."

즐거워하는 홈스에 비해 큐빗은 어리둥절해하면서도 다소 침울해 보였다.

"다만 그날 밤 아내가 나를 붙잡고 늘어진 것 때문에 놈을 놓친 걸 생각하면 분통이 터질 뿐입니다. 아내만 그러지 않았어도 쥐새끼처럼 이리저리 남의 집을 헤집고 다니는 그놈을 잡을 수도 있었을 테니까요. 생각이 여기에 미치자 저는 아내에게 화가 나서 견딜 수가 없었습니다."

"큐빗 씨가 다치실까봐 그랬을 수도 있겠지요."

"아내도 그렇게 말했습니다. 그런데 그 말을 듣자 이상하게도 아내가 걱정한 건 제가 아니라 그자가 아닐까 하는 의심이 들기 시작하더군요. 제가 생각하기에 아내는 그자나 그자가 그리는 그림의 의미를 알고 있는 게 분명했으니까요. 그렇지 않다면 그렇게 초조해할 필요가 없지 않겠습니까? 하지만 그런 생각도 잠시뿐이었습니다. 아내는 진심으로 저를 걱정하고 있었던 것입니다. 말투나 눈빛을 보면 그 사람의 진심을 알 수 있는 법 아니겠습니까? 홈스 씨, 제가 들려드릴 수 있는 말은 여기까지가 전부입니다. 이제부터 어떻게 해야 하는지 제발 가르쳐 주십시오. 지금 기분 같아서는 농장에 있는 젊은이 대여섯 명을 수풀 속에 숨겨 놨다가 그자를 잡아서는 흠씬 두들겨 패고 싶습니다. 그렇게 해도 제 기분이 풀릴 것 같지는 않습니다만 일단 장난질은 그만둘 테니 말입니다."

"글쎄요."

홈스는 가만히 턱을 어루만지며 말했다.

"그렇게 간단하게 해결될 문제는 아닐 것 같군요. 이 사건은 생각보다 조금 복잡할 것 같습니다. 어쨌거나 런던에는 얼마 동안 머물 예정이십니까?"

"오늘 당장 되돌아갈 겁니다. 밤에 아내를 혼자 있게 할 수는 없으니까요. 게다가 아내는 지금 무척 예민해져 있습니다. 이번에 올 때도 곧바로 돌아오라고 신신당부를 했지요."

"잘 생각하셨습니다. 웬만하면 저도 같이 가고 싶지만 오늘 당장은 출발하기 어렵군요. 대신 이 그림만은 남겨 두고 가십시오. 저도 곧 뒤따라가겠습니다. 그때쯤이면 이번 사건의 윤곽도 어느 정도 드러나게 될 테니 찾아뵙고 자세한 말씀을 드리겠습니다."

홈스는 우리의 방문객이 돌아가기 전까지 전문가답게 냉정한 태도를 유지했다. 하지만 나는 내 친구를 너무나도 잘 알고 있었다. 그는 내색은 안 했지만 마음으로는 더없이 흥분하고 있는 게 확실했다. 그는 큐빗 씨의 그 우람한 등이 문 뒤로 사라지자마자 곧장 탁자로 달려갔던 것이다. 그러고는 춤추는 사람들이 늘어서 있는 문제의 그림들을 모두 펼쳐 놓았고 곧바로 자신만의 세계에 빠져들었다.

나는 종이에 얼굴을 처박고 무언가를 그려 넣는 홈스의 모습을 무려 두 시간이 넘도록 봐야만 했다. 홈스에게는 풀어야 할 문제와 그 문제를 풀어 나가는 종이만 있을 뿐 나의 존재는 안중에 없었다. 나는 한쪽에서 기다리기로 했다. 묻는다고 대답해 줄 홈스도 아니었지만 문제를 푸는 동안 그를 방해하지 않는 것이 내가 할 수 있는 최선이라는 것을 경험으로 익히 알고 있었기 때문이다.

하지만 나는 그가 해답에 점점 가까워지고 있다는 것을 확신할 수 있었다. 왜냐하면 그는 이따금씩 기분 좋게 휘파람을 불어 대는가 하면 노래를 흥얼댔던 것이다. 물론 가끔은 벽에 부딪힌 사람처럼 이마에 잔뜩 주름을 잡은 채 멍한 눈으로 우두커니 앉아 있기도 했다.

마침내 홈스가 환호성을 지르며 자리에서 벌떡 일어났다. 그러더니 두 손을 초조하게 비벼 대며 방 안을 이리저리 왔다 갔다 했다. 그가 다시 자리에 앉아 전보용지에 긴 전문을 쓴 것은 그로부터 한참 만이었다.

"왓슨, 이 전보의 답장이 내가 생각한 것과 같다면 자네는 사건 기록장에 아주 멋진 사건을 또 하나 기록하게 될 걸세."

"사건의 가닥이 잡힌 모양이군."

"물론이야. 내일쯤이면 노퍽에 가서 그 양반에게 사건의 진상을 밝혀 줄 수 있을 거네."

나는 사건에 대해 더 듣고 싶었지만 홈스는 그대로 입을 다물어 버렸다. 홈스는 원래 자신이 원하는 때에 원하는 방식으로 조사 결과를 얘기했다. 그래서 나는 이번에도 그가 비밀을 털어놓을 때까지 참고 기다리는 수밖에 없었다.

그런데 우리는 홈스가 예상한 대로 다음 날 떠날 수가 없었다. 큐빗으로부터 답신이 오지 않았던 것이다. 현관의 초인종이 울릴 때마다 홈스는 귀를 기울였지만 매번 기대는 빗나갔다. 그렇게 아무 일 없이 이틀이나 흐르고 말았다.

답신은 이튿날 저녁 무렵에 도착했다. 또다시 해시계 위 받침대에서 예의 그림이 발견되었다는 것 말고는 별다른 내용은 없었다. 그는 그 그림을 베껴서 동봉해 왔다. 홈스는 한참 동안 그 기괴한 그림을 뚫어질 듯이 바라보았다.

KXXX-XXXXX XXX XXXXXX XXXXXX XXX

그때였다. 홈스가 갑자기 괴성을 지르며 자리에서 벌떡 일어난 것이다. 홈스의 목소리와 얼굴에는 당혹감과 낭패감이 뒤범벅되어 있었다.

"왓슨, 오늘 밤 노스 월섬행 기차가 아직 있을까?"

나는 서둘러 열차 시간표를 뒤졌다. 그러나 마지막 열차는 이미 떠나 버린 뒤였다.

"마지막 기차가 조금 전에 떠났는데……."

"이런!"

홈스는 맥이 다 풀린 사람처럼 의자에 털썩 주저앉았다.

"하는 수 없군. 내일 새벽에 서둘러 식사를 하고 첫차로 가세나."

"무슨 일이야?"

"내가 너무 방심했어. 서두르지 않으면 위험할 텐데……."

홈스는 근심 어린 얼굴로 중얼거렸다. 그때 노크 소리가 났다. 허드슨 부인이었다.

"홈스 씨, 해외에서 전보가 왔습니다."

홈스는 자리에서 벌떡 일어나 허드슨 부인이 내미는 전보를 받아 들었다.

"부인, 답신을 보내야 할지도 모르니 잠시만 기다리십시오."

홈스는 부인을 세워 둔 채 전보를 빠르게 읽어 내려갔다.

"됐습니다. 답신은 안 보내도 되겠습니다."

부인이 나가자 홈스는 더욱 흥분했다.

"예상했던 대로야. 노픽의 순진한 지주가 지금 위험하기 짝이 없 는 덫에 걸려들었단 말일세."

그것은 정말이었다. 처음에는 그저 어린애들 장난 같았던 이 사건은 결국 어두운 종말로 치닫고 있었 던 것이다. 그때 일을 회상하는 지금도 당시에 내가 느꼈던 놀라움과 전율이 되살아나는 것 만 같다. 독자들에게 행복한, 아니 조금만이 라도 밝은 결말을 전해 줄 수 없다는 것이 유감일 뿐이다. 이 사건은 그 비극적인 결말로 인해 세간에 발표된 후 며칠 동안 영국 전역을 뒤흔들었다. 어쨌 든 우리는 그때 라이딩 소프 영주관에서 있었던 비 극을 향해 한 걸음씩 다가가고 있었다.

최악의 상황

홈스와 나는 전보를 받은 다음 날 새벽부터 서두른 덕분에 첫차를 탈 수 있었다. 우리는 노스 월섬에서 내린 다음 노퍽으로 가기 위해 행선지를 부르며 마차를 불렀다. 그러자 역장이 우리를 향해 헐레벌떡 달려오는 것이었다.

"런던에서 오신 경찰이십니까?"

순간 홈스의 얼굴에 아주 쓰디쓴 고통의 빛이 스치고 지나갔다.

"왜 그렇게 생각하신 겁니까?"

"조금 전 노리치의 마틴 경위가 지나갔으니까요. 경찰이 아니시라면 혹시 의사 분들이신가요? 듣기로는 큐빗 부인은 아직 죽지 않았다고 하니까 서둘러 가신다면 살려 내실 수도 있을 겁니다. 뭐, 살아난다 해도 어차피 교수대로 직행할 테지만 말입니다."

홈스의 얼굴은 아까보다 한층 어두워졌다.

"우리가 라이딩 소프 영주관으로 가는 건 맞습니다만 지금 무슨 말씀을 하시는지 모르겠군요. 무슨 일이 있었습니까?"

"저런! 아무것도 모르시는군요. 아주 끔찍한 일이 일어났다지 뭡니까. 아, 글쎄 큐빗 부부가 모두 총에 맞았다는 겁니다."

나는 숨이 멎는 듯했다. 어젯밤부터 홈스가 불안해하던 일이 현실로 나타났기 때문이었다. 하지만 홈스는 어느 정도 예견했기 때문인지 신이 나서 떠드는 역장을 침울한 얼굴로 조용히 바라만 보았다.

"하인들의 말에 의하면 부인이 먼저 남편을 쏜 다음 자신에게도 쏘았다고 하더군요. 불행히도 큐빗 씨는 그 자리에서 즉사하고 부인은 위독한 상태라고 합니다. 노퍽에서 제일가는 명문 집안에서 어떻게 그런 일이 일어났는지……, 쯧쯧."

우리는 역장의 혀 차는 소리를 뒤로하고 마차에 올랐다. 노퍽까지는 11킬로미터나 되었는데 홈스는 가는 동안 아무 말도 하지 않았다. 그만큼 홈스의 실망은 컸던 것이다. 그가 이토록 낙심하는 것은 좀처럼 없는 일이었다. 사실 기차를 타고 오면서도 홈스는 내내 좌불안석이었다. 불안한 얼굴로 조간신문을 뒤적거리며 뭔가를 찾는가 하면 연신 두 손을 비벼 대며 시계를 자꾸만 들여다보았던 것이다. 그런데 우려했던 일이 현실로 나타난 것이다. 그것도 최악의 상황으로……. 홈스는 좌석에 몸을 파묻고 침울한 얼굴로 깊은 생각에 빠져 있었다.

노퍽으로 가는 길은 영국의 여느 전원 마을과 같은 풍경을 자아내고 있었다. 주민 분포도를 알려 주듯 아담한 농가가 띄엄띄엄 눈에 들어왔다. 또 푸른 물결이 넘실거리는 너른 평원 곳곳에서는 삐죽이 솟아오른 사각탑을 가진 교회들이 눈길을 끌었다. 마치 영광과 번영을 누렸던 동부 연안의 과거를 보는 듯했다.

한참을 달리다 보니 해안선 너머로 북해의 보랏빛 수면이 모습을 드러냈다.

"저기가 라이딩 소프 영주관입니다."

마부가 채찍을 들어 가리킨 곳은 작은 숲 너머로 겨우 모습을 드러낸 두 개의 지붕이 있는 곳이었다. 지붕은 벽돌과 목재로 지어져 있었는데 한눈에 보기에도 무척 오래된 것 같았다. 마차가 집을 향해 올라가는 동안 잔디를 깐 테니스장이 보였고 우리를 이곳까지 오게 한 문제의 장소인 헛간과 받침대가 달린 해시계가 보였다.

현관 앞에는 막 도착한 이륜마차에서 말쑥한 차림의 한 사내가 내리고 있었다. 콧수염을 밀랍으로 굳힌 사내는 몸집은 작았지만 무척 기민해 보였다. 그는 우리가 마차에서 내리기를 기다렸다.

"저는 노퍽 경찰대의 마틴 경위입니다. 혹시 누구십니까?"

"안녕하시오? 나는 런던에서 온 셜록 홈스고 이쪽은 제 동료인 왓슨 박사요."

경위는 홈스라는 이름을 듣자 놀랐는지 두 눈이 휘둥그레졌다.

"아니, 홈스 씨라고요? 그 유명한 사립탐정 홈스 씨라는 겁니까?"

"그렇소."

"아, 이런 데서 뵙게 되다니 정말 반갑습니다. 그런데 사건은 겨우 오늘 새벽 3시에 일어났는데 어떻게 아시고 벌써 오신 겁니까? 설마 런던에서 오신 건 아니시지요?"

"물론, 런던에서 왔소. 불행한 일이 일어날 것 같아서 어떻게든 막아 보려고 온 건데 이미 늦었나 보오."

"그렇다면 우리가 모르는 증거를 가지고 있으시겠군요?"

"우리가 갖고 있는 증거는 춤추는 사람들이 그려진 그림이 전부요."

"춤추는 사람들 그림요?"

"그 부분은 차차 설명해 드리겠소. 어쨌든 너무 늦게 오는 바람에 사건은 일어나고 말았고 저는 어떻게든 정의가 바로 설 수 있도록 최선을 다하고 싶소. 그래서 말인데 마틴 경위는 저와 공동으로 수사를 하시겠소? 아니면 각자 독자적으로 수사하기를 바라시오?"

마틴 경위는 정색을 하고 손사래를 쳤다.

"무슨 말씀이십니까? 저야 홈스 씨와 함께 행동할 수 있다면 더없는 영광이지요."

"그렇게 생각해 주니 고맙소. 그럼 불필요한 시간 낭비하지 말고 곧바로 증인 조사부터 착수합시다. 그런 다음 저택을 조사하도록 합시다."

마틴 경위는 다소 신경질적인 인상과는 달리 수더분한 사람이었다. 또 분별도 있어서 홈스가 원하는 방식대로 조사하도록 협조하면서 자신은 그 옆에서 홈스의 수사 방식을 꼼꼼하게 기록했다. 그런 그의 모습은 마치 강의를 열심히 듣는 학생 같았다.

　우리가 한참 이곳저곳을 살피고 있는데 백발이 성성한 늙은 의사 한 명이 어떤 방에서 나왔다. 마틴 경위는 의사와 안면이 있는지 홈스에게 큐빗 부인을 보러 온 의사라고 조용히 말한 후 의사에게 다가갔다.

　"선생님, 큐빗 부인의 상태는 어떻습니까?"

　"총알이 워낙 깊숙이 박혀 있어서 중태이긴 하지만 생명에 큰 지장은 없을 거요."

　"의식은 언제쯤 돌아올까요?"

　"글쎄요, 하필이면 총알이 이마를 뚫고 지나갔기 때문에 의식을 찾는 건 쉽지 않을 것 같소. 좀 지켜봅시다."

　"부인의 상처를 보셨으니 부인이 직접 자기를 쏜 건지 남한테 저격을 당한 건지 아시겠군요?"

　"이보시오, 경위!"

　의사는 짜증스러운 눈빛으로 마틴 경위를 쏘아보았다.

　"그런 건 당신들 경찰이 알아내야 하는 것 아니오? 난 그저 다친 사람을 치료할 뿐이란 말이오. 한 가지 내가 말할 수 있는 건 총이 아주 가까운 데서 발사됐다는 것이오."

　"큐빗 씨의 사인은 뭔가요?"

　"심장에 정통으로 총을 맞은 걸로 봐서는 즉사했을 거요."

　"총은 보셨습니까?"

　"그렇소. 큐빗 씨와 부인 중간쯤에 한 자루가 떨어져 있더이다."

　마틴 경위는 홈스에게 현장에서 발견된 총에서 단 두 발의 탄알만 비어 있다는 보고를 받았다고 말해 주었다. 그렇다면 큐빗이 먼저 아내를 쏜 다음 자살을 한 것일 수도 있었다. 물론 그 반대의 경우도

가능했다.

"큐빗 씨를 옮기셨습니까?"

홈스가 의사를 향해 물었다.

"부인 외엔 아무것도 손대지 않았소."

"그럼 선생님께서 이곳에 도착하신 건 몇 시쯤이었습니까?"

"한 4시쯤이었을 거요."

"그 밖에 또 누가 찾아온 사람은 없었습니까?"

"경관이 한 명 와 있었소."

홈스는 마틴 경위에게 먼저 와 있던 경관을 불러 달라고 부탁했다. 경관은 사건이 일어난 방에서 나왔다.

"수고하네. 그런데 자네, 혹시 여기에서 손댄 물건이 있나?"

홈스가 물었다.

"아닙니다. 아무것도 만지지 않았습니다."

"그래? 아주 잘했군. 그럼 자네에게 연락한 사람은 누군가?"

"하녀인 손더스입니다."

"그 사람이 사건 현장을 제일 먼저 발견한 사람인가?"

"그렇습니다. 요리사 킹 부인도 함께 보았다고 하더군요."

"지금 두 사람은 어디에 있나?"

"주방에 있습니다."

"그럼 직접 얘기해 보고 싶으니 이쪽으로 데려와 주게."

홈스는 높은 창문이 있는 홀을 증인 면담실로 삼

앉다. 오크로 장식된 홀은 군데군데 세월의 흔적이 역력했다. 홈스는 낡았지만 커다랗고 고풍스러운 의자에 앉아 증인을 기다렸다. 가뜩이나 깡마른 그의 얼굴은 이번 일로 더욱 해쓱해 보였다. 하지만 그의 두 눈은 냉혹하기 그지없었다. 그의 눈은 큐빗 부부를 구해내지 못했다는 자책과 더불어 사건을 기필코 밝혀내서 복수를 하고야 말겠다는 결연한 의지로 번뜩이고 있는 것 같았다. 나와 깔끔한 차림의 마틴 경위, 백발의 늙은 의사, 그리고 어딘지 둔해 보이는 경관이 입회인으로 동석했다.

제3의 총흔

집사에게 이끌려 들어온 두 여자는 한눈에 보아도 주눅이 들어 있었다. 홈스는 여자들에게 질문을 시작했다.

"사건이 일어난 건 어떻게 알았소?"

"자고 있는데 어디선가 갑자기 총소리가 나서 잠을 깼어요."

대답을 한 건 하녀인 손더스였다.

"그리고 1분 후쯤 다시 총소리가 났는데 아래층 서재 쪽에서 난 것 같았어요. 그래서 저는 바로 옆방에 있는 킹 부인에게 달려가 함께 가 보자고 했어요. 우린 손을 잡고 아래층으로 내려가 서재 쪽으로 갔지요. 그런데 서재 문이 활짝 열려 있었어요. 그리고 주인님은 방 한가운데에 엎드려 계셨고, 마님은 창가에 웅크리고 앉아 머리를 벽에 기대고 계시지 뭐예요. 주인님을 살펴봤지만 이미 돌아가셨는지 숨을 쉬지 않으셨어요. 마님은 살아 계셨지만 얼굴 한쪽이 온통 피투성이가 된 채 숨을 거칠게 몰아쉬고 계셨어요. 한눈에도 아주 위중해 보였지요. 정말이지 너무 처참한 광경이었어요."

두 여자는 약속이나 한 듯 몸서리를 쳤다.

"그 밖에 이상한 건 없었소?"

"글쎄요. 화약 냄새가 방은 물론이고 복도까지 가득했다는 것 말고는……."

"방에 불이 켜져 있었소?"

"네, 테이블 위에 촛불이 켜져 있었어요."

"창문은?"

"그건 안으로 잠겨 있었어요. 자물쇠까지 채워져 있었는걸요."

"네, 그건 저도 봤어요. 이상한 그림이 나타나고서부터는 주인님이 직접 문단속을 철저히 하셨거든요."

요리사인 킹 부인이 끼어들었다. 홈스가 다시 물었다.

"그런 다음 뭘 했는지 차근차근 말해 보시오."

"저는 곧바로 의사 선생님을 부르러 갔고 킹 부인은 경찰한테 갔어요. 그리고 마부하고 마구간 아이를 깨워서 마님을 침실로 옮겼던 거예요."

"혹시 침대에 주인 부부가 잔 흔적이 있었소?"

"네, 자다가 일어나신 모양인지 이불이 한쪽으로 몰려 있었어요."

"부부의 옷차림은 어땠소?"

"마님은 평상복 차림이셨고 주인님은 잠옷 위에 가운을 걸치고 계셨어요."

"평소 주인 부부는 사이가 좋았소?"

"좋다뿐이겠어요? 우리가 기억하는 한, 두 분은 한 번도 싸운 일이 없으셨을 정도로 금슬이 좋으셨어요."

"그런데……."

홈스는 뾰족한 자신의 턱을 어루만지며 질문을 계속했다.

"아까 화약 냄새가 복도까지 났다고 했는데 정말이오?"

"그럼요. 제 방에서 나올 때부터 화약 냄새가 진동한걸요."

"킹 부인도?"

"네, 맞아요. 화약 냄새가 아주 지독했어요."

두 여자가 입을 모아 진술했다.

"경위, 이 부분은 기억해 두는 게 좋을 거요."

홈스가 마틴 경위를 돌아다보며 말했다. 그리고 경위가 뭐라고 대꾸하기도 전에 자리에서 벌떡 일어났다.

"자, 여러분! 이번에는 사건이 일어난 서재로 가 봅시다."

서재는 생각보다 아담했지만 삼면으로 둘러서 있는 책장에는 책이 빼곡했다. 창문은 홀과는 달리 보통 크기였는데 정원이 한눈에 내다보였고 바로 그 앞에는 책상이 놓여 있었다.

우리는 방으로 들어가자마자 일제히 한쪽으로 시선이 쏠렸다. 바로 방 한가운데에 일자로 쓰러져 있는 육중한 큐빗의 시체였다. 입고 있는 옷이 흐트러져 있는 것으로 봐서는 급하게 달려오다가 총에 맞은 것 같았다. 총알은 앞에서 날아왔고 의사의 말처럼 정확히 심장을 향해 날아들었다. 하지만 등에는 상처가 없었다. 그것은 총알이 아직 몸속에 있다는 것을 의미했다. 고통 없이 즉사한 것이 분명했다.

"옷과 손이 깨끗하군요."

큐빗을 살펴보던 홈스가 무겁게 입을 열었다. 내가 보기에도 큐빗의 옷이나 손에는 화약 가루가 없는 것 같았다.

"큐빗 부인도 얼굴에는 화약 가루가 조금 묻어 있었지만 손은 깨끗했소."

의사가 홈스의 의중을 파악하고는 부인의 상태를 말해 주었다. 그

러자 마틴 경위가 한마디 했다.

"그럼 부인이 총을 쏜 게 아니란 말인가요?"

"확신할 순 없소."

홈스는 고개를 설레설레 흔들며 말을 이었다.

"화약 가루가 손에 안 묻었다는 게 총을 쏘지 않았다는 증거라고 볼 수는 없소. 탄창을 제대로 끼우지 않아서 화약이 뒤로 뿜어 나오는 경우가 아니라면 얼마든지 화약 흔적을 남기지 않고 총을 쏠 수 있으니 말이오. 물론 화약 가루가 묻어 있다면 두말할 것도 없이 범인일 테지만……. 어쨌거나 이제 큐빗 씨의 시신을 옮겨도 될 것 같군. 아, 그런데 부인의 몸에도 아직 총알이 남아 있습니까?"

홈스가 의사를 향해 물었다.

"그렇소. 총알이 워낙 깊숙이 박혀 있어서 뽑아내려면 큰 수술을 해야 할 것 같소."

"부인이 맞은 총알은 한 개였습니까?"

"물론이오. 여섯 개의 총알 중 두 발이 발사되었고 권총에 아직 네 개의 탄알이 남아 있으니 계산이 딱 맞지요."

"그럼 저 창틀에 박혀 있는 건 뭡니까?"

홈스는 갑자기 몸을 돌리더니 창틀을 가리켰다.

"아니! 저게 뭡니까?"

마틴 경위가 소스라치게 놀라며 외쳤다. 홈스의 가늘고 긴 손가락이 가리키는 곳에 작은 구멍이 뚫려 있었던 것이다. 구멍은 밑에서 2.5센티미터쯤 되는 창틀에 있었다. 바로 총알구멍이었다.

"이걸 어떻게 발견하셨습니까?"

경위는 민첩하게 총알구멍을 확인한 후 새로운 발견에 한껏 들떠서 부르짖었다. 하지만 홈스는 여전히 침울하게 대답했다.

"아까부터 저것만 찾고 있었으니까."

"한 발이 더 발사되었다는 것을 이미 알고 계셨단 말입니까?"

홈스는 말없이 고개만 끄덕였다. 그러자 이번에는 의사가 기가 막힌다는 듯이 혀를 차며 입을 열었다.

"놀랍군요, 놀라워. 그런데 한 발이 더 발사되었다면 다른 총을 가진 제3의 인물이 바로 여기에 있었다는 얘기가 되는 것 아니오? 그럼 도대체 그가 누구고 어디로 어떻게 도망쳤단 말이오?"

"그게 바로 이제부터 해결해야 하는 문제입니다. 마틴 경위, 아까 하녀들을 조사할 때 내가 기억해 두라고 했던 것을 기억하고 있소?"

"네, 물론입니다. 하녀들이 방을 나가자마자 화약 냄새를 맡았다는 것 말씀이지요? 하지만 솔직히 말하면 그게 왜 중요한지 잘 모르겠습니다."

"이제부터 설명해 드리겠소. 화약 냄새가 하녀들이 자는 위층 복도에까지 퍼졌다는 것은 바로 총을 쏜 순간 서재의 창문이 열려 있었다는 증거요. 화약 연기가 바람에 의해 순식간에 집 안 전체로 퍼졌던 거지. 만약 창문이 닫혀 있었다면 총이 발사된 지 얼마 안 되어 화약 냄새가 위층까지 가는 건 불가능하니 말이오. 하지만 창문이 열려 있었던 시간은 지극히 짧았소."

"그건 왜 그렇습니까?"

"만약 오랫동안 창문이 열려 있었다면 바람 때문에 촛불이 흔들렸을 거고 그렇게 되면 촛농이 한쪽으로 흘렀을 테지. 하지만 저 책상 위에는 그런 흔적이 없지 않소?"

"아, 그렇군요. 대단하십니다. 정말 대단하세요."

마틴 경위가 소리쳤다. 홈스는 조용히 계속 말을 이어 갔다.

"참사가 일어났던 순간 창문이 열려 있었다면 제3자가 이 사건에 개입했을 가능성이 있소. 그건 그자가 방 안으로 총을 쐈을 수도 있다는 말이오. 그렇다면 안에서도 그자를 향해 쐈겠지. 하지만 그자는 상처도 입지 않고 유유히 사라졌소. 그건 총알이 빗나갔다는 것을 의미하오. 안에서 창을 향해 쐈는데 목표를 빗나갔다면 총알은 어디로 갔을까? 결론은 창틀이었소. 그래서 이 방에 들어오자마자 창틀을 확인했고 추리대로 이렇게 총알구멍을 발견한 것이오."

"이상하군요. 창문은 모두 안에서 잠겨 있지 않습니까?"

"창문을 닫은 건 부인이오. 총에 맞은 후 창문을 닫았고 거의 본능적으로 잠갔겠지. 하지만……. 어? 이게 뭐지?"

홈스는 하던 말을 멈추고 뭔가에 깜짝 놀랐다. 그러더니 책상으로 다가갔다. 거기에는 부인용 핸드백이 하나 놓여 있었다. 홈스는 핸드백을 열고 그 안의 것을 모조리 쏟아 놓았다. 하지만 나온 것이라고는 한 묶음의 돈다발이 전부였다. 영국 은행이 발행한 50파운드짜리 어음 20장이었다. 잠시 그것을 물끄러미 바라보던 홈스는 다시 핸드백에 넣은 후 경위에게 건네주었다.

"재판 때 중요한 증거물이 될 테니 보관해 두시오. 자, 그럼 다시 세 번째 총알 얘기로 돌아갈까? 나무가 쪼개진 모양으로 보면 이 총알은 분명히 안에서 밖을 향해 쏜 것이오. 경관, 미안하지만 킹 부인 좀 불러 주겠소?"

요리사인 킹 부인이 경관과 함께 서재로 들어섰다.

"킹 부인, 아까 총소리에 놀라서 잠을 깼다고 했지요?"

"네."

"그래요? 그렇다면 나중에 들린 소리보다 첫 번째 소리가 더 컸다는 거요?"

"글쎄요, 잠결에 들은 것이라 잘 모르겠어요. 하지만 소리가 아주 컸다는 건 확실해요."

"혹시 두 발이 한꺼번에 발사된 것 같지는 않았소?"

"그건 잘 모르겠어요, 선생님."

"됐어요. 이제 나가 보시오. 마틴 경위, 저는 첫 번째 발사 때 두 발이 동시에 발사된 거라고 확신하오. 자, 이젠 밖으로 나가 봅시다. 이 방에서 알아낼 수 있는 건 다 알아냈으니까. 정원에 나가면 새로운 증거품을 수집할 수 있을 거요."

홈스는 우리를 이끌고 곧바로 정원으로 나가더니 서재 창문이 있는 쪽으로 갔다. 그런데 우리는 그곳에 이르자마자 너 나 할 것 없이 소스라치게 놀라고 말았다. 그곳은 화단이었는데 유독 창문 앞 꽃들만 무참하게 짓밟혀 있었던 것이다. 게다가 부드러운 흙 위에는 누군가의 발자국이 어지럽게 흩어져 있었다. 그것은 분명 사내의 구두 발자국이었다. 구두코가 유난히 길고 뾰족했는데 그 크기로 보아 발자국의 주인은 몸집이 매우 큰 사내인 듯했다.

홈스는 사냥감을 쫓는 사냥개 레트리버처럼 거의 코가 땅에 닿을 정도의 낮은 자세로 화단을 헤집고 다녔다. 그러다 어느 순간 큰 탄성을 지르며 굽혔던 허리를 폈다. 그의 손에는 무엇인가가 들려 있었다. 놋쇠로 된 작은 탄피였다.

"이럴 줄 알았지. 이게 바로 여기 있던 자가 쏜 총알의 탄피요. 탄피 배출기가 달린 연발 권총을 가지고 있었던 거지. 마틴 경위, 이것으로 사건이 거의 해결 단계에 접어들고 있소."

일개 시골에서 경위 노릇을 하는 마틴은 홈스의 수사가 정신을 차리지 못할 정도로 빠르게 진행되자 놀란 기색을 감추지 못했다. 그저 눈을 동그랗게 뜨고 감탄할 뿐이었다. 처음에는 나름대로 자신의 존재를 알리려고 하는 것도 같았는데 창틀에서 총알구멍이 발견된 이후부터는 그저 홈스가 지시하는 대로 군소리 없이 따르고 있었다. 우리는 홈스를 따라 다시 집 안으로 들어왔다.

"그럼 범인은 대체 누굽니까?"
경위가 물었다.

"그것은 조금 있다가 말해 주겠소. 이 사건에서 아주 중요한 몇 가지를 아직 당신에게 설명하지 않아서 말이오. 이왕 일이 이렇게 되었으니 내 방식대로 수사를 진행시켜 나갔으면 좋겠소. 그런다음 한꺼번에 설명해 주겠소."

"뭐, 원하시는 대로 하십시오. 범인만 잡아 주신다면 홈스 씨 뜻에 따르겠습니다."

"경위, 나는 일부러 설명하지 않는다든가 하는 비밀주의자는 아니오. 다만 행동을 해야 하는 때에 길고 복잡한 설명을 늘어놓는 게 불가하기 때문이니 오해는 마시오. 한 가지 분명한 건 이 사건을 해결할 수 있는 단서를 이미 완전히 손에 넣었다는 거요. 이건 불행하게도 부인이 영영 의식을 찾지 못하게 된다고 하더라도 어젯밤에 있었던 일을 완벽하게 재구성할 수 있다는 말이오. 그전에 물어보고 싶은 게 있는데 혹시 이 근처에 '엘리지'라는 여관이 있소?"

"글쎄요……?"

마틴 경위는 고개를 갸웃하더니 즉시 하녀들을 하나씩 불러 그런 여관이 있는지 물어보았다. 하지만 모두 들어본 일이 없다고 대답했다. 다만 마구간에서 심부름을 하는 소년이 이런 말을 했다.

"여관은 모르겠고 여기서 이스트 러스턴 쪽으로 몇 킬로미터 가면 '엘리지'라는 이름의 농장이 있어요."

"그 농장은 혹시 외딴 곳에 있지 않니?"

"네, 매우 외진 곳이에요."

"그러면 어젯밤 일어난 사건이 아직 그곳까지 알려지지는 않았겠구나, 그렇지?"

"그럴 거예요, 선생님."

홈스는 잠시 생각에 잠겨 있더니 곧 빙그레 웃으며 소년을 향해 말했다.

"애야, 미안하지만 부탁 하나만 들어줘야겠다."

"말씀만 하세요."

"지금 곧바로 말에 안장을 얹고 떠날 채비를 해라. 그러면 내가 편지를 줄 테니 엘리지 농장으로 가서 편지를 전해 주기만 하면 된다."

소년이 마구간으로 가자 홈스는 주머니에서 종이들을 꺼냈다. 춤추는 사람이 그려진 바로 그 문제의 종이들이었다. 홈스는 책상으로 가 그 종이들을 쭉 늘어놓더니 새 종이에 무언가를 한참 끄적거렸다. 말을 현관에 대기시킨 소년이 안으로 들어오자 홈스는 그 종이를 편지 봉투에 넣더니 소년에게 건네주며 말했다.

"이걸 여기 적혀 있는 사람에게 직접 전해야 한다. 다른 사람에게 전하면 안 돼. 그리고 어떤 말을 물어도 결코 대답을 하지 말아야 한다. 알겠지?"

홈스가 소년에게 단단히 주지시키면서 봉투를 건네줬을 때 나는 얼핏 봉투에 적힌 이름을 보게 되었다.

노픽, 이스트 러스턴 엘리지 농장,

에이브 슬레이니 씨 앞

그런데 놀라운 것은 평소 정갈하게 글씨를 쓰는 홈스의 것이라고는 보기 어려울 정도로 악필로 적혀 있다는 것이었다. 마치 지렁이가 기어가는 듯 구불구불했을 뿐만 아니라 글씨 크기도 고르지 않았다. 홈스는 나가려는 소년을 붙잡고는 마틴 경위를 향해 돌아섰다.

"경위, 지금 당장 서에 전보를 쳐서 죄수를 호송할 호송대를 불러 줬으면 하오. 내 추리가 틀림없다면 이제 곧 이 끔찍한 짓을 저지른 흉악범을 잡게 될 테니 말이오. 이 아이가 편지를 전하러 가는 도중에 전보를 칠 수 있도록 어서 서두르시오."

홈스는 그제야 비로소 빙그레 웃으며 내게 말했다.

"왓슨, 오늘 오후에 런던행 기차가 있으면 그걸 타고 돌아가도록 하세. 아직 끝내지 못한 화학 분석이 있는데 그걸 어서 마쳐야겠어. 뭐, 이제 수사도 대충 마무리되어 가고 있으니까 말이야."

마구간 소년이 출발하자 홈스는 하인들을 불러 모았다.

"누군가가 찾아와서 큐빗 부인을 찾거든

아무 말 말고 그냥 응접실로 들여보내시오. 절대로 부인의 지금 상태가 어떻다는 걸 말해서는 안 됩니다. 아시겠소?"

홈스가 하도 엄하고 긴장된 표정으로 말했기 때문에 하인들도 그것이 얼마나 중요한 것인지 깨달은 것 같았다.

의사가 다른 환자들 때문에 가 봐야 한다며 집을 떠나자 홈스는 나와 경위를 데리고 응접실로 자리를 옮겼다.

"이것으로 겨우 화살이 시위를 떠났소. 한 시간 정도만 기다리면 원하는 결과를 얻을 수 있을 거요. 이제 우리가 할 수 있는 건 결과를 기다리는 동안 시간을 최대한 활용하는 것뿐이오. 그런 의미에서 두 분이 유익한 시간을 보낼 수 있도록 재미있는 얘기를 해 드리겠소."

암호의 실마리

홈스는 의자를 테이블 앞으로 바짝 끌어당겨 앉더니 테이블 위에 예의 춤추는 사람들이 그려진 종이들을 펴놓았다. 그는 서두르지 않고 천천히 입을 열었다.

"왓슨, 먼저 자네에게 용서를 빌고 싶군. 자네의 그 넘치는 호기심을 채워 주지 못한 채 오랫동안 지켜보게만 했으니까 말일세. 어쨌든 미안하네. 그리고 마틴 경위, 당신에게는 이번 사건이 앞으로 범죄 수사를 하는 데 적잖은 도움을 줄 거요. 자, 그럼 이 사건이 어디에서부터 시작됐는지 얘기하겠소. 내가 이 흥미로운 사건을 접하게 된 건 죽은 힐턴 큐빗 씨가 2주 전쯤 내가 사는 베이커 가로 찾아오면서부터였소."

홈스는 경위에게 지금까지 있었던 일에 대해 간략하게 설명해 주었다.

"그때 그는 이 이상한 그림이 그려진 종이를 가지고 왔더군. 마치 춤추는 사람들이 늘어서 있는 것 같은 그림이었지. 만약 오늘과 같은 참극이 일어나지 않았다면 누구나 이것을 애들 장난으로 보고 코웃음을 쳤을 거요. 사실 난 온갖 형태의 암호에 정통하다고 자부하고 있소. 그 분야에 관련된 논문을 쓰면서 160여 가지나 되는 암호를 분석하기도 했지. 하지만 이렇게 생긴 건 솔직히 처음 보았소. 하지만 이런 암호를 만들어 내는 사람들에게는 하나같이 명백한 목적이 있소. 암호의 체계를 모르는 사람들이 본래의 의미를 알지 못하도록 한다는 것이지. 만약 보더라도 그저 애들이 낙서한 것으로 여기게끔 만드는 게 보통이오. 이 그림들도 그 원칙에 아주 충실하다고 할 수 있소.

하지만 한참 분석해 본 결과 이 그림 하나하나가 알파벳을 의미한다는 걸 알게 되었소. 사람 하나에 알파벳 하나, 그런 셈이지. 여기까지 알게 되자 그다음은 수월했소. 암호문을 해독하는 일반적인 규칙을 적용하자 해답이 보이더군. 그래서 큐빗 씨가 맨 처음 가져온 그림으로 'E'가 네 개나 들어 있다는 것을 알게 되었지. 첫 번째 암호문에는 열다섯 개의 사람이 그려져 있었는데 그중에 같은 모양의 글자가 무려 네 개나 들어 있었던 거요. 바로 이거요."

홈스는 종이에 사람 모양의 그림 하나를 그려 보여 주었다.

"보통 영어에서 가장 많이 쓰이는 알파벳이 바로 'E'라는 것을 생각하면 그리 어려운 문제는 아니었소. 그런데 그 네 개 중에 두 개는 깃발을 들고 있고 나머지 두 개는 깃발이 없소. 게다가 깃발을 든 사람이 드문드문 분포되어 있더군. 그래서 그 깃발이 한 단어의 끝을 의미하는 것이라 생각했지.

결국 나는 깃발이 단어가 끝난다는 걸 표시한다고 가정한 후 이것 (암호 6)을 'E'라고 써 놓았소. 물론 여기까지는 어디까지나 하나의 가정이었소.

하지만 그다음은 도통 짐작하기 어렵더군. 'E' 다음으로 많이 쓰이는 알파벳을 하나로 정하기가 쉽지 않았기 때문이오. 긴 문장 안에서는 빈도를 짐작할 수 있지만 워낙 짧은 문장이었기 때문에 그것이 가능하지 않았던 거지. 일반적인 빈도수를 보면 'T', 'A', 'O', 'I', 'N', 'S', 'H', 'R', 'D', 'L' 순이 되지만 'T', 'A', 'O', 'I'는 그 빈도가 거의 비슷해서 단정 짓기 어려울 수밖에 없소.

게다가 어떤 의미가 되기까지 하나하나 대입해 보자면 작업이 한도 끝도 없을 게 뻔했소. 그래서 하는 수 없이 새로운 암호문이 나타나기를 기다리기로 했소. 큐빗 씨는 며칠 전 새로운 것들을 가지고 왔소. 모두 세 개였는데 바로 이것들이오."

홈스는 세 개의 종이쪽지를 마틴 경위 앞으로 밀어 놓으며 말을 이었다.

"보다시피 두 개는 두 단어로 된 짧은 문장이고 나머지 하나는 깃발을 든 사람이 없는 것으로 봐서 한 단어로 되어 있는 짧은 것이 분명했소. 나는 이 짧은 암호문에 두 번째와 네 번째가 'E'로 추리한 그림이라는 것에 착안해서, 이 단어가 SEVER(끊는다), LEVER(지렛대), NEVER(절대로 안 된다) 이 세 가지 중 하나일 거라 생각했지. 그런데 이것이 어떤 부탁이나 요청에 대한 답이라면 'NEVER'가 가장 유력했소. 정황으로 봐도 이 암호문은 새로운 침입자가 아니라 부인이 써 놓았다고 보는 게 더 타당했소. 이로써 나는 이 그림의 나머지 사람들이 의미하는 알파벳을 알게 되었던 거요. 즉 암호 7-1, 암호 7-2, 암호 7-3 등이 각각 'N', 'V', 'R'이었던 것이오.

하지만 나머지 두 개는 빈도수나 정황 등을 고려해 보아도 해독하기가 쉽지 않았소. 그런데 문득 이런 생각이 떠오르더군. 만약 내 추리대로 이 암호문은 과거 부인과 알고 지낸 사람이 부인에게 보내는 것이 분명하다면 두 개의 'E' 사이에 세 개의 단어가 들어가는 글자, 즉 세 번째 그림의 뒷부분은 부인의 이름인 '엘시(ELSIE)'일지도 모른다는 결론에 도달한 거요. 그래서 나는 새롭게 'L', 'S', 'I'의 비밀을 풀 수 있었소.

그런데 이 암호문은 무려 세 번이나 반복해서 나타났소. 즉 침입자가 부인을 향해서 세 번이나 반복할 정도로 강하게 어떤 것을 호소하고 있었던 거요. 그럼 도대체 그는 엘시에게 무엇을 호소하고 있는 걸까? 저는 이 문제에 주목하고 '엘시' 앞에 있는 단어를 해석하기에 이르렀소. 그런데 이 단어는 네 개의 알파벳으로 이루어졌을 뿐만 아니라 앞서 발견한 알파벳과 중복해서 나타나는 건 고작 마지막에 있는 'E'밖에 없었소.

결국 나는 마지막에 'E'가 들어가는 단어를 하나하나 대입해 봤소. 그래서 'COME'이라는 걸 알아냈지. 바로 '엘시, 돌아와라'라는 문장이었던 것이요. 이렇게 해서 'C', 'O', 'M'을 또 알게 되었소.

이를 바탕으로 다시 첫 번째 나타났던 암호문을 살펴봤소. 모르는 것을 '▲'로 표시하고 깃발 다음에 공란을 두었더니 이런 문장이 되더군."

홈스는 첫 번째 암호 밑에 다음과 같이 썼다.

'▲M, ▲ERE, ▲▲E, SL▲NE▲'

"이 문장을 보자 첫 글자는 'A'가 틀림이 없다는 생각이 들었소. 왜냐하면 맨 처음에 나오는 글자가 세 번이나 들어가 있었기 때문이오. 첫 번째와 일곱 째, 그리고 열두 번째였지. 바로 이렇게 짧은 문장에 세 번이나 들어갈 수 있는 것으로는 'E' 이외에는 'A'밖에 없었던 거요. 또 두 번째 단어의 첫 글자는 H가 틀림없었소. 이걸 다시 정리하면 'AM HERE A▲E SLANE▲'가 되오.

여기에 다시 적당히 어울리는 단어를 하나하나 대입해 보자 'AM HERE, ABE SLANEY(내가 여기에 있다, 에이브 슬레이니)'가 되었지. 그리고 해독한 암호문은 새로운 단서를 제공해 주었소. 그래서 두 번째 암호문이 'A▲ELRI▲ES'가 되는 걸 알았고 뜻이 통할 만한 알파벳을 대입한 결과 'T'와 'G'라는 걸 알아냈소. 즉 'AT ELRIGES(엘리지)'가 되었던 거지. 나는 이 결과를 통해 엘리지라는 곳에 에이브

슬레이니란 자가 머물고 있다고 생각했소. 그런데 슬레이니라는 자는 이방인이 분명했소. 그런 자가 머물 수 있는 곳이라면 여관밖에 없을 거라고 여겼소. 그렇기 때문에 아까 엘리지라는 여관이 있느냐고 물어봤던 것이오."

나나 마틴 경위는 이처럼 놀라운 추리에 그저 어안이 벙벙할 뿐이었다. 우리는 아무 말도 못하고 멍청하게 입까지 벌린 채 홈스만 바라보았다. 정말이지 어려운 문제를 명쾌하게 풀어 가는 홈스를 보는 것은 경이로움 그 자체였다.

"정말 놀랍군요. 그래서 그다음은 어떻게 하셨습니까?"

궁금증을 참지 못한 마틴 경위가 홈스를 재촉했다.

"존 에이브 슬레이니라는 사람이 미국인이라고 단정 지었소. 왜냐하면 에이브는 에이브러햄을 미국식으로 줄여

쓰는 이름이니까. 증거는 또 있소. 이 사건이 시작된 것이 부인에게 미국에서 온 편지가 배달되면서부터였기 때문이오. 왓슨, 큐빗 씨가 맨 처음 우리를 찾아왔을 때를 기억하나? 그가 부인이 미국에서 온 편지를 받고부터 이상하게 초조해하고 있다고 말했던 것 말이야."

"그래, 똑똑히 기억하고 있네."

내 머리에는 그때 부인을 걱정하던 큐빗 씨의 얼굴이 생생하게 떠올랐다. 홈스의 이야기는 계속되었다.

"그래서 나는 런던에서 일어난 범죄들에 대해 내게 자문한 적 있는 뉴욕 경시청의 윌슨 하그리브에게 전보를 쳐서 에이브 슬레이니의 신원을 조사해 달라고 부탁했소. 부인이 미국에서 온 편지를 보고 불안해하던 것이나 결혼 전의 자신의 과거에 대해서는 어떤 경우에라도 묻지 말아 달라는 부탁을 한 것으로 미루어 봐서 큐빗 부인이 뭔가 숨기고 있는 게 분명했기 때문이오. 특히 결혼의 조건이 과거를 묻지 않는 것이었다는 점에서 범죄와 관련된 무엇이었을 가능성이 높았소. 그런데 어제 뉴욕에서 전보가 왔소. 더없이 간단한 문구였지만 사건의 위험성을 보여 주는 데는 부족함이 없더군. 바로 이것이오."

홈스는 주머니에서 전보용지를 하나 꺼내 우리에게 보여 주었다.

시카고에서 가장 위험한 악한

"연이어 큐빗 씨로부터 또 하나의 암호문이 왔소. 아는 글자를 대입하자 단 두 개만을 제외하고는 모두 들어맞았소."

'ELSIE ▲RE▲ARE TO MEET THY GOD'

"그런 다음 이전에 한 방식대로 뜻이 통할 때까지 알파벳을 대입해서 빠져 있는 알파벳이 'P'와 'D'라는 것을 알게 되었소. 바로 'ELSIE, PREPARE TO MEET THY GOD(엘시, 하늘나라로 갈 준비나 해라)'가 되었던 거요. 이것은 보이지 않는 적이 부인을 설득하는 것을 포기하고 협박으로 그 태도를 바꿨다는 것을 의미했소. 더구나 그가 시카고 최고의 악당인 것을 생각하면 이런 협박이 곧 행동으로 나타날 것은 자명한 일이었지.

하지만 어제 전보가 너무 늦게 오는 바람에 어젯밤 바로 못 오고 여기 있는 동료 왓슨 박사와 함께 오늘 새벽에 첫차를 타고 부랴부랴 노퍽으로 달려온 것이오. 그러나 불행하게도 사건은 이미 최악의 사태로 벌어져 있더군. 한 발 늦은 거지."

홈스는 마지막 말을 하면서 아랫입술을 지그시 깨물었다. 나는 그의 마음이 어떨지 짐작할 수 있었다. 사건을 모두 풀었으면서도 피해자를 구하지 못했다는 자책과 범죄자에 대한 분노로 부글부글 끓고 있을 게 분명했다. 그러나 남 앞에서 그런 속내를 훤히 드러낼 홈스가 아니었다.

"이번 사건에서 홈스 씨의 도움을 받다니 정말이지 제게는 큰 행운입니다."

경위는 진심으로 홈스에게 고마워했다.

"그런데 한 가지 마음에 걸리는 게 있어서 말씀을 드리지 않을 수 없군요. 일이 잘못되더라도 홈스 씨 자신 말고는 그 누구도 홈스 씨를 탓할 사람이 없지만 저는 경우가 다릅니다. 사건이 끝나면 상부에 보고도 해야 하고 말입니다. 그런데 홈스 씨 추리대로 슬레이니라는 범인이 엘리지 농장에 있는 게 사실이라면 어서 가서 잡아야 하지 않습니까? 여기서 이렇게 이야기하시면서 시간을 낭비하는 건 이해가 되지 않습니다. 만약 범인을 이대로 놓쳤다가는 사건의 진상을 밝혔더라도 저는 상부의 문책을 피할 길이 없을 겁니다."

"그거라면 걱정하실 필요 없소. 그자는 도망치지 않을 거요."

"그걸 어떻게 확신하십니까?"

"만약 도망친다면 자신이 죄를 저질렀다는 것을 자백하는 꼴이 될 테니까."

"그렇다면 다행이로군요. 그럼 지금 당장 가서 그자를 체포하겠습니다."

"그럴 필요 없소."

"네?"

홈스의 대답은 마틴 경위를 당황하게 했다.

"조금 있으면 그자가 제 발로 나타날 거요."

"네? 범인이 여기에 온다고요?"

"내가 초대장을 보냈거든."

"아, 그 편지! 하지만 홈스 씨, 당신이 오란다고 그자가 오겠습니까? 터무니없는 말씀을 하시는군요. 잘못해서 범인이 눈치라도 챘다면 '어서 도망가라'고 부추기는 꼴이 되고 말 겁니다."

"그럴 일은 없을 거요. 나는 그자가 썼던 암호를 이용해서 편지를 보냈으니까. 아, 기다린 보람이 있군. 내 생각이 맞다면 저기 진입로를 올라오고 있는 자가 바로 범인일 거요."

홈스가 말한 대로 한 사내가 현관을 향해 곧바로 오고 있었다. 우리는 들키지 않도록 창 뒤에 숨어서 사내를 살펴봤다. 큰 키에 약간 거무스레한 피부의 사내는 회색 플란넬 정장에 파나마모자를 쓰고 있었는데 뻣뻣한 검은 턱수염과 큼직한 매부리코 때문인지 어딘지 모르게 사나워 보였다. 그는 마치 자신의 집에라도 오는 사람처럼 가느다란 지팡이를 여유롭게 흔들면서 걷고 있었다. 그러고는 아무 거리낌 없이 초인종을 눌렀다. 온 집 안에 요란한 종소리가 울려 퍼졌다.

"자, 여러분."

홈스가 침착한 목소리로 입을 열었다.

"놈이 이 방에 들어올 거요. 그러니 우리는 문 뒤에 숨어 있는 게 좋겠소. 저런 자를 상대할 때는 매사에 조심해야 하니 말이오. 마틴 경위는 곧바로 채울 수 있도록 수갑을 준비해 두시오. 놈에게 말하는 건 내가 맡겠소."

애증의 결과

우리는 문이 열리기를 기다리며 숨을 죽였다. 응접실에는 1분 가량 결코 잊을 수 없는 무거운 침묵이 흘렀다. 이윽고 문이 열리면서 사내가 들어왔다. 순간 홈스는 눈 깜짝할 사이에 방심하고 있던 사내의 머리에 총을 들이댔다. 그야말로 전광석화와 같은 솜씨였다. 마틴 경위도 노련한 솜씨로 사내의 손에 수갑을 채웠다.

"뭐야?"

사내가 거칠게 저항하려 했지만 이미 그의 몸은 아무 힘을 쓸 수 없는 신세로 전락한 후였다. 그는 검은 눈을 적의로 활활 불태우며 홈스와 우리를 번갈아 노려보았다. 그러더니 이내 모든 것을 포기했는지 껄껄 웃어 대기 시작했다. 그 웃음에는 비통함이 묻어 있었다.

"신사 여러분, 당신들이 나보다 먼저 기선을 제압했군요. 이거야 원……. 뭔가 대단한 것과 맞닥뜨린 것 같군요. 어쨌든 난 힐턴 부인의 편지를 받고 왔소. 부인이 이 자리에 있는 것 같지는 않은데 설마 부인이 나를 잡는 덫을 설치하는 데 협조를 한 것은 아닐 테지요? 어

디, 얘기 좀 들어 봅시다."

"큐빗 부인은 지금 중상을 입고 사경을 헤매고 있다."

"미친 소리 하지 마!"

갑자기 사내의 눈이 커다랗게 변하더니 쉰 목소리로 부르짖었다.

"다친 건 남자지 엘시가 아니었어. 누가 자기 여자를 다치게 한단 말이냐? 내가 엘시를 협박한 건 사실이지만 맹세코 엘시의 머리카락 한 올도 다치게 하지 않았어. 어서 말해! 거짓말이라고, 엘시가 무사하다고 어서 말하란 말이다."

사내는 조롱하는 듯한 태도를 버리고 잡아먹을 듯이 홈스를 노려보았다.

"네 말처럼 큐빗 씨가 중상을 입었고 그 때문에 죽었지. 그리고 죽은 남편 곁에서 큐빗 부인 역시 중상을 입고 발견된 것도 명백한 사실이다."

"아!"

사내는 신음 소리를 내며 의자에 털썩 주저앉았다. 그러고는 수갑을 찬 두 손으로 얼굴을 감싸 쥔 채 아무 말이 없었다. 흐느끼는 듯했다. 그렇게 5분 정도 시간이 흘렀다.

마침내 고개를 든 사내가 긴 한숨을 토해 냈다. 그리고 절망에 젖은 목소리로 힘없이 입을 열었다.

"이렇게 된 마당에 무엇을 숨기겠소. 분명히 큐빗을 쏜 건 나요. 하지만 내가 먼저 쏜 것은 아니오. 분명히 그가 먼저 나에게 쐈고 나는 방어를 하기 위해 얼떨결에 쐈을 뿐이오. 절대로 살인을 의도했던 것은 아니란 말이오. 내가 엘시까지 쐈다고 생각한다면 그건 명백한 당신들의 오산이오. 이 세상에서 나보다 엘시를 사랑하는 사람은 없을 거요. 또 내게는 엘시를 가질 명백한 권리도 있소. 몇 년 전 엘시는 내게 평생을 함께하겠다고 맹세했단 말이오. 그런 우리 사이에 그 영국 놈이 끼어들 자리는 없었소. 가당치도 않소. 이봐요, 다시 말하지만 난 엘시에 대한 권리가 있고 그 권리를 되찾으려 한 것뿐이오."

"부인은 널 떠났어."

홈스가 준엄한 목소리로 사내의 말을 가로막았다.

"너라는 인간의 정체를 알게 되었기 때문이다. 결국 부인은 너를 피해 이 낯선 영국까지 도망을 쳤어. 그런데 천만다행으로 착하고 존경할 만한 신사를 만나 결혼까지 하게 되었다. 그 남자는 그녀에게 평온함과 안락한 생활과 사랑을 주었지. 하지만 넌 그런 부인을 찾아내 고통만 안겨 주었다. 너는 부인에게 사랑하고 존경하는 남편을 버리고 두려움과 증오의 대상인 너를 따라 달아나자고 설득했던 거다. 설득이 통하지 않자 협박까지 했어. 그리고 결국에는 부인이 사랑하는 남편이자 고귀한 영혼을 지닌 한 사람을 죽임으로써 부인을 자살로 몰아간 것이다. 에이브 슬레이니, 이게 바로 네가 저지른 죄다. 그러니 엄준한 법의 심판을 받게 될 것이다."

"엘시가 죽는다면 난 어떻게 되든 상관없소."

사내는 눈을 내리깔고 침울하게 말했다.

"그런데……."

사내는 그때까지도 꼭 쥐고 있던 한 손을 펴 홈스 앞으로 내밀며 의혹이 가득한 눈으로 말을 이었다. 그건 홈스가 마구간 아이를 통해 그에게 보낸 편지였다.

"엘시가 중태라면 도대체 이 편지는 누가 쓴 거요? 괜히 나를 겁주려고 하는 수작 아니오?"

"그거라면 내가 썼다. 너를 이곳으로 유인하기 위해서 말이다."

"당신이 썼다고?"

사내는 한 번 홈스를 보더니 픽 하고 웃었다.

"웃기지 마시오! 이 춤추는 사람들의 암호를 아는 것은 우리 '조인트' 조직원들뿐이란 말이오. 엘시가 아니면 읽을 수조차 없는데 도대체 어떻게 썼단 거요?"

"암호를 만드는 자가 있으면 암호를 해독하는 자가 있게 마련이지."

"뭐라고?"

홈스는 흥분하는 사내에 비해 너무도 차분하

게 말했다.

"슬레이니, 지금 노리치에서 너를 호송해 갈 마차가 이곳으로 오고 있다. 하지만 네가 저지른 죄를 사죄할 시간은 충분할 것이다."

홈스는 날카로운 눈빛으로 사내를 응시했다.

"지금 부인은 남편을 살해한 용의자로 지목받고 있다. 만일 내가 여기 없었거나 또는 암호를 해독하지 못했다면 틀림없이 부인은 남편을 살해한 죄를 뒤집어쓰고 교수형을 당했을 테지. 그러니 네가 정말로 부인을 사랑했다면, 그래서 조금이나마 부인에게 속죄하고 싶다면 이 불행한 사건, 즉 힐턴 큐빗 씨가 살해된 것에 직접적으로든 간접적으로든 부인에게는 책임이 없다는 것을 밝혀 주어야만 한다."

"알고 있소. 나 역시 엘시가 누명을 쓰는 것을 바라지는 않으니까. 남김없이 얘기하리다."

슬레이니의 목소리는 침울하기 그지없었다.

"그전에 나는 당신에게 고지할 것이 있소. 바로 당신이 하는 말은 법정에서 당신에게 불리한 증거로 사용될 수 있다는 것이오. 알겠소?"

마틴 경위는 영국의 형법이 지향하는 페어플레이 정신을 잊지 않고 슬레이니에게 말해 주었다. 하지만 그는 그저 어깨를 으쓱했을 뿐이다.

"상관없소. 엘시만 무사하면 되니까. 먼저 나와 엘시는 어릴 때부터 아는 사이였다는 걸 기억해 주시오. 그럼 암호 얘기부터 하지요. 시카고는 옛날부터 '조인트'라는 7인의 갱단이 일대를 장악하고 있었소. 그런데 그 조직의 두목 패트릭이 바로 엘시의 아버지였던 거요. 우리 두목은 머리가 아주 비상한 사람이었소. 모르는 사람이 보면 어린애 낙서로 치부할 만한 암호를 고안해 낸 것도 바로 두목이었소. 엘시는 자라면서 점차 두목과 조직에 대해 자연스럽게 알게 되었소. 그러니 암호도 알고 있을 수밖에 없었지요. 하지만 그녀는 우리가 하는 일을 마음에 들어 하지 않았소. 결국에는 자신의 힘으로 돈을 모으더니 영국으로 도망쳐 버린 것이오. 그때 그녀는 이미 나와 약혼한 상태였소. 만약 내가 조직에 있지 않고 다른 사람처럼 평범하고 정직한 일을 했다면 틀림없이 나와 결혼했을 거요. 어쨌든 그녀가 있는 곳을 알아냈을 때에는 애석하게도 그녀가 이미 그 영국 놈과 결혼한 다음이었소. 하지만 나도 포기할 수 없었소. 그래서 그녀에게 편지를 썼소. 하지만 답장이 없더군요. 하는 수 없이 직접 그녀를 찾아왔지요. 그런 다음 그녀만 알아볼 수 있도록 암호를 남겨 두었던 거요.

나는 이곳에 와서 엘리지 농장에서 묵었는데 아무에게도 들키지 않고 밤마다 나다닐 수 있도록 1층에 있는 방을 빌렸소. 난 거의 매일 밤 이곳에 왔소. 어떻게든 그녀를 달래서 미국으로 데려가려 했던 거요. 하지만 아무 성과도 없이 한 달이 지났소. 하지만 나는 그녀가 내가 보낸 메시지를 읽고 있다는 것을 알고 있었소. 꼭 한 번이었지만 내가 남겨 놓은 그림 밑에 답신을 써 놓은 적도 있었기 때문이오. 그러는 사이 점점 화가 났소. 그래서 협박을 하기 시작했소. 그러자 엘시가 내게 편지를 보내왔소. 바로 어제였지요. 하지만 그 내용은 안 좋은 소문이 나서 남편에게 화가 미친다면 마음이 아플 거라면서 이제 그만 모든 걸 멈추고 돌아간다고 약속하면 한 번 만나 주겠다는 것이었소. 새벽 3시에 1층에 있는 서재 창가에 서 있을 테니 그곳으로 오라고 하더군요. 그때라면 남편이 깊은 잠에 빠진다면서 말이오. 또 그것으로 만족하고 자신을 놔주고 나 혼자 미국으로 돌아가라고 했소.

어젯밤 난 그녀가 시키는 대로 새벽 3시에 이곳에 왔소. 그녀는 약속을 지켰소. 그런데 돈을 주면서 제발 가 달라고 하는 거요. 순간 나는 머리끝까지 왈칵 울분이 치솟더군요. 그래서 그녀의 팔을 잡아채서 정원으로 끌어내려고 했소. 그때였소. 그 영국 놈이 권총을 들고 서재로 들어선 거요. 엘시는 남편을 보자 다리에 기운이 빠진 듯 주저앉고 말더군요. 나는 재빨리 가슴에서 권총을 꺼내 그자를 겨눴소. 그렇게 그자와 나는 권총을 서로에게 들이댄 채 한참 동안 노려보았소. 그런데 놈이 발포를 한 거요. 하지만 빗나가서 창틀에 맞더군요. 하지만 충분히 위협적이었소. 그래서 나는 놈이 내가 쏜 총에 놀라 움찔하는 사이에 도망가려고 놈을 향해 방아쇠를 당겼소. 그런데 어이없게도 놈이 픽 쓰러진 거요. 나는 그길로 정원을 가로질러 도망을 쳤소. 뒤에서 창문이 닫히는 소리가 들렸던 것을 제외하면 아무 소리도 없었소.

이봐요, 내가 해줄 수 있는 얘기는 이게 다요. 맹세코 한 치의 거짓도 없는 진실이란 말이오. 그다음에 무슨 일이 있었는지는 아는 바가 없소. 그리고 조금 아까 어떤 아이 녀석이 와서 전해 준 편지를 보고 멍청하게도 이곳에 와서 어슬렁거리다가 이렇게 체포되고 만 거요."

슬레이니가 자신이 저지른 죄에 대해 고백하는 동안 그를 호송해 갈 마차가 도착했다. 정복을 차려 입은 경관 둘이 응접실로 들어오자 마틴 경위가 자리에서 일어나며 슬레이니에게 말했다.

"자, 갈 시간이다."

"가기 전에 잠깐이라도 좋으니 엘시를 보고 가게 해 주실 수 없겠소?"

슬레이니는 애원하듯이 말했다. 그러나 마틴 경위의 태도는 완강했다.

"그건 안 돼. 부인은 아직도 의식을 회복하지 못하고 있을 만큼 중태다. 면회를 허락할 수 없어."

마틴 경위는 슬레이니를 경관들에게 넘겨주고는 홈스를 바라보며 손을 내밀었다.

"홈스 씨! 정말 모든 것이 당신 덕분입니다. 또다시 중요한 사건에서 당신과 함께 일할 수 있는 행운이 있었으면 합니다."

나와 홈스는 같이 창가에 서서 마차가 떠나가는 것을 끝까지 바라보았다.

"끝났군."

나는 기지개를 펴며 등을 돌렸다. 그러자 슬레이니가 책상 위에 던져 놓았던 꼬깃꼬깃한 종이가 눈에 들어왔다. 홈스가 그자를 유인하기 위해 보냈던 바로 그 편지였다.

"왓슨, 한번 자네가 해독해 보겠나?"

홈스는 그것을 집어 들어 내게 건네주었다. 거기에는 말이라고는 하나도 없이 예의 춤추는 사람들만 늘어서 있었다.

하지만 설명을 들은 것만으로는 해독할 방법이 없었다. 나는 어깨를 으쓱하고는 도로 홈스에게 건네주었다.

"아까 설명해 준 방식으로 해석하면 이것은 'COME HERE AT ONCE(즉시 이곳으로 오라)'라는 뜻이네. 난 이 초대를 그자가 거절하지 않을 거라고 확신했지. 왜냐하면 이 암호문을 만들 수 있는 사람은 큐빗 부인밖에 없을 거라고 생각할 테니까 말일세. 이 암호가 만들어진 이래 최초로 선한 일에 사용된 걸 테지. 어쨌든 이것으로써 자네 사건 기록장에 뭔가 독특한 사건을 추가시켜 주겠다는 약속은 지킨 것 같군. 자, 이제 집으로 돌아가세. 런던으로 가는 기차가 3시 반에 있다니까 잘하면 저녁 식사 시간에 늦지 않겠어."

이렇게 사건은 모두 끝이 났다. 하지만 이 글을 마치기 전에 그 후 슬레이니와 큐빗 부인에게 어떤 일이 있었는지 기술하고자 한다. 먼저 슬레이니는 곧바로 노리치 동계 순회 재판에 회부되어 사형을 언도받았다. 그러나 2심에서 정상에 참작할 만한 사유가 있다고 판단되어 형이 무기징역으로 감해졌다. 즉 힐턴 큐빗이 먼저 쏘았다는 것이 사실로 인정된 것이다.

한편 힐턴 큐빗의 미망인은 위험한 수술을 잘 견뎌 내고 다행히 의식을 되찾았다. 그리고 건강을 완전히 회복한 후에는 옛집에서 남편의 영지를 돌보면서, 그리고 빈민 구제에 힘쓰면서 홀로 살아가고 있다고 한다.

혼자 자전거 타는 사람

The Solitary Cyclist

바이올렛 스미스

당당하고 기품이 넘치며 아름다운 젊은 숙녀다. 자전거를 즐겨 타며 풍부한 감성을 갖고 있다. 왕실 극장에서 오케스트라를 지휘하던 아버지가 사망한 후 어머니와 단둘이 근근이 살아간다.

그러던 차에 《타임스》의 광고를 통해 25년 전에 아프리카로 떠나 생사를 알 수 없던 삼촌의 친구라고 소개하는 캐러더스와 우들리를 만난다. 그리고 이 만남을 계기로 캐러더스의 칠턴 농장에서 피아노 교습을 하는 가정교사 자리를 얻게 된다. 농장에서 기차역을 향해 자전거를 타고 가다가 기묘한 일을 겪고 홈스에게 사건을 의뢰한다.

밥 캐러더스

얼굴빛이 검고 혈색이 좋지 않지만 깔끔하게 면도한 얼굴이 인상이 좋아 보인다. 음악 애호가이며 바이올렛 스미스에게 자기 딸의 가정교사 자리를 좋은 조건으로 제시한다. 우들리가 칠턴 농장에 찾아왔다가 바이올렛에게 무례를 범하자 그와 크게 다투고 농장에서 쫓아낸다. 바이올렛이 기차역까지 안전하게 갈 수 있도록 말과 마차를 준비해 주는 친절을 베풀기도 한다.

잭 우들리

인상이 고약하며 천박하고, 자신감 넘치는 표정은 보는 사람에게 불쾌감을 주기도 한다. 칠턴 농장에서 일주일간 머무는데 바이올렛 스미스에게 접근해 자기 재산을 자랑하더니 갑작스럽게 청혼한다. 그러나 바이올렛이 무시하자 와락 끌어안고 난동을 피운다. 이로 인해 캐러더스의 농장에서 쫓겨난 후 얼씬도 하지 않다가 어느 날 다시 찾아와 바이올렛을 불안하게 한다.

1903년 12월《스트랜드 매거진》에 발표되고 1905년《셜록 홈스의 귀환》에 실린 《혼자 자전거 타는 사람》의 작품 배경 연대는 1895년이다.

저자 아서 코난 도일은 부인과 함께 탄 세 바퀴 자전거가 자전거 역사서에 단골로 나올 만큼 실제로 자전거 애호가였다. 왕진을 다닐 때는 물론이고 일을 마친 뒤에는 2인용 삼륜자전거를 탔다고 한다. 그런 평소의 관심이 작품으로 승화된 것은 어쩌면 당연한 일일 것이다.

한편 8절판 연습장 두 권에 약 7천 단어로 쓰인 이 작품의 원고는 1922년 1월 26일 처음으로 뉴욕 경매에 나와 120달러에 낙찰되었다. 후에 런던 경매와 뉴욕 경매에 나왔으나 현재 그 소재는 알 수 없다.

자전거 타는 소녀

탐정 생활을 시작한 이래 내 친구 셜록 홈스는 늘 사건 해결에 매달려 눈코 뜰 새 없이 바쁜 나날을 보내게 됐지만 특히 1894년에서 1901년까지 8년간은 탐정으로서 그의 절정기였다. 그 기간 동안 영국뿐 아니라 외국에서까지 홈스의 명성을 들은 인사들이 여러 대형 사건을 그에게 의뢰했고 그는 모든 사건을 보란 듯이 명쾌하게 해결해 냈다. 또한 홈스는 평범한 사람들이 의뢰해 온 크고 작은 수백 건의 사건들을 조사하기도 했다. 그중에는 매우 까다롭고 괴이한 사건도 있었지만 홈스는 뛰어난 추리력을 발휘해 사건의 진실을 밝혀내는 데 성공했다. 앞에서 말한 8년 동안 몇 가지 피치 못할 경우를 제외한다면 홈스가 해결한 사건의 수는 깜짝 놀랄 정도로 많았다.

나는 홈스의 곁에서 그의 사건 해결 과정을 낱낱이 기록해 두었다. 그중에는 내가 함께 조사했던 사건도 많기 때문에 독자들에게 들려줄 사건을 골라내기란 쉽지 않은 일이다.

하지만 나는 독자들의 흥미를 자극하겠다며 잔혹하고 선정적인 범죄를 다루기보다는 극적이고 독특한 방식으로 해결된 사건들을 선별해 소개하려고 애써 왔다. 그렇기 때문에 이번에는 독자 여러분에게 '혼자 자전거 타는 사람'과 관련된 찰링턴의 바이올렛 스미스 양 이야기를 들려주려 한다.

이 이야기를 통해 우리의 수사 과정, 그리고 예기치 않았던 비극적인 결말을 들려주고 싶다. 홈스의 탐정 경력에 큰 보탬이 된 건 아니지만 이 사건에는 내가 그동안 기록해 온 사건들과는 구별되는 몇 가지 큰 특징이 있기 때문이다.

1895년의 사건 일지에는 바이올렛 스미스 양이 사건을 의뢰한 것이 4월 23일 토요일이라고 적혀 있다. 그 무렵 홈스는 백만장자로 이름난 담배 사업가 존 빈센트 히든을 괴롭히는 협박 사건을 조사하는 데 몰두해 있었다. 그 사건이 생각보다 무척 복잡했기 때문에 홈스는 바이올렛 스미스 양의 방문을 그다지 반가워하지 않았다. 사건 해결에 있어 완전한 집중과 정확한 해결을 우선시하는 홈스인지라 일단 조사에 착수한 뒤에는 누구에게도 방해받지 않기를 원했다.

하지만 날카로운 얼굴 뒤에 따뜻한 인정을 감추고 있는 그는 여왕 같은 기품이 넘치는 이 아름답고 젊은 숙녀의 부탁을 차마 거절할 수 없었던 것이다.

바이올렛 스미스 양은 우리가 저녁 식사를 마친 후 베이커 가로 찾아와 홈스에게 도움을 청했다. 그 당시 홈스는 해결해야 할 사건들에 파묻혀 있어 좀처럼 시간을 내기 어려운 상황이었다. 그러나 그녀는 그가 자신의 이야기를 들어준 후에야 돌아가겠다는 굳은 결심을 하고 온 모양이었다.

홈스가 책상 앞에 앉아 사건 자료를 모아 둔 스크랩북을 뒤적이며 고개도 들지 않았지만 바이올렛 스미스 양은 방문 앞에 선 채 그를 바라보며 묵묵히 기다렸다. 마침내 홈스가 체념한 듯 가볍게 한숨을 쉬며 스크랩북을 덮었다. 피곤이 묻어나는 미소를 지으며 그가 그녀에게 자리를 권했다. 그리고 어떤 이유로 찾아왔는지 물었다.

"어쨌든 건강상의 문제로 오신 건 아니겠군요."

홈스가 예리한 눈빛으로 그녀를 보며 말했다.

"당신처럼 열심히 자전거를 타려면 많은 체력이 필요하니까요."

그녀는 눈을 동그랗게 뜨고 홈스의 시선을 따라 자신의 신발을 내려다보았다. 신발은 자전거 페달의 모서리에 긁혀 밑창 한쪽이 약간 닳아 있었다.

"맞아요. 저는 자전거를 많이 타요. 사실 오늘 이렇게 홈스 씨를 찾아온 이유도 자전거와 관계가 있답니다."

홈스는 불쑥 팔을 뻗어 숙녀의 손을 잡고는 표본을 관찰하는 과학자처럼 면밀히 살펴보았다.

"아, 죄송합니다. 직업상의 본능 때문에 저도 모르게 실례를 했군요."

홈스가 그녀의 손을 놓으며 얼른 말했다.

"저는 당신의 직업이 타이피스트라고 생각했습니다. 하지만 손을 자세히 보니 타이피스트가 아니라 악기를 다루는 일을 하시는군요. 왓슨, 여기 숙녀 분의 납작한 손가락 끝이 보이나? 이건 타이피스트와 음악가의 손에 공통적으로 나타나는 특징이라네. 그런데 숙녀 분의 얼굴에서 풍부한 감성이 느껴져 음악가라고 생각했네."

숙녀는 볼을 살짝 붉히며 불빛 쪽으로 천천히 고개를 돌렸다.

"정확하고 신속하게 일해야 하는 타이피스트에서는 그런 감성을 찾기 어렵답니다. 그래서 저는 당신이 음악가라고 결론 내렸습니다만……."

"홈스 씨, 당신 말이 맞아요. 저는 피아노를 가르치고 있어요."

"혈색이 좋은 걸 보니 공기가 맑은 곳에서 사는군요."

"그렇습니다. 서리 주의 파넘 근처에 살고 있어요."

"파넘은 참 아름다운 고장이지요. 제 개인적으로는 재미있는 추억이 있는 곳이기도 하고요. 그 근처에서 위조범 아치 스탠퍼드를 잡았던 일을 기억하지, 왓슨? 그건 그렇고 바이올렛 양, 파넘에서 무슨 일이 있었던 겁니까?"

침착한 태도의 바이올렛 스미스 양은 또렷한 목소리로 매우 이상한 이야기를 들려주었다.

"제 아버지의 성함은 제임스 스미스인데 오래전에 돌아가셨습니다. 생전에는 유서 깊은 왕실 극장의 오케스트라를 지휘하셨던 분입니다. 아버지가 돌아가신 후 어머니와 저는 영국 어디에도 의지할 친척 하나 없는 처지가 되었습니다. 랄프 스미스라는 삼촌이 계시지만 삼촌은 25년 전에 아프리카로 떠나셨고 지금까지 감감무소식이라 생사조차 알 수가 없었지요.

아버지가 돌아가셨을 때 우리 모녀에게 재산이라고는 남아 있지 않았습니다. 그런데 어느 날 《타임스》 신문에 어머니와 저의 행방을 찾는 광고가 실린 거예요. 우리가 모르고 있던 먼 친척이 우리에게 유산을 남겼을지도 모른다는 생각에 어머니와 저는 많은 기대를 했습니다.

그래서 광고를 낸 변호사를 찾아갔지요. 그곳에서 우리는 아프리카에서 얼마 전에 귀국했다는 캐러더스 씨와 우들리 씨를 만났어요. 그들은 자신들이 삼촌의 친구라고 소개하면서 삼촌이 몇 달 전에 요하네스버그에서 돌아가셨다는 소식을 전해 주었습니다. 빈털터리였던 삼촌은 임종 직전 그분들에게 어머니와 저를 찾아서 돌봐 달라는 유언을 남겼다고 했어요.

25년간 한 번도 우리를 찾지 않았던 삼촌이 죽는 순간에 돌연 그런 부탁을 했다는 게 조금 이상했습니다. 그러나 캐러더스 씨는 삼촌이 아버지의 사망 소식을 듣고는 어머니와 저를 돌봐야 할 책임을 느꼈다고 하더군요."

"그 두 사람을 언제 만나셨나요?"

"작년 12월이니까 4개월 전이네요."

"알겠습니다. 계속 말씀하세요."

"우들리 씨는 인상이 매우 고약한 사람이었어요. 붉은 콧수염을 기르고 거친 머리는 가운데 가르마를 타서 기름을 잔뜩 발라 넘겼는데 천박하고 자만심 넘치는 표정이 불쾌했습니다. 그는 저에게서 시선을 떼지 않았는데 제가 그런 사람과 함께 있었다는 걸 시릴이 알면 몹시 싫어할 거라고 생각했어요."

"시릴은 당신의 애인 이름인가요?"

홈스가 부드럽게 웃으며 물었다.

"네. 시릴 모튼은 전기 기사인데 우리는 올 여름에 결혼할 예정이랍니다. 어머, 제가 어쩌다 그의 이야기까지 하게 됐나요? 어쨌든 제가 하고 싶었던 말은 우들리 씨가 아주 기분 나쁜 사람이라는 사실입니다.

하지만 우들리 씨보다 연배가 높아 보이는 캐러더스 씨는 인상이 좋은 분이었어요. 얼굴이 검고 혈색이 좋지 않아 보였지만 깔끔하게 면도를 한 말쑥한 신사였지요. 진중한 말투에 예의가 바르고 함께 대화를 나누면 유쾌한 기분이 들게 하는 분이었습니다.

그는 제게 아버지가 어떻게 돌아가셨는지 묻기도 했는데 우리가 매우 어려운 형편인 것을 알고는 열 살 된 자기 딸에게 피아노 교습을 해 달라고 부탁했습니다. 그러나 제가 어머니를 혼자 남겨 둘 수 없다며 곤란해하자 그는 매주 토요일은 어머니를 만나러 집에 갈 수 있게 해 주겠다며 1년에 100파운드씩 지급하겠다고 했습니다. 정말 저에게는 믿기 힘들 만큼 좋은 조건이었지요.

저는 당연히 그 제안을 받아들였고 파넘에서 10킬로미터 정도 떨어져 있는 칠턴 농장으로 가게 되었습니다. 독신인 캐러더스 씨는 나이 든 가정부에게 집안일을 맡겨 두었어요. 집안 식구들은 그녀를 딕슨 부인이라고 불렀는데 아주 좋은 분이었고 캐러더스 씨의 딸은 귀엽고 저를 잘 따랐습니다.

캐러더스 씨는 매우 친절한 데다 음악 애호가였기 때문에 저와는 대화가 잘 통하기도 해서 농장에서의 생활은 무척 즐거웠답니다. 그리고 저는 토요일이면 늘 어머니를 만나러 파넘으로 갔어요.

하지만 우들리 씨의 등장으로 저의 즐거움은 사라졌습니다. 그는 캐러더스 씨 농장을 일주일간 방문했는데 그 기간이 제게는 마치 몇 달이나 되는 것처럼 느껴졌어요. 아, 그는 몹시 불쾌하고 혐오감을 주는 사람이었습니다.

저는 그와 마주치는 것도 끔찍했는데 세상에, 그 사람이 막대한 재산을 자랑하더니 자기와 결혼해 주면 런던에서 가장 비싼 다이아몬드를 사 주겠다고 하는 거예요! 그러나 제가 그 말을 완전히 무시하자 어느 날 저녁 식사 후에 식당에서 저를 와락 끌어안고는 키스를 해 줘야만 놓아 주겠다고 했어요. 그의 힘이 어찌나 세던지 도저히 빠져나올 수가 없었습니다. 그때 마침 캐러더스 씨가 들어와서 간신히 그를 제게서 떼어 놓았어요. 그러자 우들리 씨가 길길이 날뛰며 캐러더스 씨에게 덤벼들어 때려눕히더니 얼굴에 큰 상처까지 냈습니다. 그다음 날 우들리 씨는 곧바로 돌아가야 했지요.

캐러더스 씨는 저에게 정중히 사과하면서 다시는 그런 일이 없을 거라고 약속했습니다. 물론 그날 이후로 우들리 씨는 농장에 얼씬도 하지 않았지요."

기이한 남자

"홈스 씨, 지금부터는 제가 당신을 찾아오게 된 이유를 말씀드릴게요. 저는 매주 토요일 아침을 먹은 다음 자전거를 타고 파넘 역까지 갑니다. 그래야 집으로 가는 12시 22분 기차의 출발 시간에 맞출 수 있거든요.

칠턴 농장에서 역까지 이어진 길은 인적이 드문 편입니다. 특히 찰링턴 황무지와 찰링턴 저택이 자리 잡은 숲까지 1.5킬로미터 정도 이어진 오솔길은 매우 한적하지요. 지금까지 몇 번이나 그 길을 지나다녔지만 크룩스베리 힐 근처의 큰길로 나오기 전까지는 마차나 농부를 마주친 일이 거의 없을 정도랍니다.

그런데 2주 전에 자전거를 타고 그곳을 지나다가 우연히 뒤돌아보게 되었습니다. 저에게서 2백미터쯤 떨어져서 한 남자가 역시 자전거를 타고 따라오고 있었어요. 중년 남자였는데 짧은 턱수염을 거뭇하게 기르고 있었습니다. 파넘 역에 도착하기 전에 다시 한 번 뒤돌아보았는데 남자는 어디로 갔는지 눈에 띄지 않더군요. 그래서 저는 대수롭지 않게 생각하고 잊어버렸습니다.

하지만 월요일에 역에서 농장으로 돌아가다가 그 길의 같은 곳에서 그 남자를 또 보았습니다. 또 그다음 주 토요일과 월요일에도 그 남자는 같은 장소에서 자전거를 탄 채 저를 따라왔습니다. 그는 항상 일정한 간격을 유지하며 뒤를 밟았지만 저에게 해를 끼치지는 않았어요. 그러나 어쨌든 매우 꺼림칙했습니다.

그에 관해 캐러더스 씨에게 말했더니 앞으로는 말과 마차를 준비해 줄 테니 다시는 그 길을 혼자서 다니지 말라고 했습니다.

말과 마차는 이번 주에 도착할 예정이에요. 그런데 주문에 착오가 있어 배달이 지연되는 바람에 이번에도 자전거를 타고 파넘 역까지 가야 했답니다. 바로 오늘 아침에 있었던 일이지요. 찰링턴 황무지에 들어섰을 때 뒤를 보았더니 역시나 그 남자가 제 뒤에 있었어요. 그 남자와의 거리가 꽤 벌어져 있어서 얼굴을 잘 볼 수는 없었지만 제가 모르는 사람이라는 건 틀림없었어요. 짙은 색상의 양복을 입고 모자를 푹 눌러쓰고 있었지요. 그나마 얼굴에서 뚜렷하게 보이는 부분은 검은 턱수염뿐이었습니다.

어느 정도 예상했기 때문에 오늘은 별로 놀라지 않았어요. 아니, 오히려 호기심이 솟아서 그에게 왜 저를 따라오는지 물어보기로 결심했답니다. 제가 속력을 늦추면 그 남자도 페달을 천천히 밟더군요. 저는 급한 커브 길에서 다시 속력을 높여 달리다가 모퉁이를 돌자마자 자전거를 세우고 그를 기다렸습니다. 그가 모퉁이에 이르러도 속력 때문에 멈추지 못하고 그냥 지나칠 거라고 생각했거든요.

하지만 숨죽이고 기다려도 남자는 나타나지 않았어요. 저는 커브 길로 되돌아갔습니다. 그곳에서는 길 저편 1킬로미터 정도는 내다볼 수 있는데 남자는 감쪽같이 사라져 버렸습니다. 샛길이나 숨을

곳이 전혀 없는 곳인데 자취를 찾을 수 없다니 정말 이상했어요."

홈스는 두 손바닥을 비비며 싱글거렸다.

"스미스 양, 생각보다 단순한 일이 아닐 수도 있습니다. 모퉁이를 돈 후에 남자가 사라졌다는 사실을 알아차릴 때까지 시간이 얼마나 걸렸습니까?"

"한 2, 3분쯤일 거예요."

"그렇다면 그가 오던 길로 도망갈 수는 없었겠군요. 샛길 같은 건 하나도 없다고 했지요?"

"네, 맞아요."

"길 근처 수풀 어딘가에 몸을 숨긴 게 아닐까요?"

"그럴 리 없어요. 길옆이 바로 황무지라 숨을 곳이 없어요. 만약 그쪽으로 갔다면 제 눈에 보였겠지요."

"황무지에는 숨을 곳이 없으니까 길옆에 있는 찰링턴 저택 쪽으로 갔겠군요. 그 밖에 다른 일은 없었나요?"

"그게 전부예요. 저는 너무 당황해서 선생님과 이야기해야만 안심이 될 것 같아 이렇게 찾아온 거예요."

홈스는 한동안 골똘히 생각했다.

"약혼자는 지금 어디에 있습니까?"

"코벤트리에 있는 미들랜드 전기 회사에서 근무 중입니다."

"약혼자라면 그런 식으로 나타나지는 않겠지요?"

"홈스 씨, 제 약혼자는 그럴 사람이 아니에요."

"이전에 스미스 양에게 청혼했던 사람들이 있었습니까?"

"시릴을 만나기 이전에 몇 명 있긴 했어요."

"그렇다면 지금은 어떤가요?"

"떠올리기도 싫은 우들리 씨뿐이에요. 청혼이라고 하긴 좀 그렇지만 말이에요."

"당신에게 관심을 보이는 다른 사람은 없습니까?"

홈스의 질문에 그녀는 눈썹을 찡그리며 대답을 망설였다.

"스미스 양, 그 사람이 누구인가요?"

"어디까지나 제 추측일 뿐이지만 가끔 캐러더스 씨가 지나칠 정도의 친절을 베풀더군요. 그분도 제가 눈치 챘다는 걸 알고 있는 듯합니다. 매일 저녁 식사를 마치면 제가 피아노를 치고 그분이 노래를 부르는 시간을 갖고 있어요. 그렇지만 제게 관심이 있다는 말은 전혀 없었습니다. 캐러더스 씨는 보기 드물게 예의 바른 분이니까요. 하지만 여자의 직감으로 알 수 있었어요."

"그랬군요. 캐러더스 씨는 어떤 일을 하나요?"

홈스가 심각한 표정으로 물었다.

"재산이 많은 분이고 직업은 없어요."

"재산이 풍족한 사람이 마차나 말이 없다고요?"

"그렇지만 엄청난 부자라고 들었어요. 그분은 주식 현황을 알기 위해 일주일에 두세 번은 시내에 나간답니다. 남아프리카 금광의 주식에 각별한 관심을 갖고 있거든요."

"앞으로 새로운 일이 생기면 즉시 알려 주시겠습니까? 사실 지금 다른 일 때문에 바쁘긴 하지만 이 사건을 위해 시간을 내 보겠습니다. 그리고 무슨 일이 생기더라도 단독으로 행동하지 말고 제게 미리 알려 주시기 바랍니다. 그럼, 조심해서 가세요. 곧 좋은 소식이 있기를 바랍니다."

황무지의 저택

스미스 양이 돌아간 후에 홈스가 파이프에 불을 붙이며 말했다.

"저렇게 아름다운 숙녀에게 청혼자가 줄을 잇는다는 건 당연하지. 자전거를 타고 한적한 시골길을 따라오다니 그녀를 짝사랑하는 사람일 거야. 그런데 왓슨, 단순히 사랑 때문이라고만 하기엔 좀 이상하지 않나?"

"항상 같은 장소에만 나타나는 것 말이지?"

"그렇다네. 일단 찰링턴 저택에 누가 사는지 알아보자고. 그런 다음 캐러더스와 우들리가 어떻게 알게 됐는지도 조사해 봐야겠어. 두 사람은 전혀 비슷한 점이 없어 보이거든.

그들이 랄프 스미스의 친척을 신문에 광고를 내면서까지 찾은 이유도 궁금하군. 게다가 딸아이의 피아노 교습료로 그렇게 큰돈을 순순히 지급하는 사람에게 마차가 없다는 것도 이상하네. 역에서 10킬로미터 정도 떨어진 곳에 사는 부자가 말이지. 정말 이상하다니까, 왓슨."

"칠턴 농장으로 가 볼 건가?"

"아, 나는 존 빈센트 히든의 일 때문에 당분간은 꼼짝할 수 없을 걸세. 그러니 이번에는 자네가 좀 다녀와 주겠나? 누군가 유치한 계획을 꾸미는 것 같으니 자네 혼자 다녀와도 충분하겠지.

월요일 아침 일찍 가는 게 좋겠네. 그리고 찰링턴 황무지 근처에 숨어서 그 남자가 모습을 나타내는지 지켜보게. 어떻게 행동해야 하는지는 자네 판단에 맡겨도 되겠지? 그런 다음 찰링턴 저택에 살고 있는 사람에 대해 조사하기 바라네. 왓슨, 사건을 해결할 중요한 단서를 찾기 전까지는 앞질러서 추측하지 말게나."

스미스 양이 월요일 아침 워털루 역에서 9시 50분에 출발하는 기차로 돌아갈 예정이어서 나는 그보다 조금 이른 9시 13분 기차를 탔다. 파넘 역에 내린 후 찰링턴 황무지를 쉽게 찾아갈 수 있었다. 스미스 양이 말했던 장소도 어렵지 않게 발견했다.

좁은 길의 한쪽 옆으로 드넓은 황무지가 펼쳐져 있고 맞은편 길가에는 키 큰 나무들이 울타리를 이루고 있는 저택이 있었다. 돌로 된 정문에는 파란 이끼가 잔뜩 끼어 있었고 양쪽 기둥 위에는 커다랗지만 낡은 문장이 놓여 있었다. 마차가 다니는 넓은 길 외에도 나무 울타리 군데군데에 듬성듬성 뚫린 곳이 있어서 사람들이 충분히 드나들 수 있었다.

길가에서는 정원 안쪽에 자리한 찰링턴 저택이 잘 보이지 않았지만 저택 주변은 몹시 음침하고 사람의 손길을 받지 못해 허물어져 가고 있었다. 황무지에는 활짝 피어난 가시금작화 꽃들이 밝은 봄

햇살 아래 환하게 빛나고 있었다.

나는 저택의 정문과 그 양쪽 길을 동시에 관찰할 수 있는 곳을 찾아 제일 가까운 가시덤불 뒤에 몸을 숨겼다. 몸을 잔뜩 웅크리고 숨자마자 내가 왔던 길 반대편에서 자전거를 탄 남자가 나타났다. 그는 짙은 색 양복을 입고 검은 턱수염을 기르고 있었다. 찰링턴 저택 앞까지 오자 그는 자전거에서 훌쩍 뛰어내려 울타리 틈새로 들어가 버렸다. 그가 사라진 후 15분쯤 지나자 파넘 역에서 자전거를 타고 돌아오는 스미스 양이 나타났다. 그녀는 찰링턴 저택 근처에 이르자 마치 무언가를 찾듯이 주위를 살피면서 지나갔다. 잠시 후 울타리 안에서 남자가 나오더니 자전거를 타고 그녀를 쫓아가기 시작했다. 멀리서 보니 황무지를 배경으로 두 개의 작은 점이 달려가는 것이 보였다.

스미스 양이 허리를 똑바로 펴고 우아하게 자전거를 타는 데 반해 뒤를 쫓는 남자는 핸들에 가슴이 닿을 만큼 상체를 잔뜩 숙인 채 페달을 밟았다. 갑자기 그녀가 뒤를 돌아보더니 페달을 천천히 밟았다. 그러자 그 남자도 곧바로 속도를 늦췄다. 두 사람은 2백미터쯤 떨어져 있었다. 그런데 스미스 양이 재빨리 자전거의 방향을 바꾸더니 남자를 향해 빠르게 달려갔다. 아름다운 숙녀에게 그런 용기가 있다는 사실이 놀라울 정도였다.

하지만 그 남자도 스미스 양에 뒤질세라 날쌘 동작으로 자전거를 돌려서 전속력으로 도망가고 말았다. 잠시 후 스미스 양이 돌아오는 것이 보였다. 그녀는 자신을 뒤따라오는 남자에게 더 이상 관심을 두지 않겠다는 듯 도도하게 고개를 들고 있었다. 그 남자도 다시 자전거를 돌려 일정한 거리를 유지하며 그녀를 뒤쫓았다. 잠시 후 두 사람의 모습은 길모퉁이를 돌아 사라져 버렸다.

나는 어떻게 할지 잠깐 망설이다가 가시덤불 속에서 좀 더 기다려 보기로 했다. 그런데 곧 자전거를 타고 천천히 돌아오는 남자가 보였다. 그는 저택 정문 앞에서 멈추더니 흐트러진 넥타이를 매만지기 위해 몇 분 동안 나무 사이에 서 있었다. 그런 다음 다시 자전거를 타고 저택 안으로 이어지는 길을 따라 사라졌다.

나는 가시덤불에서 얼른 뛰어나와 나무 울타리의 틈 사이로 저택을 보았다. 우뚝 솟은 굴뚝이 인상적인 오래된 잿빛 건물이 멀찍이 서 있는 모습이 언뜻 보였다. 그러나 저택 안으로 이어진 길에는 관목 숲이 아무렇게나 흩어져 있어 남자의 모습은 더 이상 보기 어려웠다.

나는 큰 성과를 얻었다는 기쁨에 들떠 콧노래를 부르며 파넘 역까지 걸어갔다. 역 근처 부동산업자는 찰링턴 저택에 대해 잘 모른다며 폴 몰에 있는 유명한 부동산 회사를 알려 주었다. 나는 런던으로 돌아오는 길에 그 회사를 찾아가 중개업자를 만났다.

"아, 이번 여름에 그 저택을 빌리고 싶다고요? 하지만 너무 늦었습니다. 그 저택은 한 달 전에 이미 계약이 끝났습니다."

"그럼 계약한 사람이 누군지 알 수 있을까요?"

"윌리엄슨 씨라는 품위 있는 중년 신사입니다. 그분에 대해 더 이상 은 말씀드리기 곤란합니다. 고객 정보를 함부로 말할 수는 없으니까요."

그는 정중하지만 단호하게 말했다. 어쨌든 저택을 임대한 사람의 이름이라도 알아냈으니

다행이라고 생각하며 베이커 가로 향했다. 나는 홈스에게 파넘에서 보고 들은 것들에 대해 세세하게 말해 주었는데 귀를 기울이고 있던 홈스의 표정이 차츰 굳어졌다.

"왓슨, 자네는 적절하지 못한 곳에 숨었네. 울타리 뒤에 몸을 숨겼다면 그 남자를 보다 가까이에서 자세히 볼 수 있었을 거야. 그런데 몇 백 미터나 떨어진 곳에서 본 것들만 이야기하니, 이래서야 스미스 양의 진술과 별반 차이가 없지 않나.

그녀는 남자에 대해 전혀 모른다고 했어. 나는 그 말을 믿네. 그런데도 왜 그 남자는 스미스 양이 자기를 볼까 봐 두려워했을까? 그 사람이 자전거 핸들 위로 바짝 몸을 숙였다고 했지? 그건 얼굴을 알리고 싶지 않다는 뜻일세.

왓슨, 자네는 파견 임무를 제대로 해내지 못했구먼. 물론 자네는 저택 안으로 사라져 버린 그의 정체를 알아내고 싶었겠지. 그렇다고 런던의 부동산 회사를 찾아가다니!"

"자네라면 어떻게 했겠나?"

나도 모르게 큰 목소리로 물었다.

"당연히 가장 가까운 선술집으로 갔을 걸세. 마을의 선술집에서는 온갖 소문을 들을 수 있으니까. 겨우 맥주 한 잔을 마시는 동안에도 저택을 임대한 사람의 이름부터 잔심부름하는 하녀 이름까지 전부 알아낼 수 있었을 거야.

저택 주인이 윌리엄슨이라고 했지? 들어본 적 없는 이름이군. 그가 정말 중년 남자라면 자전거 타기로 단련된 젊은 여자의 추격을 번번이 그렇게 쉽게 따돌리기는 어려웠을 텐데.

자네가 들인 시간에 비해 성과는 미미하군. 스미스 양이 해 준 이야기가 사실이라는 것만 확인했지 않은가. 그녀의 말이 사실이라는 것, 그 남자와 찰링턴 저택 사이에 어떤 연관이 있다는 건 이미 나도 잘 알고 있지. 아니, 전혀 의심의 여지가 없는 사실이지. 그리고 윌리엄슨이라는 자가 그 저택을 빌렸다고 했지?

하지만 그걸 알아서 뭘 어쩌겠나? 이런 이런, 너무 풀 죽지는 말게나. 다음 토요일에는 뭔가 새로운 사실을 알아낼 수 있을 테니. 그동안 나는 어떤 일을 좀 해치워야겠어."

선술집의 난투극

다음 날 아침, 스미스 양의 편지가 도착했다. 그녀는 내가 보았던 일들에 대해 짧고 정확하게 묘사해 놓았다. 그러나 정작 중요한 내용은 추신란에 적혀 있었다.

홈스 씨, 비밀을 지켜 주시리라 믿고 말씀드립니다. 칠턴 농장을 곧 떠나야 할 것 같습니다. 캐러더스 씨가 갑자기 청혼해 왔습니다. 저에 대한 그의 감정이 진실하고 확고하다는 것은 알지만 바로 거절했어요. 제게는 시빌이 있으니까요. 그는 제가 거절하자 무척 실망했지만 여전히 예의 바르고 친절하게 대해 주십니다. 하지만 이런 상황을 더 이상 견디기는 어렵습니다.

"그녀가 처한 상황이 더욱 심각해지고 있군."

편지를 다 읽은 홈스가 깊은 생각에 잠겨 말했다.

"아무래도 처음에 생각했던 것보다 더 흥미롭고 복잡한 사건이 되 겠는걸. 오랜만에 런던을 벗어나 한적하고 평온한 시골에 하루쯤 다녀와야겠어. 오늘 오후에 출발해서 내 추리가 맞는지 확인해 보고 오겠네."

그러나 시골에서 조용히 하루를 보내고 오겠다던 홈스의 계획은 틀어지고 말았다. 그날 밤 늦게 돌아온 홈스는 입술이 찢어지고 이마에 커다랗고 검푸른 혹이 난 채 하숙집으로 돌아왔다. 하지만 두 눈은 재미있어 못 견디겠다는 듯 장난스럽게 빛났다. 그는 자신이 겪은 일을 이야기하는 내내 웃음을 참지 못하고 낄낄거렸다.

"나는 과격한 운동을 거의 안 해서 그런지 이런 일이 있으면 참 재미있단 말일세. 자세도 알다시피 내 권투 솜씨는 봐줄 만하다네. 오늘 같은 날에는 정말 도움이 되지. 권투를 배워 두지 않았다면 봉변을 당했을 걸세."

나는 너무 궁금해서 무슨 일이 있었는지 얘기해 달라고 재촉했다.

"아침에 자네에게 말했다시피 파넘 역 근처에 있는 술집을 찾아갔다네. 행여 수상하게 보일까 봐 매우 조심했어. 바에 앉았더니 수다스러운 바텐더가 내가 궁금해하던 것들에 대해 술술 이야기하더군.

윌리엄슨은 새하얀 턱수염을 기르고 있는 신사인데 하인 몇 명을 데리고 왔다는군. 그가 목사라는 소문도 있지만 지금은 아닌 것 같다고도 했어. 그래서 교단 쪽에 알아봤더니 그런 목사는 없다고 하더군.

윌리엄슨의 과거 경력도 전혀 추적할 수 없었네. 바텐더는 주말이면 그 저택이 손님들로 시끄럽다고 알려 주더군.

'모두 왠지 기분 나쁜 사람들이랍니다. 특히 붉은 콧수염을 기른

사나이는 아주 인상이 고약하지요. 우들리라는 작자인데 매일같이
저택을 드나듭니다.'

　우리가 여기까지 얘기했을 때 갑자기 한 남자가 우리 대화에 끼어
들었네. 그는 근처 테이블에서 술을 마시면서 우리가 하는 말을 전
부 엿들은 것 같았어.

　'당신은 대체 누구야? 뭘 원하는 거지? 무슨 이유로 그런 걸 묻고
다니는 거야?'

　그는 거친 말투로 빠르게 내뱉더군. 그러더니 비겁하게도 갑자기
주먹을 날리지 뭔가. 피할 사이도 없이 보다시피 이마에 한 방 제대

로 맞았지. 그다음 몇 분간은 아주 흥미진진한 장
면이 펼쳐졌네. 자네도 봤어야 하는데! 내가 그
깡패 같은 놈을 왼손 주먹으로 세게 쳤는데 그
것으로 싸움은 끝났지. 완전히 뻗은 우들리는
마차에 실려 집으로 돌아갔고 나도 그길로 기차를
타고 온 걸세. 짧았지만 박진감 넘치는 여행이었어. 하지만 자네에
게 한 가지 고백해야겠네. 나 역시 별 소득 없이 돌아왔거든."

목요일에 스미스 양은 또 한 통의 편지를 보내왔다.

홈스 선생님, 제가 캐러더스 씨 댁을 정말로 떠난다 해도 놀랍지는
않으시겠지요. 아무리 급여가 좋아도 이런 불편함을 견디면서까지 이곳
에 머물 수가 없습니다. 이번 주말, 완전히 짐을 꾸려 집으로 돌아갈 거
예요. 캐러더스 씨가 파념 역까지 가는 길이 위험하다며 마차를 준비
해 주셨기 때문에 이제는 그 남자를 두려워하지 않아도 된답니다.

제가 단지 캐러더스 씨와의 불편한 관계 때문에 이곳을 떠나는 것
은 아닙니다. 그 기분 나쁜 우들리 씨가 다시 나타났어요. 그를 마주칠
때마다 오싹 소름이 돋아요. 어디서 사고라도 당했는지 얼굴이 상처투
성이라 전보다 더 무서워 보이더군요. 창문을 통해 그가 오는 것만 보았
고 다행히 마주치지는 않았습니다. 그는 캐러더스 씨와 한참 동안 이야
기하다가 돌아갔는데 캐러더스 씨의 표정이 왠지 불안해 보였어요.

우들리 씨는 파념 역 근처 여관에 묵고 있는 것 같습니다. 오늘 아침
에 정원을 돌아다니는 그를 보았거든요. 그가 얼씬거리지 못하게 사나
운 개들이라도 풀어 두어야 마음이 놓일 것 같습니다. 저는 그가 너무나
싫고 무서워요. 캐러더스 씨 같은 신사가 어떻게 그런 사람과 어울릴 수

있는지 모르겠습니다. 하지만 이번 토요일까지만 견디면 모든 문제에서 벗어나 홀가분해지겠지요.

"왓슨, 내 짐작이 맞는 것 같네."

홈스가 심각한 표정으로 말했다.

"이 숙녀는 무서운 음모에 빠진 것 같아. 이번 토요일, 그녀가 파넘 역으로 향하는 길을 마지막으로 통과할 텐데 우리는 그녀를 해치려는 자들에게서 그녀를 지켜내야 해. 토요일에 나와 함께 가세나. 분명 그녀가 무사히 집에 가도록 할 수 있을 거야."

사실 나는 그때까지 이 사건을 가볍게 생각하고 있었다. 위험하다기보다는 우스꽝스럽고 이상한 사건쯤으로 치부하고 있었던 것이다. 한 남자가 숨어 있다가 아름다운 여인의 뒤를 쫓아가는 것은 위험한 범죄가 아닐뿐더러 그는 남자다운 용기가 없어 말을 걸지도 못했고 그녀가 다가가자 심지어 줄행랑치기까지 했다.

나는 그가 스미스 양을 급습할 만큼 포악한 사람은 아니라고 판단했다. 불량배 같은 우들리는 좀 예외이지만 그가 그녀를 직접적으로 괴롭힌 건 단 한 번뿐이었다. 그리고 그가 다시 캐러더스 씨 농장을 찾았을 때도 그녀에게 전혀 피해를 주지 않고 돌아갔다.

자전거를 탄 남자는 주말마다 윌리엄슨 씨 저택에 온다는 일당 가운데 한 명이 분명했다. 하지만 그가 누구인지, 그녀를 뒤쫓는 이유가 무엇인지는 아직 밝혀지지 않았다는 것이 마음에 걸렸다.

텅 빈 마차

파넘으로 떠날 채비를 할 때 홈스가 매우 굳은 얼굴로 권총을 손질해 양복 안주머니에 찔러 넣는 것을 보았다. 내가 대수롭지 않게 여긴 이 괴이한 일들 이면에 어쩌면 상상 이상의 사악함이 꿈틀거리고 있을지도 모른다는 생각에 불현듯 두려움을 느꼈다.

간밤에 내린 비가 공기 중의 먼지를 싹 쓸어가서인지 아침 공기가 더없이 상쾌했다. 관목으로 뒤덮인 시골길에는 가시금작화들이 햇빛처럼 밝은 노란색으로 반짝였다. 잿빛 건물이 빼곡한 런던의 어둡고 칙칙한 분위기에 지쳐 있던 우리에게 봄날의 시골 풍경은 신선하고 청명했다. 홈스와 나는 고운 모래가 깔린 널찍한 길을 따라 천천히 걸었다. 맑은 공기를 가득 들이마시고 새들의 아름다운 노래를 들으며 사방에 만연한 봄기운을 만끽했다.

발걸음이 크룩스베리 힐에 이르자 오래된 떡갈나무 사이로 음침한 분위기의 찰링턴 저택이 나타났다. 홈스는 갈색 황무지와 이제 막 연초록 잎으로 물들기 시작한 숲 사이로 구불구불하고 가늘게 이

어진 길을 가리켰다. 그 길의 멀리서 작은 점 하나가 나타나더니 점점 커지며 우리 쪽으로 빠르게 다가왔다. 당황한 홈스가 소리쳤다.

"이상하군! 내 계산대로라면 적어도 30분은 여유가 있어야 하는데! 저것이 스미스 양이 탄 마차라면 그녀는 평소보다 출발 시간이 빠른 기차를 타려는 게 분명해. 왓슨, 이러다가는 우리가 도착하기 전에 그녀가 먼저 찰링턴 저택 앞에 다다를 걸세."

우리가 언덕을 넘어섰을 때 마차가 시야에서 사라졌다. 늘 앉아서 진료를 하던 나는 마음은 급한데 좀처럼 빨리 뛸 수 없었다. 하지만 각종 운동으로 단련된 홈스는 지칠 줄 모르고 달려 어느새 나보다 훨씬 앞서게 되었다. 빠른 속력으로 100미터쯤 앞서 달리던 그가 갑자기 멈춰 섰다. 그러더니 안타까움과 낭패감으로 일그러진 얼굴로 앞

쪽을 가리켰다. 아까 보았던 마차가 길모퉁이를 돌아 천천히 다가오
고 있었다.

그러나 마차 안에는 아무도 보이지 않았고 말은 고삐를 땅에 질질
끌며 터벅터벅 걷고 있었다.

"왓슨, 이미 늦었네. 너무 늦은 거야!"

내가 헐떡거리며 달려가자 홈스가 절규했다.

"이럴 수가! 난 어리석게도 그녀가 더 일찍 기차를 타리란 생각을
못했어. 왓슨, 이건 납치 사건이야. 어쩌면 살인 사건이 될 수도 있
네. 어떤 일이 터질지 모르는 급박한 상황이라네.

어서 길을 가로막고 마차를 세우게. 잘했네! 자, 마차에 올라타세.
큰 실수를 했지만 스미스 양의 안전을 위해 빨리 수습해야 하네."

우리는 급히 마차에 올랐다. 홈스가 말을 돌려 채찍질을 하자 말
은 모래를 박차며 왔던 길로 힘차게 달렸다. 모퉁이를 돌자 황무지
와 찰링턴 저택 사이로 이어진 길이 보였다. 나는 홈스의 팔을 꽉 잡
으며 외쳤다.

"바로 저 남자야!"

자전거를 타고 우리 쪽으로 달려오는 한 남자가 나타났다. 몸을
잔뜩 앞으로 숙이고 안간힘을 다해 자전거 페달을 밟고 있었다. 마
치 경주 선수처럼 가볍게 날듯이 질주했다. 우리 앞에 이르자 그가
번쩍 고개를 들더니 자전거를 멈췄다. 하얗게 질린 얼굴빛 때문에
검은 턱수염이 더욱 눈에 띄었다. 그의 두 눈은 열에 들뜬 사람처럼
번들거렸다. 그는 마차와 우리를 번갈아 보면서 점점 놀라운 표정을
지었다.

"당장 멈춰!"

그가 자전거를 끌고 와서 우리 앞을 막으며 소리쳤다.

"이 마차는 어디에서 난 거요? 이봐, 멈추라고 했잖소!"

그가 허리춤에서 권총을 꺼내 우리를 향해 겨누며 외쳤다.

"멈추지 않으면 말에게 총을 쏘겠소."

홈스는 꽉 잡고 있던 고삐를 놓고 마차에서 뛰어내렸다.

"우리가 찾던 사람이 제 발로 나타났군. 바이올렛 스미스 양은 어디 있소?"

홈스는 낮지만 분명한 목소리로 물었다.

"그건 바로 내가 묻고 싶은 말이오. 당신이 지금 그녀의 마차를 끌고 왔잖소! 대체 그녀는 어디에 있소?"

"길에서 이 마차를 발견했소. 하지만 마차는 텅 비어 있기에 지금 우리가 그 숙녀를 구하러 가는 길이오."

"오, 이런! 이제 어떻게 해야 하지?"

남자는 두 손으로 머리를 감싸며 절망적으로 외쳤다.

"그들이 바이올렛을 데려갔소. 악당 우들리와 그 일행이 그녀를 잡아 두고 있을 거요. 자, 어서 갑시다. 당신들이 정말 바이올렛의 친구라면 나를 도와주어야 하오. 내 목숨을 걸고 그녀를 꼭 구해 내고 말겠소."

권총을 든 그가 울타리 틈으로 미친 듯이 달려갔다. 홈스가 그의 뒤를 따라 달렸고 나도 길가에 마차를 그대로 버려 두고 그들을 쫓아 갔다.

"조금 전 그들이 이 길로 지나갔군."

남자가 진흙길 위에 흩어져 있는 발자국들을 가리켰다.

"잠깐 기다리시오! 덤불 속에 누가 있는 것 같소!"

가죽 끈과 각반을 차고 있어 마부로 보이는 열일곱 살 정도의 소년이었다. 무릎을 구부린 채 쓰러져 있는 소년은 머리에 큰 상처가 나

피를 흘리고 있었고 의식도 없었지만 숨은 쉬고 있었다. 상처를 얼핏 보니 다행히 뼈에는 손상이 없는 것 같았다.

"아니, 마부 피터잖아!"

그가 안타깝게 소리쳤다.

"피터가 바이올렛의 마차를 몰았소. 극악무도한 놈들이 이 아이를 끌어내리고 사정없이 때린 거요. 생명에는 지장이 없는 것 같으니 일단 여기 두고 갑시다. 지금으로선 바이올렛에게 무슨 일이 생기기 전에 구해 내는 것이 우선이오!"

우리는 나무 사이로 구불구불하게 난 길을 따라 정신없이 달려갔다. 저택을 둘러싼 관목 숲에 이르자 홈스가 우뚝 멈춰 섰다.

"집으로 들어가지 않은 것 같소. 여기 월계수 덤불 왼쪽에 발자국이 나 있소. 이쪽이오."

그때 앞쪽에 있는 울창한 덤불숲을 뚫고 여자의 날카로운 비명이 들려왔다. 두려움에 떨리던 여자의 비명은 갑자기 뭔가로 입을 틀어막힌 것처럼 중간에 뚝 끊겨 버렸다.

"자, 이쪽이오! 그들은 볼링장에 있소!"

남자가 덤불 속으로 뛰어들며 외쳤다.

"비열한 놈들 같으니! 당신들은 나를 따라오시오! 아, 너무 늦었어!"

억지 결혼식

미친 듯 질주하던 우리 눈앞에 오래된 나무들로 둘러싸인 아름다운 잔디밭이 나타났다. 잔디밭 한 귀퉁이의 커다란 떡갈나무 아래에 세 사람이 있었다. 스미스 양의 입에는 손수건으로 만든 재갈이 물려 있었고 의식을 잃었는지 축 늘어진 채 꼼짝도 하지 않았다.

그녀의 맞은편에는 야비하고 잔인해 보이는 얼굴에 붉은 콧수염을 기른 젊은 청년이 서 있었다. 각반을 찬 다리를 넓게 벌린 채 한 손으로 허리를 짚고 다른 한 손에는 채찍을 들고 있는 모습은 눈앞의 승리를 확인하고 우쭐대는 악당처럼 보였다. 그 둘 사이에는 회색 수염을 기른 중년 남자가 양복 위에 흰 가운을 입고 서 있었다. 우리가 도착했을 때 그는 작은 기도서를 양복 주머니에 집어넣고는 축하의 의미로 그 기분 나쁜 신랑의 등을 가볍게 두드리고 있었다. 결혼식이 막 끝난 것 같았다.

"너무 늦었어! 벌써 결혼식이 끝나 버렸다고!"

내가 숨을 헐떡이며 외쳤다.

"이쪽으로 와요!"

남자는 잔디밭을 가로질러 뛰어갔다. 홈스와 나도 그를 뒤따랐다. 우리가 다가가자 스미스 양은 간신히 나무에 기대 선 채 비틀거렸다. 한때 목사였다는 월리엄슨은 빈정대듯 웃으며 우리에게 살짝 고개를 숙여 인사했다. 우들리가 거칠게 소리치며 다가오더니 소름 끼치는 웃음소리를 냈다.

"이보게, 턱수염은 이제 그만 떼어 내는 게 어때? 네 정체를 아니까 말이야. 밥, 아주 적절한 순간에 나타났군. 자네와 친구들에게 바이올렛 우들리 부인을 소개하지."

우리와 동행한 남자는 아무 말도 하지 않았다. 그가 턱수염을 떼

자 말끔히 면도한 얼굴이 드러났다. 그가 권총을 들어 우들리를 똑바로 겨누자 우들리도 채찍을 위협적으로 흔들며 그에게 다가섰다.

"맞다, 나는 밥 캐러더스다. 교수형을 당하는 한이 있더라도 네놈에게서 바이올렛을 지키고 말겠다. 그녀를 괴롭히면 가만있지 않겠다던 말을 벌써 잊었나? 이제 그 말을 지킬 때가 왔군."

"자네는 너무 늦었네. 그녀는 벌써 내 아내가 됐으니까."

"어림없지! 곧 우들리의 미망인이 될 걸세!"

'탕' 하는 총소리가 잔디밭에 울려 퍼졌다. 우들리의 양복 조끼 앞부분으로 피가 뿜어져 나와 시뻘겋게 적셔졌다. 그는 외마디 괴성을 지르며 한 바퀴 돌더니 쓰러져 버렸다. 불쾌한 붉은 얼굴이 창백해지더니 다시 얼룩덜룩하게 변했다. 그러자 흰 가운을 입은 중년 남자가 무시무시한 욕설을 내뱉으며 권총을 꺼냈다. 하지만 그가 권총을 들어 올리기도 전에 홈스가 권총으로 그의 머리를 내리쳐 넘어뜨렸다.

"자, 이것으로 모두 끝났소."

홈스가 침착하게 말했다.

"윌리엄슨, 총은 그만 내려놓으시지! 왓슨, 그 총을 집어서 그자의 머리를 겨누게! 캐러더스, 당신도 총을 내게 건네시오. 당신이 더 이상 총을 쏘지 않길 바라오. 어서 주시오!"

"대체 당신은 누구요?"

"셜록 홈스요."

"아니, 이런!"

"내 이름을 알고 있소? 그렇다면 경찰이 도착할 때까지 내가 경찰의 역할을 좀 맡겠소. 이봐, 이쪽이야!"

홈스는 겁에 질린 채 잔디밭 한쪽에서 기웃거리는 마부 소년을 불렀다.

"이리 와. 이 편지를 파넘으로 가져가. 최대한 빨리 가야 한다."

홈스가 수첩을 북 찢어 내더니 뭔가를 급히 휘갈겨 썼다.

"이걸 파넘 경찰서장에게 전해 주거라. 그리고 당신들은 경찰이 올 때까지 여기 그대로 있어야 하오."

홈스의 위엄 넘치는 목소리와 위풍당당한 태도가 사건 현장을 압도했기 때문에 모두 그의 말을 순순히 따랐다. 윌리엄슨과 캐러더스가 부상을 입은 우들리를 저택 안으로 데려갔고 나는 공포에 떨고 있는 스미스 양을 부축했다. 홈스는 나머지 두 사람과 함께 낡았지만 화려한 태피스트리로 장식된 식당으로 들어갔다. 나는 그에게 진찰 결과를 알려 주었다.

"우들리의 생명에는 지장이 없네."

"뭐라고? 이 끈질긴 놈!"

캐러더스가 벌떡 일어나며 외쳤다.

"내가 위층에 가서 그를 죽여 버리겠소! 천사 같은 바이올렛이 저 짐승 같은 우들리의 부인으로 사는 것을 그냥 보고만 있을 순 없소!"

"캐러더스, 그런 일은 절대 없을 거요. 두 가지 이유 때문에 우들리는 스미스 양을 아내로 맞이할 수 없소. 우선, 윌리엄슨에게는 결혼식을 주관한 권한이 없기 때문이오."

"왜 이러시나? 나는 목사 안수를 받은 몸이야!"

윌리엄슨이 험상궂은 얼굴로 소리쳤다.

"그러나 목사 자격을 박탈당하지 않았나?"

"어허, 모르는 소리. 일단 목사가 되면 죽을 때까지 목사인 거야!"

"과연 그럴까? 목사 자격증은 가지고 있소?"

"목사에게는 자동적으로 결혼식을 주관할 자격증이 주어지지. 자격증은 지금 내 주머니에 들어 있어."

"그건 속임수를 써서 얻어 낸 것이지 않소? 어쨌든 본인의 동의가 없는 강제 결혼은 효력이 없으며 중대한 범죄이기도 하지. 경찰이 오면 당신도 곧 알게 될 거요. 한 10년 이상은 감옥에서 썩어야 할 걸. 캐러더스 씨, 당신도 권총만은 사용하지 말아야 했소."

캐러더스가 흔들림 없는 눈빛으로 담담하게 말했다.

"홈스 씨, 당신 말이 맞습니다. 나는 바이올렛을 무사히 지켜야 한다는 생각뿐이라 판단력을 잠시 잃었던 거지요. 그녀를 사랑합니다. 내 평생 처음으로 진실한 사랑을 느꼈습니다. 사랑하는 그녀가 남아프리카에서 악명을 떨친 우들리에게 잡혀 있을 걸 생각하니 미칠 것만 같았습니다. 남아프리카 전역에 악당 우들리의 이름을 모르는 이는 없을 겁니다.

홈스 씨, 바이올렛이 칠턴 농장에서 지내기 시작한 이후 그녀가 이 길을 지날 때마다 자전거로 뒤를 쫓았습니다. 이 저택에 우들리가 드나든다는 사실을 알았기 때문에 그녀가 혹시 해를 당할까 봐 지키려 했던 겁니다. 그녀가 알아보지 못하게 턱수염으로 위장하고 늘 일정한 거리를 유지하며 따라갔습니다. 그녀는 순수하고 기품 있는 숙녀이기 때문에 아마 한적한 길에서 내가 그녀를 뒤따랐다는 사실을 아는 날에는 당장 떠났을 겁니다."

"그녀에게 왜 위험하다고 말하지 않았소?"

"그러면 나를 떠나갔을 테니까요. 그녀를 다시 못 보게 된다고 생각하니 견딜 수 없었습니다. 그녀가 나를 사랑하지 않는다는 걸 알지만 그녀의 아름다운 모습을 보고 그녀의 목소리를 듣는 것만으로도 나는 살아갈 힘을 얻었습니다."

"캐러더스 씨, 그건 사랑이 아니지 않소? 내가 보기에는 비뚤어진 이기심 같소."

더 이상 들을 수 없어 내가 한마디 했다.

"아마 그 두 가지 모두일 겁니다. 아무튼 그녀를 도저히 보낼 수 없었습니다. 게다가 우들리 일당에게서 그녀를 보호할 필요도 있었지요. 그때 마침 전보를 받았습니다. 그래서 그들이 곧 행동을 개시할 거라는 걸 알았습니다."

"무슨 전보였소?"

캐러더스는 주머니에서 종이를 꺼냈다.

"이겁니다."

전보는 아주 짧았다.

노인 사망.

"아하! 어떻게 된 일인지 이제야 알 것 같군. 당신 말처럼 이 전보 때문에 스미스 양이 위험에 처하게 됐군. 그럼, 당신이 사건의 진상을 말해 보시오."

탐욕의 대가

흰 가운을 입은 사내가 다시 상스러운 욕을 퍼부었다.

"밥 캐러더스, 네가 우리를 배신하면 잭 우들리와 똑같은 꼴로 만들어 주겠다. 그 여자에 대해선 네가 뭐라고 떠들든 난 상관없어. 하지만 이들에게 네 친구들을 고발한다면 그날 네 장례식을 치르게 될 거야!"

"목사님이 지나치게 흥분하는군."

홈스가 담배에 불을 붙이며 말했다.

"사건의 진상은 이미 명백해졌소. 다만 개인적인 호기심 때문에 자세한 얘기를 듣고 싶은 거요. 뭐 직접 털어놓기 곤란하다면 내가 대신 말하지. 듣다가 당신들의 비밀과 다른 부분이 있으면 말해 주시오. 우선 윌리엄슨과 캐러더스 씨, 우들리는 뭔가 수상한 일을 꾸미려고 아프리카에서 돌아왔소."

"웃기는 소리!"

윌리엄슨이 소리쳤다.

"2개월 전까지만 해도 나는 두 사람을 알지도 못했어. 그리고 아프리카 근처에는 가 본 적도 없어! 넘겨짚지 말란 말이다, 이 건방진 놈!"

"그건 저 사람 말이 맞습니다."

캐러더스가 조용히 말했다.

"아, 그렇다면 당신과 우들리만 아프리카에서 왔고 이 목사와는 런던에서 합류했군. 당신들은 아프리카에서 우연히 랄프 스미스를 만났는데 그의 목숨이 얼마 남지 않았다는 걸 알아차렸지. 그리고 그가 유산을 모두 조카에게 상속했다는 사실도 알게 됐소. 여기까진 맞소?"

캐러더스가 묵묵히 고개만 끄덕였고 윌리엄슨은 대답 대신 욕을 했다.

"당신들은 그녀가 아주 가까운 혈육이기 때문에 스미스 씨가 유언장을 남기지 않아도 유산을 자동으로 상속받는다는 사실을 알았지."

"그는 유언장을 읽거나 쓸 수도 없을 만큼 위독했습니다."

캐러더스가 말했다.

"그래서 당신들이 런던에 와서 그녀를 찾기 시작한 거요. 둘 중에 한 사람이 그녀와 결혼하고 남은 사람에게는 재산을 나눠 주기로 한 거지. 그런데 왜 우들리를 남편감으로 결정했소?"

"런던으로 오는 배 위에서 카드놀이를 했는데 그가 이겼기 때문이지요."

"그랬군. 당신이 그녀를 가정교사로 고용했고 우들리는 청혼을 했소. 하지만 그녀는 거칠고 야만적인 우들리의 청혼을 거절했소. 그런데 당신이 그녀를 사랑하게 되었고 우들리와의 약속을 깨고 싶어졌지. 저 악당이 스미스 양과 결혼한다는 생각에 견딜 수 없었겠지."

"그렇습니다. 우리는 그 문제로 크게 싸웠는데 그에게 지고 말았습니다. 그 이후 우들리는 한동안 나타나지 않았지요. 알고 보니 그동안 이 가짜 목사를 데려다 놓고 음모를 꾸민 거였습니다. 나는 그녀가 역으로 가려면 반드시 지나야 하는 길목에 그들이 머무르고 있다는 걸 알았지요. 그때부터 불안한 마음으로 그녀를 항상 지켜보았습니다. 나는 그들의 꿍꿍이를 알아내려고 가끔 저택을 기웃거렸습니다.

그런데 그저께 저녁에 우들리가 전보를 들고 찾아왔습니다. 랄프 스미스가 죽었다는 소식이었지요. 그가 얼마를 주면 자기를 돕겠냐고 묻기에 그럴 수 없다고 했지요. 그랬더니 스미스 양을 양보할 테니 자기에게 유산을 넘기라더군요. 나는 기꺼이 그러겠다고 했지만 그녀는 청혼을 거절했습니다. 그러자 우들리가 말했습니다.

'우선 강제로 결혼부터 하게나. 결혼하고 한두 주가 지나면 그녀도 좀 달라질 거야.'

하지만 나는 사랑하는 바이올렛과 그런 비겁한 방법으로 결혼하고 싶지 않았지요. 그러자 그는 돌변하더니 욕을 퍼붓고 화를 내며 그녀와 결혼하겠다고 소리치더니 나가 버렸습니다.

바이올렛이 이번 주 토요일에 떠난다고 하기에 마차를 미리 준비해 두었던 거였습니다. 하지만 아무래도 불안해서 자전거로 뒤따라왔던 겁니다. 그런데 그녀가 평소와 달리 일찍 출발했고 내가 따라잡기도 전에 사건이 터졌소. 마차를 몰고 오는 당신들을 본 순간 그녀에게 무슨 일이 일어났다는 걸 알았지요."

홈스는 자리에서 일어나더니 물고 있던 담배꽁초를 벽난로 안으로 던졌다.

"이런, 내가 너무 어리석었네. 자전거를 탄 남자가 관목 숲에서 넥타이를 매만지는 것 같았다는 말이 결정적인 단서였는데 말이야. 하지만 왓슨, 이렇게 기이하고 중대한 사건을 해결해서 기분이 좋군.

어, 저기 경관 세 명과 마부가 걸어오는군. 저 소년과 우들리 모두 중상은 아닌 것 같아 정말 다행이야. 왓슨, 자네는 여기 남아서 스미스 양이 완전히 기력을 회복할 때까지 돌봐 주겠나? 그녀가 기운을 차리면 우리가 직접 어머니에게 데려다주겠다고 전하게나. 그래도 차도가 없으면 미들랜드에 있는 약혼자에게 전보를 보내겠다고 하게. 그러면 아마 금방 기운을 낼 걸세.

캐러더스 씨, 당신은 그녀를 보호하기 위해 정말 최선을 다했소. 여기 내 명함을 드릴 테니 재판에서 내 증언이 필요하면 연락하시오. 당신에게 도움이 될 겁니다."

그 이후에도 홈스와 나는 정신없이 바빴기 때문에 이 사건을 해결한 후 기록을 남겨 독자들에게 전하기까지 꽤 오랜 시간이 지나고 말았다. 사건들이 꼬리에 꼬리를 물고 이어졌고 그 가운데 특히 중대한 사건이 하나 있었기 때문에 우리는 바쁜 일정을 쪼개어 여러 명의 의뢰인을 만나기도 했다. 하지만 어쨌든 더 시간이 지나기 전에 사건 기록 아래에 적어 둔 글을 참고하여 결론을 맺고자 한다.

삼촌에게서 막대한 유산을 물려받은 바이올렛 스미스 양은 현재 웨스트민스터의 유명한 모튼 앤드 케네디 전기 회사의 부사장 시릴 모튼의 부인이 되었다. 윌리엄슨과 우들리는 납치와 폭력 행위로 각각 7년과 10년형을 선고받았다. 캐러더스 씨의 재판 결과에 대한 기록을 남겨 두지는 않았지만 우들리의 악명이 너무도 높았기 때문에 캐러더스 씨는 상대적으로 가벼운 형을 선고받았을 것이다. 그는 아마 몇 개월의 형기를 마치고 지금은 어딘가에서 자유롭게 살아가고 있으리라.

프라이어리 학교

The Priory School

홀더니스 공작

영국의 대가문인 홀더니스 가의 6대째 공작으로 해군성 장관과 국무장관을 역임했다. 위엄과 기품이 넘치는 인물로 대단한 갑부이기도 하다. 외아들이자 상속자인 아서 셀타이어 경이 유괴되자 현상금을 내걸고 아들을 찾기 위해 노력한다.

헉스터블 박사

귀족 명문 학교인 프라이어리 스쿨의 교장이자 엄청난 이력을 가진 인물로 점잖고 품위가 넘친다. 귀족 학교의 가장 중요한 학생인 셀타이어 경이 감쪽같이 사라지자 심한 정신적 고통을 겪는다.
경찰 수사에도 진전이 없자 직접 홈스를 찾아와 사건을 의뢰한다.

제임스 윌더

홀더니스 공작의 비서로 영리하고 유능한 젊은이다. 쉽게 흥분하는 성격으로 홈스의 개입을 못마땅하게 생각해서 홈스와 신경전을 벌이기도 한다.

루빈 헤이스

'싸움닭'이라는 이름의 여인숙 주인으로 교활하고 난폭한 성격의 소유자다.
젊은 시절 홀더니스 공작의 마부였다가 공작에게 쫓겨난 과거가 있다. 그의 여인숙에 사람들이 모이기 시작하면서 사건의 실마리가 풀린다.

《프라이어리 스쿨》은 1904년 1월 《스트랜드 매거진》에 발표되고 1905년 《셜록 홈스의 귀환》에 실렸다.

작품 속 배경 연대는 1901년이다.

유괴 사건

베이커 가는 극적인 등장과 퇴장이 잦은 곳이다. 보기 드물게 특이한 사람들이 자주 들락날락했던 곳이라 나는 이곳의 이름을 '베이커 거리의 극장'으로 바꾸는 게 낫겠다고 생각한 적도 있다. 그중에서 누구보다도 놀랍게 등장했던 사람은 바로 소니크로프트 헉스터블 박사였다. 처음에 하숙집 주인인 허드슨 부인에게서 그의 명함을 전해 받은 홈스와 나는 깜짝 놀라지 않을 수가 없었다. 문학석사, 철학박사 등등의 엄청난 이력이 작은 명함 안에 촘촘히 적혀 있었기 때문이다.

"왠지 좀 이상한 사람 같은데……. 어떡할까요?"

허드슨 부인이 약간은 못마땅한 듯 물었다. 그러자 홈스가 바로 대답했다.

"헉스터블 박사라면 사회적으로 널리 알려진 분입니다. 그러니 걱정 마시고 어서 안내를 해 주십시오."

잠시 후 쉰 살쯤 되어 보이는 점잖고 위엄 있는 모습의 헉스터블

박사가 방 안으로 들어서셨다. 그런데 방으로 들어서자마자 당당한 풍
채의 박사는 몸을 가누지 못하고 마구 비틀거리더니 급기야 책상에
부딪히고는 바닥에 쓰러져 버렸다. 중후함이 넘치는 신사가 거센 폭
풍을 만난 난파선처럼 힘없이 무너지고 만 것이다. 깜짝 놀란 홈스
와 나는 자리에서 벌떡 일어나 재빨리 그에게 달려갔다.

"홈스, 머리를 이 쿠션으로 받쳐 주겠나?"

의사인 나는 그의 눈동자를 살핀 뒤 입 속으로 브랜디를 조금씩 흘
려 넣어 주었다. 그러나 큰 몸집의 신사는 좀처럼 정신을 차리지 못
했다. 그의 얼굴은 백지장처럼 창백하게 질려 있었고 눈가는 고통으
로 일그러지다 못해 주름이 깊이 파여 있었다. 또 며칠이나 면도를
하지 않았는지 턱에는 수염이 덥수룩하게 자라 있었다. 게다가 셔츠
와 양복은 심하게 구겨져 있고 덕지덕지 누런 때까지 찌들어 있었다.

"왓슨, 자네 생각은 어떤가? 무슨 병에 걸린 것 같은가?"

쓰러진 박사에게서 시선을 떼지 않은 채 홈스가 물었다.

"글쎄, 그보다는 탈진 같네. 허기에다 피로, 어떤 정신적 충격 같은 것 때문인 듯싶네."

전직 군의관이었던 나는 박사의 맥을 짚어 보며 말했다.

홈스는 고개를 끄덕이더니 박사의 회중시계 주머니를 뒤졌다. 그리고 그 안에서 기차표 한 장을 찾아냈다.

"오늘 날짜 표로군. 잉글랜드 북부의 맥클턴에서 런던까지 끊은 왕복 기차표야. 아직 12시 전이니까 아침 일찍 출발한 모양이로군."

바로 그때 박사의 주름진 눈꺼풀이 바르르 떨렸다. 그는 힘겹게 눈을 뜨더니 멍하게 우리를 올려다보았다. 그러다 갑자기 자리에서 벌떡 일어나서는 얼굴을 붉히며 말했다.

"홈스 선생, 이런 모습을 보이게 되다니 미안할 따름입니다. 요즘 제가 너무 신경을 쓰다 보니……. 그런데 죄송하지만 한 가지 부탁을 해도 되겠습니까?"

박사는 쑥스러운 듯 잠시 망설이다가 말했다.

"따뜻한 우유 한 잔과 비스킷을 좀 먹을 수 있을까요? 며칠을 굶은 터라 좀 먹어야 힘이 날 것 같습니다."

홈스는 초인종을 눌러 허드슨 부인을 부른 뒤 우유와 비스킷을 준비해 달라고 부탁했다. 잠시 후 박사는 허드슨 부인이 가져온 음식을 남김없이 먹었다. 탁자에 우유 잔을 내려놓은 박사는 손가락으로 입가에 묻은 우유를 닦아 내고는 만족스러운 표정을 지었다. 그리고는 자세를 가다듬더니 홈스를 응시하며 입을 열었다. 점잖은 목소리였다.

"홈스 선생, 이렇게 갑작스레 찾아와서 미안합니다. 그러나 전보로는 이 사건에 대해 설명하기 어려울 것 같아서 실례를 무릅쓰고 왔습니다. 사태가 매우 급합니다. 저와 함께 다음 기차로 맥클턴으로 가 주실 수 없겠습니까?"

뜻하지 않은 박사의 부탁에 홈스는 고개를 저으며 말했다.

"여기 있는 왓슨 박사도 잘 알고 있듯이 저는 지금 페레스 서류 사건을 조사하고 있습니다. 게다가 애버개브니 살인 사건 공판 기일도 다가오고 있고요. 이런 상황에서 런던을 비운다는 것은 불가능한 일입니다."

그러자 박사는 두 손을 크게 휘저으며 말했다.

"이보다 더 중요한 사건이 또 어디 있습니까? 홈스 선생께서는 홀더니스 공작의 외아들이 유괴된 사건을 모르십니까?"

"홀더니스 공작이라면 최근에 장관을 지낸?"

상기된 표정의 홈스가 묻자 박사는 재빨리 대답했다.

"네, 바로 그분입니다. 우리는 이 사건이 세상에 알려지지 않게 하려고 온갖 방법을 다 썼습니다만 결국《글로브》신문 기자에게 꼬리를 밟히고 말았답니다. 그래서 저는 홈스 선생도 이 일을 알고 계시리라 생각했습니다."

홈스는 가늘고 여윈 손을 쭉 뻗어 인명사전의 'H' 항목을 펼쳤다.

"여기 있군요. '홀더니스 공작, 홀더니스 가 제6대 공작. 카터 훈장을 받음. 1872년 해군성 장관 역임. 이어 국무장관을 역임. 1888년 찰스 애플도어 경의 딸 에디스와 결혼. 후계자는 외아들 아서 셀타이어 경. 약 3억 평방미터의 토지 소유. 랭커셔와 웨일스에 광산 소유.' 이분은 영국 최고의 거물이자 귀족 중에 귀족으로 꼽히는 분이군요."

홈스의 말에 박사는 가슴을 쭉 펴고 자랑하듯 말했다.

"어디 그뿐인가요. 그분은 최고의 재산가이기도 하지요. 홈스 선생, 나는 당신이 사건 해결에 집중하는 분이라는 것을 잘 알고 있습니다. 그러나 공작께서는 이미 아드님의 행방을 알려 주는 사람에게는 5천 파운드, 아드님을 납치한 자를 알려 주는 사람에게는 1천 파운드를 현상금으로 주겠다고 하셨습니다."

홈스는 흥미롭다는 듯 웃으며 말했다.

"오! 1천 파운드에, 5천 파운드라! 역시 거물답게 현상금도 대단하군요. 흠, 어린 소년이 유괴되었다는데 가만히 있을 수도 없고……. 좋습니다. 사건을 맡도록 하지요. 게다가 사건이 발생한 지 벌써 사흘이나 지났으니 서둘러야겠군요."

눈이 휘둥그레진 박사가 깜짝 놀라며 물었다.

"아니, 사흘이 된 것은 어떻게 아셨습니까?"

홈스는 빙그레 웃으며 말했다.

"별것 아니니 놀라지 마십시오. 박사님의 덥수룩한 수염만 봐도 그 정도는 쉽게 짐작할 수 있답니다. 자, 이제 이 사건이 언제, 어떻게 발생했는지 자세히 설명해 주시겠습니까?"

홈스의 승낙을 얻은 박사는 기쁜 얼굴로 상황을 설명했다.

"사건의 이해를 돕기 위해 우선 제가 설립자이자 교장으로 있는 프라이어리 스쿨에 대해 설명해 드리겠습니다. 국내의 귀족 자제들이 거의 다 모였다고 해도 과언이 아닐 만큼 우리 학교는 명문 중에 명문입니다.

게다가 입학 조건도 매우 까다롭지요. 그중에서도 최고의 영예는 3주 전쯤 홀더니스 공작께서 직접 자신의 후계자인 열세 살의 셀타이어 경을 우리 학교에 맡기신 일이었습니다. 그런데 그 일이 이제는 내 인생 최대의 불행의 서곡이 되고 말았으니……."

홈스와 나는 다소 과장되고 격앙된 박사의 말을 그저 담담히 듣고 있었다. 그의 설명을 정리하자면 다음과 같다.

사건의 실마리

소공작은 여름 학기가 시작되는 5월 1일에 학교에 도착했다. 총명한 데다 귀엽고 활발하기까지 한 그는 학교생활에 쉽게 적응했다. 그러나 남 부러울 것 없어 보이는 소공작에게도 어두운 그늘이 있었다. 부모인 공작 부부가 결혼 생활이 평탄치 않아 3개월 전에 별거하기로 합의한 것이다. 전적으로 어머니 편이었던 소공작은 어머니가 집을 떠나면서부터 풀이 죽어 우울증에 빠졌다. 보다 못한 홀더니스 경이 아들의 기분 전환을 위해 프라이어리 스쿨에 입학시키기로 결정한 것이라 했다.

　교사들이 밤낮으로 노력한 결과 2주 정도가 지나자 소공작은 즐겁게 학교생활을 하게 되었다. 그런데 5월 13일, 지난 월요일 밤에 소공작이 감쪽같이 사라지고 만 것이다. 2층에 위치한 그의 방은 복도를 통해 다른 두 개의 방을 지나야만 들어갈 수 있었다. 사건이 있던 날 밤, 두 방에서 자고 있던 아이들은 그 어떤 것도 보거나 듣지 못했다고 했다. 잠귀가 유난히 밝은 콘터라는 소년이 아무런 소리도 들지 못한 것으로 봐서 외부인이 침입한 것은 아닌 듯했다. 그렇다면 소공작이 나갈 수 있는 통로는 오직 자기 방 창문뿐이었다.

바깥쪽으로 열 수 있는 창문은 조금 열려 있었고 창밖으로는 굵은 담쟁이덩굴이 땅까지 이어져 있었다. 그러나 창문 밑 땅바닥에서 발자국을 발견할 수는 없었다.

박사가 소공작이 사라졌다는 걸 알게 된 것은 화요일 아침 7시였다. 침대에는 소공작이 잠을 잤던 흔적이 있었고 잠옷은 아무렇게나 팽개쳐져 있었다.

교복인 검은 이튼 재킷과 회색 바지가 없어진 것으로 보아 소공작은 옷을 제대로 갖춰 입고 나간 것이 분명했다. 박사는 곧바로 전교생과 교사, 교직원들 그리고 하인까지 교내 인원을 전부 불러 모았다. 그제야 박사는 독일어 교사인 하이데거 선생도 없어진 것을 알게 되었다.

하이데거 선생의 방은 소공작과 같은 건물 2층 끝에 있었는데 그 방 또한 정원 쪽으로 향해 있었다. 침대에는 잠을 잔 흔적이 뚜렷이 남아 있었다. 그러나 셔츠와 양말이 아무렇게나 흐트러져 있는 것으로 보아 무언가에 쫓긴 듯 옷도 제대로 입지 못하고 창문 밖으로 급히 빠져나간 것이 분명했다.

게다가 창문 아래 잔디 위에는 그의 발자국이 찍혀 있었고, 창고에 있던 그의 자전거도 감쪽같이 사라졌다. 하이데거 선생은 이 학교에서 2년 정도 근무했다. 꽤나 유명한 분의 추천장을 들고 온 실력자이긴 했지만 사교성이 없는 데다 성격이 까다로운 편이라 학생과 교사 사이에서 그다지 인기 있는 사람은 아니었다.

"오늘이 목요일이니까 벌써 사흘이나 지났습니다. 그런데도 아직까지 사건의 실마리조차 잡지 못했으니 이 일을 어떡하면 좋단 말입

니까. 혹시나 갑자기 향수병이 나서 집으로 돌아간 게 아닐까 싶어 홀더니스 저택에도 가 보았지만 그 또한 허사였습니다. 공작께서는 상심이 너무도 큰 나머지 밤에 잠을 이루지도 못하고 계신답니다. 학교의 책임자인 저 또한 신경쇠약 직전이고요."

박사는 미간을 잔뜩 찡그린 채 홈스 곁에 바짝 붙어 앉았다.

"홈스 선생, 당신이야말로 영국에서 가장 훌륭한 명탐정이 아니십니까. 이 사건이야말로 가장 의미 있고 보람된 일이 될 것입니다."

막대한 보상금이라든지 박사의 간절한 요청이 아니라도 이 사건은 홈스의 관심을 끌기에 충분했다. 홈스는 수첩을 꺼내 들더니 몇 가지 메모를 했다. 그러더니 박사를 향해 나무라는 듯한 어조로 말했다.

"박사님께서는 조금 더 일찍 찾아오셨어야 했습니다. 덩굴이나 잔디밭의 발자국을 제가 볼 수 있었다면 사건의 실마리를 찾을 수 있었을지도 모르니 말입니다. 이래서야 증거를 제대로 찾을 수나 있을지 모르겠군요."

얼굴이 붉게 달아오른 박사는 억울하다는 듯 말했다.

"하지만 홈스 선생, 그것은 제 탓이 아닙니다. 공작께서는 외부로 소문이 퍼지는 것을 극도로 꺼리셨습니다. 혹시나 가족의 불행이 다른 사람들 입에 오르내리는 일이 생길까 걱정이 크셨던 게지요."

"물론 그것은 당연한 일입니다. 어쨌거나 경찰의 조사는 이루어지고 있겠지요?"

"네. 하지만 결과는 실망스럽습니다. 화요일 아침에 가까운 기차역에서 한 사내와 소년이 새벽 기차를 타는 것을 보았다는 정보가 있었습니다. 경찰은 이들이 하이데거 선생과 소공작이라 단정 짓고 수사를 벌였지만 어젯밤에야 이들이 사건과 관계없다는 사실을 밝혀냈습니다."

"저런! 가짜 단서를 쫓느라 아까운 시간을 사흘이나 보내 버린 셈이로군요."

홈스는 아쉽다는 듯 무릎을 탁 치며 말했다.

"그런데 하이데거 선생과 소공작은 어떤 관련이 있는 사이였습니까?"

"전혀 그렇지 않습니다. 제가 알기로 그 둘은 말 한마디 나눠 본 적도 없습니다."

"흠, 그것 참 이상하군요. 그런데 소공작도 자전거를 가지고 있습니까?"

"아닙니다."

"선생의 자전거 외에 없어진 자전거는요?"

"없습니다. 확실히 없습니다."

"그렇다면 하이데거 선생이 한밤중에 소년을 업거나 안은 채로 자전거를 타고 나갔다고 생각하십니까?"

"아니, 그렇지는 않을 겁니다. 제 생각에 자전거는 분명 눈속임의 수단입니다. 분명 자전거는 다른 곳에 숨겨 두고 둘이서 걸어서 갔을 겁니다."

"그럴듯한 생각이긴 합니다만 뭔가 좀 아귀가 맞지 않는 것 같군요. 기숙사에 다른 자전거가 또 있습니까?"

"대여섯 대 정도 있습니다."

"그렇다면 눈속임은 아니겠군요. 만약 둘이서 자전거로 도망친 것처럼 보이고 싶었다면 분명히 자전거 두 대를 숨겼을 테니 말입니다."

홈스의 추리에 박사는 고개를 끄덕이며 수긍했다.

"어쨌거나 자전거는 수사의 출발점이 되기에 충분합니다. 한 가지만 더 묻지요. 혹시 소공작이 사라지기 전에 그를 만나러 온 사람이 있었습니까?"

"없었습니다."

"편지가 온 적은?"

"한 통 있습니다. 부친이신 공작께서 보낸 편지였습니다."

"공작의 편지라고 확신하시는데 혹시 그 편지를 열어 보셨습니까?"

"그럴 리가요! 편지 봉투 겉면에 홀더니스 가문의 문장이 확실하게 찍혀 있었습니다. 또 반듯하면서도 딱딱한 공작님의 글씨체로 주소가 쓰여 있었고요. 게다가 공작께서도 본인이 편지를 보냈다고 하셨습니다."

박사는 가뜩이나 퀭해진 눈을 부릅뜨며 힘주어 말했다.

"혹시나 소공작이 가짜 편지를 받은 게 아닐까 해서 여쭤 본 겁니다. 그렇다면 그 외에 다른 편지가 온 적은 없습니까?"

"지난 며칠 동안에는 없었습니다. 프랑스에 계신 어머니에게서도 없었습니다."

"좋습니다. 그러면 조금은 다른 내용입니다만 그들 부자의 관계는 어땠습니까? 친밀한 사이였습니까?"

"공작님처럼 높은 위치에 계신 분들은 일반 사람들처럼 자신의 감정을 겉으로 드러내지 않으시지요. 게다가 그분은 누구에게든 친근하게 대하시는 편이 아니셨습니다. 그렇다 해도 아드님을 아끼고 귀여워하시는 것은 분명했습니다."

"그런데 아드님의 마음은 아버지보다는 어머니 쪽으로 기울어져 있었다는 말씀이지요?"

"그렇습니다."

"그런데 그것을 어떻게 아셨습니까?"

"공작님의 비서인 제임스 윌더 씨와 저는 자주 대화를 하는 사이인데 그에게서 들었습니다. 소공작이 윌더 씨에게 그런 이야기를 몇 번 한 적이 있다고 들었습니다."

"그렇군요. 좋은 단서가 될 만한 이야기입니다. 그런데 공작께서 보내신 편지는 가지고 계십니까?"

"아닙니다. 소공작이 편지를 가지고 갔는지 없더군요. 홈스 선생, 12시가 다 되었습니다. 이제 역으로 출발해야 할 것 같은데요."

"좋습니다. 15분쯤 후에 출발하도록 하지요. 박사님, 혹시 학교 사람들과 연락을 하게 되면 수사가 아직도 거짓 단서를 쫓아서 다른 곳에서 진행되고 있는 것처럼 말씀하십시오. 비록 사흘이나 지나서 냄새가 완전히 사라져 버렸을지도 모를 현장이지만 저와 왓슨이 가 보겠습니다. 그리고 비록 늙긴 했지만 사냥개 역할을 충실히 수행하도록 하지요."

졸지에 늙은 사냥개가 되어 버린 나는 그래도 사건이 이끄는 대로 출발 준비를 서둘렀다.

만남

그날 저녁, 여섯 시간 이상 기차에 시달린 후에야 우리는 잉글랜드 북부 산악 지방의 차갑고 상쾌한 공기를 마실 수 있었다. 마차로 한 시간 남짓을 달려서 학교에 도착했을 때는 이미 사방이 어두워진 후였다.

박사와 함께 응접실로 들어가자 집사가 박사에게 귓속말로 무언가 속삭였다. 박사는 잔뜩 긴장한 표정으로 우리에게 입을 열었다.

"홈스 선생, 홀더니스 공작께서 기다리고 계신답니다. 소개해 드릴 테니 따라오십시오."

우리는 박사를 따라 서재로 들어갔다. 벽난로 앞에 서 있는 홀더니스 공작은 영국의 대표 귀족답게 위엄이 넘치는 모습이었다. 키가 큰 공작의 몸가짐에서는 기품이 흘러넘쳤고 옷차림에는 빈틈이 없었다. 높고 긴 콧날이 솟아 있는 얼굴은 창백하고 수척했다.

이와는 대조적으로 선명한 붉은색의 턱수염이 금 사슬이 달린 하얀 조끼 위까지 늘어져 있었다. 그 옆에는 키는 작지만 무척 영리하

고 총기가 넘치게 생긴 청년이 다부진 자세로 서 있었다. 그는 공작
의 비서인 제임스 월더였다. 각자의 소개가 짧게 끝나자 월더는 곧
바로 따지듯이 말했다.

"헉스터블 박사님, 당신은 공작님께 한마디 상의도 하지 않고 홈
스 선생에게 사건을 의뢰하러 런던에 가셨더군요. 공작님께서는 이
일에 대해 매우 유감스럽게 생각하고 계십니다."

"그, 그건 경찰이 추적에 실패하는 바람에……."

"공작님께서는 그렇게 생각하지 않으십니다. 게다가 사생활 노출을 금하라고 그토록 당부했는데 박사께서는 그 말씀을 잊으신 겁니까?"

여지없이 쏘아붙이는 월더의 말에 박사는 잔뜩 풀이 죽은 채로 말했다.

"미, 미안합니다. 그렇다면 홈스 선생과 왓슨 박사는 내일 아침에 런던으로 돌아가시도록 해야겠군요. 그리고 사례금은 제가 개인적으로……."

그러자 굳게 입을 다물고 있던 홈스가 입가에 살짝 미소를 지으며 말했다.

"굳이 그럴 필요가 있을까요? 저는 이곳의 상쾌한 공기에 벌써 취해 버렸습니다. 이 기분을 며칠만이라도 더 느끼고 싶습니다. 그리고 여기가 아니라 마을의 여인숙에 여장을 풀어도 좋으니 너무 걱정하지 마십시오."

이때 진땀을 흘리며 쩔쩔매는 박사를 구해 준 이는 굵고 엄숙한 목소리의 주인공이었다.

"헉스터블 박사, 처음부터 박사가 나와 상의하지 않은 것은 유감이오. 하지만 이왕 이렇게 알려진 마당에 홈스 선생의 도움을 굳이 거절할 필요는 없을 것 같소. 홈스 선생, 여인숙보다는 홀더니스 홀에 머무르면서 사건을 해결해 보는 것은 어떻겠소."

"말씀은 고맙습니다만 원활한 수사를 위해서는 미스터리 사건이 벌어진 현장에 머무르는 편이 낫겠습니다."

"그건 좋을 대로 하시오. 혹시 필요한 것이나 궁금한 것이 있으면 언제든 말하시오. 나와 월더가 적극 돕겠소."

"고맙습니다. 그리고 실례지만 한 가지만 여쭙겠습니다. 혹시 별거 중인 공작부인께서 이 사건과 관련이 있다고 생각하십니까?"

순간 공작의 얼굴에 불쾌한 표정이 가득 차올랐다. 비서인 월더가 흥분한 표정으로 홈스에게 항의하려 하자 공작이 손을 들어 말렸다.

"아니, 그 사람과 관계 있다고는 생각하지 않소."

"그렇다면 이 사건은 몸값을 뜯어내기 위해 아드님을 유괴한 사건으로 볼 수 있겠군요. 혹시 그런 요구가 있었습니까?"

"전혀 없었소."

"한 가지 더, 사건이 일어나기 전에 아드님께 편지를 보내셨다고 하던데요."

"그렇소. 아들이 사라지기 전날 편지를 썼소."

"혹시 편지 내용 중에 아드님이 혼란을 겪을 만한, 혹은 그런 행동을 유도할 만한 내용이 있었습니까?"

"없었소."

"그러면 편지는 직접 부치셨습니까?"

"여보시오, 홈스 선생!"

그러자 아까부터 못마땅한 얼굴로 대화를 듣고 있던 월더가 신경질적으로 끼어들었다.

"공작님같이 신분이 높으신 분들은 직접 편지를 부치는 일 따위는 절대 하지 않으십니다. 그 편지는 서재 책상에 놓여 있던 다른 편지들과 함께 제가 부쳤습니다."

"알겠습니다. 그러면 끝으로 하나만 더 묻겠습니다. 혹시 아드님이 스스로 하이데거 선생과 함께 프랑스에 계시는 어머니에게 갔다고 생각하지는 않으십니까?"

"앞서 말했듯이 나는 부인이 이 일에 관련되었다고 생각하지 않소. 하지만 어머니를 그리워하던 아이가 제 엄마가 있는 곳으로 달아났을 가능성을 완전히 배제할 수는 없지. 자, 이제 이만하면 됐다고 생각하오. 나는 이만 홀더니스 홀로 돌아가겠소."

　은밀한 가정사에 대해 남과 이야기하는 것이 불편했는지 공작은
불쾌한 표정으로 서재를 나섰다.

추적

홈스는 본격적으로 사건을 수사하기 시작했다. 우선 소공작의 방부터 꼼꼼히 살폈다. 그러나 그가 창문으로 빠져나갔다는 사실을 재확인한 것 이외에 별다른 소득은 없었다. 하이데거 선생의 방에서도 새로운 실마리를 찾지는 못했다. 다만 하이데거 선생의 경우, 성인의 몸무게를 이겨 내지 못해서인지 창밖의 담쟁이덩굴이 상당히 뜯겨 나가 있었다. 홈스는 잔디를 램프로 꼼꼼히 비추며 조사하다가 잔디 위에 움푹 팬 발자국 하나를 발견했다.

"왓슨, 여길 보게. 발자국이 꽤 깊이 찍혀 있어."

"덩굴에서 뛰어내린 것으로 보이는데."

"맞았네. 담쟁이덩굴이 상한 걸로 봐서 하이데거 선생은 급하게 내려온 것 같아. 또 발자국이 이렇게 깊이 파인 것으로 봐서 높은 곳에서 단숨에 뛰어내린 게 분명해. 도대체 무엇 때문에 하이데거 선생은 이렇게 바삐 서두른 걸까? 이 문제만 해결하면 사건이 쉽게 해결될 것 같은데 말이야."

홈스는 야반도주의 유일한 증거인 발자국을 쳐다보면서 골똘히 생각에 잠겼다. 잠시 후 홈스는 주변을 살펴보고 오겠다는 말만 남기고 학교 밖으로 나갔다.

홈스는 밤 11시가 넘어서야 돌아왔다. 이때 그의 손에는 학교 일대를 상세히 그린 지도 한 장이 들려 있었다. 홈스는 지도를 침대 위에 펼쳐 놓고 그 위에 등을 달았다. 그리고 담배를 피워 가면서 지도를 뚫어지게 들여다보았다. 가끔씩은 파이프로 지도의 여러 부분을 짚어 가며 고개를 끄덕이기도 했다. 상당한 인내심을 가진 나였지만 답답한 마음에 먼저 입을 열지 않을 수 없었다.

"홈스, 혼자만 그러지 말고 이제 나에게도 좀 말해 주겠나?"

"알았네, 알았어. 왓슨, 나는 이 사건과 관련해 몇 가지 흥미로운 걸 발견했다네. 그보다 우선 이곳 지형을 알아 두면 사건을 이해하는 데 도움이 될 걸세.

자, 지도를 보게. 여기가 학교일세. 핀을 꽂아 두겠네. 그리고 그 아래의 선은 도로인데 학교 앞을 통과해 동서로 지나고 있네. 좌우 도로 어느 쪽으로도 약 2킬로미터까지는 다른 쪽으로 빠져나갈 수 있는 샛길이 없네. 만약 두 사람이 길을 따라갔다면 이 길로 쭉 갈 수밖에 없다는 말이지."

홈스가 가리키는 대로 지도를 보고 있던 나는 고개를 끄덕였다. 홈스는 파이프로 지도의 오른쪽 끝 교차 지점을 가리키며 설명을 계속했다.

"아까 경찰서에 가서 그날 밤에 이 길을 지나간 사람이 있었는지 확인해 보았네. 마침 밤 12시에서 아침 6시까지 이 교차점에서 보초를 선 경관이 있더군.

지도를 보면 알 수 있듯이 여기는 오른쪽으로 샛길이 갈라지는 첫

번째 지점이라네. 그 경관은 자신은 초소를 비운 적이 없으며 자기가 모르게 그 길을 지나갈 수는 없다고 자신 있게 말하더군. 내 느낌에 그는 성실하고 정직한 사람 같았어. 분명 그의 말이 맞을 걸세."

홈스는 담배 한 모금을 맛있게 빨아들이더니 다시 말을 이었다.

"다음에는 반대쪽을 조사해 봤네. 학교에서 2킬로미터쯤 떨어진 곳에 '붉은 황소'라는 여관이 있더군. 그날 밤 여관 안주인은 위경련이 났어. 그래서 의사를 부르러 맥클턴에 사람을 보냈는데 마침 의사가 다른 곳으로 왕진을 가고 없었다네. 결국 심부름 간 사람은 아침이 돼서야 돌아왔고 여관 사람들은 그가 돌아오기를 밤새도록 기다렸지. 여관 사람들 중 몇몇은 혹시나 의사가 오지 않을까 싶어 돌아가며 길 쪽을 내다보고 있었다더군. 만약 누군가 지나갔다면 그 사람들이 분명 발견했을 텐데 누구도 그날 밤에 길을 지나가는 사람을 보지 못했다고 했네. 이걸 종합해 보면 도망자들은 이 길 역시 이용하지 않았다는 결론이 나오지."

"하지만 두 사람은 자전거를 타고 가지 않았나?"

나는 문득 의문이 들어 홈스에게 물었다.

"물론 그랬을 테지. 하지만 일단 그 문제는 접어 두고 추리를 계속해 보세. 그들이 동서로 뻗은 도로를 이용하지 않았다면 남은 것은 남쪽과 북쪽이야. 그런데 지도를 보면 알 수 있듯이 남쪽으로는 밀밭과 감자밭이 드넓게 펼쳐져 있어. 게다가 밭 임자가 돌담을 쌓아 밭을 구획해 놓았기 때문에 자전거를 타고 여기를 통과하는 것은 불가능해 보이네. 그러니 남는 것은 북쪽뿐이지. 학교에서 조금 떨어진 곳에 작은 잡목 숲이 있네. 그 너머에는 황무지가 펼쳐져 있고 그 뒤로는 낮은 언덕이 죽 이어져 있어. 그 끝에 홀더니스 홀이 자리하고 있다네. 만약 학교에서 홀더니스 홀까지 간다고 할 때 경관이 서 있던 도로를 통해 돌아서 가면 15킬로미터나 가야 하지만 황무지를 가로질러 간다면 10킬로미터만 가도 되지. 아무튼 거리나 정황으로 볼 때 우리가 조사해야 할 곳은 바로 학교 북쪽일세."

"하지만 자전거는?"

나는 또다시 자전거를 물고 늘어졌다.

"알았네, 알았다고. 그런데 자네는 계속 자전거만 되풀이해서 말하는군."

홈스는 짜증을 내며 답했다.

"여보게, 왓슨. 자전거를 꼭 도로에서만 타야 하는 건 아니네. 자전거를 잘 타는 사람이라면 더욱 그렇지. 게다가 황무지이기는 해도 소나 양을 방목하느라 밟아서 다져진 길들이 사이사이에 나 있어. 또 마침 그날 밤에는 보름달이 환하게 비추고 있었단 말이네."

그때 갑자기 다급하게 문을 두드리는 소리가 들렸다. 이어서 헉스터블 박사가 방 안으로 들어섰다. 그는 푸른색의 크리켓 모자를 손에 들고 있었다.

"홈스 선생, 드디어 단서를 잡았습니다! 이것이 바로 셀타이어 경의 모자입니다."

"그것을 어디서 찾았습니까?"

"월요일 밤에 황무지에서 야영을 하고 화요일 아침에 서쪽으로 이동해 간 집시들의 마차에서 찾았습니다. 경관이 집시들을 쫓아가 마차를 뒤져 보니 짐수레 구석에 이것이 감춰져 있더랍니다."

"집시들은 뭐라고 했답니까?"

"화요일 아침에 황무지를 지나다가 주웠다고 말했답니다. 하지만  보나마나 뻔한 거짓말일 겁니다. 그 집시들은 분명히 소공작이 있는 곳을 알고 있을 테지요. 돈을 위해 유괴했을지도 모르지요. 그놈들은 지금 모두 감방에 갇혀 있습니다. 엄중한 법이 무서워서라도, 아니면 공작님의 힘 때문이라도 금세 알고 있는 내용을 다 불게 될 겁니다."

흥분한 기색을 감추지 못하고 들떠 있는 박사가 밖으로 나가자 홈스가 말했다.

"왓슨, 적어도 그들이 황무지 쪽으로 갔다는 내 가설은 증명되었군."

그러나 나는 맥이 탁 풀린 목소리로 말했다.

"그렇지만 박사는 집시가 유괴한 것이 분명하다고 하지 않았나. 그렇다면 이제 이 사건에서 우리가 할 일은 없는 게 아닌가?"

내 말에 홈스는 호탕하게 껄껄 웃으며 말했다.

"여보게, 왓슨. 집시는 이번 사건과 아무 상관도 없네. 그들은 정말 가난한 집시일 뿐이야. 그래서 값비싼 모자를 줍지 않을 수 없었을 테고. 앞뒤가 꽉 막힌 경관들이 그들을 몰아세우고 있겠지만 이렇다 할 소득을 얻을 순 없을 걸세. 왓슨, 여기 이 지도를 보게. 벌판 한복판에 물길이 보이나? 잘 보면 이 물길의 폭이 넓어지면서 늪지를 이루는 것을 알 수 있어."

"그런데?"

"요즘처럼 맑고 건조한 날씨에 이 황무지에서 그들의 발자국을 찾아낸다는 건 거의 불가능해 보이네. 그래도 부드러운 습지에는 어떤 흔적이 남아 있을 가능성이 매우 높아. 어떤가? 내일 아침 일찍 이 방으로 올 테니 함께 단서를 찾으러 가세나."

"물론이지. 그렇게 하세."

나는 괜히 들떠서 큰 소리로 답했다.

자전거의 비밀

다음 날 나는 해가 솟을 무렵에 눈을 떴다. 그런데 이미 옷을 말끔하게 차려입은 홈스가 팔짱을 낀 자세로 나의 침대 발치에 서 있었다. 홈스는 이미 한 차례 주변을 돌고 온 게 분명해 보였다.

"어이, 왓슨. 잘 잤나? 나는 잔디밭과 자전거 창고를 보고 왔다네. 그리고 잡목 숲도 한 바퀴 돌아봤지. 자, 이제 코코아나 한 잔 마시고 서둘러 출발해 볼까?"

이제 막 완성작을 만들어 내려는 화가처럼 홈스의 눈에는 생기가 돌고 얼굴에는 흥분한 기색이 역력했다.

그러나 희망찬 시작과는 달리 채 한 시간도 지나지 않아 우리는 절망에 빠지고 말았다. 황무지를 지나 홀더니스 홀과 학교 사이에 있는 습지에 도착해서 이곳저곳을 아무리 헤매고 돌아다녀 봐도 발자국 하나 찾을 수 없었기 때문이다. 습지에는 양 떼의 발자국이나 소 떼의 발자국은 무수히 많았지만 사람의 발자국은 찾을 수가 없었다. 정말 새처럼 훨훨 날아서 이곳을 통과하지 않은 다음에야 이렇게 흔적이 없을 수도 없었다. 홈스도 나와 같은 생각이었는지 딱딱하게 굳은 얼굴로 생각에 잠겨 있었다. 그러다 갑자기 작은 둔덕 위로 올라가 서쪽을 바라보았다. 그러고는 미소를 지으며 말했다.

"저 아래에 습지가 또 하나 있군. 만약 그들이 이 벌판을 곧장 가로지르지 않고 비스듬히 갔다고 생각하면 가능성이 전혀 없는 것도 아니야."

나는 다시 한 번 홈스의 끈기에 감탄하며 그의 뒤를 따랐다. 얼마가지 않아서 우리는 폭이 좁은 길을 만났다. 질퍽한 그 길에는 자전거 바퀴 자국이 선명하게 남아 있었다.

"오, 드디어!"

나는 반가운 마음에 쾌재를 불렀다. 그러나 홈스는 난처한 표정으로 고개를 젓고 있었다.

"자전거 바퀴 자국은 맞네. 하지만 우리가 찾고 있는 그 자전거 바퀴 자국이 아니군. 나는 마흔두 가지의 자전거 바퀴 자국을 구별할 수 있다네. 바깥쪽 꺾임 모양을 보면 알 수 있듯이 이건 던롭 사의 바퀴야. 그러나 하이데거 선생의 자전거 바퀴는 가늘고 긴 세로줄 무늬가 있는 팔머 사의 바퀴라네. 하이데거 선생과 친했던 수학 담당 아벨링 선생이 알려 줬지. 그러니 이것은 하이데거 선생의 자전거가 아니라는 말일세."

나는 치밀한 홈스의 성격에 다시 한 번 놀랐다.

"그럼, 이건 소공작의 자전거 자국일까?"

"소공작이 자전거를 갖고 있었다는 증언은 없었네."

"물론 그렇지. 하지만 소공작이 몰래 자신의 자전거를 잡목 숲 같은 곳에 숨겨 두었을 수도 있지 않은가?"

"왓슨, 자네의 추리도 그럴듯하구먼. 만약 그렇다면 정말 이 자국은 숨겨 놓았던 자전거의 흔적이 맞겠지. 흠, 그런데 여길 보게. 이건 학교 쪽에서 타고 온 자국이로군."

단정하는 듯한 홈스의 말투에 나는 문득 궁금해졌다.

"홈스, 어떻게 그렇게 단정하는 건가?"

"왓슨, 자전거 바퀴 자국을 잘 보면 알 수 있다네. 앞바퀴와 뒷바퀴 중 무게가 더 많이 실리는 쪽은 뒷바퀴라네. 이 자국을 자세히 보게. 얇게 파인 앞바퀴 자국을 뒷바퀴가 지나면서 완전히 지워 버린 게 보이지 않나. 두말할 필요도 없이 자전거는 분명 학교 쪽에서 온 거라네. 아무튼 이번 사건과 관련이 있는지 없는지 확인하기 위해서라도 흔적을 따라가 봐야겠지?"

홈스와 나는 자전거 자국을 따라 수백 미터를 걸어갔다. 그런데 습지가 끝나는 지점에서 바퀴 자국은 완전히 사라져 버렸다. 홈스는 그 정도는 예상하고 있었다는 듯 조금도 당황하지 않고 계속해서 앞으로 걸어나갔다. 좁은 길을 따라 한참을 걷다 보니 작은 샘이 나타났다. 덕분에 근처의 땅은 습기를 머금고 있었고 바퀴 자국이 선명하게 남아 있었다. 그런데 바퀴 자국 위에 소 발자국이 어지럽게 찍혀 있었다. 그 바람에 바퀴 자국은 거의 지워지다시피 했다.

좀 더 앞으로 나아가 보니 더 이상 흔적은 없었다. 좁다란 길만이 학교 앞의 잡목 숲 쪽으로 이어져 있었다. 풀밭이라 흔적을 찾을 수는 없었지만 여러 가지 정황으로 볼 때 자전거가 숲 속에서 나온 것은 분명했다.

홈스는 바위에 털썩 걸터앉았다. 그리고 저고리 주머니에서 지도를 꺼내 들더니 여기저기를 손가락으로 짚으면서 알아들을 수 없는 말을 혼자 중얼거렸다. 나는 그 옆에서 조용히 줄담배를 피우며 홈스가 입을 열기를 기다렸다.

"오호라, 이제 알겠군. 범인은 무척 교활한 녀석이네. 우리를 따돌리기 위해 자전거 바퀴를 다른 것으로 갈아 끼울 정도로 말일세. 이 정도로 속임수를 쓸 줄 아는 녀석이라면 내가 상대해 줄 만하지. 아무튼 우리가 빠트린 것들을 살펴볼 필요가 있으니 다시 습지로 돌아가세."

습지로 돌아온 우리는 좌우로 뻗은 습지 주변을 꼼꼼히 조사했다. 특히 홈스는 바짓단이 흙투성이가 되건 말건 상관없이 열심히 자국을 찾아 헤맸다. 그 끈질긴 노력은 곧 보상을 받았다. 습지 중에서도 가장 질퍽한 곳에 이르렀을 때 홈스가 환호성을 질렀다.

"왓슨! 여기네, 여기!"

홈스가 가리키는 곳을 보자 좁은 길 한복판에 전선 다발 같은 바퀴 자국이 선명하게 나 있었다.

"이걸 보게. 아까 봤던 자전거 자국과는 다르지? 이것은 세로 줄무늬의 팔머 사 바퀴 자국이라네. 하이데거 선생이 여길 지나간 게 분명해. 어떤가, 왓슨? 이번에도 내 추리가 멋지게 들어맞지 않았나?"

홈스는 기분이 좋은지 유쾌한 목소리로 말했다.

"정말 대단하네, 홈스."

"그런데 사실 지금부터가 중요하네. 미안하지만 바퀴 자국을 피해서 걸어 주게. 이 자국을 따라 걸어야겠네."

길을 따라 걷다 보니 습지와 메마른 땅이 교차하고 있어서 바퀴 자국은 여러 차례 나타났다 사라지곤 했다. 홈스는 여전히 기분 좋은 목소리로 말했다.

"왓슨, 자네도 눈치 챘나? 자전거를 탄 사람은 이 근처에서 속력을 많이 올렸다네."

나는 의아한 표정으로 홈스를 쳐다보았다.

"이것 보게, 앞바퀴와 뒷바퀴 자국 모두 뚜렷하게 남아 있네. 바퀴 자국이 모두 깊이 패어 있지 않나? 자전거를 타고 전속력으로 질주할 때 운전자는 체중을 핸들에다 싣게 되는데 그렇게 되면 무게 중심이 앞으로 이동하게 되고 결국 앞뒤 바퀴에 가해지는 무게는 비슷해진다네."

그런데 신나게 설명하던 홈스의 목소리가 갑자기 커졌다.

"저런! 여기서 쓰러졌군!"

홈스가 멈춰 선 곳에는 체구가 큰 물체가 뒹군 흔적이 있었다. 또 바퀴 자국이 좌우로 어지럽게 나 있었고 그 옆에는 몇 개의 발자국이 찍혀 있었다. 나는 이것이 사건과 관련 있는 흔적인 것 같아 홈스에게 말했다.

"자전거 운전자는 속력을 내다 여기서 제어하지 못하고 쓰러진 모양이군. 그러나 금방 일어나 다시 달린 것 같네."

그런데 내 말을 듣지도 않고 홈스는 쭈그리고 앉아서 땅에 피어 있는 들꽃만 들여다보고 있었다. 도대체 그가 무엇을 보고 있나 궁금했던 나는 허리를 숙여 그의 어깨 너머로 얼굴을 들이밀었다. 바로 그때 홈스가 노란 꽃송이를 꺾어 내 눈앞으로 쑥 내밀었다. 나는 소스라치게 놀라 비명을 지르고 말았다. 노란 꽃잎에 거무스름한 피가 엉겨 붙어 있었던 것이다.

"아, 아니! 이, 이건 피가 아닌가!"

홈스는 내 말에는 대답하지 않고 조용히 주변을 가리켰다. 그러고 보니 길가의 잡초에도, 길에도 검게 변한 핏자국이 곳곳에 남아 있었다. 홈스는 심각한 표정으로 말했다.

"이런, 좋지 않군, 좋지 않아. 왓슨, 옆으로 비켜서게. 불필요한 발자국을 남겨서는 안 되네."

"홈스, 대체 여기서 무슨 일이 있었던 걸까?"

"상황을 종합해 보자면 자전거를 탄 사람은 전속력으로 질주하다 상처를 입고 쓰러져서 피를 많이 흘렸어. 그래도 다시 일어나 자전거를 타고 질주를 계속 했지. 이쪽 길에는 소 발자국밖에 없는데 그렇다면 쇠뿔에라도 받혔단 말인가? 아니, 그럴 리가 없어. 하지만 다른 사람의 발자국이나 다른 바퀴 자국도 전혀 없으니……. 어쨌거나 왓슨, 이 흔적을 따라 계속 가 보세. 바퀴 자국에다 핏자국까지 찾았으니 우리는 사건의 꼬리를 단단히 움켜

쥔 셈이야."

오래가지 않아 바퀴 자국은 이리저리로 곡선을 그리며 어지럽게 나 있는 듯하더니 어느 순간 끊어져 버렸다. 그때 무성한 덤불 속에서 금속성의 물체가 반짝 빛을 내며 우리의 눈길을 확 잡아끌었다. 그것은 바로 쓰러진 채 나뒹굴고 있는 자전거였다. 홈스는 자전거 바퀴를 살펴보더니 확고한 목소리로 말했다.

"팔머 사 바퀴로군. 하이데거 선생의 자전거가 분명하네."

자전거는 완전히 엉망으로 부서져 있었다. 한쪽 페달은 심하게 휘어져 있었고 핸들 부분은 소름 끼칠 만큼 시커먼 피로 뒤범벅이 되어 있었다. 착잡한 마음으로 고개를 돌리는데 그때 수풀 저쪽에 불쑥 솟아 있는 구두 한 짝이 눈에 들어왔다.

"홈스, 저건!"

홈스와 나는 재빨리 그곳으로 달려갔다. 그곳에는 자전거를 타고 달리다 비참한 죽음을 맞이하고 만 사내의 시체가 있었다. 키가 큰 사내의 얼굴에는 턱수염이 덥수룩했고 그가 쓰고 있던 안경의 한쪽 알은 빠진 채로 산산조각이 나 있었다. 가까이서 자세히 살펴보니 무엇에 얻어맞았는지 사내의 두개골은 움푹 패어 있었다. 한눈에 봐도 치명상이 분명했다.

"왓슨, 이 사람은 보기 드문 의지와 체력을 가진 것 같네. 이렇게 큰 상처를 입고도 자전거를 타고 달린 걸 보면 말일세."

홈스가 시체의 구두를 벗기자 양말을 신지 않은 맨발이 그대로 드러났다. 게다가 저고리의 단추를 채우지 않아 속에 입은 잠옷이 겉으로 삐죽 나와 있었다. 차림새로 보아 급하게 침실에서 뛰어 나온 하이데거 선생이 분명했다.

홈스는 조심스럽게 시체를 바로 눕히고 자세히 살피기 시작했다.

그리고 다시 깊은 생각에 빠져 들었다. 그가 미간을 찌푸리고 있는 것으로 보아 이 끔찍한 발견으로 인해 사건이 더욱 복잡해진 것이 분명했다. 한동안 굳게 입을 다물고 있던 홈스는 약간은 무거운 표정과 목소리로 말했다.

"왓슨, 이제부터 어떻게 해야 할지 잘 생각하지 않으면 안 되네. 나는 흥미로운 사건을 계속해서 조사하고 싶어. 무엇보다 시간이 너무 많이 흘렀기 때문에 더는 시간을 무의미하게 보내서는 안 된다네. 일단 경찰에 알려 이 가엾은 시신부터 빨리 옮겨야겠군."

나는 당연하다는 듯 고개를 끄덕이며 말했다.

"옳은 말이네. 내가 연락을 취할 테니 자네는 계속해서 수사를 하게나."

"하지만 나는 자네의 도움이 필요하네."

그때 마침 한 농부가 곡괭이를 메고 길을 지나고 있었다. 홈스는 큰 소리로 그를 불러 세웠다. 시체를 보고는 겁에 질린 농부에게 경찰서장 앞으로 보내는 편지 한 통과 헉스터블 박사 앞으로 보내는 편지 한 통을 쥐어 주었다. 농부가 서둘러 떠나자 홈스는 부담감을 벗어 버리기라도 한 듯 한층 가벼운 얼굴로 입을 열었다.

"자, 이제 정리를 좀 해 보세. 우리는 오늘 두 가지 단서를 찾아냈네. 하나는 팔머 사의 바퀴가 달린 자전거일세. 우리는 지금 이것을 따라 여기까지 왔고 큰 비극을 보고 말았지. 다른 하나는 던롭 사의 바퀴를 단 자전거네. 그러나 이것이 팔머 사의 자전거와 관련이 있는지는 알 수 없네. 그저 불확실한 가능성을 지닌 단서일 뿐이지."

"그럼, 바퀴 자국을 다시 조사해 볼까?"

"흠, 그것도 좋겠네. 하지만 그보다 먼저 우리가 알고 있는 사실들을 다시 정리해 봐야 할 것 같아. 일단 나는 소공작이 자기 의지대로 도망쳤다고 보네. 그것도 제대로 복장을 갖추어 입고 말일세. 물론 소공작은 창문을 통해 도망쳤어. 하지만 동행이 있었는지 여부는 아직 알 수 없네."

나는 고개를 끄덕이며 홈스의 말을 경청했다.

"그에 비하면 피살당한 하이데거 선생은 양말도 못 신고 옷도 제대로 못 갈아입었네. 무엇 때문이었는지 몰라도 그만큼 아주 급했다는 걸 의미하지."

"그래, 옳은 말일세."

"문제는 하이데거 선생이 그토록

서둘러 나간 이유가 무엇이냐 하는 걸세. 담쟁이덩굴을 타고 뛰어내릴 수밖에 없었던 이유 말이네. 내 생각에 분명 선생은 커튼을 달으려고 창가에 갔다가 덩굴을 타고 내려가는 소공작의 모습을 목격했을 거야. 그는 혹시라도 소리를 지르면 소공작의 명예에 흠집이라도 날까봐 일단 쫓아가 조용히 설득해서 데리고 오려고 했을 테고."

"그래, 그랬겠지."

"그런데 생각해 보게. 하이데거 선생처럼 키가 큰 어른이, 게다가 운동을 즐기는 사람이 학교 안에서 소공작을 따라잡지 못했다는 게 말이 된다고 보나? 선생이 소공작을 붙잡을 수 없었다는 것은 소공작에게 무엇인가 대단한 비밀 병기가 있었다는 뜻이 아니겠나?"

홈스의 말이 떨어지기가 무섭게 나는 무릎을 탁 치며 소리쳤다.

"분명 자전거겠지? 던롭 사의 바퀴가 달린 자전거 말이네."

"맞았네, 왓슨. 그래서 선생이 자전거를 타고 달릴 수밖에 없었던 걸세. 듣자 하니 하이데거 선생은 자전거 선수만큼이나 자전거를 잘 탄다더군. 그러니 마음만 먹으면 소공작을 잡기는 식은 죽 먹기였을 걸세. 그런데 불행히도 선생은 학교에서 8킬로미터 정도 떨어진 곳에서 죽음의 신과 만나고야 말았네. 그것도 총이나 화살이 아닌 무지막지한 힘에 일격을 당해서 말이지. 이것은 아주 중요한 문제일세. 생각해 보게. 총이나 화살은 소년도 쏠 수 있지만 어른을 눕힐 만큼의 강력한 힘은 누군가의 도움이 없이는 힘들지 않겠나?"

"오호라! 그러니까 매우 힘이 센 누군가가 소공작과 함께 있었단 말이로군."

"그런데 자네도 알다시피 우리가 찾은 발자국은 별다른 게 없었네. 증거라곤 소 발자국 몇 개가 전부였지. 그렇다면 소공작과 함께 있던 자는 훨훨 날아서 달아나기라도 한 걸까? 여기 주변을 샅샅이 뒤져 봤지만 다닐 수 있는 길은 이곳뿐이었네. 아무래도 선생은 하늘을 날 수 있는 엄청난 괴력의 소유자에게 당한 것 같네."

홈스는 쓴웃음을 지으며 말했다. 나는 도대체 홈스의 진심이 무엇인지 알고 싶어 홈스를 뚫어져라 쳐다보았다.

"왓슨, 지금 자네의 표정으로 봐선 내가 뭔가 잘못 생각하고 있다고 말하고 싶은 것 같은데, 어떤가? 내 생각이 어디가 틀렸는지 말해 줄 수 있겠나?"

"혹시 자전거에서 떨어진 충격으로 두개골이 함몰된 것은 아닐까?"

"여보게, 이런 습지에서 말인가?"

"그도 그렇군."

나는 두 손으로 머리를 감싸며 한숨을 푹 내쉬었다.

"여보게, 우린 이보다 더 어려운 사건들도 해결해 냈네. 그러니 실망하지 말고 이제 던롭 사의 바퀴 자국이 남긴 흔적을 뒤쫓아 보세. 그것이 뭔가 새로운 사실을 말해 줄지도 모르니 말이네."

우리는 던롭 사의 바퀴 자국을 따라 계속 앞으로 걸어 나갔다. 하지만 습지가 사라지면서 바퀴 흔적은 찾을 수가 없었다. 길은 히스(진달랫과의 관목 – 편집자 주)가 무성한 언덕으로 이어졌는데 바퀴 흔적이 사라진 지점에서 두 갈래로 나뉘어 있었다. 왼쪽 길을 통해서는 몇 킬로미터 떨어진 홀더니스 홀까지 갈 수 있고 오른쪽 길을 통해서는 '싸움닭'이라는 여인숙으로 갈 수 있었다. 우리는 오른쪽 길로 방향을 틀어 걷기로 했다.

최고의 단서

'싸움닭'이라는 간판이 걸려 있는 여인숙은 매우 낡고 음침했다. 여인숙 벽에는 닭들이 싸움하는 그림이 그려져 있었는데 오랜 시간이 지나서인지 색깔이 심하게 바래고 칙칙해져 있었다. 그 그림 앞에 다다르자 별안간 홈스가 몸을 가누지 못하고 금방이라도 쓰러질 것처럼 비틀거렸다. 나는 재빨리 그의 팔을 붙들었다.

"어이쿠, 또 발작인가 보군."

홈스는 괴로운 듯 신음처럼 말을 내뱉었다. 그러고는 내 어깨에 매달리다시피 자신의 몸을 의지했다. 발을 절룩거리며 겨우 여인숙 문 앞에 도착한 홈스는 힘겨운 듯 한숨을 푹 내쉬었다. 여인숙 문 앞에는 거무튀튀한 피부에 키 작고 험상궂게 생긴 사내가 서 있었는데 여인숙 주인인 듯했다.

"안녕하십니까, 루빈 헤이스 씨?"

홈스의 인사에 사내는 의심스러운 눈초리로 우리를 살폈다.

"당신이 어떻게 내 이름을 아시오?"

"당신 이름이 당신 머리 위 간판에 쓰여 있으니 쉽게 알 수 있었습니다."

"눈이 꽤나 좋으시구먼."

사내가 빈정거리며 말했다.

"눈이 좋으면 뭘한답니까. 이렇게 발이 아파 제대로 걷지도 못하는데. 죄송합니다만 혹시 자전거를 갖고 계십니까? 제게 빌려주시면 1파운드 금화를 드리겠습니다."

금화라는 말에 아프다는 말에는 눈도 꿈쩍 않던 사내의 눈이 반짝이며 생기가 돌았다.

"자전거로 어디를 가시려고?"

"홀더니스 홀에 가려고 합니다."

"당신들이 공작님을 만나러 간다고?"

사내의 눈은 흙투성이가 된 우리의 옷을 훑어 내리고 있었다.

"우리는 공작님의 오랜 친구입니다."

"흥, 공작님에게 꽤나 지저분한 친구들이 있구먼."

홈스는 사내의 비꼬는 듯한 태도에도 아랑곳하지 않고 넉살 좋게 웃으며 말했다.

"우리가 가면 공작님께서는 매우 기뻐하실 겁니다."

"왜? 무슨 좋은 일이라도 있소?"

"당연하죠. 실종된 아드님에 대한 소식을 갖고 가는 것이니 그보다 더 반가울 데가 있겠습니까?"

홈스의 말에 사내는 움찔 놀라는 기색이었다.

"뭐, 뭐라고요? 도련님 소식이요?"

"그렇습니다. 소공작께서 하이데거 선생과 함께 리버풀에 안전하게 계시다는 것을 알아냈습니다. 이제 곧 찾게 될 겁니다."

　순간 사내의 얼굴에서 긴장의 빛이 사라지더니 알 듯 모를 듯한 미소가 번졌다. 사내는 갑자기 친절한 목소리로 말했다.

　"나는 10년 전까지 공작님 댁에서 마부로 일했었소. 그때 나는 매우 형편없는 대우를 받았었지. 내 몸 살필 겨를도 없이 일을 열심히 했건만 결국 품삯도 제대로 받지 못하고 쫓겨나고 말았소. 어쨌거나 그건 이미 지난 일이고 도련님이 리버풀에 계신다고 하니 나 역시 기쁘오. 그 소식을 홀더니스 홀에 전할 수 있도록 내가 돕겠소. 내 말을 빌려주리다."

　"고마운 말씀이군요. 하지만 제가 말 타는 일에 익숙하지 않아서 말입니다. 죄송하지만 자전거를 빌려주시면 안 되겠습니까?"

"어쩝답니까? 나한테는 자전거가 없는데⋯⋯."

그때 갑자기 홈스가 발목을 움켜쥐고는 얼굴을 찡그리며 말했다.

"어이쿠, 이거 큰일이군. 다리 통증이 더 심해지는걸. 왓슨, 아무
래도 뭘 좀 먹으면서 쉬는 게 낫겠네. 주인께서는 요기가 될 만한 것
을 만들어 주실 수 있겠습니까?"

홈스는 다리를 절룩거리며 식당 안으로 들어가더니 구석진 곳에
자리를 잡고 앉았다. 뭔가 못마땅한 표정의 사내가 부엌으로 들어가
자 홈스는 절룩거리던 다리를 이리저리 흔들어 보이더니 나를 보고
빙그레 웃었다.

"왓슨, 어떤가, 내 연기가?"

"허허, 자네의 명연기에 나도 감쪽같이 속았다네."

나는 진심으로 홈스의 연기에 감탄하며 말했다. 이른 아침 식사만
하고 저녁이 다 되도록 굶고 있던 터라 우리의 식사 시간은 길어질
수밖에 없었다. 식사 중에도 홈스는 무언가 골똘히 생각하기도 하고
창가로 다가가 밖을 살펴보기도 했다.

창밖에는 커다란 마당이 있고 마당 건너편에는 대장간이 있었는
데 대장간에는 낡고 지저분한 옷차림의 청년이 구슬땀을 흘리며 열
심히 일하고 있었다. 또 그 맞은편에는 마구간이 있었다. 열심히 창
밖 상황을 살피던 홈스가 갑자기 내 이름을 부르며 기쁜 목소리로 말
했다.

"왓슨, 자네 기억나나? 오늘 봤던 소 발자국 말일세."

"그럼, 기억하지. 기억하고말고."

"그것을 어디서 봤나?"

"여러 곳에서 봤지. 습지에서도, 길에서도, 심지어 하이데거 선생

이 죽은 곳에서도 봤지."

"맞네, 자네 말처럼 소 발자국은 여기저기 많이 흩어져 있었어. 그럼, 자네 오늘 소를 본 일이 있나?"

"글쎄, 그러고 보니 오늘 소를 본 일이 없군."

"이상하지 않은가? 발자국은 많은데 발자국 임자가 없다는 게 말이야."

"정말 이상한 일이로군."

"왓슨, 힘들더라도 기억을 되살려 보게. 오늘 본 소 발자국이 어떤 모양을 이루고 있었는지 기억할 수 있겠나?"

나는 숱하게 흩어져 있던 소 발자국의 패턴을 기억해 내려고 애썼지만 허사였다. 짧은 시간이었지만 홈스는 더는 기다릴 수 없다는 듯 재빨리 말을 이었다.

"소 발자국은 이런 식으로 이어져 있었네."

홈스는 식탁 위의 빵 부스러기를 긁어모으더니 두 줄로 나란히 배열했다.

"처음에 본 모양은 : : : : : 이런 모양이었네. 대부분의 발자국이 이런 모양이었지. 어떤 때는 ∴.∴.∴. 이런 모양이었고, 다른 곳에서 ∴.∴. 이런 모양을 보일 때도 있었네. 이제 기억이 나나?"

"글쎄, 그런 것 같기도 하고 아닌 것 같기도……."

"저런, 보고서도 기억하지 못한단 말인가? 뭐, 그렇다고 해도 내가 똑똑히 기억하고 있으니 괜찮네. 그나저나 이렇게 확실한 증거를 눈앞에 두고서도 헤맨다면 더는 탐정 노릇을 해서는 안 되겠지."

"무슨 결론이라도 내린 건가?

"천천히 걷다가 갑자기 전속력으로 달리는 소는 어디에 있을까? 그것도 네 발을 땅에서 떼고 전력 질주하는 말처럼 달리는 소 말이네. 이렇게 희한한 소는 어디에서 찾을 수 있을까?"

수수께끼 같은 홈스의 말에 나는 입 안이 바짝 타는 것 같았다.

"이렇게나 교활한 속임수를 쓰다니 머리가 비상한 자임이 틀림없어. 그가 시골뜨기 주인 사내를 뒤에서 조종하는 게 분명해. 오, 지금이 좋겠군. 마구간에 아무도 없는 것 같으니 나가서 한번 살펴보세."

거의 허물어져 가는 마구간에는 말 두 필이 서 있었다. 홈스는 그중 한 마리의 발굽을 들어 보더니 환하게 미소를 지었다.

"이거야말로 오래도록 기억에 남을 최고의 걸작이로구먼. 편자는 낡았는데 새로 끼운 지는 얼마 되지 않는군. 새로 박은 못만 반짝반짝 빛나고 말이야."

말을 마치기가 무섭게 홈스는 맞은편 대장간으로 성큼성큼 걸어갔다. 청년은 묵묵히 일만 할 뿐 우리에게는 시선조차 주지 않았다.

홈스는 대장간 바닥에 널려 있는 쇠 조각과 나무 조각들을 꼼꼼히 살피며 대장간 내부를 조사했다. 그때 갑자기 발소리가 나더니 굵고 거친 목소리가 대장간 안을 쩌렁쩌렁 울렸다.

"이 못된 염탐꾼들아! 누구 맘대로 여기를 쏘다니고 있는 거냐? 허튼짓하면 가만두지 않겠다!"

얼굴이 벌겋게 달아오른 주인 사내가 거칠게 숨을 내쉬며 우리를 무섭게 노려보고 있었다. 그러나 홈스는 무슨 일이냐는 듯 너무도 태연하게 대꾸했다.

"루빈 헤이스 씨, 모르는 사람이 들으면 우리가 보면 안 될 것을 당신이 몰래 숨기고 있는 줄로 알겠습니다."

사내는 순간 몸을 움찔했다. 그러나 곧 냉정을 되찾

으려고 애쓰며 몸을 부들부들 떨었다.

"그게 무슨 소리요? 나는 다만 내 허락도 없이 내 집 안팎을 돌아다니는 게 싫을 뿐이오. 식사를 마쳤으면 어서 계산이나 하고 내 집에서 나가 주시오."

"이런 이런, 흥분도 오해도 하지 마시길 바랍니다. 저희는 여기서 그저 말을 구경하고 있었을 뿐입니다."

홈스는 느긋한 얼굴로 말했다.

"홀더니스 홀까지는 3킬로미터 정도만 가면 되니 어서 그쪽으로 나 가 보시오."

우리는 사내에게 가볍게 목례를 하고 여인숙을 나섰다. 애써 뒤돌아보지 않더라도 우리의 뒤통수를 노려보는 사내의 따가운 시선을 느낄 수 있었다. 길모퉁이를 돌아 사내의 시선에서 완전히 벗어나자 홈스가 기다렸다는 듯이 말을 꺼냈다.

"저 여인숙과 이 사건은 분명히 관련이 있네. 뭔가 냄새가 난단 말이지."

"내 생각에도 주인 사내가 사건에 대해 알고 있는 것 같네. 게다가 한눈에 봐도 악당처럼 생기지 않았던가."

"그래, 자네도 그런 인상을 받았군. 그렇다고 해도 사실 그는 끄나풀에 지나지 않아. 일단 여인숙에 중요한 증거가 있다는 사실을 알았으니 더 자세한 조사는 잠시 뒤로 미루세. 지금은 홀더니스 홀 쪽으로 가 보세."

비밀 손님

주변은 점점 어두워지고 있었다. 홀더니스 홀은 석회암 언덕 위에 자리하고 있어서 멀리서도 잘 보였다. 우리는 지름길로 가기 위해 길에서 벗어나 경사진 비탈길로 들어섰다. 그런데 갑자기 홈스가 내 팔을 확 잡아끌며 몸을 낮췄다.

"왓슨, 숨어!"

나는 홈스의 말에 따라 재빨리 바위 뒤로 몸을 숨겼다. 그때 언덕 위에서 자전거 한 대가 흙먼지를 날리며 빠른 속도로 달려오고 있었다. 자전거를 타고 있는 사람의 얼굴에는 두려움이 가득 차 있었다. 잔뜩 공포에 질린 두 눈은 뚫어져라 앞만 보고 있었다. 순식간에 자전거는 우리 앞을 쌩하니 지나쳐 빠르게 사라져 버렸다.

"왓슨, 방금 보았나?"

"그래, 봤네. 홀더니스 공작의 비서인 윌더 씨가 아닌가. 그런데 저렇게 급하게 어디를 가는 걸까?"

"흥, 저자가 갈 곳은 뻔하지."

　홈스는 우리가 가던 길의 방향을 바꿔 다시 '싸움닭' 여인숙 쪽으로 향했다. 과연 여인숙 담벼락에는 월더의 자전거가 기대 서 있었다. 이로써 여인숙 주인과 월더 사이에 무슨 연관이 있다는 것이 확실해졌다. 그런데 여인숙 정문 쪽은 물론이고 여인숙 안에서조차 인기척이 느껴지지 않았다.

　그러나 홈스는 무엇을 기다리는 듯 바위 뒤에 숨어 여인숙 안쪽을 잠자코 지켜보았다. 해가 지고 주변이 완전히 어두워지자 여인숙 마구간 쪽에서 불이 켜졌다. 잠시 후 거친 말발굽 소리와 함께 이륜마차 한 대가 마구간에서 나왔다. 마차는 홀더니스 홀 쪽으로 빠르게 질주했다.

"왓슨, 저자가 지금 무엇을 하는 것 같은가?"

홈스가 낮은 목소리로 물었다.

"어째 꼭 도망가는 것 같군. 윌더 씨가 타고 있을까?"

"아니, 마차에는 한 명이 타고 있었는데 윌더 씨는 아니었어. 그는 지금 저 문 앞에 서 있거든."

그때 스르르 열린 여인숙 문 사이로 붉은 불빛이 새어 나왔다. 과연 불빛에 비친 사내의 얼굴은 윌더였다. 그는 멍하니 서서 어둠 속을 쳐다보고 있었는데 누군가를 기다리는 것처럼 보였다.

잠시 후 홀더니스 홀 쪽에서 검은 그림자가 나타났다. 윌더는 그를 발견하고 정중하게 인사를 하더니 함께 여인숙 안으로 들어갔다. 여인숙 문이 닫히고 몇 분 후 여인숙 2층 끝 방의 창이 환해졌다.

"흠, 아무도 알면 안 되는 아주 귀한 손님들이 행차하셨나 보군."

홈스가 묘한 미소를 지으며 말했다.

"그러게 말이야. 보통 손님이라면 뒤쪽에 있는 바로 갈 텐데."

"맞네. 저들은 비밀 고객이 분명하네. 그런데 이런 늦은 시간에 저기서 무엇을 하는 걸까? 어서 가서 조사해 보세."

우리는 바위 뒤에서 나와 몸을 낮추고 여인숙 문 앞까지 다가갔다. 윌더의 자전거는 담 옆에 그대로 세워져 있었다. 홈스는 성냥불을 켜서 자전거 뒷바퀴를 비추었다.

"그럼 그렇지! 이걸 보게, 왓슨. 던롭 사의 바퀴야."

홈스는 기쁨을 감추지 못하고 킥킥거리며 웃었다. 그러더니 바로 머리 위에 불 켜진 창문을 가리키며 들여다보겠다는 손짓을 했다. 나는 홈스가 내 어깨를 밟고 올라갈 수 있도록 허리를 굽혔다. 홈스는 내 어깨를 딛고 올라가더니 금세 내려와 버렸다. 나는 창문 안을

들여다본 홈스가 무엇을 봤을까 궁금했다.

"홈스, 방 안에 누가 있던가?"

"흠, 짐작했던 대로네."

홈스는 내 질문에는 답하지 않고 무엇을 생각하려는 듯이 눈을 감았다.

"어쨌거나 오늘은 정보를 충분히 모았네. 학교까지 가려면 한참 가야 하니 어서 출발하세."

벌판을 가로질러 학교로 돌아오는 동안 홈스는 입을 꾹 다물고 한 마디도 하지 않았다. 나는 온종일 단서를 찾아 헤매느라 지칠 대로 지쳐 있었다. 그러나 홈스는 피로한 내색도 하지 않고 맥클턴 역에 가서 전보를 치고 돌아왔다. 그러고는 헉스터블 박사에게 그간의 상황을 보고했다.

박사를 비롯한 교사들은 하이데거 선생에 관한 비보에 적잖이 충격을 받은 듯했다. 홈스는 이들에게 위로의 말을 전했고 사람들은 이후의 상황에 대처하기 위해 나름대로 분주히 움직이기 시작했다. 아주 늦은 밤이 되어서야 내 방으로 찾아온 홈스는 오히려 활력이 넘치는 모습이었다.

"여보게 왓슨, 다 잘되어 가고 있네. 내일 저녁까지는 사건이 해결될 걸세."

홈스는 기분 좋은 목소리로 내게 인사를 남기고는 자기 방으로 건너갔다.

진실 게임

다음 날 오전 11시에 우리는 홀더니스 홀에 도착했다. 하인은 우리를 아주 정중하게 맞았다. 우리는 엘리자베스 양식의 화려하고 넓은 복도를 지나 공작의 서재로 들어갔다. 서재에는 점잖은 모습의 월더가 서 있었다. 여전히 품위 있는 모습이었지만 얼굴에는 극심한 감정의 소용돌이를 겪은 흔적이 남아 있었다.

"미안하지만 공작님께서는 아무도 만나기를 원치 않으십니다. 어제 헉스터블 박사로부터 하이데거 선생의 죽음을 알리는 전보를 받으시고 몹시 상심해 계십니다."

월더의 말에 홈스는 단호한 목소리로 말했다.

"우리는 당장 공작님을 만나야 합니다."

월더는 기분이 상한 듯 퉁명스럽게 대꾸했다.

"공작님께서는 지금 침실에서 안정을 취하고 계십니다. 무슨 말인지 아시겠습니까?"

"그런 건 전혀 상관없습니다. 내가 직접 침실로 갈 테니 안내해 주시지요."

"침대에 누워 계신다니까요."

"침대 옆에 서서 말씀드리면 되지 않습니까?"

월더는 한참을 말없이 홈스를 노려봤지만 홈스는 조금도 물러설 기색이 없었다.

"알겠습니다. 일단 공작님께 말씀드리겠습니다."

30분쯤 지나서 귀족 중의 귀족인 홀더니스 공작이 서재로 들어섰다. 그러나 그에게는 귀족의 위엄보다는 지친 기색이 가득했다. 얼굴은 창백하게 질려 있었고 마음고생이 심했는지 부쩍 늙어 보였다.

"홈스 선생, 무슨 일이오?"

홈스는 공작 옆에 서 있는 월더를 흘낏 바라보았다.

"죄송하지만 월더 씨가 자리를 비켜 주시면 좋겠습니다."

이 말을 들은 월더의 얼굴이 새빨갛게 달아올랐다. 게다가 꽉 쥔 주먹을 부르르 떨기까지 했다. 그래도 애써 침착한 척 목소리를 가다듬으며 말했다.

"공작님께서 명하신다면……."

공작은 월더에게 고개를 끄덕이더니 이내 손을 들어 나가라는 신호를 보냈다. 신경질적인 걸음걸이로 월더가 방에서 나갔고 홈스는 그가 완전히 방 주변에서 떠났음을 확인한 후에 입을 열었다.

"공작님, 여기 있는 왓슨과 저는 이 사건에 현상금이 걸려 있다는 이야기를 헉스터블 박사에게서 들었습니다. 그것이 사실입니까?"

"사실이오."

"아드님의 소재를 알려 주는 자에게 5천 파운드를 주겠다고 하셨습니까?"

"그렇소."

"아드님을 유괴한 자의 이름을 알려 주는 자에게는 1천 파운드를 주겠다고 하셨고요?"

"그렇소."

공작은 짜증 섞인 목소리로 답했다.

"그럼, 여기에는 아드님이 현재 갇혀 있는 상태가 되도록 공모한 자도 포함되겠군요."

"홈스 선생, 도대체 무슨 말이 하고 싶은 거요? 선생이 이 사건을 잘 해결해 준다면 사례는 섭섭지 않게 할 거요. 문제는 당신이 이 사건을 얼마나 잘 해결하고 있는가요."

그 말에 홈스는 평소의 그답지 않게 두 손을 싹싹 비비며 탐욕스러운 사람처럼 굴기 시작했다. 사건 해결을 위해 가짜로 아픈 척 연기하는 경우는 있었어도 이렇게 돈에 대한 욕심을 겉으로 드러낸 적은 없었기 때문에 나는 내심 놀라고 있었다.

"책상 위에 있는 것은 공작님의 수표책이로군요. 그렇다면 저에게 6천 파운드짜리 수표를 끊어 주시겠습니까? 수표에 횡선을 그어 주시면 감사하겠습니다. 그리고 제가 거래하는 은행은……."

홈스의 말이 끝나기도 전에 공작은 자리에서 벌떡 일어나며 소리를 질렀다.

"홈스 선생, 지금 뭐 하는 겁니까? 당신 눈에는 이 일이 장난으로 보입니까?"

"그럴 리가요. 절대 그렇지 않습니다. 지금 저는 진심을 말씀드리고 있습니다."

"좋소. 그럼 당신이 말하고자 하는 진심이란 무엇이오?"

"전 다만 제가 그 현상금을 받을 만한 자격

이 있다는 것을 말씀드리고 싶었습니다. 왜냐하면 저는 지금 아드님이 계신 곳과 그분을 감금하고 있는 이가 누구인지 알고 있기 때문입니다."

이 말을 들은 공작의 얼굴은 이내 새파랗게 질려 버렸다. 그래서인지 그의 붉은 턱수염이 더욱 붉게 보였다.

"지금 그 아이는 어디 있소?"

"아드님은 홀더니스 홀에서 약 3킬로미터 떨어진 '싸움닭' 여인숙에 있습니다."

공작은 숨을 헐떡이며 식은땀을 흘리고 있었다.

"그러면 대체 범인이 누구란 말이오?"

이 질문에 홈스가 대답한 순간이야말로 이 사건에 있어 최고 절정의 순간이었다.

"범인은 바로 당신입니다. 공작님, 당신은 유괴범일 뿐만 아니라 아드님을 감금하고 있는 사람이기도 하지요. 자, 이제 제게 수표를 끊어 주시겠습니까?"

공작은 두 손을 허공에 내저으며 온몸을 부르르 떨었다. 그러나 곧 귀족으로서의 자제력을 발휘해 애써 냉정을 되찾았다. 그는 두 손으로 머리를 감싼 채 한참 동안 고개를 떨어뜨리고 있었다.

"홈스 선생, 당신은 어디까지 알고 있소?"

공작은 고개를 숙인 채로 물었다.

"저는 어젯밤에 '싸움닭' 여인숙에서 공작님이 아드님과 함께 계신 것을 보았습니다."

"이 사실을 알고 있는 사람이 또 있소?"

"없습니다. 아무에게도 이 사실을 말하지 않았습니다."

공작은 파르르 떨리는 손으로 펜을 집어 들더니 수표책을 펼쳤다.

"홈스 선생에게 약속한 현상금은 지불하겠소. 그러나 선생이 말한 대로 이 일에 대해 알고 있는 사람이 당신들 둘뿐이라는 것은 사실이 어야 하오. 이건 꼭 약속해 주시오. 그럼, 두 사람에게 6천 파운드씩 해서 1만 2천 파운드를 지불하겠소. 이제 됐소?"

"하지만 공작님, 일이 그렇게 간단하지 않습니다. 하이데거 선생의 죽음에 대해서는 해명이 필요하기 때문입니다."

홈스는 고개를 가로저으며 단호하고 분명한 어조로 말했다. 홈스의 기세에 눌린 건지 공작은 약간 누그러진 목소리로 말했다.

"제임스 윌더는 이 일과 상관이 없소. 그에게 모든 책임을 씌운다는 것은 말도 안 되는 일이오. 그가 잘못 끌어들인 악당 놈이 저지른 일인 게지."

"아무리 윌더 씨가 직접 일을 벌이지 않았다고 하더라도 범죄를 모의한 책임을 면할 수는 없습니다."

공작은 힘없이 고개를 저으며 말했다.

"홈스 선생, 그 말이 맞을지도 모르오. 그러나 자신이 직접 저지르지 않은 범죄로 벌을 받아야 한다는 것은 말도 안 되오. 윌더는 하이데거 선생이 죽었다는 소식을 듣고 내게 모든 사실을 털어놓으며 슬프게 울기까지 했소. 그는 이 사건으로 매우 큰 상처를 받았소. 게다가 그 살인자와는 완전히 관계를 끊었다고 했소. 홈스 선생, 이렇게 간절히 부탁하니 그를 구해 주시오. 그를 살려 주시오!"

자제력을 완전히 잃은 공작은 자리에서 일어나서 방 안을 정신없이 돌아다녔다. 흥분해서인지 그의 볼은 불규칙적으로 씰룩댔고 손은 바르르 떨렸다. 몇 분이 지나 가까스로 마음을 진정시킨 공작은 의자에 털썩 주저앉았다.

"우선 다른 사람에게 말하지 않고 내게 먼저 말해 준 것에 대해서는 감사하오. 적어도 이렇게 어이없는 사건의 파장을 줄일 방법에 대해 생각해 볼 여지가 있으니 말이오."

"맞는 말씀입니다. 그러나 그렇게 되기 위해서는 공작님께서 모든 사실을 털어놓으셔야 합니다. 진실을 알지 못하면 도와드릴 수 없습니다. 그리고 제임스 윌더 씨가 하이데거 선생을 죽인 범인이 아니라는 것은 저도 알고 있습니다."

"알고 계신다니 다행이군요. 그런데 그 살인범은 이미 도망쳤소!"

홈스는 엷은 미소를 지으며 말했다.

"공작께서는 아직도 저에 대해서 잘 모르시는군요. 제 손에 걸려든 범인이 도망치기란 결코 쉽지 않답니다. 루빈 헤이스 씨는 어젯밤 11시에 이미 체스터필드에서 체포되었습니다. 물론 제가 미리 경찰에 제보했기 때문입니다. 오늘 아침에 학교에서 나오기 전에 그곳 경찰로부터 전보를 받았지요."

공작은 순간 넋이 나간 듯 홈스를 바라보며 감탄사를 쏟아냈다.

"홈스 선생! 정말 대단하오. 당신은 마치 초능력을 지닌 사람 같군요. 그가 체포되었다니 정말 기쁜 일이오. 이제는 제임스가 이 사건에 휘말리지 않도록 하는 일만 남았소."

"공작님께서는 비서를 왜 그렇게 걱정하시는 겁니까?"

공작은 머리가 아픈지 양 손가락으로 관자놀이를 꾹꾹 누르더니 잠시 후 힘겹게 입을 열었다.

"그 애는 내 아들이라오."

예상치 못했던 일인지 홈스도 흠칫 놀라는 눈치였다.

"그게 대체 무슨 말씀입니까? 자세히 설명해 주시지요."

공작은 긴 한숨을 내쉬더니 체념한 듯 이야기를 시작했다.

"이제 더 이상 숨길 수도 없게 되었으니 다 말하겠소. 힘들기는 하지만 선생 말대로 모든 것을 사실대로 말하는 것이 제임스를 위한 일 같소. 사실 나는 젊은 시절에 불꽃같은 사랑을 했소. 그녀를 너무 사랑했던 나는 청혼을 했지만 거절당했다오. 신분 차이가 너무 크다는 이유 때문이었소. 그녀는 우리가 결혼하면 자신이 나의 걸림돌이 될 거라고, 내 앞길에 방해가 될 거라고 했지. 그렇다고 해도 나는 그녀를 포기할 수가 없었소. 그러나 운명은 우리 편이 아니었소.

얼마 후 그녀는 그녀를 쏙 빼닮은 갓난아이를 남긴 채 죽고 만 거요. 나는 비록 그 아이를 내 아이라고 세상에 알리지는 못했지만 온 정성을 다해 키웠소. 주변에는 친척 아이라고 말하고 좋은 학교에 보냈고 졸업한 후에는 내 비서로 데리고 있었던 거요. 그녀에 대한 영원한 사랑의 표시로……."

공작은 잠시 말을 끊더니 속이 타는 듯 물을 들이켰다.

"그런데 아무것도 모르던 제임스가 이 사실을 모두 알아 버렸소. 그 아이는 아들로서 자신의 권리를 주장하며 나를 협박했소. 이 사실이 밖으로 새어 나가면 내가 입게 될 타격이 크다는 것을 누구보다도 잘 알기 때문인지 그것을 미끼로 큰돈을 요구했소. 사실 지금의 아내와 결혼 생활이 깨지게 된 것도 제임스 때문이오. 제임스는 누구보다도 자신의 동생인 소공작 아서를 미워했소. 그 아이야말로 가장 합법적인 상속자이기 때문이었소."

홈스는 딱하다는 듯 공작을 바라보며 말했다.

"제임스 월더 씨를 내쫓을 생각은 해 보지 않으셨습니까?"

"그럴 수가 없었소. 남들은 이해하지 못하겠지만 제임스는 그의

어머니, 내 첫사랑의 여인과 너무나 닮았소. 그 아이를 볼 때마다 그 여인의 모습이 떠올라 도저히 제임스를 물리칠 수가 없었다오. 나는 그 아이를 통해 첫사랑의 애틋한 추억을 곱씹곤 했었소. 그러면서도 제임스가 아서에게 나쁜 짓이라도 할까봐 노심초사하고 있었던 것은 사실이오. 그래서 아서의 안전을 고려해 헉스터블 박사의 학교에 보내게 된 것이오."

공작은 다시 한 번 길게 한숨을 내쉬고는 말을 이었다.

"제임스 주변에는 질이 좋지 않은 친구가 꽤 있었는데 그중에서도 루빈 헤이스가 가장 몹쓸 친구였소. 루빈은 원래 우리 집 마부였소. 하지만 손버릇이 좋지 않아서 내가 쫓아 버렸소. 그런데 어느 사이엔가 루빈과 제임스가 친해진 거요. 주변에 좋은 사람들이 많았다면 좋았으련만 안타깝게도 나쁜 사람들과 어울리다 보니 제임스도 영향을 많이 받았던 것 같소. 제임스는 아서를 납치하기로 계획하고 루빈에게 도움을 청했지. 참, 홈스 선생, 선생도 기억하겠지만 나는 유괴 전날 아서에게 편지를 썼소. 그 편지를 내가 부쳤는지 선생이 궁금해했었는데 사실 제임스가 내 편지를 몰래 뜯어보고는 내 필체를 흉내 내서 거짓 내용을 덧붙였소. 아서의 어머니가 아서를 만나기 위해 기다리고 있으니 학교 앞 잡목 숲으로 나오라는 내용이었지."

"결국 거짓 편지에 속은 거로군요."

"그렇소. 아서는 영특한 아이라 뭔가 이상한 낌새를 눈치 챌 수도 있었겠지만 어머니를 만나고 싶은 마음에 모든 의심을 뒤로하고 잡목 숲으로 나갔다오. 그런데 거기에서 기다리고 있던 사람은 꿈에도 그리던 어머니가 아니라 자전거를 타고 나온 제임스였던 거요. 제임스는 화를 내는 아서에게 어머니는 사정이 있어 지금 나오지 못했으니 밤 12시에 아무도 몰래 이곳으로 다시 나오라고 말했소. 제임스가 놓은 덫에 걸려 버린 가엾은 아서는 한밤중에 학교를 빠져나와 약속 장소로 갔소. 그런데 약속 장소에는 그 못된 루빈 헤이스가 말을 끌고 나와 아서를 기다리고 있었던 거요. 둘은 말을 타고 황무지를 향해 달렸소."

"그런데 그들도 예상치 못했던 일이 벌어진 거로군요. 하이데거 선생 말입니다."

공작은 힘없이 고개를 끄덕이며 말을 이었다.

"맞소. 루빈은 아서를 먼저 가게 한 다음 쇠망치가 달린 긴 지팡이로 선생의 머리를 사정없이 내리쳤소. 결국 하이데거 선생은 거기에 머리를 맞아 죽고 만 것이지. 제임스도 이 일에 대해 전혀 모르고 있다가 어제 전해 들었다고 하오. 루빈은 아서를 '싸움닭' 여인숙 2층 방에 가두고 아내에게 감시하라고 명령했소. 루빈의 부인은 천성이 나쁜 사람은 아니었지만 폭력적인 남편이 무서워서 시키는 대로 할 수밖에 없었겠지."

공작은 컵에 따라 놓은 물을 단숨에 들이키더니 홈스의 눈을 응시하며 말했다.

"홈스 선생, 나 역시 이 모든 사실을 어젯밤에 알았소. 이틀 전에 선생을 만났을 때까지만 해도 이런 일이 있으리라고는 생각지도 못했다는 걸 믿어 주면 좋겠소. 그렇지 않았다면 내가 현상금까지 걸며 아이를 찾으려 했겠소? 아까도 말했듯이 모든 일은 제임스가 아서를 증오하면서부터 시작되었소. 제임스는 아서가 합법적인 유산 상속자라는 이유만으로 죽일 듯이 그 아이를 미워했다오. 그래서 아서를 인질로 삼아 내게서 재산을 뜯어내려고 한 것이지. 적어도 재산의 일부를 자기에게 주겠다는 증서라도 받기를 원했던 거요."

"그런데 일이 생각지도 못한 데서 틀어져 버린 거로군요."

"맞소. 생각지도 않았던 명탐정의 등장으로 제임스의 계획은 산산조각이 나고 말았소. 그 명탐정이 하이데거 선생의 시신을 찾았다는 말에 제임스는 말할 수 없는 공포에 휩싸여서 사시나무 떨듯 온몸을 떨었다오. 하이데거 선생의 죽음을 알리는 전보를 받은 것은 어제 오후였소. 제임스와 내가 서재에 함께 있을 때였지. 소식을 들은 제임스는 불안감과 공포심에 몹시 괴로워했소. 나는 내 짐작이 맞은 것을 알고 그를 추궁했지. 당황한 제임스는 내게 모든 것을 고백했소. 그러면서 공범인 루빈 헤이스가 도망갈 시간을 벌어 줘야 한다면서 사흘 동안만 비밀을 지켜 달라고 부탁했소. 나는 치밀어 오르는 분노를 겨우 참고 그의 말을 들어주기로 했소. 그리고 나는 아서가 있는 여인숙으로 가기 위해 채비를 했소.

하지만 나는 남의 시선 때문에 대낮에는 그곳에 출입할 수가 없었소. 그래서 밤이 되기를 기다렸지. 제임스는 마음이 다급했던지 자전거를 타고 나보다 먼저 여인숙으로 향했소. 그래서인지 한밤중에 하인을 데리고 내가 여인숙에 도착했을 때 헤이스는 이미 그곳에 없었소. 그의 아내만이 남아서 아서를 감시하고 있더군. 아서는 겪지 말았어야 할 무서운 일을 연달아 겪은 뒤라 잔뜩 겁에 질려 있었소. 나는 당장에라도 그 아이를 데리고 홀더니스 홀로 돌아오고 싶었지만 제임스와 약속한 대로 여인숙에 사흘 동안 맡겨 놓을 수밖에 없었소."

"그렇군요. 경찰이 아드님의 소재를 알게 되면 모든 사실이 세상에 알려질 게 뻔하니까요. 살인범이 잡히면 제임스도 더 이상 안전할 수 없을 테고 게다가 가문의 명예는 땅에 떨어지게 되겠지요."

묵묵히 공작의 말을 듣고 있던 홈스가 말했다.

"그렇소. 홈스 선생, 나는 모든 사실을 꾸밈없이 솔직하게 말했소. 이제 선생이 말할 차례요."

영원한 비밀

홈스는 의자를 바짝 당겨 앉으며 차가운 목소리로 말했다.

"저 역시 솔직하게 말씀드리겠습니다. 그동안 공작님께서 하신 행동들은 의도야 어찌 됐건 간에 법을 어긴 것은 분명합니다. 중죄를 저지른 범죄자를 숨긴 셈이고 게다가 살인자의 도피를 도운 거나 마찬가지입니다."

홈스의 말에 공작은 버럭 화를 냈다.

"무슨 말이오? 나는 그자의 도피를 도운 적이 없소!"

"더 이상 숨겨 봤자 소용없습니다. 윌더 씨가 헤이스에게 준 도피 자금이 어디에서 나왔겠습니까? 공작님의 금고 아니겠습니까?"

홈스가 마치 본 것처럼 이야기하자 공작은 체념한 듯 마지못해 고개를 끄덕였다.

"게다가 어린 아드님을 범죄 현장에 사흘이나 방치하셨습니다."

"그, 그건 그들이 분명히 약속했기 때문이오."

홈스는 고개를 저으며 나무라듯 말했다.

"그건 말이 안 됩니다. 이렇게 무서운 범죄를 저지른 자들의 말을 믿다니요? 이는 어떠한 말이나 행동으로도 정당화될 수 없습니다. 자신이 공범이라는 것을 인정하는 거나 다름없다는 것을 진정 모르셨습니까? 그리고 혹시라도 또 다른 유괴범이 아드님을 데리고 도망쳤다면 어떻게 하실 생각이셨습니까?"

귀족 중의 귀족인 공작은 명탐정 홈스에게 호되게 당하고 있었다. 공작은 이마에 핏줄이 설 만큼 화가 났지만 자신이 한 행동이 정당하지 못하다는 것을 알고 있었기에 잠자코 있을 수밖에 없었다. 그 모습을 본 홈스는 다소 누그러진 말투로 말했다.

"홀더니스 가의 명예를 떨어뜨리는 일은 일어나지 않을 테니 너무 걱정하지 마십시오. 우선 하인을 불러 주시지요."

공작이 초인종을 누르자 제복 차림의 하인이 금세 달려와 고개를 숙였다. 홈스는 하인에게 밝은 목소리로 말했다.

"여보게, 셀타이어 경을 찾았네. 지금 당장 마차를 '싸움닭' 여인숙으로 보내 셀타이어 경을 집으로 모셔 오게. 공작님의 명이니 어서 서두르게."

하인은 밝은 표정으로 서둘러 방을 나섰다. 홈스는 다시 입을 열었다.

"이제 셀타이어 경이 안전해졌으니 사건을 조금 더 유연하게 처리할 수 있을지도 모르겠군요. 흠, 그리고 경찰에 잡힌 루빈 헤이스가 무슨 말을 지껄일지, 없었던 일까지 만들어서 말할지는 아무도 모릅니다. 그러나 그자가 빠져나가기 위해 떠벌리면 떠벌릴수록 자신은 점점 불리해질 것입니다. 내가 제시하는 증거를 보면 경찰도 살인이 그의 단독 범행이라는 것을 알게 될 것입니다. 아마도 경찰은 그가 돈을 노리고 아드님을 납치했다고 판단할 것입니다. 경찰이 어느 정도까지 사실을 알아낼지는 모르겠습니다. 다만 중요한 점은 저는 탐정이지 경찰이 아니기 때문에 애써 모든 사실을 알릴 필요는 없다는 것입니다. 그러므로 제임스 월더 씨가 경찰에 넘겨지는 일이 꼭 일어나리라는 법은 없을 것 같습니다만…….."

공작은 다소 안심이 되는 표정이었다.

"그렇다면 이 비밀은 영원히 지켜질 수도 있겠구려."

"그렇습니다. 그리고 제가 꼭 말씀드리고 싶은 것이 있습니다. 제임스 월더 씨를 계속 데리고 계시는 것은 위험할 것 같습니다. 동생을 유괴한 형과 그 동생이 한 집에서 계속 생활한다는 것은 또 다른 불행을 불러올 뿐입니다."

공작은 한숨을 길게 내쉬며 고개를 끄덕였다.

"선생 말이 맞소. 나 역시 이번 일로 제임스가 어떤 아이라는 것을 속속들이 알아 버렸소. 그래서 그 아이에게 돈을 좀 줘서 외국에 나가 생활하게 할 생각이오."

"잘 생각하셨습니다. 그리고 한 가지 더 말씀드리자면 제임스 월더 씨 때문에 부인과 사이가 멀어졌다고 하셨는데 이제 그 관계를 회복시키시는 게 어떨까 합니다. 월더 씨가 없는 집이라면 부인께서도 좋아하실 테고 무엇보다도 셀타이어 경이 가장 기뻐하지 않겠습니까?"

"나도 그렇게 생각하오. 사실 오늘 아침에 아내에게 편지를 보냈다오."

홈스는 밝게 미소를 지으며 자리에서 일어났다.

"아무쪼록 좋은 결과가 있으시길 바랍니다. 이번 여행 중에 좋은 성과를 거둘 수 있어서 저 또한 개인적으로 기쁩니다. 참, 한 가지 더 궁금한 게 있습니다."

"무엇이든 물어보시오."

"루빈 헤이스는 소 발자국 모양의 편자를 자기 말에 박아 놓았습니다. 그래서 기괴한 동물이 밟고 지나간 듯한 흔적을 남겨 놓았지요. 그런데 제 생각에 이처럼 천재적인 아이디어는 무식한 여인숙 주인의 머리에서 나온 것 같지는 않습니다. 혹시 월터 씨가 알려 준 것일까요?"

놀란 얼굴의 공작은 잠시 생각하는 듯하더니 이내 뭔가 떠오른 듯한 표정을 지었다. 그리고는 박물관처럼 꾸며 놓은 널찍한 방으로 우리를 안내했다. 그곳에는 홀더니스 가에 대대로 내려오는 갑옷, 칼 따위의 물건이 진열되어 있었다. 공작은 구석에 있는 유리 상자 앞으로 가더니 그 앞에 쓰여 있는 안내문을 가리켰다.

'이 편자는 홀더니스 홀의 묘지에서 발굴된 것으로 홀더니스 가의 조상들이 사용한 것이다. 이것은 말 발굽에 씌우는 것이지만 바닥 면이 소 발굽 모양으로 되어 있어 추적자들의 눈을 속이기에 용이하다. 흔적을 쫓아온 추적자들은 말이 아닌 소로 오인하고 추적을 단념하는 경우가 많았다.'

홈스는 일단 공작의 양해를 얻은 뒤 유리 상자를 열었다. 그리고 손가락에 침을 묻혀서 편자를 슬쩍 문질렀다. 그러자 손가락 끝에 진흙이 묻어났다. 홈스는 그럴 줄 알았다는 듯 환하게 웃으며 유리 상자를 닫았다.

"감사합니다. 제가 이번 여행에서 본 것들 중에서 두 번째로 흥미로운 물건이로군요."

"그래요? 그럼 첫 번째는 무엇이오?"

공작이 궁금하다는 듯 물었다.

"금방 알게 되실 겁니다."

잠시 후 우리는 서재로 돌아왔다. 공작은 책상 위에 놓인 수표책을 집어 들고 우리에게 약속했던 금액의 수표를 써 주었다. 홈스는 자기 몫의 수표를 접어서 수첩에 끼워 넣었다.

"이것이 가장 흥미로운 것입니다. 왜냐하면 저는 가난한 사람이기 때문이지요. 아무튼 멋진 수확을 얻은 여행이었습니다."

흐뭇한 얼굴의 홈스가 손가락으로 수첩을 톡톡 치며 말했다.

블랙
피터

The Adventure of the Black Peter

블랙 피터(피터 커레이)

새까만 얼굴에 검은 턱수염을 기른 사내. 성격이 난폭해서
블랙 피터라는 별명이 붙었다. 고래잡이배인 유니콘 호의
선장으로 일하다가 그만두고 조용한 시골에서 오두막을 짓
고 살고 있다. 평소에 술을 자주 마시고 사람을 싫어해서 주
변 사람들과 관계가 좋지 않다. 그러던 어느 날 작살에 몸이
뚫려 벽에 꽂힌 채로 딸에게 발견된다.

존 호프리 넬리건

은행가였던 아버지가 파산 상황을 정리하기 위해 주식을 들
고 노르웨이로 떠난 뒤 어머니와 함께 힘겹게 살아간다. 그
러던 중 아버지의 주식이 시중에 떠도는 것을 알고 그 주식
을 현금화시킨 피터 선장을 찾아간다. 피터 선장이 죽은 장
소에서 그의 수첩이 발견되면서 용의자로 몰린다.

패트릭 케인스

피터 선장과 유니콘 호를 타고 함께 일했던 유능한 작살잡
이로 우연히 선장의 비밀을 목격하게 된다. 당시에는 사건
에 대해 입을 다문 채 다른 배를 타고 남극해에 가서 고래
잡이 일을 한다.
그런데 경제적으로 어려워지자 피터 선장의 약점을 이용해
돈을 뜯어내려고 한다.

《블랙 피터》는 1904년 1월 《스트랜드 매거진》에 발표되고 1905년 《셜록 홈스의 귀환》에 실렸다.

　작품 마지막에 홈스는 던디 항구에 전보를 보내 사흘 만에 1883년에 '유니콘 호'를 타고 있던 선원들의 명단을 입수하게 되었다고 말한다. 그러나 당시는 이미 전화가 개통되어 있었다. 그러므로 전화만 하면 알고자 하는 내용을 보다 빨리 입수할 수 있었을 것이다. 그런데도 저자 아서 코난 도일은 전화가 아닌 전보를 선택하는 오류를 범하고 있다.

　작품 속 배경 연대는 1895년이다.

작살로 살해된 선장

1895년은 나의 절친한 친구인 명탐정 홈스가 정신적으로나 육체적으로 최절정의 기량을 발휘했던 때다. 더불어 유명세도 톡톡히 치르고 있었는데 유명 인사들로부터 쏟아져 들어오는 일로 베이커가의 문지방은 닳아 없어질 지경이었다. 그러나 홈스는 위대한 예술가들이 으레 그렇듯 자신의 활동에 대해 물질적 대가를 요구한 적이 없었다. 아무리 부와 명예를 쥔 권력자들이 사건을 의뢰해 와도 자신이 흥미를 느끼지 못하면 그 요청을 정중히 거절했고 반면에 사회적으로 힘없는 의뢰인이 요청해 온 사건도 그것이 기이하고 극적이어서 그의 상상력을 자극시키면 시간에 구애받지 않고 자신의 열정을 다해 조사에 착수했던 것이다.

지금 이야기하려고 하는 사건은 교황의 요청으로 토스카 추기경이 급사하게 된 사건과 악명 높은 카나리아 조련사 윌슨의 체포 직후 기다렸다는 듯 홈스의 호기심을 자극한 피터 케리 선장과 관련된 사건이다.

　7월 첫째 주의 어느 날, 홈스는 차양이 달린 선장 모자를 쓰고 끝에 미늘이 달린 커다란 작살을 겨드랑이에 낀 채 내 앞에 나타났다. 변장의 귀재인 홈스가 이런 모습으로 나타난 것은 분명 흥미로운 사건이 시작되었다는 것을 의미했다. 그는 사건을 조사할 때 자신의 정체를 숨기기 위해 숱한 가면과 가명을 사용하곤 했다.

　"홈스, 오늘은 영락없이 선장 같구먼. 그런 차림으로 어디를 가려고 하나?"

　"어떤 실험을 하려고 정육점에 가야 하는데 시간이 되면 따라와서 보겠나?"

나는 궁금한 것이 많았지만 더 이상 묻지 않고 조용히 홈스의 뒤를 따라나섰다. 집을 나선 우리는 10분쯤 걸어서 앨러다이스 정육점으로 갔다. 우리가 정육점 안으로 들어서자 뚱뚱한 주인 영감이 반갑게 인사를 건넸다.

"선장님, 이렇게 일찍 오신 것을 보니 오늘 항해가 있나 보군요. 고기는 뭘로 드릴까요?"

그러자 뱃사람처럼 거친 말투로 홈스가 퉁명스럽게 대답했다.

"나는 고기를 사러 온 게 아니오. 이번에 북극해로 고래잡이를 떠나게 되었는데 지금까지 작살을 써 본 적이 없어서 말이오. 그러니까 이 새 작살이 얼마나 잘 드는지 여기서 당신의 고기로 실험 좀 해 보려고."

그러자 주인 영감은 손을 가로저으며 완강하게 거부했다.

"무슨 소립니까? 그랬다가 고기를 팔 수 없게 되면 그 손해를 누가 보상해 준단 말입니까?"

"공짜로 하자는 게 아니니까 걱정 마시오. 게다가 고기를 너덜너덜하게 헤집어 놓자는 것도 아니오."

홈스가 주머니에서 금화 두 닢을 꺼내 주인 영감에게 내밀자 그의 얼굴이 갑자기 환해졌다.

"뭐, 이 정도로 보상해 주신다면야. 이쪽으로 오십시오. 여러 종류의 고기가 있으니 골라 보시죠."

주인 영감은 우리를 가게 안쪽으로 안내했다. 홈스는 가죽이 벗겨진 채 줄지어 매달려 있는 고기들을 죽 둘러보았다. 그러다가 입구 쪽에 걸린 돼지 한 마리를 선택했다.

"자, 다들 뒤로 물러서시오. 내가 작살을 쓰는 데 익숙하지 않아서 말이오."

　홈스는 심호흡을 깊게 하고 작살을 어깨 위로 들어 올리더니 돼지를 향해 힘껏 던졌다. 작살은 돼지의 커다란 몸뚱이에 푹 박혔다. 홈스는 돼지 옆으로 다가가서 몸뚱이에서 작살을 빼면서 미간을 찌푸렸다.

　"20센티미터 정도밖에 들어가지 않았군. 흠, 주인 영감. 당신이 한번 던져 보겠소? 만약 작살이 돼지의 몸을 뚫고 나가서 저 벽에 꽂히면 금화 한 닢을 더 주겠소."

　주인 영감은 흔쾌히 작살을 받아 들고 돼지를 향해 힘껏 던졌다. 그러나 그 결과는 홈스가 던졌을 때와 별다른 차이가 없었다. 홈스는 고개를 끄덕이며 조용히 중얼거렸다.

"아무리 힘을 쓴다고 해도 작살로 돼지를 단번에 뚫는 것은 불가능하군."

홈스는 정육점을 나서기 전에 수고했다며 주인 영감에게 금화 반 닢을 더 주었다. 뜻하지 않은 횡재에 기분이 좋아진 주인 영감은 가게 밖까지 나와서 연신 고개를 숙이며 고마움을 표시했다.

집으로 돌아가는 길에 나는 슬쩍 홈스에게 물었다.

"설마 자네가 진짜 고래를 잡으러 북극해로 가는 것은 아닐 테고 대체 무슨 일인가?"

"실은 작살에 살해당한 어느 선장의 죽음을 조사 중이라네."

"작살에 살해당했다고?"

"신문에 났는데 보지 못했나? 블랙 피터라고 불리는 선장이 자신이 사용하던 작살에 찔려 죽은 사건이야."

"직접 사건을 의뢰받았나?"

"처음부터 의뢰를 받은 것은 아니라네. 이 사건 담당자가 런던 경시청의 홉킨스 경위인데 그가 어젯밤에 전보를 보냈더군. 며칠 동안 조사해 봤는데 풀리지 않는 의문이 너무 많아서 내게 도움을 요청한다더군. 아마 우리가 집에 도착할 때쯤 그도 도착할 걸세."

아니나 다를까, 우리는 집 앞에서 점잖게 정장을 차려 입은 젊은 남자와 마주쳤다. 자세가 꼿꼿하고 무척 기민해 보이는 것이 스탠리 홉킨스가 분명했다. 그는 홈스의 과학적인 수사 방법에 감탄과 존경을 아끼지 않았고 홈스 역시 젊은 그의 열정과 노력을 높이 사고 있었다. 홉킨스는 홈스를 발견하고 반가운 표정으로 악수를 청했다.

"홉킨스 경위, 오래 기다리셨나?"

"아닙니다. 저도 지금 도착했습니다. 전보에서 짤막하게 말씀드린 것처럼 이번 사건이 도무지 해결될 기미가 없어서 이렇게 도움을 청하러 왔습니다."

"잘 왔네. 우선 사무실로 들어가서 이야기하세."

우리는 2층으로 올라가 각자 의자에 자리를 잡고 앉았다. 자세히 보니 홉킨스의 매끈한 얼굴에는 걱정이 가득했다.

"홈스 선생님, 경시청 선배들도 풀리지 않는 사건이 생기면 선생님의 지혜와 뛰어난 추리력을 빌려 사건을 해결해 왔다는 것을 잘 알고 있습니다. 저 또한 그렇고요. 하지만 이번 사건만은 제 힘으로 해결해 보려고 정말 노력했습니다. 그러나 시간이 갈수록 사건은 미궁에 빠지는 것만 같아서 초조하기만 합니다."

"홉킨스 경위, 나 역시 이 사건에 흥미를 가지고 있으니 걱정 말게. 마침 이번 사건에 대한 증거 자료를 다 읽었으니 사건을 이해하는 데 별다른 어려움은 없을 걸세. 그러니 사건에 대해 자네가 알고 있는 것을 자세히 이야기해 주게."

홈스가 흔쾌히 말하자 어두웠던 홉킨스의 얼굴이 확 밝아졌다. 그는 서둘러 주머니에서 메모지를 꺼냈다.

"우선 블랙 피터라고 불리는 피해자에 대해 설명해 드리겠습니다. 그는 1845년생으로 올해로 쉰 살이 되었습니다. 고래잡이배를 타는 바다사나이였던 만큼 용기가 넘치고 능력이 출중했습니다. 얼굴은 뱃사람답게 검게 그을렸고 새까만 턱수염을 가슴에 닿을 정도로 길렀습니다. 약 10년 전에 현직에서 물러날 때까지 성공적인 항해를 몇 차례나 해냈고 돈도 많이 벌었습니다."

"가족 관계는 어떤가?"

"가족으로 아내와 스무 살 된 딸이 하나 있습니다. 그런데 그는 평상시에는 말수가 적고 사람들을 싫어하는 침울한 성격이었답니다. 게다가 술만 마셨다 하면 완전히 이성을 잃고 미쳐 날뛰기 때문에 가족은 물론이고 집안일을 돕는 하녀들도 그 집에서 오래 견디지를 못했답니다. 심지어 한밤중에 아내와 딸을 집 밖으로 쫓아내거나 폭력을 휘두르는 일도 잦아서 동네 사람들도 혀를 내두르며 그를 피한답니다."

"성격이 매우 난폭한 사람이었군."

"그렇습니다. 한번은 그의 행실을 바로잡아 보고자 찾아온 목사를 무자비하게 폭행한 일도 있었다더군요. 선장으로 항해하던 시절에도 난폭하기로 유명했답니다. 그가 블랙 피터라고 불리게 된 것도 검은 얼굴과 턱수염 때문이기도 하지만 주위 사람들을 공포로 몰아넣는 성격 때문이라는 게 주위의 평이었습니다."

"그렇다면 그의 죽음에 대한 이웃들의 반응도 그리 좋지만은 않았겠군."

"네, 그가 끔찍한 최후를 맞이했다는 이야기를 듣고도 안타까워하는 사람이 없었습니다."

홈스는 고개를 끄덕이며 수첩에 메모를 계속했다.

"심리 기록을 보니 그는 오두막에서 살았다고 하던데?"

"맞습니다. 그는 사람을 워낙 싫어해서 가족과도 함께 살기를 거부했습니다. 그래서 가족들이 사는 집에서 1백 미터쯤 떨어진 곳에 오두막을 짓고 혼자 살았습니다. 떡갈나무로 지은 가로 4.8미터, 세로 3미터의 오두막을 그는 '나의 선실'이라고 불렀습니다. 그리고 출입문 열쇠를 지니고 다니면서 아무도 출입할 수 없게 했습니다. 침대 정리며 방 청소도 스스로 하면서 말입니다."

"사건이 일어난 때는 언제였나?"

"화요일 새벽이었을 것으로 추정하고 있습니다. 한밤중에 만취 상태로 집에 들어온 피터 선장은 고래고래 소리를 지르며 집 안을 휘젓고 다니다가 자정이 지나서야 자기 오두막으로 돌아갔습니다. 아침 7시경에 선장의 딸이 평상시와는 다르게 아버지의 오두막 문이 활짝 열려 있는 것을 보고 이상하게 생각해서 달려가 보았답니다. 그랬더니 고래잡이용 작살에 몸이 뚫린 채 벽에 꽂혀 있더랍니다."

"무척 놀랐겠군요. 그런데 그가 죽던 날 밤에 이상한 낌새는 없었다던가?"

"새벽 2시경에 아버지의 오두막에서 소름 끼치는 고함 소리가 나는 것을 딸이 들었습니다. 하지만 평상시에도 술에 취하면 고래고래 소리 지르는 일이 잦았기 때문에 별로 이상하게 생각하지 않았답니다."

"그렇다면 대략 화요일 새벽 2시경으로 사망 시간을 추정할 수 있겠군."

홈스의 말에 홉킨스도 고개를 끄덕이며 수긍했다.

"자네는 사건 현장에 언제 도착했나?"

"사건 신고를 받고 곧바로 출동해서 거의 한 시간 안에 도착할 수 있었습니다."

"피해자의 상태를 자세히 살펴보았나?"

홈스의 질문에 당시 상황이 떠오르는 듯 홉킨스의 얼굴이 일그러졌다.

"솔직히 그 장면은 다시 떠올리기도 싫을 정도로 끔찍했습니다.

방 안은 어느 틈에 피 냄새를 맡은 파리 떼로 가득했고 바닥과 벽은 피로 흥건했습니다. 선장의 몸은 벽 한가운데에 작살에 꽂힌 채로 축 늘어져 있었습니다. 작살이 몸뚱이를 뚫고 나가 벽에 깊숙이 박혀 있는 모습이 꼭 핀으로 꽂아 놓은 딱정벌레 같았습니다."

"그 작살은 바로 고래잡이용 작살이었지?"

"그렇습니다. 작살 손잡이에 '유니콘 호'라는 글씨가 새겨져 있었습니다. 선장이 사용하던 작살로 죽인 것이 분명합니다."

"조금 더 자세히 설명해 주게. 피터 선장의 방은 어떻게 생겼나?"

"그의 방은 말 그대로 선실처럼 꾸며 놓았더군요. 방 한구석에는 간이침대가 있었고 그 옆에 선원용 사물함이 있었습니다. 지도와 해도, 유니콘 호의 사진이 벽에 붙어 있었고 선반 위에는 항해 일지가 꽂혀 있었습니다. 출입구 왼쪽에는 작살걸이가 있는데 거기에 선장이 예전에 사용했던 작살이 걸려 있었습니다. 방금 말씀드렸듯이 범인은 거기에 걸려 있던 작살로 선장을 죽인 것이 분명합니다."

"자네 말대로라면 범인은 우발적으로 작살을 집어 들고 선장을 죽였다는 게 되는군. 미리 흉기를 준비한 게 아니니 말일세."

홉킨스는 팔짱을 낀 자세로 고개를 끄덕였다.

몇 가지 단서

"그런데 현장에서 발자국을 발견하지는 못했나?"

홈스의 질문에 홉킨스의 얼굴에는 난처한 빛이 떠올랐다.

"사실 저는 홈스 선생님의 조사 방법을 익히 잘 알고 있기 때문에 현장을 보존해 놓고 땅바닥과 방바닥을 모두 샅샅이 훑었습니다. 그러나 발자국을 발견할 수는 없었습니다."

홉킨스의 말을 들은 홈스의 얼굴이 딱딱하게 굳는가 싶더니 바로 냉랭한 목소리가 날아들었다.

"범인이 날아다니는 짐승이 아닌 이상, 현장 보존을 정말 잘했다면 어떤 흔적이라도 찾아낼 수 있었을 걸세. 조금이라도 놓친 부분 없이 철저하게 조사했다고 확신할 수 있나?"

당황한 홉킨스의 얼굴이 금세 붉게 달아오르더니 이마에 땀까지 맺혔다.

"하지만 저는 발자국보다 훨씬 중요한 단서들을 찾았습니다. 피터 선장은 그렇게 늦은 시간에도 제대로 옷을 갖춰 입고 있었습니다.

그러니까 그가 누군가와 미리 약속을 했을 거라는 추측이 가능하지요. 게다가 탁자 위에는 럼주 병과 사용한 컵 두 개가 놓여 있었습니다."

"럼주라면 뱃사람들이 즐겨 마시는 술이로군."

"그렇습니다. 아무래도 범인은 선장과 아는 사이일 것 같습니다. 미리 약속했던 두 사람이 같이 술을 마시다가 갑자기 싸움이 나는 바람에 우발적으로 살인을 저지른 게 아닐까요? 선장 부인의 말로는 그는 모르는 사람과는 절대 만나지 않았다고 합니다."

"방 안에 다른 술은 없었나?"

"선반 위에 브랜디와 위스키가 있긴 했습니다만 그것들은 모두 마개도 뜯지 않은 새 술이었습니다."

홈스는 잠시 생각에 잠긴 듯 턱을 어루만지더니 홉킨스 경위에게 물었다.

"그것 외에 다른 단서는 없었나?"

"탁자 위에서 이것을 발견했습니다."

홉킨스는 주머니에서 담뱃갑을 꺼내 홈스에게 건넸다. 담뱃갑은 바다표범 가죽으로 만든 것이었는데 묶을 수 있는 가죽 끈도 달려 있었다. 뚜껑을 열어 보니 안쪽에 'P. C.'라는 글자가 새겨 있었고 안에는 선원들이 피우는 독한 담배가 반쯤 들어 있었다.

"탁자 위에는 이 담뱃갑만 있었나? 이것은 파이프에 넣어서 피우는 담배니 파이프도 옆에 있었을 텐데."

"저도 그게 궁금해서 주변을 잘 살펴봤지만 파이프는 없었습니다."

"그럼 여기 새겨진 'P. C.'는 무슨 뜻일 것 같은가?"

"선장 이름의 머리글자가 아닐까요? 그의 본명이 피터 커레이(Peter Carey)니까요."

홈스는 보일 듯 말 듯 고개를 갸
웃거리더니 자신의 담배를 파이프
에 꼭 눌러 담고는 불을 붙였다. 홉
킨스는 서둘러 주머니에서 작은 수첩 하나를 꺼냈다.

"여기 또 다른 단서가 있습니다."

그것은 매우 우중충하고 낡은 수첩이었는데 겉장은 너덜거렸고
속장은 누렇게 변해 있었다. 수첩을 자세히 들여다보던 홈스가 가죽
표지의 얼룩을 가리키며 말했다.

"이것은 핏자국이로군."

"그렇습니다. 이 수첩은 선장의 오두막집 바닥에 떨어져 있었습
니다."

"핏자국이 수첩 아래쪽에 있었나, 아니면 위쪽에 있었나?"

"바닥과 닿은 면에 피가 묻어 있었습니다."

"그렇다면 범인은 살해를 저지른 뒤 선장의 몸에서 흘러나온 피가 고인 자리에 이 수첩을 떨어뜨리고 갔군."

"저도 그렇게 생각합니다. 아무래도 범인이 황급히 도망치다가 수첩을 떨어뜨렸을 가능성이 큽니다."

홈스는 수첩을 한 장 한 장 넘기며 거기에 적힌 글자들을 꼼꼼히 살펴보았다. 나와 홉킨스도 어깨 너머로 그것을 들여다보았다. 표지 바로 뒤에는 1883년이라는 연도가 쓰여 있었고 그 아래에 'J. H. N.'이라는 머리글자가 적혀 있었다. 다음 장에는 'C. P. R.'이라는 글자와 함께 몇 쪽에 걸쳐 숫자들이 빈틈없이 적혀 있었다. 또 다음 장에는 아르헨티나, 상파울루 등의 도시 이름도 쓰여 있었다.

"흠, 이 글자들에 대해 어떻게 생각하나?"

홈스가 묻자 홉킨스는 기다렸다는 듯 바로 대답했다.

"'J. H. N.'은 이 수첩 주인의 이름일 것 같은데 그는 아마도 주식 중개인이 아닐까 싶습니다. 빽빽하게 나열된 숫자들이 아무래도 증권 목록인 것 같거든요. 그렇다면 'C. P. R.'도 증권 고객의 이름이 아닐까요?"

"내 생각에 'C. P. R.'은 캐나다 태평양 철도(Canadian Pacific Railway)의 약자인 것 같군. 그 아래에 적혀 있는 숫자들은 그 회사에서 발행하는 주식 번호고 말일세."

홈스의 추리에 홉킨스는 감탄사를 내뱉으며 무릎을 탁 쳤다.

"역시 홈스 선생의 머리는 비상하십니다. 그렇다면 문제는 이 수첩의 주인일 가능성이 높은 'J. H. N.'이 누군지를 밝히는 것이군요. 사실 저는 혹시나 하는 마음에 1883년에 활동한 주식 중개인 가운데서 이런 머리글자를 쓰는 사람이 있나 조사해 봤지만 허사였습니다. 그렇다고 해도 이 머리글자의 주인이 이 사건의 범인일 확률이 높은 것은 분명한 사실입니다."

홉킨스가 심각한 표정으로 설명하자 홈스도 수긍이 간다는 듯 고개를 끄덕였다.

"자네의 의견에 분명히 일리가 있군. 그렇다면 여기에 적힌 주식들을 조사해 보았나?"

"현재 조사를 진행하고 있습니다. 그런데 여기 적힌 것들이 대부분 남미의 주식들이라 확인하는 데만도 몇 주 걸릴 것 같습니다."

"흠, 그런데 여기 적힌 것 중에서 선장이 보유하고 있던 주식은 없었나?"

"없었습니다."

"혹시 도난당했을 수도 있지 않을까?"

"방 안의 물건에 손을 댄 흔적은 없었습니다."

홈스는 심각한 얼굴로 의자 팔걸이를 톡톡 두드리고 있었다. 그러자 초조하게 홈스의 표정을 살피던 홉킨스가 말했다.

"그리고 바닥에 단검이 하나 떨어져 있었습니다."

그 말에 홈스의 눈빛이 반짝 빛났다.

"그래? 혹시 피가 묻어 있었나?"

"그렇습니다. 아무래도 선장이 자신을 방어하기 위해서 범인에게 단검을 날린 게 아닐까 싶습니다. 부인의 말로는 선장은 단검을 아주 잘 사용했다고 합니다."

"그렇군. 그것은 아주 중요한 단서일세."

이어서 홉킨스는 잠시 망설이는 듯하더니 말을 꺼냈다.

"사건이 일어나기 이틀 전 일이긴 합니다만, 새벽 1시에 슬레이터라는 석공이 피터 선장의 오두막 옆을 지나가다가 무언가를 목격했답니다."

"그게 뭔가?"

"짧고 뻣뻣한 턱수염을 기른 건장한 사내의 옆얼굴이 커튼 위로 비쳤답니다. 선장의 턱수염은 매우 길기 때문에 확실히 구별할 수 있다고 큰소리를 치더군요. 하지만 그날 저녁에 술을 진탕 마신 터라 그 말을 다 믿을 수는 없을 것 같습니다."

그러나 홈스는 손을 저으며 단호하게 말했다.

"아무리 술 취한 사람의 말이라고 하더라도 무조건 무시할 것은 못되네. 정상적인 상태가 아니더라도 눈에 띄는 특징들을 기억하는 경우가 많으니까. 어쨌거나 그가 그날 밤에 본 사내가 이 사건의 범인일 가능성이 크군."

홉킨스는 고개를 끄덕이며 홈스의 말에 동의했다.

"홉킨스, 여기서 아무리 떠들어 봤자 직접 사건 현장에 가는 것만 못하지. 어서 선장의 오두막으로 출발하세."

홉킨스는 얼굴 가득 함박웃음을 지으며 기뻐했다.

"감사합니다. 그 말씀을 들으니 마음의 짐을 다 덜어 놓은 것 같군요."

"나 역시 신문 기사를 통해 이 사건을 접하고 흥미를 갖고 있던 참이었네. 조금 더 빨리 조사에 착수했다면 좋았겠지만 지금도 그리 늦은 것만은 아닐 걸세. 왓슨, 자네도 함께 갈 거지?"

현장 조사

우리는 사건 현장에 도착할 때까지 여러 차례 기차와 마차를 갈아타야 했다. 시골 역에서 내려서 과거 잉글랜드 지역 삼림의 일부를 이루던 숲길을 몇 킬로미터나 달렸다. 그런데 지금은 제철 공장을 세우기 위해 광범위한 벌목이 이루어지고 있어서 숲과 땅은 상당 부분 파괴되어 있었다.

선장의 오두막은 파괴된 공터의 끝자락에 자리하고 있었다. 우리는 사건 현장으로 가기 전에 본채로 들어가 선장의 부인을 만났다. 그녀와 이미 안면이 있는 홉킨스가 그녀를 우리에게 소개했다. 남편을 잃은 슬픔 때문인지 그녀의 두 눈은 퉁퉁 부어 있었고 깡마른 얼굴에는 굵은 주름이 가득했다. 그런데 상대방의 눈을 똑바로 쳐다보지 못하는 것으로 보아 오랫동안 학대를 받아 온 것이 분명해 보였다. 홈스는 최대한 예의 바르고 친절하게 부인에게 물었다.

"큰일을 당하시고 상심이 크시겠습니다만 조사를 위해 묻는 질문에 사실대로 답해 주시면 감사하겠습니다."

부인은 힘없이 고개를 끄덕였다.

"평상시에 남편께서는 돈을 많이 가지고 계셨습니까?"

"그동안 모아 놓은 돈을 술값으로 탕진하는 바람에 집 생활비 대기도 힘들어했습니다."

"그렇다면 혹시 원한을 살 만한 일을 한 적이 있습니까?"

"술을 마시면 난폭해진다는 것은 이 마을 사람들 누구나 다 알 겁니다. 하지만 남에게 끔찍하게 살해당할 만큼 원한을 산 적은 없다고 알고 있습니다."

그때 도전적이고 당찬 눈초리의 젊은 여인이 2층에서 내려왔다. 탐스러운 갈색 머리칼에 창백한 얼굴을 한 그녀는 선장의 딸이었다. 이번에도 홈스는 예의를 갖추고 그녀에게 질문을 던졌다.

"상심이 크시겠습니다만 몇 가지 질문을 하겠습니다."

"아버지의 죽음 때문에 내가 슬퍼할 거라고는 생각하지 마세요. 나는 그가 죽은 것이 기쁘기까지 하니까요. 누군지 그를 죽여 준 사람에게 감사하고 싶을 지경이거든요."

선장의 딸이 끔찍할 정도로 차갑게 말하자 부인은 파랗게 질린 얼굴로 어쩔 줄 몰라 했다.

"무슨 말을 그렇게 하니? 선생님들, 평소에 아버지와 감정이 좋지 못한 데다 아직 어려서 이렇게 말하는 것이니 너무 새겨듣지는 마십시오."

홈스는 안심하라는 듯 부인을 향해 미소를 지어 보였다.

"알겠습니다. 그런데 그날 새벽에 아버지의 거처에서 이상한 소리가 나는 것을 들으셨다고요? 어떤 소리였는지 설명해 주실 수 있습니까?"

"분명 소름 끼칠 만큼 이상한 소리가 나긴 했습니다만 평소에도 술에 취하면 괴물 같은 소리를 질러 대곤 했던 터라 별로 주의 깊게 들질 않았어요. 그냥 괴성이라고밖에 표현할 수 없어요."

"아버지가 무언가 특별하고 중요한 서류를 갖고 있는 것을 보거나 들은 적이 있습니까?"

"아니요. 설령 그런 것이 있다고 해도 아버지가 우리에게 말했을 리 없어요. 게다가 나는 그 방에 들어가지 않은 지 오래돼서 어떤 것이 그 방에 있는지조차도 알지 못해요."

홈스는 모녀에게 목례를 한 뒤 본채에서 나와 오두막집 쪽으로 갔다.

"블랙 피터는 정말 끔찍한 가장이었군. 아버지의 죽음을 본 딸의 반응이 저렇다니 말일세."

나는 선장 딸의 싸늘한 태도를 떠올리며 혀를 끌끌 찼다. 홈스는
별다른 말 없이 오두막 쪽으로 성큼성큼 발걸음을 옮겼다. 오두막은
떡갈나무로 벽을 세우고 지붕을 덮은 단순한 건물이었다. 오두막 입
구는 큼지막한 자물쇠로 잠겨 있었다. 홉킨스는 자신이 갖고 있던
열쇠를 꺼내 문으로 다가섰다. 그때 홈스가 소리쳤다.

"잠깐, 여기를 보게."

홈스는 무릎을 굽히고 열쇠 구멍 주변을 자세히 들여다보았다.

"누군가가 자물쇠를 억지로 열려고 한 흔적이 있군."

그러고 보니 열쇠 구멍 주변의 나무판자에 긁힌 흔적이 있었고 칠은 하얗게 벗겨져 있었다.

"혹시 술에 취해 집에 돌아온 선장이 문을 열려다 실수로 긁은 게 아닐까요?"

홉킨스가 고개를 갸웃거리며 묻자 홈스가 단호하게 고개를 가로저었다.

"이 흔적은 매우 날카로운 것에 의해 생긴 것이네. 열쇠 끝처럼 뭉툭한 것 때문에 생긴 게 아니야. 이건 누가 아주 최근에 칼 같은 것으로 자물쇠를 억지로 열려고 하다가 남긴 자국일세."

"그러면 이 문을 열려고 한 자가 범인일까요?"

"아직 정확한 것은 알 수 없지만 그럴 가능성이 분명히 있지."

"무엇 때문에 사건 현장에 돌아오려고 했을까요?"

"무언가 찾을 것이 있었을 걸세. 아무튼 그자는 작은 주머니칼 따위로 이 자물쇠를 열고 들어가려고 했지만 실패했어. 그런데 한 번 실패했다고 그것으로 포기했을까?"

홈스의 말에 홉킨스의 눈이 동그랗게 커졌다.

"그럼 그자가 다시 돌아올 수도 있다는 말이로군요?"

"자신이 원하는 것을 찾기 위해서 문을 열 수 있는 도구를 가지고 한밤중에 다시 찾아올 거야. 그렇다면 우리는 당연히 이 안에서 그가 나타나기를 기다려야겠지?"

홈스가 의미심장하게 웃으며 말하자 홉킨스는 흥분된 얼굴로 문을 열고 오두막 안으로 들어갔다. 집 안으로 들어가 보니 선장의 핏자국은 말끔히 치워지고 없었다. 오두막 안의 가구 배치는 홉킨스가 이미 설명한 그대로였다. 홈스는 날카로운 시선으로 방 안을 꼼꼼히 훑어보았다. 바닥을 살피던 홈스는 입구에서 정면 쪽에 있는 벽을 가리키며 말했다.

"선장의 시체는 여기에서 발견되었나? 마룻바닥에 핏자국이 배어 있군."

"그렇습니다. 벽에도 작살이 꽂힌 자국이 있을 겁니다. 선장의 심장을 제대로 뚫어 버렸지요."

홉킨스는 끔찍한 장면이 다시 떠오르는지 몸서리를 치며 말했다.

"선장의 키가 얼마쯤 되나? 이 정도 위치에 심장이 꽂혔다면 180센티미터는 넘겠군."

"제대로 보셨습니다. 제가 직접 재 보니 183센티미터였습니다."

홈스는 주머니에서 돋보기를 꺼내 들고 벽에 뚫린 작살 자국을 들여다보았다.

"여기 작살 자국을 보게. 분명히 왼쪽에서 오른쪽으로 비스듬하게 찍혀 있군."

홉킨스는 홈스에게서 돋보기를 받아 들고 구멍을 살펴보았다.

"정말 그렇군요. 저는 이것까지 조사할 생각은 못했습니다. 그렇다면 이것이 의미하는 것은?"

"범인이 왼손잡이라는 것이겠지."

홉킨스는 감탄사를 내뱉으면서도 자신이 이렇게 중요한 단서를 빠뜨렸다는 것이 창피한지 얼굴을 붉혔다. 홈스는 홉킨스의 어깨를 두드리며 말했다.

"너무나 끔찍한 시체를 발견하는 바람에 당황한 나머지 빠뜨린 모양이지. 이제라도 발견했으니 괜찮네. 자, 이제 흉기로 돌변한 작살을 좀 볼까."

홈스는 오두막 입구 왼쪽 벽에 걸려 있는 작살걸이 쪽으로 성큼성큼 걸어갔다. 작살걸이는 세 개였는데 1미터 정도 길이의 작살 두 개만 걸려 있었다.

"범인은 맨 위에 걸려 있던 작살을 사용했군."

"범행에 사용된 작살은 증거품이라 경찰서에 가져다 두었습니다. 모양은 세 개 모두 같더군요."

홈스는 맨 위에 비어 있는 작살걸이에 손을 뻗어 보았다.

"흠, 여기에 손을 뻗어 작살을 집을 정도면 키가 180센티미터 이상 되어야겠군. 만약 그보다 키가 작았다면 아래쪽에 있는 작살을 집었을 테니까."

홈스가 혼잣말처럼 중얼거리는 소리를 들은 홉킨스가 기쁜 얼굴로 소리쳤다.

"선생님께서는 벌써 범인의 키가 180센티미터 이상이라는 것과 왼손잡이라는 것을 알아내셨군요."

그러나 홈스는 심각한 얼굴로 다른 문제에 대하여 이야기하고 있었다.

"홉킨스, 혹시 여기 선반 위를 치웠나?"

홉킨스와 나는 홈스가 가리키는 선반을 쳐다보았다. 선반 위는 먼지투성이였는데 유독 한 부분만 먼지가 쌓여 있지 않았다.

"아닙니다. 거기에 손을 댄 적은 없습니다."

"이 자국을 보게. 분명 직사각형 모양의 상자나 책이 놓여 있었을 걸세. 먼지의 흔적으로 봐서는 최근에 가져간 것 같군. 아마도 선장에게 중요한 물건이었을 걸세."

"그렇다면 범인은 선장을 죽인 뒤에 그것을 가지고 사라진 거로군요."

홈스는 선반 위에 놓여 있는 여러 종류의 책을 뒤적였다. 거기에는 선장이 써 온 항해일지와 항해술에 관한 책이 여러 권 쌓여 있었

다. 홈스는 그중에서 10년 전 선장이 탔던 유니콘 호의 항해일지를 꺼내 들었다. 한 장 한 장 일지를 살펴보던 홈스는 항해일지의 마지막 두세 장이 찢겨 없어진 것을 발견했다.

"선장이 일부러 찢은 것인지, 아니면 누군가가 찢어서 가져간 것인지 알 수 없군."

혼자 조용히 중얼거리던 홈스가 흘깃 시계를 보더니 말했다.

"일단 조사는 이 정도에서 마무리하도록 하지. 내 추리대로라면 오늘 밤에 분명 손님이 몰래 찾아들 테니 우리는 먼저 잠복해 있다가 그자를 잡아야 해."

우리는 선장의 오두막을 나와 마차를 타고 근처 식당으로 향했다. 그리고 저녁 식사를 한 뒤 잠시 휴식을 취하면서 밤에 있을지도 모르는 범인과의 대면을 준비했다.

수첩의 주인

우리는 밤 11시가 지나서야 다시 선장의 오두막으로 갔다.

"범인이 쉽게 들어갈 수 있도록 오두막의 문을 열어 놓을까요?"

홉킨스가 나지막한 목소리로 묻자 홈스가 고개를 가로저었다.

"그랬다가는 의심을 살 수 있지. 사실 이 문고리는 날카로운 칼날만 있으면 쉽게 열 수 있네. 우리가 기다리는 손님도 이번에는 충분히 열 수 있을 걸세. 다만 우리는 그가 어떤 행동을 하는지 외부에서 관찰해야 하니 창문의 커튼만 젖혀 놓으면 되네."

홈스의 말이 끝나기가 무섭게 홉킨스는 오두막 안으로 들어가 밖에서도 안이 잘 보이도록 커튼을 젖혔다. 그런 다음 우리는 출입문의 자물쇠를 채우고 오두막이 잘 보이는 수풀을 찾아 그 속에 숨어들었다.

그리고 누가 무슨 목적으로 이곳을 찾을 것인지 궁금해하며 잠복을 시작했다. 불빛 하나 없이 깜깜한 밤에 주위는 쥐 죽은 듯 고요하기만 했다. 다만 멀리서 울리는 교회의 종소리만이 시간이 흐르고

있음을 알려 주었다.

잠복의 긴장감이 무료함으로 변해 갈 무렵, 시커먼 어둠 속에서 조심스럽게 오두막 쪽을 향해 다가오는 발자국 소리가 들려왔다. 그리고 잠시 후 입구 쪽에서 '철컥' 하고 자물쇠 여는 소리가 들렸다. 밤손님은 이번에는 준비를 철저히 해 왔는지 단번에 문을 열었다. 그림자는 오두막 안으로 살금살금 들어갔다. 그는 성냥불을 켜더니 준비해 온 휴대용 램프에 불을 붙였다. 우리는 수풀 속에서 기어 나와 창문 안쪽 상황을 잘 볼 수 있도록 창문 아래까지 바짝 다가갔다.

불빛에 비친 사내는 의외로 약해 보일 만큼 마른 체격이었고 유난히 얼굴이 창백했다. 검은 턱수염을 기르고 있었지만 기껏해야 스무살 정도로밖에 보이지 않았다. 그는 눈에 띌 정도로 잔뜩 겁먹은 표

정으로 손을 덜덜 떨며 선반 위에 놓인 항해일지를 집어 들었다. 그것은 아까 홈스가 집어 들었던 바로 그 일지였다. 청년은 빠른 속도로 책장을 넘기며 자신이 원하는 내용을 찾기 위해 안간힘을 썼다. 그러다 마지막 두세 장이 없어진 것을 발견하고는 화를 내며 주먹으로 선반을 내리쳤다. 그리고 무어라 혼잣말을 중얼거리더니 항해일지를 제자리에 놓아 두고는 매우 실망한 표정으로 입구 쪽으로 몸을 돌렸다. 바로 그때 홉킨스가 재빨리 달려들어 청년의 팔을 낚아챘다. 갑작스러운 상황에 놀란 청년은 저항할 생각도 하지 못한 채 온몸을 벌벌 떨었다.

"누, 누구십니까?"

청년이 떨리는 목소리로 묻자 홉킨스도 무섭게 소리쳤다.

"나는 런던 경시청의 홉킨스 경위다. 그러는 너는 대체 누구냐? 한밤중에 범죄 현장에는 왜 온 거냐?"

"저는 존 호프리 넬리건입니다. 그런데 저는 피터 선장의 죽음과는 아무런 상관이 없습니다. 제가 범인일 거라 오해하지는 말아 주십시오."

청년은 우리를 번갈아 쳐다보며 애절하게 말했다. 그런데 그의 이름을 들은 홈스와 홉킨스는 서로 마주보며 고개를 끄덕였다.

"넬리건! 너를 피터 선장 살해 용의자로 체포하겠다!"

홉킨스가 엄중한 목소리로 말하며 수갑을 채우려 하자 넬리건은 마구 몸을 버둥거리며 저항했다.

"절대 아닙니다! 저는 그 사람과 말 한마디 나눈 적이 없습니다."

"아무리 발뺌을 해 봤자 소용없다. 여기 확실한 증거가 있다!"

홉킨스는 공포에 질린 넬리건의 얼굴 앞으로 선장의 방에서 주운 수첩을 들이밀었다.

"여기 적혀 있는 'J. H. N.'은 네 이름의 머리글자와 똑같다. 이것이 우연의 일치처럼 보이나?"

"물론 그것은 제 수첩이 맞습니다. 원래는 아버지의 수첩이었는데 제가 물려받아서 제 머리글자를 적어 놓은 겁니다. 저는 그것을 호텔에서 잃어버린 줄로만 알고 있었습니다. 하지만 그렇다고 해도 저는 절대 살인범이 아닙니다."

넬리건은 필사적으로 손을 저으며 부정했지만 돌아오는 홉킨스의 목소리는 얼음장처럼 차가웠다.

"자기 수첩이 맞다고 확인했으면서도 발뺌을 하려고 하다니. 이 수첩은 선장의 시체 옆에서 발견되었어. 그것도 선장이 흘린 피 위에서 말이야. 너는 한밤중에 선장을 찾아와서 럼주를 마시며 이야기

를 하던 중 말다툼이 나자 화를 참지 못하고 작살로 선장을 죽였어. 계획적인 살인이 아니었기 때문에 당황한 나머지 너는 수첩을 떨어 뜨리고 도망치는 실수를 저질렀지."

"아닙니다! 절대 아닙니다! 선장이 죽던 날 밤에 제가 여기를 찾았 던 것은 사실입니다. 하지만 제가 왔을 때는 이미 살인이 일어난 후 였습니다. 그 수첩은 너무 놀라 도망치듯 오두막을 나서면서 떨어뜨 린 모양입니다."

넬리건은 창백한 얼굴에 식은땀까지 흘려가며 말했다. 그러나 홉킨스는 코웃음을 치면서 그의 팔에 수갑을 채우려 했다.

"네 말은 들을 필요도 없다. 이제 너를 경찰서로 연행하여 조사하겠다."

그때 이들의 대화를 말없이 듣고 있던 홈스가 나섰다.

"경위, 내가 몇 가지만 물어도 될까?"

갑작스럽게 홈스가 끼어들자 홉킨스는 수갑을 채우려던 걸 멈추고 말했다.

"홈스 선생님께서 원하신다면 그렇게 하십시오."

그때 넬리건의 얼굴이 갑자기 밝아지더니 홈스 쪽으로 몸을 돌리며 외쳤다.

"그 유명한 홈스 선생님이시군요. 제발 저의 결백을 밝혀 주십시오. 어떤 것을 물으시든 사실대로 말씀드리겠습니다."

"대체 무슨 이유로 밤늦은 시간에 피터 선장을 찾아온 건가?"

넬리건은 잠시 깊은 한숨을 내쉬고는 진지한 태도로 이야기를 시작했다.

"제 이야기는 오래된 사건들에서부터 시작됩니다. 혹시 세필드 시의 도슨 앤드 넬리건 은행에서 일어났던 소동을 기억하십니까?"

홉킨스는 잘 모르겠다는 표정이었지만 홈스는 여유 있는 미소를 지으며 말했다.

"대략 10년은 넘은 사건인 것 같군. 당시 1백만 파운드가 넘는 채무를 갚지 못하는 바람에 그 은행과 거래했던 사람들의 절반가량이 파산한 일이었지."

"맞습니다. 당시 도슨은 그 돈을 가지고

혼자 도망쳐 버렸는데 아직까지도 그의 행적을 찾지 못했습니다. 그 때문에 저의 아버지인 넬리건이 모든 책임을 져야 했지요."

10년 전에 일어난 은행 파산 사건이 피터 선장의 죽음과 무슨 관련이 있을까 싶은 마음도 있었지만 우리는 일단 넬리건의 이야기를 경청하기로 했다.

"그 사건이 터졌을 때 제 나이는 겨우 열 살이었습니다. 아무것도 모를 나이지만 그로 인해 상처를 입을 수도 있는 나이였습니다. 사람들은 제 아버지가 주식을 몽땅 훔쳐서 달아났다고 믿었지만 사실은 그게 아니었습니다. 아버지는 그 주식을 현금화해서 빚을 갚으려고 했습니다. 어느 날 밤, 아버지는 어머니와 저를 앉혀 놓고 말씀하셨습니다. '내게 있는 캐나다 태평양 철도의 주식을 저당 잡혀서 돈을 빌려올 테니 조금만 기다려라. 그렇게만 된다면 빚도 갚고 명예도 회복할 수 있을 것이다'라고 하시면서 체포 영장이 발부되기 전에 작은 요트를 타고 노르웨이로 떠나셨습니다."

"요트를 타고 노르웨이까지 가다니 무모한 일이었군."

홈스가 인상을 찌푸리면서 말을 하자 넬리건이 힘없이 고개를 끄덕였다.

"아버지는 다른 사람들의 고통을 덜어 주고 자신의 명예를 회복하고자 위험을 무릅쓰고 길을 나서신 거지요. 그러나 그 이후로 연락이 끊겨 버렸습니다. 어머니와 저는 아버지가 돌아오시기만을 손꼽아 기다렸지만 그는 배와 함께 영원히 나타나지 않았습니다. 사람들은 아버지가 가정도 버린 채 혼자만 살겠다고 도망친 파렴치한이라고 욕했고 어머니와 저는 집 밖으로 나가지도 못하고 슬픔과 절망에 빠진 채로 하루하루를 살았습니다."

"그런데 갑자기 아버지가 갖고 있던 주식이 발견된 거로군?"

넬리건이 깜짝 놀라며 홈스를 쳐다보자 홈스는 그저 빙긋이 웃으며 말을 계속하라고 손짓했다.

"홈스 선생님께서 어떻게 아셨는지 모르겠지만 바로 얼마 전에 아버지가 갖고 가셨던 주식의 일부가 시장에 나왔다는 소식을 들었습니다. 저는 몇 달 동안 모든 인맥과 수단을 동원해서 그 주식이 어떤 경로로 시장에 나오게 됐는지 조사했습니다. 그 결과 피터 선장이라는 사람이 캐나다 태평양 철도 회사의 주식 50장을 돈으로 교환했다는 사실을 알게 되었습니다."

이제 넬리건과 피터 선장의 연관 관계가 이야기에 등장하자 불만스러운 표정의 홉킨스도 이야기에 흥미를 느낀 듯 귀를 쫑긋 세우고 있었다.

"대체 무슨 일이 있었기에 아버지가 노르웨이로 떠날 때 가지고 갔던 주식이 피터 선장의 손에 들어간 건지 매우 궁금했습니다. 저는 아버지가 노르웨이로 항해 중이던 그 시기에 피터 선장도 고래잡이배를 타고 북극해에서 영국으로 귀항하던 중이라는 사실을 알아냈습니다. 그 시기에 바다에는 심한 풍랑이 자주 일었다고 하더군요. 그렇다면 위험에 빠진 아버지의 배를 피터 선장이 구해 줬을지도 모른다는 생각을 했습니다. 그게 아니면 아버지는 이미 풍랑에 휩쓸려 실종된 뒤에 주식 상자만 피터 선장의 손에 들어갔을 수도 있겠지요. 아무튼 저는 어떤 것이 사실인지 피터 선장에게 직접 듣고 싶었습니다. 다른 사람들이 오해하는 것처럼 아버지가 자신만 살기 위해 주식을 갖고 혼자 잠적한 것이 아니라는 것을 증명하고 싶었던 겁니다."

자기의 이야기에 스스로 흠뻑 빠진 넬리건의 눈가는 이미 촉촉이 젖어 있었다.

"그런 이유로 피터 선장을 만나러 왔지만 이미 그는 죽은 뒤였습니다."

"그럼 아까 항해일지를 뒤진 이유는?"

"정신없이 호텔로 돌아가 마음을 진정시키고 나니 어쩌면 선장의 오두막에 항해일지가 있을 거라는 생각이 들더군요. 만약 아버지의 배가 피터 선장의 배와 만난 사실이 있다면 분명 일지에 적혀 있을 테고요. 그렇게만 된다면 아버지의 실종과 관련된 수수께끼와 의혹을 풀 수 있을 거라는 생각에 항해일지를 찾으러 왔습니다만 누군가 그 시기의 항해일지를 찢어 버렸더군요."

넬리건은 몹시 아쉬운 듯 고개를 저으며 한숨을 내쉬었다. 그때 홉킨스가 냉랭하게 말했다.

"너의 이야기가 네가 이 사건의 범인이 아니라는 것을 증명해 주지는 못한다. 아무리 능숙한 솜씨로 거짓말을 둘러댄다고 해도 살해 현장에서 발견된 이 수첩이 증거로 있는 이상 너는 이 사건의 가장 유력한 용의자야. 이제 더 이상 지체 없이 너를 경시청으로 데리고 가겠다."

홉킨스는 넬리건의 팔목에 수갑을 채우더니 문득 생각났다는 듯이 물었다.

"너 분명히 왼손잡이지?"

"맞습니다. 그건 왜……."

"흥, 그럴 줄 알았어. 그것 보십시오, 홈스 선생님, 이 녀석이 범인인 게 확실합니다."

홉킨스가 확신에 차서 소리치자 홈스가 인상을 찌푸리며 말했다.

"묻고 싶은 게 아직 남았으니 잠시만 기다려 주게."

불만이 가득한 얼굴이었지만 그래도 홈스의 말을 거절할 홉킨스가 아니었다.

"아버지가 주식을 넣어 가지고 간 상자가 혹시 이 정도 크기가 아니었나?"

홈스가 선반 위의 먼지 자국을 가리키며 묻자 넬리건이 그 크기를 가늠해 보더니 고개를 끄덕였다.

"맞습니다. 배를 타셨기 때문에 방수를 위해 상자 표면에 주석을 입혔습니다."

"그러면 선장이 죽던 날 밤, 여기에 들어왔을 때 선반 위에 놓인 그 상자를 보지 못했나?"

"글쎄요. 기억이 잘 나지 않습니다. 시체를 보고 너무 놀랐거든요. 하지만 저 위치에 있었다면 제 눈에 띄었을 것도 같습니다. 아버지의 상자니까 제가 쉽게 알아볼 수 있었을 겁니다."

말을 마친 홈스가 별 이야기가 없자 홉킨스는 더 이상 지체하지 않겠다는 듯 넬리건을 문 밖으로 이끌었다. 그리고 홈스를 향해 의기양양하게 말했다.

"홈스 선생님, 저를 도우러 여기까지 와 주셔서 정말 감사합니다. 왓슨 박사님도 물론이고요. 하지만 이렇게 되고 보니 번거롭게 오지 않으셔도 되는 일이었는데 죄송하게 됐습니다. 아무튼 마을 여인숙에 방을 잡아 놓았으니 푹 쉬시다 돌아가십시오."

제 발로 찾아온 범인

다음 날 새벽, 우리는 첫차를 타고 런던으로 돌아왔다. 베이커 가의 하숙집에 돌아오자마자 나는 온몸이 물먹은 솜처럼 무거워 소파 위로 쓰러지듯 누워 버렸다. 그런데 홈스는 여전히 기운이 넘치는 모습으로 방 안을 서성거렸다.

"홈스, 또 무슨 생각을 그렇게 하나? 얼굴을 보아 하니 뭔가 마음에 들지 않는 모양이군."

"왓슨, 범죄 수사를 할 때는 항상 다른 가능성에 대해 열린 마음을 갖고 있어야 하네. 그런데 이번 사건을 통해 보니 홉킨스는 그런 자세가 많이 부족한 것 같더군. 좀 더 나은 모습을 기대했는데 좀 아쉽게 됐어. 그나저나 나는 오늘 중에 사건을 완전히 해결할 생각이네."

"자네는 넬리건이 이 사건의 범인이 아니라고 생각하는군."

그러나 홈스는 아무런 대답도 하지 않고 잠시 혼자만의 생각에 잠겼다. 잠시 후 그는 자신의 방 안으로 들어가더니 다시 선장의 옷차림을 하고 나왔다.

"왓슨, 나는 지금부터 바질 선장이네. 이제 선원 집합소에 찾아가서 큰 그물을 치고 고기가 걸려들기를 기다려야겠네."

"아주 큰 고기를 잡을 셈이로군."

내 말에 홈스는 너털웃음을 웃더니 서랍에서 전보용지를 꺼내 주었다.

"왓슨, 스탠리 홉킨스 경위 앞으로 전보를 쳐 주게. 내일 아침 9시까지 식사를 하러 꼭 들러 달라고 쓰게. 아주 중요한 일이라고 강조해야 하네. 그리고 허드슨 부인에게 내일 아침에 1인분의 식사를 더 준비해 달라고 부탁해 주게."

나는 홈스의 부탁대로 전보를 치기 위해 밖으로 나갔고 홈스도 바질 선장 차림으로 어딘가로 향했다.

다음 날 아침 홈스는 활기 넘치는 얼굴로 나를 맞이했다.

"왓슨, 피로는 좀 풀었나?"

"역시 내 침대에서 자야 피곤이 풀리는군. 그나저나 어제 나갔던 일은 잘되었나?"

"물론이네. 이제 곧 손님들이 들이닥칠 걸세. 가장 먼저 홉킨스 경위부터 도착할 거야."

아니나 다를까, 홈스의 말이 끝나기가 무섭게 문 두드리는 소리가 들리더니 홉킨스가 나타났다. 우리는 간단히 인사를 나눈 뒤 허드슨 부인이 준비해 준 아침 식사를 하기 위해 식탁에 둘러앉았다. 홉킨스는 사건을 완전히 해결했다고 믿고 있는지 기분이 좋아 보였다.

"홉킨스 경위, 넬리건이 자신의 범행을 자백했나?"

"넬리건은 생각보다 무척 독한 놈입니다. 아무리 추궁을 해도 자백할 생각을 하지 않고 자기가 한 짓이 아니라고 버티기만 하고 있습니다."

"그의 말이 사실이라고 생각하지는 않나?"

홈스가 홉킨스의 눈을 똑바로 쳐다보며 묻자 그는 당황한 듯 얼굴을 붉혔다.

"그게 무슨 말씀입니까? 그럼 그자가 범인이 아니라는 말씀입니까?"

"아무래도 경위가 내세우는 증거로는 넬리건이 범인이라는 것을 증명하기가 힘들 것 같아서 하는 말일세."

홉킨스는 딱딱하게 굳은 얼굴로 탁자를 탁 내리치며 말했다.

"충분히 증명할 수 있습니다. 넬리건은 사건 당일 골프를 치러 근처 호텔에 투숙했다고 하지만 그것은 새빨간 거짓말입니다. 또 피터 선장을 죽이고 당황한 나머지 수첩을 떨어뜨리기까지 했습니다. 그뿐이 아닙니다. 수첩에 적힌 주식 번호를 보니 일부에는 점이 찍혀 있었고 나머지에는 그런 표시가 없었는데 조사해 보니 점이 찍힌 주식은 런던의 주식 시장에서 거래가 되고 있었고 나머지는 피터 선장이 갖고 있을 가능성이 매우 컸습니다. 그것을 눈치 챈 넬리건은 남은 주식을 되찾기 위해서 피터 선장의 오두막을 다시 찾는 간 큰 행동까지 서슴지 않고 한 것입니다. 이렇게 확실한 증거가 있는데 뭐가 더 필요하단 말입니까?"

그러자 홈스가 고개를 가로저으며 한숨을 쉬었다.

"모자라도 한참 모자란다는 것을 정말 모르겠나? 홉킨스 경위, 피터 선장 같은 거구의 사내를 작살로 뚫어서 벽에 꽂기가 쉬울 것 같은가? 당신은 그만한 크기의 동물을 꽂아 본 적이 있나?"

"그건 아닙니다만……."

홉킨스가 말끝을 흐리자 홈스가 거침없이 말을 쏟아 냈다.

"자네는 가장 중요한 부분을 간과한 것이네. 넬리건처럼 연약한 청년이, 그것도 평생 동안 작살을 잡아 본 적이 있을까 싶게 생긴 사람이 선장을 단번에 뚫어 벽에 깊숙이 박히도록 할 만한 힘이 있을 것 같은가? 게다가 뱃사람들이 마시는 럼주를 들이킨 상태에서 말일세."

홉킨스는 할 말을 잃은 채 의기소침한 얼굴로 홈스의 계속되는 지적을 듣고 있었다.

"또 아무리 술에 취한 사람의 증언이라지만 그가 목격했다는 사람과 넬리건의 인상착의가 전혀 다르다는 점도 무시해서는 안 되네."

아무 말 없이 앉아 있던 홉킨스는 그래도 순순히 홈스의 말을 인정하기는 싫은 모양이었다.

"그렇지만 배심원들은 넬리건의 수첩을 그냥 보아 넘기지 않을 겁니다."

홈스는 의미심장한 미소를 지으며 홉킨스를 쳐다보았다.

"그거야 진범이 잡히지 않았을 때의 일이지."

"그 말이 맞다면 대체 진범은 어디 있단 말입니까?"

홉킨스가 볼멘소리로 말하자 홈스는 여유만만한 표정으로 대답했다.

"이제 피터 선장 살해범이 제 발로 걸어 들어올 테니 기대하게."

"그게 무슨 말입니까?"

홉킨스는 눈이 휘둥그레져서 소리쳤고 나 역시 깜짝 놀라 홈스를 쳐다보았다. 그러나 홈스는 침착하게 나를 보고 말했다.

"왓슨, 만일의 사태에 대비해야 하니 권총을 준비하게. 우리 셋이 덤빈다고 해도 힘으로 그를 제압하지 못하는 사태가 벌어질지도 모르니 말이야."

내가 홈스의 말대로 권총을 준비하는 사이 허드슨 부인이 방으로 올라왔다.

"홈스 선생님, 지금 밖에 체격이 매우 크고 험상궂게 생긴 사람들 몇이 바질 선장을 찾아왔는데요."

허드슨 부인은 갑작스러운 손님들의 방문에 놀랐는지 약간 당황한 모습이었다. 홈스는 부드러운 미소를 지으며 침착하게 말했다.

"별일 없을 테니 걱정 마시고 한 사람씩 순서대로 들여보내 주십시오."

허드슨 부인이 아래로 내려가자 홈스가 낮은 목소리로 빠르게 말했다.

"홉킨스 경위, 자네는 아무 말도 하지 말고 그냥 앉아서 포도주만 마시고 있게. 혹시라도 자네가 경찰관이라는 걸 눈치 채지 못하게 해야 해."

홉킨스는 긴장한 표정으로 홈스를 바라보며 고개를 끄덕였다.

그때 시커멓게 얼굴이 그을리고 몸이 깡마른 노인이 방 안으로 들어섰다.

"내가 바질 선장이요. 당신은 이름이 뭐요?"

"제임스 랭커스터입니다."

"나이가 몇이요?"

"이제 막 예순 살이 되었습니다. 하지만 열여섯 살 때부터 해 온 일이라 아주 능숙하게 뱃일을 할 수 있습니다."

"물론 그럴 테지요. 하지만 우리는 북극해로 가야 하기 때문에 좀 더 젊은 사람이 필요하오. 헛걸음을 시킨 대가로 이걸 줄 테니 받아 가시오."

홈스가 금화 반 닢을 건네자 실망한 얼굴의 노인이 힘없이 그것을 받아 들고 방에서 나갔다. 잠시 후 키는 작지만 몸이 탄탄한 30대의 젊은이가 방 안으로 들어왔다. 홈스가 이름을 묻자 그는 활기찬 목소리로 답했다.

"제 이름은 휴 파틴스입니다. 지금까지 세계 곳곳으로 항해하는 화물선을 탔습니다."

"작살을 써 본 일이 있나?"

"아직까지 해 본 적은 없지만 배우면 잘할 수 있을 겁니다."

"저런, 우리는 능숙한 경험자를 찾고 있다네."

홈스는 이번에도 금화 반 닢을 주고 그를 방에서 내보냈다.

이윽고 세 번째 방문객이 들어왔다. 그의 몸은 운동선수처럼 크고 단단했고 검은 머리카락과 수염 때문인지 인상이 매우 강렬했다. 그는 두 손으로 모자를 빙그르르 돌리면서 날카로운 눈으로 우리 세 명을 번갈아 쳐다보았다. 이번에도 홈스는 그의 이름부터 물었다.

"제 이름은 패트릭 케인스입니다. 북극해로 가는 선원을 찾고 있다고 들었는데 저야말로 그런 일의 적임자입니다."

순간 홈스의 눈이 반짝 빛나는가 싶더니 입가에 미소가 감돌았다.

"작살을 능숙하게 다룰 수 있나?"

"그야 물론이죠. 북극해에 나간 것만도 대여섯 번은 넘고 그동안 작살로 잡은 바다표범과 고래는 셀 수도 없이 많습니다."

"그렇군. 급료는 얼마나 원하나?"

"한 달에 적어도 8파운드는 받아야지요. 그리고 밤마다 럼주를 마시도록 해 주셔야 합니다."

"일은 당장 시작할 수 있나?"

"물론입니다."

"좋아, 그런데 서류는 갖고 왔나?"

"그럼요, 선장님."

케인스는 자신이 일자리를 구했다고 확신했는지 기쁨에 찬 얼굴로 너덜거리는 서류 뭉치를 꺼냈다. 홈스는 그것을 잠시 훑어보고는 다시 돌려주었다. 그리고 미리 준비해 두었던 계약서를 꺼내서 그에게 내밀었다.

"이것은 계약서일세. 여기 밑에 서명하게."

"제가 글씨 쓰는 게 워낙 서툴러서."

케인스는 얼굴을 붉히며 잠시 머뭇거렸다. 그리고 홈스에게서 펜을 받아 들고 빈칸에 서명을 했다. 홈스는 그가 서명하는 모습을 지켜보는 것처럼 뒤로 돌아가더니 재빨리 그의 두 팔을 꺾어 손목에 수갑을 채웠다.

"아니! 이게 무슨 짓이오!"

케인스는 험상궂은 얼굴로 괴성을 지르며 주먹으로 홈스를 내리치려는 듯 휙 돌아섰다. 홈스는 빠르게 몸을 돌려 가까스로 그의 공격을 피했다. 조금만 동작이 늦었다면 홈스의 머리는 무지막지하게 크고 힘 센 주먹에 맞아 깨졌을지도 모를 일이었다. 상황이 심각해지자 나와 홉킨스는 케인스에게 몸을 날려 그의 팔을 꽉 붙들었다. 그러자 야수처럼 돌변한 케인스는 주먹으로 홉킨스의 얼굴을 후려쳤고 이어서 팔꿈치로 내 가슴팍을 가격했다. 숨을 쉴 수 없을 만큼 통증이 밀려왔지만 나는 죽을힘을 다해 숨을 고르면서 주머니에 넣어 두었던 권총을 꺼냈다.

"움직이면 쏘겠다! 꼼짝 마라!"

내가 소리치자 케인스는 몸을 움찔하더니 억울하다는 듯 씩씩거리면서도 저항을 멈췄다. 홈스는 그의 손목에 수갑을 단단히 채운 뒤 어깨를 눌러 의자에 앉혔다.

"홉킨스 경위, 여기 이 사람이 바로 피터 선장을 무참히 살해한 범인이네."

홈스가 당당하게 말하자 당황한 홉킨스의 얼굴이 시뻘겋게 달아올랐다. 그때 케인스가 소리쳤다.

"너희는 도대체 누구냐? 경찰이냐?"

"조용히 해라! 네가 피터 선장을 작살로 죽인 걸 다 알고 있어. 여기 있는 런던 경시청 소속의 홉킨스 경위가 너를 살해 용의자로 체포할 것이다."

욕심의 덫

홈스가 엄하게 꾸짖었지만 케인스의 태도는 조금도 누그러지지 않았다.

"어떻게 알았는지 모르겠지만 그래도 그것은 살해가 아니라 정당방위였소. 내 말을 믿지 않을 수도 있지만 그래도 나는 진실만을 말하오. 그가 먼저 내게 칼을 던졌기 때문에 나도 작살을 던진 거요."

"그래? 그렇다면 어디 네 얘기 한번 들어보자. 우선 피터 선장과 함께 유니콘 호를 타고 북극해에 다녀왔던 당시 이야기를 좀 해 보시지. 1883년 8월이라고 하면 잘 기억할 수 있겠나?"

홈스가 소리치자 케인스는 깜짝 놀라 눈을 동그랗게 떴다.

"아니, 그 시기까지 어떻게 알고 있는 거요?"

"그 시기의 항해일지가 뜯겨 나갔더군. 뭔가 숨기고 싶은 일이 있었기 때문에 없애 버린 게 아니겠나."

"흠, 좋소. 처음부터 이야기하리다. 당시 블랙 피터는 유니콘 호의 선장이었고 나는 작살잡이였소. 우리 배는 북극해에서 돌아오던 중에 강풍을 만났는데 고생을 좀 했지만 큰 타격을 입을 정도는 아니었소. 그런데 그다음 날 나는 갑판 위에서 망을 보다가 돛이 부러진 채 표류하고 있는 요트 한 척을 발견했소. 나는 곧바로 사람들을 불렀고 우리는 죽을 뻔했던 그 사내를 구해 주었소. 그가 구조될 때 갖고 있던 짐이라고는 주석 상자 하나뿐이었지요. 그는 죽을 고비를 넘기느라 공포와 피로에 힘겨워했지만 그래도 매우 점잖고 기품 있는 신사였소."

"그의 이름을 알고 있나?"

"내가 알기로 그는 이름을 밝힌 적이 없소. 다만 그 작은 요트를 타고 노르웨이에 가려고 했다는 이야기만 들었지. 그렇게 무모한 행동을 한 걸 보면 처음부터 죽기를 각오하고 길을 나선 게 분명했소. 어쨌거나 그는 구조된 지 이틀째 되던 날 밤부터 배에서 완전히 사라져 버렸소. 선원들은 그가 미친 사람이라 바다로 뛰어들었을 거라고 수군댔지."

"하지만 자네는 그가 어떻게 됐는지 알고 있겠지?"

홈스의 질문에 케인스는 조용히 고개를 끄덕였다.

"맞소. 나는 그가 어떻게 되었는지 이 두 눈으로 똑똑히 봤소. 그날 밤에 나는 조타실로 가려고 갑판에 나가려던 참이었소. 그때 그 신사는 난간에 기대 하늘을 바라보며 한숨을 쉬고 있었지. 자기 바람대로 노르웨이로 가지 못하고 영국으로 돌아가는 것에 몹시 실망한 듯했소. 그래서 위로나 해 줄까 싶어 그에게로 가려는데 갑자기 일이 벌어졌소. '휙' 하는 소리와 함께 어디선가 날카로운 단검이 날아들어 그 신사의 등에 팍 꽂힌 거요. 신사는 비명조차 지르지 못하고 갑판 위로 푹 쓰러졌소. 나는 단검 하나로 단번에 사람을 쓰러뜨리는 재주를 가진 사람이 누군지 보지 않아도 알 수 있었소. 그것은 바로 블랙 피터였지. 아니나 다를까, 어둠 속에서 피터 선장이 나타나더니 주위를 살피며 쓰러진 신사 곁으로 다가왔소. 그는 신사의 등에 꽂힌 단검을 뽑아 거기에 묻은 피를 신사의 옷에 닦은 뒤 칼집에 집어넣었소. 그리고 그의 시신을 번쩍 들어 올려 높은 파도가 거칠게 일렁이는 바닷속으로 던져 버렸다오."

"흠, 당신은 당시에 그 사실을 모른 체했소?"

홉킨스가 질책하듯 묻자 케인스는 두 손을 가로저으며 말했다.

"만약 내가 그때 나서서 피터 선장의 살인을 아는 체하기라도 했다면 나도 그때 죽임을 당했을 거요. 아무튼 나는 내가 목격한 사실을 아무에게도 말하지 않았소. 또 며칠이 지나자 그의 실종에 대해 말하는 사람은 없었소. 애초에 그는 우리 배의 선원도 아니었으니까. 낯선 사람의 실종 때문에 경찰에 이리저리 불려 다니는 불편함을 겪고 싶은 사람은 아무도 없었던 거지요. 이후에 피터 선장은 일을 그만두었고 그와 함께 신사가 가지고 있었던 주석 상자도 사라졌소."

"그런데 그건 한참 전의 일인데 왜 이제 와서 피터 선장을 찾은 거지?"

"나는 유니콘 호의 일이 끝나자마자 바로 다른 배를 타고 남극해로 떠났소. 나처럼 실력 있는 작살잡이에게는 항상 할 일이 넘쳤으니까. 하지만 최근에 고래잡이에 포경포를 쓰면서 나 같은 작살잡이가 할 일이 갑자기 없어져 버렸소. 졸지에 실업자 신세가 된 거요.

그렇게 여기저기 떠돌아다니던 중에 문득 그때의 일을 생각해 냈지. 피터 선장은 사람을 죽이고도 그 상자 덕분에 잘 먹고 잘 살고 있을 거라고 생각하자 부아가 치밀어 올랐지요. 그래서 나도 한번 잘 살아 봐야겠다는 생각에 그의 행방을 수소문했고 결국 살고 있는 곳

을 찾아내게 된 거요."

"선장이 죽기 이틀 전 밤에 그를 찾아갔었지?"

자신의 행적을 꿰뚫고 있는 홈스를 보고 케인스는 아예 허허 웃어 버렸다.

"맞소. 그날 밤 선장을 찾아가자 그는 나를 보고 반가워하며 럼주를 권했소. 그날 밤 내가 본 사실을 말하며 돈을 요구하자 의외로 선장은 이틀 뒤에 찾아오면 문제를 해결해 주겠다고 순순히 말했소. 일단 나는 그 말을 믿고 돌아갔다가 이틀 뒤에 그를 다시 찾아갔소. 그런데 선장은 곤드레만드레 취해 있었고 난폭한 성질이 폭발하기 직전의 모습이었소. 잠시 후 그는 눈에 살기를 번득이면서 자리에서 벌떡 일어나더니 조금씩 뒤로 걸으며 주머니에서 칼을 꺼내 들었소. 나는 직감적으로 그가 나를 죽이려 한다는 것을 알아챘지. 그래서 나도 출입구 쪽 벽에 작살걸이가 있다는 것을 기억해 내고 그쪽으로 재빨리 몸을 움직였소."

"그리고 당신은 왼손으로 작살을 잡고 선장을 향해 힘껏 던졌지."

"당신이라는 사람은 도대체 모르는 것이 없군요. 내가 왼손잡이라는 건 또 어떻게 알았소?"

홈스는 미소를 지으며 탁자 위에 놓인 계약서를 가리켰다.

"아까 저 계약서에 사인할 때 왼손잡이라는 걸 알아챘지. 그리고 선장을 꿰뚫은 작살이 벽을 파고든 모양을 보고 범인이 왼손잡이라는 걸 이미 알고 있었어."

케인스는 아예 포기한 얼굴로 이야기를 계속했다.

"피터 선장은 살의가 번득이는 눈으로 마구 욕을 퍼부어 대며 내게 단검을 던졌소. 하지만 그는 만취한 상태라서 정확하게 단검을 날리지는 못했소. 다만 어깨에 살짝 스치면서 상처를 조금 입혔을 뿐이지. 내게는 천만다행이었소. 나는 재빨리 몸을 날려 작살걸이에 걸려 있던 작살을 집어 들고 그를 향해 힘껏 던졌소. 내 작살 던지는 솜씨는 최고 수준이기 때문에 선장을 단번에 제압할 수 있었소."

"그건 제압한 게 아니라 죽인 거야."

홉킨스가 차갑게 말하자 케인스는 억울하다는 듯 외쳤다.

"그건 정당방위였소. 그렇지 않았으면 나는 죽고 여기 없었을 거요. 내게는 아무런 죄가 없다고! 여기 내 어깨를 보시오!"

케인스는 고래고래 소리를 치며 자신의 오른쪽 어깨를 눈짓으로 가리켰다. 홈스는 케인스의 곁으로 다가가서 셔츠를 벗겼다. 과연 날카로운 단검이 스치고 지나간 자국이 선명하게 남아 있었다. 나는 어깨의 붉게 부어오른 상처를 보고 말했다.

"홈스, 이것은 단검에 다친 상처가 분명하네."

"내가 뭐라고 했소. 나는 죽을 뻔했다고!"

홈스는 다시 침착한 얼굴로 물었다.

"당신은 선장이 죽은 것을 확인하고 선반 위에 놓여 있던 주석 상자를 들고 도망쳤지? 그런데 실수로 탁자에 담뱃갑을 놓고 갔어. 거기에 적혀 있던 'P. C'는 피터 선장이 아니라 당신 이름의 약자였어."

"맞소. 혹시나 선장이 다시 살아날까봐 잠시 기다렸지만 아무런 기척이 없기에 방 안을 둘러보다가 그 상자를 발견했지. 처음부터 선장도 그 상자의 원래 주인은 아니었으니까 그래도 상관없는 것 아니오? 바보같이 탁자 위에 담뱃갑을 놓고 오는 게 아니었는데."

케인스는 분하다는 듯 식식대다가 문득 생각났다는 듯 말했다.

"그런데 내가 오두막을 막 빠져나왔을 때 웬 청년 한 명이 오두막으로 살금살금 들어가더군. 나는 혹시나 들킬까봐 수풀 속으로 몸을 숨겨 그의 움직임을 살폈소. 그는 선장의 이름을 부르며 오두막 안으로 들어가더니 잠시 후 비명을 지르며 밖으로 뛰쳐나오더군요. 마치 귀신이라도 본 사람처럼 말이야. 나는 그가 누구인지, 무엇을 바라고 왔는지는 모르겠소."

"그는 바로 피터 선장이 죽인 넬리건 씨의 아들이야. 당신이 갖고 있는 주석 상자의 주인이지."

주석 상자 이야기가 나오자 케인스는

어이없다는 얼굴로 푸념했다.

"쳇! 그 따위 상자 필요 없으니 갖고 가라고 하시오. 힘들게 자물쇠를 열었더니 돈은 하나도 없고 종이만 가득 차 있더군. 팔아먹지도 못하는 종잇조각이 내게 무슨 소용이란 말이오. 나는 지금 돈이 필요하단 말이오. 교활한 피터 선장이 그 돈을 다 써 버린 건지 아니면 자기만 알고 있는 공간에 몰래 숨겨 두었는지 모르겠소."

"그래서 그 종잇조각만 가득 찬 상자를 어떻게 했나?"

"아직 버리지는 않았소. 그냥 내 침대 밑에 처박아 두었지."

홈스는 파이프에 불을 붙이며 자리에서 일어섰다.

"그것 하나는 정말 잘한 일이로군. 홉킨스 경위, 이제 모든 것이 명확히 드러났으니 이자를 경찰서로 이송하게. 그리고 잊지 말고 이자의 집에 사람을 보내 그 상자를 찾아오도록 하게. 이자에게는 종잇조각에 불과한 그 증서들이 넬리건 씨와 그 어머니의 삶을 완전히 뒤바꿔 줄 테니까."

홉킨스는 고마움과 미안함 그리고 의문이 뒤섞인 복잡한 얼굴이었다.

"홈스 선생님, 덕분에 범인을 잡을 수 있게 돼서 얼마나 감사한지 모르겠습니다. 그런데 어떻게 이자가 범인인 것을 알아내셨는지 아직 이해가 되지 않습니다."

홈스는 여유로운 표정으로 담배를 피우더니 씩 웃으며 말했다.

"자네는 그 수첩에 얽매여 넬리건을 범인으로 지목하고 그것에 대해 어떠한 의심도 품지 않았지. 하지만 나는 처음부터 다른 단서들에 더 관심이 많았네. 첫째로 선장을 벽에 꽂을 만큼 작살을 잘 다룰 수 있는 사람이어야 한다는 것, 둘째로 럼주를 마신다는 것, 셋째로 담뱃갑에 들어 있는 싸구려 담배, 이 모두는 범인이 뱃사람이라는 것을 알려 주고 있었네. 그중에서도 고래잡이를 하는 사람이 범인일 가능성이 매우 높았지. 특히나 범인이 뱃사람이 아니었다면 방에 있는 위스키나 브랜디를 마시지 럼주를 마시지는 않았을 걸세. 럼주는 뱃사람들이 즐기는 술이 아닌가. 그리고 자네는 담뱃갑에 적힌 머리글자를 피터 커레이의 머리글자라고 생각했지만 나는 그렇게 생각하지 않았네. 피터 선장의 파이프가 오두막에서 발견되지 않았기 때문에 그 담뱃갑이 피터 선장의 것일 가능성은 매우 낮았지. 그래서 'P. C'라는 머리글자를 쓰고 작살잡이에 능한 사람을 찾았네."

케인스는 홈스의 말이 마치 칭찬인 양 즐거워하며 자랑하듯이 말했다.

"맞소. 이 사람의 말처럼 체격이 큰 피터 선장을 단번에 꽂을 수 있는 사람은 나밖에 없소. 그나저나 당신은 내가 본 사람 중에서 가장 머리가 좋은 사람 같소."

감탄사를 내뱉으며 케인스가 말하자 홈스는 쓴웃음을 지었다. 홉킨스는 매우 궁금한 표정으로 물었다.

"그런데 대체 어떻게 이자가 제 발로 여기까지 오게 된 겁니까?"

"그건 별로 어렵지 않았네. 사흘 동안 여기저기 전보를 쳐 가며 열심히 조사한 결과 1883년에 유니콘 호에 승선했던 승무원의 명단을 입수할 수 있었어. 거기서 나는 작살잡이로 승선했던 패트릭 케인스라는 이름을 발견했지. 나는 직감적으로 이자가 범인이라고 느꼈네. 수소문해 보니 현재 무직 상태라고 하더군. 내 생각에 이자는 분명 살인으로 인한 압박감 때문에 런던을 떠나고 싶을 것 같았지. 그래서 북극해에 고래잡이를 갈 작살잡이를 모집한다는 광고를 낸 걸세. 그물을 치고 기다렸더니 이렇게 커다란 물고기가 잡히더군."

홈스는 빙그레 웃으며 나를 쳐다보았다.

"자네의 낚시 실력은 정말 대단하군. 정말 대어를 낚았네그려."

나는 홈스를 향해 엄지를 들어 올렸다. 홈스는 사뭇 진지한 표정으로 홉킨스를 바라보며 말했다.

"최대한 빨리 넬리건을 풀어 주게. 갑작스러운 상황에 놀랐을 청년에게 사과하는 것도 잊지 말고. 그리고 아까 말했던 대로 그 상자를 찾아 꼭 그에게 돌려주게."

홉킨스는 고개를 끄덕이더니 케인스를 일으켜 세웠다.

"고맙습니다, 홈스 선생님. 저는 이제 이자를 데리고 경찰서로 가겠습니다."

그때 케인스가 홈스 쪽으로 몸을 돌리며 억울하다는 듯 외쳤다.

"내게는 죄가 없다니까! 당신처럼 머리 좋은 사람이 나를 도와줘야 할 것 아니오! 내 무죄를 밝혀 주시오!"

"당신이 죄가 있는지 여부는 법정에서 가려질 것이오. 그때까지 얌전히 판결을 기다리는 게 나을 텐데. 만약 내 증언이 필요하면 기꺼이 나서기는 하겠지만 그게 당신을 무죄로 이끌어 주겠다는 약속을 하는 것은 아니오."

홈스가 엄한 목소리로 말하자 케인스는 포기한 듯 홉킨스가 이끄는 대로 방을 나섰다.

"그나저나 홈스 자네 덕분에 범인도 잡고 상자도 되찾기는 했지만 피터 선장이 이미 팔아 버린 주식은 어쩔 도리가 없겠군."

내가 말하자 홈스는 걱정 없다는 듯 말했다.

"그야 할 수 없지. 하지만 캐나다 태평양 철도 회사의 주식 값이 요

사이 크게 올랐으니 큰 손해를 보지는 않을 걸세. 그나저나 갑자기 피로가 확 몰려오는군. 나는 지금부터 침대에 들어가서 한동안 나오지 않을 작정이니 웬만해서는 나를 깨우지 말게."

홈스는 입이 찢어져라 하품을 하며 자기 방으로 들어갔다.

찰스 오거스터스
밀버튼

Charles Augustus Milverton

찰스 오거스터스 밀버튼

교활한 잔꾀로 남을 협박해서 돈을 가로채는 데는 누구보다 뛰어나다. 자그마하고 다부진 체구에 크고 영리해 보이는 머리, 둥글고 살집 좋은 얼굴을 가진 50대다. 겉으로는 점잖은 신사처럼 늘 웃고 있지만 자신의 이익을 위해서는 무슨 짓이든 서슴없이 해치우는 냉혈한이다. 지위가 높은 사람의 명예에 흠집을 낼 만한 편지들을 사들인 다음, 편지를 쓴 당사자에게 터무니없는 고액으로 되파는 수법을 주로 이용한다.

에바 블랙웰

런던 사교계의 꽃으로 유명한 아름다운 숙녀다. 도버코드 백작과의 결혼을 앞두고 있는데, 철없던 시절 시골의 가난한 젊은 지주에게 쓴 편지 몇 통이 밀버튼의 손에 들어가 곤경에 처한다. 밀버튼이 요구하는 거액을 지불하기 어려운 형편이라 홈스에게 밀버튼과의 협상에서 대리인 자격을 부탁한다.

검은 베일의 여인

명망 높은 가문의 계승자이자 정치가인 귀족의 부인이다. 기품 넘치고 당당한 태도와 뚜렷한 이목구비를 갖춘 미인이다. 진한 눈썹과 날렵한 콧날이 의지가 강한 성격을 나타내 준다. 남편이 아닌 다른 남자에게 보냈던 편지를 밀버튼이 입수한 후 협박하자 한밤중에 밀버튼을 은밀히 찾아와 자비를 베풀어 달라며 애원한다.

《찰스 오거스터스 밀버튼》은 1904년 3월 《스트랜드 매거진》에 발표되고 1905년 《셜록 홈스의 귀환》에 실렸다.

홈스 시리즈를 사건 해결과 관련해서 정리해 보면 몇 가지 특이한 패턴이 보인다. 첫째, 범인은 잡을 수 없었지만 사건의 진상은 명백히 밝혀진 사건들(《다섯 개의 오렌지 씨앗》, 《노란 얼굴》, 《보헤미아의 스캔들》 등), 둘째, 범인은 알아냈지만 홈스가 범인을 동정해서 놓아 준 사건들(《악마의 발》, 《푸른 카벙클》, 《보스콤 계곡》, 《아베 농원》 등), 셋째, 해결이 없고 결말만 있는 사건인데 이 작품 《찰스 오거스트 밀버튼》이 이에 해당한다.

작품 속 배경 연대는 1899년이다.

교활한 사기꾼

"홈스가 해결한 사건 중 가장 기억에 남는 것은 무엇입니까?"라고 누군가 묻는다면 나는 망설임 없이 '찰스 오거스터스 밀버튼의 사건'이라 대답할 것이다. 의뢰인도 특별했지만 사건 자체도 무척이나 독특했기에 언제라도 그 해결 과정을 생생히 떠올릴 수 있다.

이미 여러 해 전의 사건이지만 독자에게 이렇게 사건 기록을 공개하기까지 내가 주저하지 않았다면 거짓일 것이다. 나는 그동안 이 사건이 세상에 알려지지 않도록 매우 조심해 왔다. 하지만 이제는 사건의 중요한 관계자가 세상을 떠났기 때문에 이 글을 발표해도 피해를 입을 사람은 없을 것이다.

사건이 일어난 시점, 실제 어떤 사건이었는지 짐작 가능케 하는 몇 가지 사항을 밝히지 않는 것을 넓은 아량으로 이해해 주기 바란다. 길었던 서론은 여기서 마치고 이제 그 사건에 대해 이야기하고자 한다.

칼바람이 몰아치는 어느 겨울 저녁이었다. 홈스와 나는 두툼한 방

한모와 긴 코트로 중무장을 하고 짧은 저녁 산책을 즐긴 후 6시쯤 하숙집으로 돌아왔다.

내가 코트를 벗어 걸며 거실의 전등을 켜니 책상 위에 놓여 있는 명함 한 장이 눈에 띄었다. 홈스가 명함을 손에 들고 흘긋 보더니 마치 징그러운 벌레를 본 듯한 표정으로 던져 버렸다. 나는 호기심에 명함을 주워 들었다.

찰스 오거스터스 밀버튼
햄스테드 애플도어 타워
대행업자

"찰스 오거스터스 밀버튼이라?"

내가 명함을 흔들어 보이며 물었다.

"런던에서 가장 악랄한 작자야."

홈스는 안락의자에 앉아 벽난로 앞으로 다리를 쭉 뻗었다.

"명함 뒤를 보았나?"

나는 명함을 뒤집은 다음 거기 써 있는 내용을 소리 내어 읽었다.

"6시 30분에 찾아뵙겠습니다. C. A. M."

"어디 보자, 벌써 그가 올 시간이 됐군. 왓슨, 독사가 그 흉측한 몸으로 소리 없이 기어 다니다가 납작한 머리를 쳐들고 불길한 눈을 빛내는 것을 보면 등골이 오싹하지 않나? 내가 탐정으로 활약하면서 지금까지 한 50명의 살인범을 만나 왔지만 이렇게 소름 끼치도록 혐오스러운 사람은 없었어. 그런데도 이 사람을 만나야 할 일이 생기고 마는군. 내가 그를 불렀다네."

"대체 그는 뭐 하는 사람인가?"

"교활한 잔꾀로 남을 협박해서 돈을 가로채는 데는 일인자인 사기꾼이라네. 이번에는 그에게 큰 운이 따랐는지 지체 높은 어느 숙녀의 비밀을 알아내게 되었지.

밀버튼은 겉으로는 늘 웃고 있지만 아주 냉혹하고 비정한 작자라네. 상대에게서 빼앗을 수 있는 모든 것을 앗아 갈 때까지 괴롭히는 인간이지. 거래나 협상 쪽으로는 머리가 상당히 비상한 놈이라서 아마 무역업에 손을 댔다면 꽤 성공했을 걸세.

그놈이 잘 써먹는 수법을 들려줄까? 우선 명망 있고 지위가 높은 사람의 명예에 흠집을 낼 만한 편지들을 고액으로 사들이지. 보통 주인을 배반한 하인이나 하녀들에게서 이런 편지를 입수할 수 있다네. 그뿐 아니라 유력한 가문의 여인들에게서 비밀스러운 애정이 담긴 편지를 받은 몰락한 귀족들도 돈에 눈이 멀어 밀버튼에게 편지를 팔아넘기지.

밀버튼은 비밀 편지를 거래할 때 돈을 아끼지 않는다네. 한번은 어느 하인이 가져온 2줄짜리 편지를 700파운드에 샀다더군. 그 편지와 관련된 귀족은 결국 하루아침에 망했지.

그는 일단 편지를 사들이면 하나도 빠짐없이 보관하고 있기 때문에 그놈의 이름을 들으면 치를 떨 사람이 런던에만 수백 명은 될 걸세. 그놈은 이미 재산을 꽤 모았지만 아주 교활해서 편지를 단번에 공개하지 않지. 누가 언제 그놈의 덫에 걸려들지는 아무도 모르는 거야. 밀버튼은 편지를 쥔 채 몇 년이고 기회를 노리다가 가장 적절한 시기라고 생각될 때에야 비로소 움직인다네.

아까도 말했지만 그는 런던에서, 아니 영국에서 제일 지독한 악당일세. 홧김에 선량한 시민을 몽둥이로 때려눕힌 불량배도 이놈에게는 비할 수 없을 거야. 이 작자는 시간만 나면 이미 잔뜩 긁어모은 돈을 더 불리기 위해 아주 계획적으로 점차 남의 숨통을 조여서 죽기 직전까지 몰고 간다니까."

나는 홈스가 그렇게 격한 감정으로 누군가에 대해 말하는 것을 처음 보았다.

"하지만 그놈도 법망을 피해 갈 수는 없지 않나?"

"물론 그렇지만 그가 법의 심판을 받는다고 해도 실효가 없다네. 그러니까 밀버튼이 몇 개월간 감옥에 잡혀 있어 봤자 이미 파멸을 앞둔 여인에게 어떤 이득이 있겠나? 그에게 협박을 받는 이들은 편지 내용이 공개되면 명예가 실추되니까 함부로 신고도 못한다네.

밀버튼이 무고한 사람에게서 이유 없이 돈을 갈취한다면 잡아들일 수 있지만 그자는 악마처럼 교활해서 절대 그런 짓은 하지 않아. 그러니까 이자를 체포하려면 뭔가 다른 방법이 필요해."

"홈스, 그런 사람을 왜 불렀지?"

"명망가의 한 여성이 그 작자 때문에 안타까운 처지에 놓였다며 사건을 의뢰했다네. 에바 블랙웰 양인데 자네도 들어보았지? 작년에 사교계에 데뷔한 여성들 중에서 가장 아름답기로 유명했지 않나. 그녀는 2주 후면 도버코트 백작과 결혼식을 올릴 예정인데, 철없던 시절 시골의 가난한 젊은 지주에게 쓴 편지 몇 통이 밀버튼의 손에 들어간 거야. 일시적인 감정에 치우쳐 분별없이 보낸 편지였지만 백작에게 파혼당

하기에는 충분한 내용이 적혀 있지.

　밀버튼은 그녀에게 어마어마한 금액을 치르지 않으면 백작에게 편지를 보내겠다고 위협했어. 그녀는 나에게 밀버튼을 대신 만나서 최대한 유리하게 타협을 해 달라고 부탁했네."

　그때 바깥에서 듣기 좋게 울리는 말발굽 소리와 마차가 덜컹거리는 소리가 들려왔다. 창밖을 내다보니 윤기가 흐르는 갈색 말 두 마리가 끄는 호화스러운 마차가 하숙집 앞에 서는 것이 보였다. 반짝반짝 광택이 나는 질 좋은 밤나무로 만든 마차 뒷부분에 매달린 여러 개의 램프가 거리를 밝게 비추고 있었다. 마부가 문을 열자 털외투로 온몸을 감싼 자그마하고 다부진 체구의 남자가 마차에서 내렸다. 1분쯤 후 그 남자가 방문을 두드리는 소리가 들렸다.

　찰스 오거스터스 밀버튼은 50대의 남자로 크고 영리해 보이는 머리에 둥글고 살집 좋은 얼굴이었다. 말끔하게 면도를 한 그는 미소를 머금고 있지만 얄팍한 입술이 비정해 보였다. 무엇보다도 커다란 금테 안경 너머로 상대방을 꿰뚫어 볼 듯 번뜩이는 날카로운 회색 눈동자가 인상적이었다. 언뜻 보면 자비로운 신사처럼 보였지만 마치 가면을 쓴 것처럼 위선적인 미소를 흘리는 입가와 경계하듯 쉴 새 없이 주위를 살피는 눈은 그가 어떤 사람인지 드러내 주었다. 밀버튼이 작고 피둥피둥한 손을 내밀어 악수를 청하면서 그 손만큼이나 부드러운 목소리로 말했다.

"낮에 들렀는데 안 계시더군요."

홈스는 그가 내민 손을 거들떠보지도 않고 딱딱한 얼굴로 그를 응시했다. 밀버튼이 손을 거두더니 미소를 지으며 어깨를 으쓱하고는 외투를 벗었다. 그는 천천히 공을 들여 외투를 접더니 안락의자 등받이에 걸친 다음 자리에 앉았다.

"이 신사 분이 함께 있어도 괜찮습니까?"

밀버튼이 나를 보며 물었다.

"왓슨 의사는 절친한 친구이자 동료라오."

"뭐 그렇다면 괜찮겠군요. 내가 그 편지를 입수한 건 모두 당신 의뢰인을 위해서였소. 이건 말하기 워낙 조심스러운 문제라서……."

"왓슨 의사도 대략 알고 있소."

"아, 그럼 본격적으로 이야기를 해 볼까요? 홈스 씨, 당신은 이 자리에 블랙웰 양의 대리인 자격으로 계신 거지요? 그렇다면 당신에게는 내 조건을 받아들일 권한이 있겠군요?"

"원하는 조건은?"

"7천 파운드."

"돈을 지불하지 않는다면?"

"흠, 이런 말을 해야 하는 내 마음도 괴롭지만 14일까지 그 돈을 주지 않으면 18일에 예정된 결혼식은 취소되겠지요."

그는 음흉한 미소를 짓더니 깍지를 낀 두 손을 무릎 위에 올리고 의자 등받이에 한껏 기댔다.

홈스가 잠깐 생각하더니 말을 꺼냈다.

"블랙웰 양이 당연히 돈을 지불하리라 생각하는군. 물론 나도 편지 내용을 잘 알고 있소. 의뢰인은 나의 조언에 따라 행동할 겁니다. 나는 백작에게 모든 걸 털어놓고 용서를 빌라고 말할 작정이오."

그러자 밀버튼이 쇳소리를 내며 웃었다.

"백작이 어떤 사람인지 당신은 전혀 모르는군요."

순간 당황하는 홈스를 보고 나는 인정하기 싫지만 밀버튼의 말이 옳다는 것을 알 수 있었다.

"그깟 편지에 문제 될 만한 내용이 뭐가 있겠소?"

"오, 아주 열렬한 연애편지랍니다. 사랑에 눈이 먼 그녀의 절절한 심정이 그대로 드러나는. 자존심 강하고 명예를 목숨보다 중시하는 백작이 그런 편지를 가볍게 넘길 리 없지요.

하지만 당신이 생각을 조금만 바꾸면 기분 좋게 이 문제를 잘 처리할 수 있습니다. 이건 순전히 사업상의 문제지요. 만일 백작의 손에 편지를 넘기는 것이 그녀를 가장 위하는 길이라면 그렇게 많은 돈을 주고 편지를 되찾는다는 건 어리석겠지요."

그가 일어서서 외투를 집어 들었다. 홈스의 얼굴이 치솟는 분노와 모욕감으로 흙빛이 되었다.

"당신은 유능한 협상가답지 않게 너무 성급하군. 나는 이 비밀스러운 일이 공개되지 않게 최선을 다하는 게 우리 의무라고 생각하오만."

"역시 홈스 씨는 판단이 빠르군요."

밀버튼이 흡족한 얼굴로 다시 자리에 앉았다.

"블랙웰 양이 그리 부유하지 않다는 건 당신도 알 텐데? 가진 돈을 전부 모아도 2천 파운드밖에는 안 될 거요. 당신이 요구한 금액은 정말 곤란하오. 그러니 내가 요구하는 금액에 편지를 넘겨주기 바라오. 그녀는 그 이상의 돈을 지불할 능력이 없소."

밀버튼은 여전히 미소를 지으며 재미있다는 듯 눈을 반짝였다.

"당신 말이 사실이긴 하지요. 하지만 그녀는 곧 백작 부인이 될 것을 내세워 친구들이나 친척들에게 돈을 얼마든지 빌릴 수 있습니다. 만약 그들이 결혼 선물을 주는 대신 돈 빌려주기를 꺼린다면 그들에게 이 한 묶음의 편지가 결혼식보다 훨씬 흥미진진하다는 걸 알려줄 수밖에요."

"그 입을 조심하는 것이 좋을걸."

이를 악물고 있던 홈스가 간신히 말했다.

"저런 저런, 정말 유감스럽군요."

밀버튼이 외투 안주머니에서 두꺼운 수첩을 꺼내 들었다.

"내 말을 가볍게 여기고 경솔하게 행동했던 여인들이 생각나는군요. 이걸 보시죠!"

그는 수첩 사이에서 겉에 문장이 새겨진 작은 봉투를 꺼냈다.

"아직은 이름을 밝힐 수 없는 어떤 여자가 이 편지를 썼습니다. 내일 아침이면 이 편지를 그녀의 남편이 받게 될 겁니다. 다이아몬드 반지를 팔아 돈을 마련할 수 있는데도 그녀는 그렇게 하지 않았습니다. 정말 안타까운 일입니다.

홈스 씨, 마일스 양과 도킹 대령이 갑자기 파혼한 것을 기억합니까? 결혼식을 겨우 이틀 앞두고 《모닝 포스트》에 파혼에 대한 기사가 났지요. 믿기 어렵겠지만 겨우 2천 파운드를 지불하지 않은 대가가 그렇게 컸습니다. 정말 가슴 아프지 않습니까? 한 집안의 명예가 걸린 일인데도 그 여자가 겨우 이 정도 조건에 놀라다니 정말 뜻밖이군요. 그래도 당신은 분별력 있는 사람인 줄 알았습니다."

"내가 한 말은 사실이오. 블랙웰 양은 도저히 그만한 돈을 준비할 수 없소. 이 편지를 공개해서 한 여자의 일생을 망친다고 해서 당신에게 어떤 이득이 있겠소? 차라리 내가 제시한 금액을 받는 편이 당신에게도 더 좋을 거요."

"홈스 씨, 하나만 알고 둘은 모르는군요. 이 편지를 공개하면 간접적이긴 하지만 내게 큰 이익이 된다는 걸 모르십니까? 나는 이와 비슷한 편지를 여러 통 갖고 있습니다. 내가 블랙웰 양의 편지를 폭로하면 다른 편지의 주인들은 내가 제시한 금액을 군소리 없이 건네겠지요. 자, 이제 알겠소?"

홈스가 의자를 박차고 벌떡 일어났다.

"왓슨, 어서 문을 막아. 이 작자가 나가지 못하게 해! 밀버튼, 수첩을 건네라!"

밀버튼은 체구에 어울리지 않게 생쥐처럼 재빨리 방 한구석으로 피하더니 벽을 등진 채 말했다.

"홈스 씨, 이것 좀 보시지요."

그가 코트 앞깃을 살짝 열더니 안주머니에 꽂힌 커다란 권총을 내보였다.

"난 당신이 이렇게 나올 것을 예상했습니다. 이 일을 하다 보면 자주 당하는 일이거든요. 하지만 이렇게 한다고 이득이 될 건 전혀 없어요. 나는 늘 완전 무장 상태라 언제든 무기를 꺼낼 수 있습니다.

당신이 먼저 위협했으니 내가 자신을 보호하기 위해 무기를 사용해도 법적인 문제는 없지요. 그리고 내가 여기에 편지를 가져왔다고 생각합니까? 허, 난 그렇게 어리석지는 않습니다. 그럼, 오늘 저녁엔 약속도 있고 햄스테드까지 가려면 시간이 좀 걸릴 테니 이만 가야겠군요."

그는 한 손을 여전히 권총에 올린 채 조심스레 걸어 나와서 문으로 향했다. 나는 의자를 집어 들었지만 말없이 고개를 젓는 홈스를 보고 힘없이 내려놓았다. 밀버튼이 정중히 인사하고는 미소를 지으며 문 밖으로 걸어 나갔다. 곧 마차 문이 닫히는 소리가 나더니 덜컹거리며 마차가 멀어져 갔다.

위험천만한 계획

고개를 숙인 채 벽난로 앞에 서서 미동도 하지 않고 불꽃을 들여다보기만 하던 홈스가 뭔가 결정을 내렸는지 몸을 휙 돌려 침실로 들어갔다. 잠시 후에 염소수염을 기른 멋쟁이 청년이 침실에서 으스대며 걸어 나오더니 램프 불을 이용해 도기 파이프에 불을 붙였다.

"왓슨, 금방 돌아오겠네."

홈스는 이 말만 남기고 방을 나갔다. 나는 찰스 오거스터스 밀버튼에 대한 홈스의 전쟁이 시작됐다는 걸 알았다. 하지만 이후에 전투가 그토록 괴이하게 전개되리라고는 상상도 못했다.

홈스는 그 후 며칠간 오후에 그런 차림으로 나가서 저녁 무렵에나 돌아오곤 했다. 나는 그가 햄스테드에 간다는 건 알아챘지만 그곳에서 무엇을 하는지는 전혀 알 수 없었다. 사나운 폭풍우가 몰아치는 어느 밤이었다. 창문을 때리는 바람소리가 무척이나 요란했다. 마지막 모험을 마치고 돌아온 홈스는 난로 앞에 앉아 수염을 떼어 내더니 허리를 구부린 채 킬킬 웃어 댔다.

"이보게, 내가 결혼한다면 믿겠나?"

"차라리 내일 서쪽에서 해가 뜬다는 말을 믿겠네."

"하지만 정말로 약혼했다면?"

"뭐라고? 세상에!"

"밀버튼의 가정부가 약혼녀일세."

홈스는 여전히 웃었다.

"뭐, 뭐라고 했나?"

"정보를 얻기 위해 어쩔 수 없었네."

"자네가 약혼을 하다니! 꼭 그래야만 했나?"

"그럴 수밖에 없었네. 나는 그녀에게 이름은 에스코트이고 수입이 좋은 배관공이라고 소개했지. 매일 밤 그녀와 산책하면서 대화를 나눴네. 대부분은 지루하기 짝이 없는 이야기였지만, 알고 싶은 정보는 모두 얻을 수 있었네. 이제 밀버튼의 집에서 일어나는 일이라면 훤히 꿰고 있지."

"그 가정부는 대체 어떻게 할 셈인가?"

홈스는 어깨를 가볍게 으쓱해 보였다.

"음, 어쩔 수 없는 부분이라네. 이렇게 일촉즉발의 상황에서는 가장 유리한 카드를 선택해야만 하거든. 하지만 내가 그녀에게서 물러서기만을 기다리는 경쟁 상대가 있으니 너무 걱정하지는 말게. 오늘은 정말 날씨가 좋군."

"자네가 이런 날씨를 좋아했었나?"

"계획을 실행하는 데 안성맞춤인 날씨거든. 왓슨, 오늘 밤 나는 밀버튼의 집에 침입할 거라네."

홈스가 결의에 찬 말투로 분명하게 말했다. 그 말을 듣고 너무나 놀란 나는 온몸에 소름이 돋고 숨이 막혔다. 번개가 치면 밝은 빛 아래 황량하고 우울한 겨울 풍경이 한순간에 세세하게 드러나는 것처럼, 내 머릿속에는 그의 무모한 계획이 가져올 결과들이 분명하게 떠올랐다. 만약 밀버튼에게 발각되어 잡힌다면 이제껏 그가 쌓아 온 명성은 불명예로 얼룩져 돌이킬 수 없게 될 것이다. 또한 그의 미래는 악마 같은 밀버튼의 손에 좌우될 것이 분명했다.

"홈스, 그건 자네답지 않은 생각이네! 부탁이니 다시 한번 생각해 주게."

내가 안타까움을 못 이겨 소리쳤다.

"나도 충분히 심사숙고하고 결정한 일이네. 이 친구야, 내가 경솔하게 행동하거나 위험에 처할 사람으로 보이는가? 물론 다른 방법이 있다면 이렇게까지 하지는 않을 거야.

진정하고 냉정하게 생각해 보자고. 아마 자네도 이런 행동이 법적으로는 죄가 되지만 도덕적으로는 옳다는 데 동의할 거야. 나는 단지 밀버튼의 마수에 걸린 사람들을 구하기 위해 그의 수첩을 가져오려는 목적뿐이니까. 자네라면 내 계획에 기꺼이 찬성하리라 믿네."

나는 한참 동안 생각한 후 입을 열었다.

"알겠네. 불법적으로 악용될 문서를 가져오는 게 목적이라면 그 행동은 도덕적으로 문제가 없다고 생각하네."

"맞아. 도덕적인 이유는 그걸로 됐고, 이제 내가 마주칠지 모르는 위험에 대비해야지. 어떤 숙녀가 절실하게 도움을 구할 때 신사라면 이런 위험 정도는 감수해야겠지?"

"자칫 곤란한 상황에 빠질지도 몰라."

"그러니 위험하다는 거야. 하지만 편지를 찾을 다른 방법이 있는
가? 내가 아는 한은 없다네. 안타깝게도 블랙웰 양은 밀버튼이 요구
하는 돈을 줄 형편이 아니고 주변에 믿고 의지할 사람도 없다네. 내일
이 돈을 지불하기로 한 기한이니 반드시 오늘 밤 편지를 가져와야 해.

밀버튼은 자기가 내뱉은 말은 지키는 작자야. 돈을 받지 못하면
그녀를 파멸시키는 것쯤 눈 하나 깜짝하지 않고 해낼 거야. 이건 밀
버튼과 나의 전쟁이라고 할 수 있네. 자네도 보았듯이 첫 번째 싸움
에서는 그가 이겼지만 이번에는 탐정으로서 내 명예를 걸고 끝까지
싸우겠네."

"썩 내키지는 않지만 자네 생각에 찬성하네. 그럼 언제 출발하면
되지?"

"이 계획에 자네는 포함시키지 않았네, 왓슨."

"안 돼! 그러면 자네도 갈 수 없네. 신에게 맹세하건대 자네가 이
모험에서 나를 제외시킨다면 자네가 나가자마자 경찰서로 달려가서
신고하겠네."

"왓슨, 나 혼자서도 충분할 걸세."

"어떻게 그리 확신하나? 무슨 일이 생길지 자네가 이미 다 안다는
건가? 자네 생각이야 어떻든 나는 결심했네. 나도 정의로운 신사로
서 자존심과 긍지가 있어."

홈스는 난처한 표정으로 이맛살을 찡그린 채 잠시 생각에 빠졌다.
그러나 곧 웃음 띤 얼굴로 내 등을 가볍게 두드리며 말했다.

"알겠네, 그렇게 하자고. 우리는 몇 년간 같은 하숙집에 있었으니
같은 감방에 갇히는 것도 재미있겠지. 자네니까 말하는 건데, 만약
내가 나쁜 마음을 먹었다면 꽤 악명 높은 범죄자가 됐을 거라는 생각

을 가끔 한다네. 오늘은 그런 생각을 실제로 확인해 볼 수 있겠군. 여기 좀 보게."

홈스가 서랍에서 깔끔한 가죽 상자를 하나 꺼냈다. 상자를 열자 반짝이는 도구가 여러 개 보였다.

"이건 뛰어난 성능을 자랑하는 최신식 도구라네. 이것들만 있으면 어느 곳이든 감쪽같이 침입할 수 있지. 니켈 도금한 쇠 지렛대, 끝에 다이아몬드가 박힌 유리 절단용 칼, 다용도 열쇠, 그 밖에도 여러 가지 잡다한 도구가 들어 있어. 여기 손전등도 있네. 내가 미리 사용하기 편하게 잘 정리해 뒀다네. 자네, 밑창이 부드러운 신발이 있나? 소리 내지 않고 잠입하려면 꼭 필요하거든"

"음, 고무 밑창을 댄 테니스화는 어떤가?"

"아주 좋지! 그럼 복면은?"

"검은 비단 천으로 뚝딱 만들 수 있네."

"허허, 자네가 그렇게 말하니까 이런 일에 숨겨진 재능이 있는 것 같군. 그럼 복면을 만들어 주게. 출발하기 전에 저녁을 좀 먹어 두자고. 지금 9시 30분이니까 11시에 마차를 타고 가세. 거기서 애플도어 타워까지는 도보로 15분 거리니까 자정이 되기 전에 일을 시작할 수 있어.

밀버튼은 한번 잠들면 업어 가도 모른다고 하더군. 게다가 매일 10시 30분이면 어김없이 잠자리에 든다고 하네. 행운의 여신이 우리 편이라면 블랙웰 양의 편지를 찾아서 새벽 2시까지는 돌아올 수 있을 거야."

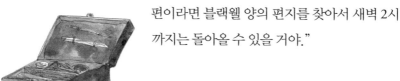

한밤의 모험

극장에서 나와 집으로 돌아가는 사람들처럼 보이기 위해 홈스와 나는 정장을 입고 길을 나섰다. 그리고 옥스퍼드 가에서 이륜마차를 잡아탄 다음 햄스테드로 향했다. 마차에서 내리자 더욱 차가워진 바람에 뼛속까지 시렸기 때문에 우리는 몸을 잔뜩 웅크린 채 관목이 우거진 도로 가장자리를 따라 걸어갔다.

"우리는 아주 조심해야 하네. 놈은 서재의 금고 안에 편지를 넣어두지. 서재는 침실 바로 맞은편에 있어. 뚱뚱한 사람이 흔히 그렇듯이 밀버튼도 잠이 많은 편이라네. 애거사 말에 따르면 밀버튼을 깨우는 건 하나님도 못할 거라며 하녀들끼리 농담까지 했다는군. 참, 애거사는 내 약혼녀라네.

밀버튼에게는 비서가 한 명 있는데, 낮에는 서재에서 나오지 않는다고 하네. 그래서 우리가 이 야심한 밤에 침입하는 거야. 그리고 정원에는 사나운 개를 풀어놓는다는군. 하지만 걱정 말게. 내가 무사히 도망칠 수 있도록 애거사가 개를 묶어 놓겠다고 약속했으니까.

아, 이제 밀버튼의 집에 도착했어. 저 넓은 정원이 보이나? 밀버튼이 못된 짓으로 돈을 많이 모았다는 게 사실이군. 이제 월계수 숲 오른쪽에 있는 작은 문으로 들어가면 될 걸세. 이쯤에서 복면을 쓰는 게 좋겠어. 창문마다 불이 꺼져 있는 게 보이지? 모든 일이 잘 풀리는 것 같군."

검은 비단 복면을 쓴 우리 모습은 마치 런던에서 제일가는 2인조 도둑처럼 무시무시해 보였다. 어둠에 몸을 숨긴 채 주변의 다른 집에 비해 우뚝 솟은 건물 쪽으로 조용히 다가갔다. 한쪽 벽면에는 타일로 꾸민 베란다가 있고 그 위로는 창문 여러 개와 문 2개가 늘어서 있었다.

"밀버튼의 침실이 바로 저기라네."

홈스가 속삭이며 손가락으로 문 하나를 가리켰다.

"저 문은 서재와 통해 있어. 저 문을 이용하는 게 제일 빠르지만 자물쇠와 걸쇠로 단단히 잠가 두었기 때문에 억지로 열면 시끄러워질 거야. 자, 이리로 오게. 거실과 연결된 온실이 있으니까."

온실 문도 잠겨 있었지만 홈스는 도구를 이용해 유리를 둥글게 잘라 내더니 그 안으로 손을 넣어 부드럽게 걸쇠를 벗겨 냈다. 온실 안으로 들어서자 홈스가 문을 조용히 닫았다. 그 순간부터 우리는 법적으로 무단 침입자가 된 것이다! 온실은 습하고 뜨거운 공기와 남국의 식물들이 발산하는 짙은 향 때문에 숨이 막힐 것 같았다. 어둠 속에서 홈스가 내 팔을 잡고 키 큰 관목이 줄지어 있는 곳으로 재빨리 끌고 갔다. 나뭇잎이 얼굴을 스쳐 따끔거렸다.

홈스는 평소에도 훈련을 열심히 해 왔기 때문에 어둠 속에서도 앞을 보는 데 익숙했다. 그는 내 팔을 계속 잡은 채 한쪽 손으로 문을 밀어 열었다. 앞은 여전히 잘 보이지 않았지만 나는 느낌으로 우리

가 큰 방에 들어섰다는 걸 알 수 있었다. 조금 전까지 머물던 이가 담배를 피우다 나갔는지 담배 냄새가 훅 끼쳤다.

홈스는 가구 사이를 더듬으며 걸어가다가 문을 찾아 연 다음 안으로 들어가더니 얼른 문을 닫았다. 손을 뻗자 벽에 걸려 있는 여러 벌의 외투가 만져졌다. 나는 그곳이 복도라는 걸 알 수 있었다.

복도 끝에 이르니 홈스가 오른쪽에 있는 문을 가만히 열었다. 그런데 순간 방에서 뭔가 시커먼 것이 튀어나왔다. 나는 깜짝 놀라 소리를 지를 뻔했는데 그게 고양이라는 걸 알고는 놀란 가슴을 쓸어내렸다. 방 안의 벽난로에는 아직 불씨가 남아 있었고 역시 담배 연기가 자욱했다. 까치발로 방에 들어간 홈스는 뒤처진 내가 들어올 때

까지 기다렸다가 아주 조심스레 문을 닫았다. 이곳이 바로 우리의 목적지인 밀버튼의 서재였다. 방 저편에는 침실로 통하는 칸막이 커튼이 드리워 있었다.

벽난로의 불꽃이 활활 타오르고 있어서 서재 안은 환했다. 우리로서는 위험을 무릅쓰고 문 옆의 전등 스위치를 켤 필요가 없어 다행이었다. 고풍스러운 벽난로 옆에는 아까 밖에서 봤던 창문 위에 두꺼운 커튼이 내려져 있었고 맞은편에는 베란다로 이어지는 문이 있었다.

방 한가운데는 커다란 마호가니 책상과 붉은 가죽을 씌운 회전의자가 자리 잡고 있었다. 책상 맞은편에는 벽면을 거의 다 차지할 만큼 길쭉한 책장이 있었고 책장 위에는 아테네 여신의 대리석 흉상이 올려져 있었다.

금고는 책장 옆 틈새의 모서리에 있었는데 세로로 길쭉한 녹색 금고였다. 금고의 청동 손잡이가 벽난로 불빛을 부드럽게 반사하고 있었다. 홈스가 살금살금 방 안을 가로질러 금고에 다가가 자세히 들여다보았다. 그러더니 침실 문 앞까지 기어가서 문에 한쪽 귀를 바짝 대고 한동안 가만히 있었다. 침실에서는 어떤 소리도 새어 나오지 않았다.

나는 최대한 빨리 도망갈 수 있도록 바깥으로 통하는 문을 열어두어야겠다고 생각했다. 하지만 예상과 달리 문은 이미 열려 있었다. 내가 홈스의 팔을 잡아당기자 놀란 그가 고개를 돌려 나를 보았다. 내가 문을 가리키자 순간 홈스가 움찔 몸을 움직여서 그도 나만큼이나 놀랐다는 걸 알 수 있었다.

"허, 이상한걸. 이럴 리가 없는데?"

그가 내 귀에 입을 가까이 대고 속삭였다.

"정말 이해할 수 없군. 왠지 좀 불안해. 좀 더 서둘러야겠어."

"홈스, 내가 도울 일은 없을까?"

"문 옆에 서서 망을 봐 주겠나? 누가 오는 소리가 들리면 재빨리 안에 있는 걸쇠를 잠그는 거야. 우리는 왔던 길로 달아나면 되겠지. 만일 다른 문 쪽에서 인기척이 느껴질 경우 편지를 손에 넣었다면 방 끝으로 난 문으로 도망치고, 그렇지 않다면 이 창문의 커튼 뒤로 몸을 숨기면 되네."

나는 고개를 끄덕여 보이고 문 옆에 바짝 붙어 섰다. 그러고 있자 니 처음에 느꼈던 공포감 대신 이전에는 느껴 본 적이 없는 강렬한 흥분이 나를 사로잡아 가슴이 마구 뛰었다. 숭고한 임무와 이타적인 기사도 정신, 악마의 탈을 쓴 악당에 대한 심판이라는 요소들이 한밤의 모험에 흥미를 더해 주었다. 죄의식에서 벗어난 나는 이러한 위험들을 기꺼이 즐기고 있었다.

빗나간 예상

금고 앞에 몸을 낮추고 앉은 홈스가 도구 상자를 열고 까다로운 수술을 집도하는 외과의사처럼 침착한 태도로 연장을 고르고 있었는데 그 모습은 감탄스럽기까지 했다. 금고를 여는 것은 홈스의 특별한 취미였다. 수많은 여성의 명예와 관련된 편지 뭉치를 보관하고 있는 이 녹색 금고를 대하는 홈스의 도전 의식과 즐거움을 나는 잘 이해할 수 있었다.

홈스가 코트를 벗어 의자에 걸친 후 소매를 걷더니 송곳 2개, 손전등, 다용도 열쇠 여러 개를 꺼내어 바닥에 나란히 놓았다. 나는 위급한 경우를 대비해 2개의 문의 중간 지점에 서서 양쪽을 쉬지 않고 번갈아 보았다. 그러는 사이 30분 정도 시간이 흘렀고, 홈스는 도구를 차례로 사용하여 금고문을 여는 데에만 집중했다. 능숙하게 여러 도구를 번갈아 사용하는 그는 오랜 경력을 자랑하는 금고털이범처럼 보였다.

마침내 좀처럼 열리지 않을 것 같던 육중한 금고문이 열렸다. 금고 안은 서류 묶음들로 가득했는데, 끈으로 매어 봉인한 편지 묶음마다 편지를 쓴 사람의 이름이 적혀 있었다. 홈스가 그중에서 맨 위에 있는 한 뭉치를 꺼내어 벽난로 앞에 가까이 다가섰지만 불꽃이 일렁여 글씨를 제대로 읽기는 힘들었다. 그는 혀를 차더니 작은 손전등을 꺼냈다. 밀버튼이 바로 옆방에 잠들어 있어서 전등을 켜는 건 위험했다.

갑자기 홈스가 멈춰 서서 무언가에 열심히 귀를 기울이더니 금고 문을 가만히 닫고 외투를 집어 들었다. 그는 바닥에 늘어놓았던 도구들을 주머니에 아무렇게나 쑤셔 넣었다. 그러고는 내게 따라오라고 손짓하며 커튼 뒤로 재빠르게 숨었다.

나는 커튼 뒤에 완전히 숨은 뒤에야 어디선가 들려오는 작은 소리를 들었다. 예민한 홈스는 나보다 먼저 그 소리를 들은 것이다. 누군가가 움직이는 소리였다. 바로 그때 어딘가에서 문이 닫히는 소리가 희미하게 났다. 그러더니 웅얼거리는 말소리와 함께 누군가 질질 끌리는 발걸음으로 걸어오는 소리가 들렸다. 바깥 복도에서 다가오던 발소리가 문 앞에서 멈췄다. 식은땀을 흘리며 서 있던 나는 긴장해서 침을 꿀꺽 삼켰다.

이윽고 문이 열렸다. 그리고 '딸깍' 소리가 나더니 전등 불빛에 서재가 환히 밝아졌다. 문은 곧 닫혔고 독한 담배 냄새가 풍겨 오기 시작했다. 우리가 숨은 커튼 앞을 왔다 갔다 하는 발소리가 잠깐 들렸다. 의자가 삐걱거리더니 마침내 발자국 소리가 멈췄다. 그리고 열쇠 돌리는 소리에 이어 서류를 뒤적거리는 소리가 들렸다.

그때까지 밖을 내다볼 엄두도 못 내고 꼼짝 않고 서 있던 나는 용기를 내어 커튼을 살짝 젖히고 방 안을 엿보았다. 그러자 내 어깨를 내리누르는 홈스의 각진 어깨가 느껴졌다. 그 역시 밖을 내다보려고 몸을 기울인 것이다.

커튼 앞에서 오른쪽으로 밀버튼의 넓고 둥근 어깨가 보였다. 그 순간 우리의 예상이 완전히 빗나갔음을 깨달았다. 그가 잠자리에 들지 않았던 것이다. 아마도 저택 뒷면에 있어 우리가 미처 발견하지 못한 별관에 딸린 흡연실이나 당구실에서 한가롭게 담배를 피우다가 서재로 온 듯했다. 바로 눈앞에 백발이 듬성듬성한 커다랗고 반짝이는 머리가 보였다. 붉은 가죽의자에 몸을 깊숙이 파묻고 앉은 그가 다리를 앞으로 뻗은 채 담배를 물었다. 검은 벨벳 깃이 달린 보랏빛 실내 가운 차림이었다. 그는 허연 담배 연기를 내뿜으며 두툼한 문서를 읽고 있었다. 의자에 편안한 자세로 앉아 천천히 서류를 읽는 모습을 보니 한동안 그 자세를 유지할 것 같았다.

홈스가 손을 뻗어 안심하라는 듯 내 손을 잡아 주었다. 그것은 우리가 이 작전을 무사히 수행할 것을 확신하고 있기에 전혀 두려워하지 않는다는 걸 보여 주려는 몸짓이었다.

내가 숨어 있는 위치에서는 금고 문이 잘 보였는데, 아까 너무나 서두른 탓인지 완전히 닫혀 있지 않았다. 홈스가 그걸 못 본 게 아닐까 하는 생각이 들었다. 재수가 없으면 밀버튼이 알아차리고 우리를 찾아낼 수도 있었다. 나는 만약 밀버튼이 금고 문이 열려 있는 걸 알아차리면 얼른 뛰어나가서 코트로 그의 머리를 덮은 다음 움직이지 못하게 묶어야겠다고 생각했다. 그 나머지는 홈스가 알아서 처리할 것이라 믿었다.

하지만 밀버튼은 서류에서 눈을 들지 않았다. 그가 심드렁한 표정으로 손에 든 문서를 보고 있었기 때문에 나는 그가 담배를 다 피운 후에는 잠자리에 들 것이라고 생각했다. 그러나 그가 서류를 다 읽기도 전에 너무도 뜻밖의 일이 발생했다.

밀버튼이 서류를 보다가 고개를 들어 벽시계를 힐끔 보았다. 좀이 쑤시는지 자리에서 일어났다가 한숨을 쉬고 다시 앉기도 했다. 늘 일찍 잠자리에 드는 그가 이런 시각에 도대체 무엇을 하는 것인지 이해할 수가 없었다.

갑자기 베란다 바깥쪽에서 희미한 소리가 들려왔다. 밀버튼도 그 소리를 들었는지 서류를 내려놓고 옷매무새를 고쳐 앉았다. 다시 인기척이 나는가 싶더니 조용히 문을 두드리는 소리가 들렸다. 밀버튼은 입술을 일그러뜨리며 씩 웃더니 자리에서 일어나 문을 열었다.

"30분이나 늦다니."

그가 화난 목소리로 말했다.

베란다로 통하는 문이 열려 있던 이유, 밀버튼이 잠자리에 들지 않은 이유가 분명해졌다. 여자의 치맛자락이 나무 바닥을 스치는 소리가 들렸다. 그때 밀버튼이 우리 쪽으로 고개를 돌려서 나는 서둘러 커튼을 닫았다.

하지만 두려운 것도 잠시, 호기심을 참을 수 없어 다시 커튼을 살짝 열고 엿보기 시작했다. 밀버튼이 거만스럽게 입술 끝에 담배를 물고 다시 의자에 앉았다. 밝은 불빛 아래 그의 앞에 서 있는 여자의 모습이 드러났다. 늘씬한 그녀는 검은 드레스를 입었는데 베일로 얼굴을 가리고 망토 깃을 목 위까지 잔뜩 세우고 있었다. 흥분한 듯 그녀는 숨을 몰아쉬었다. 그녀가 숨을 쉴 때마다 호리호리한 몸이 격한 감정으로 떨렸다.

"당신 때문에 내 아까운 수면 시간이 줄었어. 하지만 그 보상은 충분히 해 주겠지? 이 시간 말고 다른 때에 올 수는 없었나?"

여자가 고개를 저으니 베일이 따라서 흔들렸다.

"뭐 사정이 정 그렇다면야. 백작 부인이 당신에게 함부로 대했다면 당한 만큼 보기 좋게 갚아 줄 수 있는 절호의 기회가 온 거야. 그러니 떨지 말고 마음을 좀 편안히 가져. 이제 거래를 해 볼까?"

그가 책상 서랍을 열고 수첩을 꺼냈다.

"달베르 백작 부인의 편지를 5통 가져오겠다고 했지? 그 편지를 팔고 싶다니 내가 그 편지를 사겠네. 좋아, 값은 아주 후하게 쳐 주겠어. 하지만 물건을 보고 나서 값을 결정해야겠지? 내용에 따라서…… 세상에! 다, 당신은?"

여자가 조용히 베일을 걷어 올리고 바짝 세운 망토 깃을 풀었다. 밀버튼 앞에 이목구비가 또렷한 미인이 서 있었다. 그러나 콧날은 날카로웠고 짙은 눈썹 아래 커다란 눈이 매섭게 빛나고 있었다. 그녀가 얇은 입술을 꼭 다문 채 섬뜩함이 느껴지는 미소를 지었다.

"나를 기억하는군. 그래, 맞아. 네가 파멸로 몰아간 바로 그 사람이지."

밀버튼이 웃음을 터뜨렸지만 목소리는 두려움 때문인지 떨렸다.

"당신은 고집이 지나쳤어. 그래서 나도 어쩔 수 없이 극단적인 방법을 택할 수밖에 없었지. 사실 나는 파리 한 마리도 죽이지 못하는 마음 약한 사람이라고. 하지만 사업에서는 감정에 따르기보다 원칙을 지켜야만 해. 충분히 준비할 수 있는 돈을 요구했는데도 당신은 무시해 버렸어."

"그깟 돈 때문에 내 남편에게 편지를 보냈나? 남편은 정말 훌륭한 신사였어. 나 같은 여자는 그 발치에도 미치지 못할 만큼 고결한 귀족이었지. 명예를 존중하는 그는 내가 편지를 보냈던 남자를 쏜 다음 자결하고 말았어.

어젯밤에 내가 저 문으로 들어왔던 걸 기억하나? 그때 나는 자비를 베풀어 달라고 네게 거듭 빌었지만 너는 비웃었어. 어제는 잘만 웃던 입술이 파르르 떨리는 걸 보니 이제 너도 겁이 나는가 보군.

나를 다시 보리라고는 상상도 못 했겠지. 그러나 어젯밤에 난 너와 단 둘이 만날 수 있는 방법을 알았지. 찰스 밀버튼, 마지막으로 하고 싶은 말은 없나?"

"감히 나를 협박할 생각인가?"

부르짖으며 그가 벌떡 일어났다.

"내가 소리를 지르기만 하면 하인들이 달려와

널 붙잡을 거야. 오늘은 제정신이 아니라서 벌인 일일 테니 한 번만 눈감아 주지. 지금 당장 방에서 나가면 아무 말 하지 않겠어."

비참한 최후

여자는 모아 쥔 두 손을 가슴에 얹고 분노를 간신히 참으며 싸늘하게 웃었다.

"네가 더 이상 다른 사람의 인생을 짓밟도록 놔두지 않겠어. 이제 넌 누구도 괴롭히지 못할 거야. 너 같은 인간은 이 세상에서 사라져야 해. 이 비열하고 악랄한 놈!"

그녀가 번뜩이는 작은 권총을 망토 안에서 꺼내어 밀버튼을 향해 방아쇠를 몇 번이나 당겼다. 그는 뒷걸음치다가 책상 위로 쓰러졌다. 심하게 기침을 하더니 다시 일어서려는 듯 서류들을 움켜잡으며 몸을 뒤틀었다. 그러고는 비틀거리며 간신히 일어났지만 또 한 발을 맞고 바닥에 쓰러졌다.

"내가 이렇게 당하다니!"

그는 마지막 힘을 쥐어짜 내어 소리치더니 아무런 움직임이 없었다. 여자는 총을 다시 망토 속에 넣고 그에게 다가와 내려다보았다. 3분쯤 지난 후 그녀가 발뒤축으로 그의 얼굴을 차더니 다시 한 번 들

여다보았다. 그러나 밀버튼은 전혀 움직임이 없었고 아무 소리도 내지 않았다.

　겨울바람이 '휘익' 소리를 내며 열린 문을 통해 방으로 밀려 들어왔다. 여자는 그제야 몸을 돌려 재빨리 방에서 빠져나갔다. 우리는 그녀가 밀버튼에게 총을 쏠 때 그 어떤 행동도 하지 못했다. 첫 번째 총소리가 들렸을 때 나는 커튼 밖으로 뛰어나가려고 했지만 홈스가 내 손을 힘껏 잡아당겼다. 나는 그 행동이 무엇을 뜻하는지 충분히 헤아릴 수 있었다. 악한이 정의의 심판을 받았을 뿐이며 우리에게는 반드시 이행해야 할 목적이 남아 있었기 때문에 냉정을 되찾아야만 했다.

여자가 사라지자 홈스는 후다닥 뛰어나가 맞은편 문을 잠갔다. 곧 웅성거리는 소리와 급히 달려오는 요란한 발소리가 들렸다. 연이은 총소리에 집안 사람들이 잠에서 깨어난 것이다.

그러나 홈스는 아주 침착하게 금고에서 서류 뭉치들을 잔뜩 꺼내어 벽난로의 불길 속으로 던졌다. 그렇게 서너 번을 되풀이하자 금고 안이 깨끗이 비었다.

누군가 손잡이를 마구 돌리더니 부서질 듯 문을 두드렸다. 주위를 둘러보던 홈스는 밀버튼을 죽인 여자가 가져온 편지가 피에 젖은 채 책상 위에 떨어져 있는 것을 발견했다. 홈스는 그 편지들도 난로 속으로 던져 넣었다. 그러고 나서 베란다로 통하는 문에서 열쇠를 뽑아 들고는 내 뒤를 따라 나온 다음 밖에서 문을 잠갔다.

"여기야, 왓슨. 이쪽으로 가면 정원 담을 쉽게 넘을 수 있어. 서두르게."

아주 잠깐의 시간이었지만 온 집안 사람들이 깨어난 듯했다. 홈스를 따라 달리다가 돌아보니 모든 창문에 불이 켜져 있었다. 현관문이 열리더니 사람들이 우르르 마차 진입로로 뛰어나왔다. 현관 앞은 우왕좌왕하는 사람들로 가득해졌다. 그런데 그중 한 명이 베란다 쪽에서 뛰어나오는 우리를 가리키며 "저기 있다!"라고 외쳤다. 모두들 소리를 지르며 우리를 뒤쫓기 시작했다.

홈스가 정원에 익숙한 듯 빠른 속도로 낮은 관목들을 헤치며 달려갔다. 나는 놓칠세라 그 뒤를 바짝 따랐는데 선두에 선 추격자가 조금 뒤에서 헐떡이며 쫓아오고 있었다. 홈스가 2미터쯤 되는 정원 담을 훌쩍 뛰어오르더니 넘어갔다. 내가 담에 오르는 순간 누군가 내 왼쪽 발목을 잡았다.

하지만 나는 있는 힘껏 그를 걷어차고 담쟁이덩굴로 뒤덮인 담 위로 올라갔다. 담에서 뛰어내리자 내 몸이 덤불 속으로 나뒹굴었다. 그러자 홈스가 곧 일으켜 주었고 우리는 넓은 햄스테드 황야를 가로질러 도망쳤다.

얼마나 달렸을까? 마침내 홈스가 멈춰 서더니 가만히 귀를 기울였다. 뒤쪽에서는 아무 소리도 들려오지 않았다. 드디어 우리가 추격자들을 따돌리고 위험에서 벗어난 것이다!

경감의 방문

소설에나 나올 법한 모험을 한 다음 날, 나와 홈스는 아침 식사를 마치고 거실에서 느긋하게 담배를 피우고 있었다. 그때 심부름하는 소년의 안내를 받으며 런던 경찰청의 레스트레이드 경감이 들어왔다. 그의 얼굴이 매우 진지해 보였다.

"홈스 씨, 왓슨 선생, 안녕하시지요? 바쁘지 않다면 잠깐 시간을 내 주시겠습니까?"

"물론입니다. 무슨 일로 오셨습니까?"

"당신에게 도움을 청하려고 왔습니다. 어젯밤 햄스테드에서 매우 이상한 사건이 벌어졌습니다."

"오, 어떤 사건인가요?"

"독특하고 비극적인 살인 사건입니다. 당신은 특이한 사건에 흥미가 많다고 들었습니다. 애플도어 타워를 방문해서 현장을 좀 보시고 조언을 해 주시겠습니까? 이번 사건은 흔히 볼 수 있는 사건들과는 다릅니다.

　피살자인 밀버튼에 대해 조사해 봤는데 극악무도한 악당이더군요. 그가 협박과 금품 갈취를 위해 서류를 모아 둔다고 들었습니다. 하지만 살인범들이 서류를 흔적도 없이 불태웠더군요. 그런데 귀중품들은 그대로 있는 것으로 보아 그 서류들과 관계된 사람들이 저지른 일 같습니다. 범인들의 유일한 목적은 비밀을 영원히 묻어 두는 거겠죠."

　"'범인들'이라고 했나요? 그렇다면 단독 범행이 아니란 겁니까?"

　"맞습니다. 범인은 두 명이라고 합니다. 현장에서 거의 다 잡을 뻔했는데 그만 놓치고 말았답니다. 발자국을 확보했고 얼굴 생김새도 알았으니 범인들은 곧 잡힐 겁니다.

　범인 중 한 명은 아주 재빨랐지만 다른 한 명은 담을 넘을 때 정원사에게 잡혔다가 간신히 도망갔습니다. 잡혔다가 도망친 사람은 보통 키에 풍채가 좋은데 턱이 네모지고 목이 두꺼우며 콧수염을 길렀다고 합니다. 눈은 복면 때문에 볼 수 없었다는군요."

"흠, 그 정도의 인상착의로는 범인의 정확한 모습을 알기 힘들겠군요. 이런, 그러고 보니 왓슨, 이건 마치 자네의 인상착의와 비슷한데? 하하하."

"그렇군요. 왓슨 의사와 비슷하게 생긴 사람인가 봅니다."

경감이 빙긋 웃으며 말했다.

"레스트레이드 경감, 죄송하지만 도와드리지 못할 것 같습니다. 저도 밀버튼에 대해 잘 알고 있습니다. 런던에서 제일 사악한 사람입니다. 교활한 그가 법망을 피해 선량한 사람들을 줄곧 괴롭혀 왔는데 그로 인해 파멸한 누군가의 복수였다면 어느 정도는 정당하다고 볼 수 있지 않을까요? 이런 말을 하기는 좀 그렇지만, 어쨌든 저는 그렇게 생각합니다. 사실 피해자보다는 오히려 그런 방법을 택해야 했던 범인들을 동정하게 되는군요. 그래서 저는 협조할 수 없습니다."

레스트레이드 경감이 돌아간 후에도 홈스는 어젯밤의 비극에 대해 아무 말도 하지 않았다. 그는 점심시간이 지날 때까지 골똘히 생각에 잠겨 있었다. 그런 모습은 희미한 기억 속에서 뭔가를 떠올리려고 애쓰는 것처럼 보이기도 했다.

"이제야 생각나는군! 왜 내가 몰랐을까!"

침묵을 깨고 그가 갑자기 외쳤다.

"왓슨, 나와 같이 가 볼 곳이 있어! 어서 준비하게."

그와 나는 거의 뛰다시피 걸어서 베이커 가를 내려간 다음 옥스퍼드 가를 거쳐서 리젠트 광장 근처까지 걸어갔다. 광장 앞에는 사교계의 유명 인사와 미인들의 사진을 진열해 놓은 상점이 있었다. 사진들을 훑어보던 홈스의 날카로운 시선이 그 가운데 한 장의 사진 위에 멈췄다. 사진 속에는 궁중 예복을 입고 화려한 다이아몬드 관을 쓴 귀부인이 있었다. 기품 넘치고 당당해 보이는 그녀의 날렵한 콧날과 진한 눈썹, 일자로 닫힌 입술, 의지가 강해 보이는 작은 턱을 나도 유심히 들여다보았다. 사진 밑에는 이 귀부인의 남편이었으며 명망 높은 가문의 계승자이자 정치가였던 귀족의 작위와 이름이 적혀 있었다. 무심히 그 이름을 읽던 나는 너무 놀라 '헉' 소리를 내고 말았다. 홈스가 내 팔을 잡고 천천히 돌아섰다. 그는 내게 조용히 하라는 듯 손가락 하나를 세워 자신의 입술에 가만히 댔다.

여섯 개의 나폴레옹

The Six Napoleons

레스트레이드 경감

런던 경찰청의 경감. 저녁 무렵이면 홈스에게 들러 경찰청에서 다루고 있는 사건들에 대한 이야기를 들려주기도 하고 홈스로부터 사건 해결의 실마리가 될 만한 조언을 구하기도 한다. 이번에는 나폴레옹 석고상이 연달아 파괴되는 사건으로 홈스를 찾아온다.

베포

이탈리아인으로 원래는 솜씨 좋은 조각가로 일하면서 정직하게 살았으나 나쁜 길로 빠져 두 번이나 감옥신세를 졌다. 감옥에서 출소한 후 숨겨 둔 보석을 찾기 위해 나폴레옹 조각상을 찾아다닌다.

《여섯 개의 나폴레옹》은 1904년 4월 《스트랜드 매거진》에 발표되고 1905년 《셜록 홈스의 귀환》에 실렸다. 작품에서 공작의 침실에서 사라졌다가 테프니 주에 있는 겔더 상회의 나폴레옹 흉상 여섯 개 중 하나에서 발견된 '보르지아의 흑진주'는 결국 장물이다. 따라서 비록 홈스가 10실링을 주고 샀다고는 하지만 홈스는 법적으로 보석의 소유권을 주장할 수 없다. 그럼에도 불구하고 작품 속의 문장으로만 보면 홈스는 주인인 콜로나 공작에게 줄 마음이 없는 듯 보인다. 그러나 실제 상황이었다면 홈스는 결코 그 보석을 소유할 수 없다.

작품 속 배경 연대는 1900년이다.

부서진 나폴레옹 흉상

저녁 무렵이면 런던 경시청의 레스트레이드 경감이 우리를 찾아오는 것은 흔히 있는 일이었다. 홈스는 언제든 경감의 방문을 반겨 주었다. 그를 통해 경시청에서 일어나는 새로운 소식들을 들을 수 있기 때문이다. 그에 보답이라도 하듯 홈스는 언제라도 경감의 이야기를 경청하고자 하는 자세가 되어 있었다. 홈스는 경시청에서 수사 중인 사건을 주의 깊게 들으면서 적극적으로 나서지는 않더라도 자신의 풍부한 지식과 경험을 바탕으로 사건의 실마리나 사건을 보는 새로운 관점을 레스트레이트 경감에게 제공해 주기도 했다.

그날 저녁도 그랬다. 레스트레이드 경감은 날씨와 신문 기사들에 관한 이야기를 하다가 갑자기 생각에 잠긴 얼굴을 하더니 파이프에 담배를 넣었다. 홈스가 이 모습을 놓칠 리 없었다.

"무슨 특별한 일이라도 있나요?"

"아뇨, 홈스 씨. 특별한 일은 아닙니다."

"말해 보세요."

레스트레이드는 웃음을 터뜨렸다.

"제 생각을 감춰 봐야 소용이 없군요. 너무 엉뚱하기도 하고 사건이라고 하기엔 사소한 일이기도 해서 홈스 씨를 귀찮게 하는 건 아닐까 망설였습니다. 하지만 아무리 사소하다고 해도 정말 이상한 사건이기도 합니다. 홈스 씨는 평범하지 않은 사건에 관심이 많으시니까 흥미롭게 생각하실지 모르지만 제 생각에 이번 사건은 우리보다는 왓슨 박사가 다루셔야 할 사건 같습니다."

"질병과 관계가 있나요?"

내가 물었다.

"일종의 광기지요. 정신병 말입니다. 요즘 같은 세상에 나폴레옹 석고상을 모두 부수고 다닐 만큼 나폴레옹을 미워하는 사람이 있다면 좀 엉뚱하지 않은가요?"

홈스가 의자 깊숙이 몸을 고쳐 앉았다.

"내가 맡을 만한 사건은 아니로군."

홈스가 말했다.

"그렇습니다. 그런데 이 정신병자가 다른 사람의 석고상을 훔치면서까지 나폴레옹 흉상을 부수고 다니니 이렇게 되면 의사가 아니라 경찰이 처리해야 할 사건인 거죠."

홈스는 다시 똑바로 일어나 앉았다.

"남의 석고상까지 훔친다고요! 재미있군요. 좀 더 자세히 얘기해 주시죠."

레스트레이드 경감이 수첩을 꺼내더니 기억을 되새겼다.

"처음 사건 신고가 들어온 것은 나흘 전이었습니다. 케닝턴 가에 있는 모스 허드슨 미술 상점에서 도난 신고가 들어왔습니다. 점원이 잠깐 가게를 비운 사이에 뭔가 깨지면서 부서지는 소리가 났답니다.

점원이 놀라서 급히 가게로 달려가 보니 다른 조각상들과 같이 진열되어 있던 나폴레옹 흉상 하나가 땅에 떨어져 산산조각 나 있었다는 겁니다. 점원은 재빨리 밖으로 달려 나갔고 지나가던 행인 몇 명이 가게에서 어떤 남자가 뛰어나오는 것을 봤다고 알려 주었답니다. 그러나 그 수상한 남자는 이미 사라져 버린 뒤였고 그자의 인상착의도 알 도리가 없었죠. 가끔씩 발생하는 불량배들의 소행이라고 생각하고 주인은 순찰을 돌던 경관에게 그런 식으로 얘기를 했답니다. 사실 석고상 가격이라고 해 봐야 겨우 몇 실링에 불과한지라 그다지 심각하게 생각하지 않았고 경관도 그렇게 중요하다고 생각하지 않았는지 조사할 필요도 없는 유치한 장난으로 처리했습니다. 그런데 그

다음이 좀 이상합니다."

"무슨 일이 있었습니까?"

"두 번째 사건은 더 심각하고 기묘했습니다. 바로 어제저녁에 발생한 일입니다. 이번 사건 역시 케닝턴 가에 있는 유명한 병원에서 발생했습니다. 모스 허드슨 상점에서 수백 야드 떨어진 거리에 있지요. 베니콧 의사가 운영하는 병원인데 그는 템스 강 남쪽에서 제일 큰 병원도 운영하고 있습니다. 케닝턴에 살면서 주로 여기서 진료를 하고 있긴 한데 3킬로미터 정도 떨어진 로어 브릭스톤 가에도 병원과 약국을 갖고 있습니다. 베니콧 의사는 나폴레옹의 열렬한 추종자인지라 집 안에 나폴레옹에 관한 책과 그림, 기념품을 많이 가지고 있습니다. 얼마 전에 그는 모스 허드슨 상점에서 프랑스 조각가 드빈느가 만든 유명한 나폴레옹 흉상을 복제한 석고상 두 개를 구입했답니다. 그중 하나는 케닝턴 가에 있는 집 복도에 두고 나머지 하나는 로어 브릭스톤에 있는 병원 진열대에 두었지요. 그런데 베니콧 씨는 오늘 아침 자리에서 일어나 아래층으로 내려갔다가 간밤에 자기 집에 도둑이 들었다는 사실을 알게 된 겁니다. 더욱 놀라운 사실은 도둑맞은 물건은 복도에 있던 나폴레옹 석고상 하나뿐이고 다른 값비싼 물건은 그대로였답니다. 그런데 사라진 나폴레옹은 바깥 정원 벽 아래쪽에 산산조각 난 상태로 발견되었다고 합니다."

말을 끝낸 경감은 홈스의 표정을 살폈다. 홈스가 손바닥을 마주 비비면서 말했다.

"특이한 사건이군요."

"홈스 씨가 흥미를 느낄 만한 사건이라고 생각했죠. 그런데 아직 얘기가 끝나지 않았습니다. 의사는 12시까지 로어 브릭스톤의 병원으로 출근했는데 또 한 번 놀랄 만한 일이 벌어진 겁니다. 병원 창문

이 활짝 열려 있고 누군가 밤사이에 침입해 나머지 나폴레옹 석고상까지 완전히 가루로 만들어 놓았다는 겁니다. 박사가 얼마나 놀랐을지 짐작이 되실 겁니다. 경찰로서는 이 사건들이 범죄자의 소행인지 미치광이의 소행인지 단서를 잡을 수 없었습니다. 홈스 선생, 이게 전부요."

"흉악한 범죄는 아니지만 특이한 사건이군요."

홈스가 말했다.

"베니콧 의사 집에 있던 석고상과 모스 허드슨 상점에서 부서진 석고상이 똑같은 건가요?"

"네, 같은 틀로 제작한 석고상입니다."

"그렇다면 단순히 나폴레옹을 미워하는 자의 소행이라고만 볼 수는 없겠군. 런던에 있는 나폴레옹 석고상만 해도 수백 개는 넘을 텐데 그렇게 마구잡이로 때려 부순 석고상이 하필이면 같은 틀로 만든 것이라면 우연이라고 할 수 없지요."

"나도 홈스 씨와 같은 생각이오."

레스트레이드가 대답했다.

"그런데 런던 지역에서 석고상을 파는 곳은 모스 허드슨 상점밖에 없고 부서진 석고상 세 개는 몇 년 동안 계속 상점에 있었던 겁니다. 선생이 말씀하신 대로 런던에 있는 나폴레옹 석고상은 수백 개가 넘지만 그 지역에 있는 건 그 부서진 석고상 세 개뿐일 가능성이 매우 높습니다. 그러니 인근에 사는 미치광이의 소행일 수도 있습니다. 왓슨 박사는 어떻게 생각하시오?"

"정신 질환은 다양하게 나타납니다. 프랑스의 현대 심리학자들은 이런 경우를 강박관념이라고 부르지요. 심각한 질환은 아니고 특정한 면을 제외하면 완전히 정상인이라고 할 수 있습니다. 나폴레옹에 관한 책을 지나치게 탐독했다거나 아니면 전쟁에서 입은 상처 때문에 그런 증세를 갖게 되어 기묘한 행위를 저지를 수도 있습니다."

"이번 일은 정신 질환과는 관련이 없네, 왓슨."

홈스가 고개를 저으며 반박했다.

"아무리 심각한 정신질환자라고 해도 나폴레옹 석고상이 어디 있는지 정확히 알아낼 수 있는 미치광이는 없네."

"그럼 자네 생각은 어떤가?"

"섣불리 추측할 수는 없어. 다만 이 미치광이의 소행에는 일정한 규칙이 있다는 걸 알 수 있어. 예를 들면 베니콧 의사 집의 복도에서 큰 소리를 내면 집안사람들이 잠에서 깰지도 모르기 때문에 범인은 일단 석고상을 밖으로 들고 나가 정원에서 부수었지. 반면 사람들이 없는 병원에서는 그 자리에서 곧장 석고상을 부수었네. 겉보기에 아무것도 아닌 것처럼 보이는 일도 뜻밖의 중요한 단서가 될 수 있어. 왓슨, 애버네티 가족 사건을 기억하나? 몹시 더운 날, 버터 속에 깊이 박혀 있던 파슬리 가루에서 단서를 얻어 사건을 해결하지 않았

나. 석고상 세 개가 모두 같은 틀에서 만들어졌다는 것 역시 놓쳐서
는 안 되는 단서야. 레스트레이드 경감, 이 사건에 새로운 상황이 발
생할 경우 즉시 알려 주신다면 대단히 고맙겠군요."

살인 사건

홈스가 알려 달라고 부탁한 새로운 상황은 생각보다 빨리, 그리고 비극적인 형태로 전개되었다. 다음 날 아침 잠자리에서 막 일어난 나는 주섬주섬 옷을 입고 있었다. 그때 누군가 방문을 두드렸다. 방문을 열자 홈스가 들어왔다. 그의 손에는 전보가 들려 있었다.

> 케닝턴 지구, 피트 가 131번지로 속히 와 주시기 바랍니다.
>
> — 레스트레이드

"무슨 일이지?"

나는 아직 잠에서 덜 깬 눈을 비비며 물었다.

"모르겠어. 무슨 일이 생겼나 본데 내 생각엔 나폴레옹 사건인 것 같네. 만일 그렇다면 나폴레옹 미치광이가 이번에는 런던의 다른 지

역에서 사건을 일으킨 것 같군. 왓슨, 커피 가져다 놓았네. 마차는 현관 밖에서 대기하고 있어."

우리는 30분 만에 피트 가에 도착했다. 그곳은 런던 번화가에서 조금 벗어난 한적한 주택가였다. 131번지는 그럭저럭 볼 만은 하지만 꾸밈새는 전혀 없이 큰 집이었다. 마차가 길을 따라 올라가자 어떤 집 앞에 구경꾼들이 잔뜩 몰려 있었고 그들은 한결같이 지하실을 내려다보고 있었다. 홈스가 휘파람을 불었다.

"흠, 살인 미수 사건이군. 어지간한 일이 아니면 서성거리는 일이 없는 런던의 심부름꾼 아이까지 구경할 정도라면 말이야. 사람들이 잔뜩 목을 빼고 구경하는 걸 보니 폭력의 조짐이 엿보여. 게다가 다른 돌계단은 모두 말라 있는데 맨 위의 것만 물로 씻은 흔적이 있잖아. 발자국은 남아 있을 거야. 아, 저기 레스트레이드 경감이 보이는군. 무슨 일인지 곧 알게 되겠지."

경감은 침울한 얼굴로 우리를 맞았다. 거실로 들어가자 실내복을 입은 나이 든 남자가 불안하고 초조한 기색이 역력한 얼굴로 방 안을 서성거리고 있었다. 그는 이 집의 주인인 호레이스 하커이며《센트럴 프레스》기자라고 레스트레이드 경감이 소개했다.

"이번에도 나폴레옹 석고상입니다."

레스트레이드는 아주 괴롭다는 표정을 짓고 있었다.

"그런데 이번에는 사건이 심각해졌습니다. 살인 사건입니다. 호레이스 하커 씨, 이분들에게 간밤에 있었던 사건에 대해 정확히 설명해 주시겠습니까?"

호레이스 하커가 우울한 얼굴로 우리를 보았다.

"도무지 영문을 알 수 없는 일이 벌어졌습니다. 제 직업은 기자입니다. 남들에게 일어난 흥미로운 사건을 전달하는 일을 해 왔지만

정작 제 자신이 사건의 소재가 되리라고는 생각도 못했습니다. 막상 제게 이런 일이 닥치니 너무 당황스럽고 혼란스러워서 무슨 말부터 꺼내야 할지 모르겠습니다. 만일 내가 기자로서 이곳에 있다면 집주인과 인터뷰를 하고 석간신문에 커다랗게 기사를 실었을 겁니다. 그런데 이렇게 찾아오는 사람들에게 기삿거리를 설명해 주고 있으면서 정작 나 자신은 모처럼의 뉴스를 썩히고 있으니 도무지 마음이 내키지 않습니다. 하지만 홈스 씨의 명성은 이미 들어 익히 알고 있습니다. 그러니 홈스 씨, 이 사건을 해결해 주신다면 제가 고생스럽게 설명하는 보람이 있겠네요."

홈스는 자리에 앉아 그의 말을 경청했다.

"사건의 발단은 넉 달 전 제가 산 나폴레옹 흉상 때문인 것 같습니다. 석고상은 하이스트리트 역 근처에 있는 하딩 형제 상점에서 싸게 샀습니다."

"음, 앞의 셋은 모스 허드슨 가게에서, 이번에는 하딩 형제의 가게에서라는 말이군."

홈스가 혼자서 중얼거렸다.

"저는 직업상 새벽까지 글을 쓰는 일이 많습니다. 지난밤에도 새벽까지 2층 서재에서 일을 하고 있었습니다. 그런데 아마 새벽 3시쯤이었을 겁니다. 아래층에서 무슨 소리가 들리더군요. 그래서 가만히 귀를 기울여 보았는데 아무 소리도 들리지 않았습니다. 저는 밖에서 나는 소리였나 보다 생각했죠. 그런데 5분쯤 지나자 갑자기 끔찍한 비명 소리가 들려왔습니다. 그렇게 무시무시한 소리는 한 번도 들어 본 적이 없습니다. 전 너무나 무서운 생각에 몇 분 동안 꼼짝도 못하고 그 자리에 얼어붙어 있었습니다. 그렇지만 아래층에서 무슨 일이 일어났는지 너무 궁금했습니다. 그래서 나는 용기를 내어 부지깽이를 쥐고 아래층으로 내려가 살펴봤지요. 그러다가 이 방에 들어왔는데 창문이 활짝 열려 있고 선반에 있던 나폴레옹 석고상이 사라졌더군요. 도둑이 왜 이런 물건을 훔쳐 갔는지 어처구니없다는 생각이 들었습니다. 석고로 만든 모조품에 지나지 않으니까요.

보시면 아시겠지만 창문을 통해 나가면 한걸음에 현관 계단에 닿을 수 있습니다. 석고상을 훔쳐 간 도둑도 그렇게 한 것이 분명했습니다. 그런데 현관문을 열고 깜깜한 밖으로 발을 내딛는 순간 나는 뭔가 물컹한 것에 걸려서 하마터면 넘어질 뻔했습니다. 누군가 누워 있었습니다. 저는 급히 안으로 들어가 등불을 갖고 나왔습니다. 불을 비춰 보니 웬 남자가 죽어 있는 겁니다. 목에는 칼로 베인 상처가 깊게 나 있고 주위는 온통 피바다였습니다. 양쪽 무릎을 세운 채 똑바로 누워 있었고 입은 커다랗게 벌린 채였습니다. 내 평생 최악의 악몽이 될 겁니다. 나는 가까스로 방범용 호루라기를 불고는 그만 정신을 잃고 말았습니다. 깨어 보니 경찰이 저를 복도에 데려다 놓았더군요."

"피살된 남자의 신원은 밝혀졌습니까?"

홈스가 물었다.

"죽은 남자의 신원에 대한 단서는 아직 찾지 못했습니다. 시신은 영안실에 있는데 신원을 알아낼 만한 물건이 하나도 없었습니다. 햇볕에 그을려 얼굴이 거무스름했고 키는 크고 체격도 좋은 편인데 30대라는 것 외에는 아직까지 밝혀진 것이 없습니다. 옷차림이 남루하긴 해도 노동자 같진 않습니다. 피살자 옆에는 뿔 손잡이가 달린 칼이 떨어져 있었는데 범인이 버린 것인지 아니면 죽은 사람의 것인지는 아직 모릅니다. 옷에 이름 같은 것은 쓰여 있지 않았고 주머니 속에는 사과 한 개, 끈, 1실링짜리 런던 지도, 그리고 사진 한 장이 들어 있었습니다. 바로 이 사진입니다."

사진은 작은 카메라로 찍은 것이었다. 사진 속에 있는 인물은 무엇을 경계하고 있는지 몹시 날카로운 인상에 눈썹이 짙고 턱 부분이 앞으로 튀어 나와 있어 언뜻 보면 원숭이 같은 인상이었다.

"석고상은 어떻게 되었지요?"

사진을 관찰하던 홈스가 물었다.

"홈스 씨가 도착하기 바로 전에 발견되었습니다. 석고상은 캠프턴 하우스 거리에 있는 어느 빈집 정원에서 발견되었답니다. 역시 산산조각이 난 상태로요. 지금 가려던 참이었는데 같이 가시겠습니까?"

"물론이지요."

홈스는 집을 나서기 전 카펫과 창문을 점검했다.

"범인은 다리가 아주 길든지 아니면 운동신경이 매우 뛰어난 사람입니다. 층계에서 여기 창문으로 올라오다 자칫 잘못하면 굴러 떨어지겠는걸요. 게다가 여기 서서 창틀을 짚고 창문을 열어젖히다니 보통 사람은 엄두도 없는 일입니다. 하지만 밖으로 나갈 때는 그렇게 어렵지는 않겠군요. 하커 씨도 흉상을 보러 가겠습니까?"

여전히 절망적인 표정을 짓고 있던 하커 기자는 꼼짝도 않고 의자에 앉아 있었다.

"이번 사건을 대강 기사로 써 두어야겠습니다. 물론 오늘 석간신문 초판에 자세한 기사가 실렸겠지만. 내 운이 이것밖에 안 되는 걸 어쩌겠습니까? 돈캐스터 관람석이 무너진 사건을 기억하시나요? 저는 그때 현장에 있던 유일한 기자였습니다. 그런데 저는 그 사건을 기사로 쓰지 못했습니다. 너무 떨려서 도저히 기사를 쓸 수가 없더군요. 그런데 이제 내 집 현관에서 살인 사건이 벌어졌는데 다른 신문사에게 뒤진다면 그야말로 체면이 안 서지요."

하커 기자가 펜으로 종이를 사각사각 긁는 소리를 들으면서 우리는 그의 집을 나섰다.

범인이 석고상을 부순 장소는 호레이스 하커의 집에서 몇 백 미터 떨어진 곳이었다. 나폴레옹 황제의 석고상이 부서져 조각난 모습을 보고 나니 확실히 누군가가 나폴레옹을 광적으로 증오하는 것이 분명해 보였다. 석고상 파편은 잔디밭 여기저기에 흩어져 있었다. 홈스는 파편 조각을 몇 개 주워 유심히 살펴보았다. 집중하는 홈스의 표정과 단호한 태도를 보면서 나는 그가 어떤 단서를 잡았다는 것을 직감할 수 있었다.

"어떻습니까?"

레스트레이드가 묻자 홈스는 모르겠다는 듯 어깨를 으쓱했다.

"아직 갈 길이 멉니다. 하지만 몇 가지 알아낸 것이 있기는 합니다. 첫째, 우리에게는 사소한 석고 조각이지만 범인에게는 매우 값나가는 석고 조각인가 봅니다. 한 인간의 목숨보다 더 비싼 석고상인 거죠. 한 가지 더 생각해 볼 만한 사실이 있습니다. 만일 범인의 목적이 흉상을 부수는 것뿐이었다면 집 안에서 바로 부수거나 집을 나오자마자 즉시 부술 수도 있었습니다. 그런데 무엇 때문에 이런 데까지 들고 왔을까요?"

"다른 사람과 맞닥뜨리는 바람에 깜짝 놀라 허둥댄 게 아닐까요?"

"그럴지도 모르지요. 하지만 이 집의 위치에 주목할 필요가 있습니다."

레스트레이드는 영문을 모르겠다는 듯이 주위를 두리번거렸다.

"이건 사람이 살지 않는 빈집입니다. 그래서 놈은 정원에서 석고상을 부수어도 들킬 염려가 없다는 점을 알고 있었겠지요."

"하지만 굳이 여기까지 오지 않아도 도중에 빈집은 있었습니다. 왜 거기서 석고상을 부수지 않았을까요? 오히려 여기까지 들고 오는 도중에 다른 사람에게 발각될 확률이 더 높았을 텐데요?"

"글쎄요. 모르겠군요."

레스트레이드가 말했다.

홈스는 머리 위에 있는 가로등을 가리켰다.

"자기가 하는 일을 보려고 했던 거지요. 저기는 어두워서 볼 수 없으니까요. 그래서 여기까지 들고 왔던 겁니다."

"세상에! 정말 그렇군요."

레스트레이드가 말했다.

"그러고 보니 베니콧 의사의 석고상도 불빛에서 멀지 않은 곳에서 발견되었습니다. 그러면 홈스 씨, 그걸 알았으니 이제 어떤 일을 해야 하죠?"

"우선 이 점을 잘 기억해야지요. 나중에 이것과 관련된 다른 단서가 발견될 수도 있습니다. 경시청에서는 앞으로 어떤 방식으로 수사를 해 나갈 생각입니까?"

홈스가 레스트레이드에게 물었다.

"먼저 죽은 사람의 신원을 조사하겠습니다. 그건 별로 어렵지 않을 겁니다. 그다음에는 피해자의 친구들을 조사해서 피해자가 어젯밤에 피트 거리에서 무엇을 했는지 알아보려고 합니다. 그러면 그가 무슨 이유로 피트 가에 갔는지 그리고 호레이스 하커 씨 댁 현관에서 누구에게 살해당했는지 알게 될지도 모릅니다."

"물론입니다. 그런데 제 계획은 좀 다릅니다."

"무슨 계획을 세우고 계신데요?"

"아, 그것은 말하지 않겠습니다. 내 수사 방법이 경감의 계획에 영향을 주지 않는 것이 좋겠습니다. 당신은 당신 생각대로 수사를 진행하고 나는 내 생각대로 하는 게 어떻겠습니까? 나중에 서로 비교해 보고 부족한 부분은 보충해 줍시다."

"좋은 생각입니다."

경감이 대답했다.

"피트 가로 돌아가실 예정이라면 호레이스 하커 씨를 만나겠군요. 만나시거든 어젯밤 사건의 범인은 나폴레옹을 증오하는 미치광이의 소행이 확실하다고 하커 씨에게 말해 주겠습니까? 하커 씨가 쓰는 기사에 도움이 될 겁니다."

레스트레이드는 홈스를 물끄러미 쳐다보았다.

"정말 그렇게 생각합니까?"

홈스는 미소를 지었다.

"진심일지도 모릅니다. 그렇게 알고 있는 편이 호레이스 하커 기자에게도, 《센트럴 프레스》 독자에게도 재미있을 겁니다. 자, 왓슨, 오늘은 할 일이 아주 많고 복잡할 것 같군. 레스트레이드 경감, 베이커 가에서 오늘 저녁 6시에 만나지요."

"6시요? 무슨 일이 있더라도 꼭 가겠습니다."

"그때까지 피살자의 주머니에서 발견된 남자 사진은 내가 갖고 있겠습니다. 내 추측이 옳다면 오늘 밤 해야 할 일에 약간 도움이 될 것 같습니다. 그럼 나중에 봅시다. 행운을 빌겠소!"

홈스와 나는 함께 하이스트리트까지 걸어서 하딩 형제 상점에 들렀다. 하커가 나폴레옹 흉상을 샀다는 가게였다. 젊은 직원이 하딩 씨는 볼일이 있어 나갔고 오후나 돼야 들어온다고 말했다. 그 직원은 상점에서 일한 지 얼마 되지 않아 우리는 아무 정보도 얻을 수 없었다. 홈스의 얼굴에 실망감과 함께 곤혹스러운 표정이 떠올랐다.

"할 수 없군. 모든 일이 내 뜻대로 되라는 법은 없지."

홈스가 한마디 했다.

"나중에 다시 오기로 하세. 어쩔 수 없군. 왓슨, 자네도 눈치 챘겠지만 나는 지금 이 석고상들이 어디서 나온 건지 확인하려는 걸세. 누군가가 찾아다니면서 깨부술 정도로 석고상에 특별한 점이 있는지 알아야 하지 않겠나? 그럼 이제 사건 해결에 단서가 될 만한 것을 알아낼 수 있을지 모르니 모스 허드슨 씨를 만나야겠군."

우리는 마차를 타고 한 시간 정도 달려 케닝턴 가에 위치한 모스 허드슨 미술 상점에 도착했다. 모스 허드슨은 작고 다부진 몸집에 얼굴빛이 불그스름했으며 성질이 급한 사람이었다.

"예, 바로 이 진열대 위였습니다. 도대체 왜 우리가 다달이 세금을 내야 하는지 모르겠군요. 깡패가 자기 마음대로 남의 집에 들어와 물건을 깨부수는데 경찰은 가만히 있다니요. 네, 맞습니다. 베니콧 의사에게 그 석고상을 두 개 팔았습니다. 말도 안 되는 일입니다! 무정부주의자들이 한 짓이 틀림없어요. 사람들이 다 보고 있는 대낮에 그런 짓을 하다니, 부끄러운 줄도 모르는 놈들! 그자들이 아니라면 누가 석고상을 부수겠습니까? 공화주의자 빨갱이 놈들 짓입니다. 그렇게 불러도 싼 놈들입니다. 누구에게서 그 석고상을 샀냐고요? 사건 해결에 그게 무슨 도움이 되겠습니까? 꼭 알고 싶으시다면 알려 드리지요. 스테프니 주의 처치가에 있는 겔더 상회에서 샀습니다. 겔더 상회는 저희 업계에서는 잘 알려진 도매상입니다. 저도 거의 20년 가까이 그곳에서 미술품을 사고 있죠. 물건을 얼마나 샀냐고요? 세 개 샀지요. 하나 둘, 셋, 맞습니다.

두 개는 베니콧 씨에게 팔았고 나머지 하나는 어떤 놈이 대낮에 우리 가게에 쳐들어와 때려 부수고 말았죠. 이 남자요? 글쎄 모르겠는데요. 잠깐! 압니다, 알아요. 베포라는 사람입니다. 이탈리아 사람인데 우리 가게에서 잠깐 일했습니다. 조각도 할 줄 알고 액자도 만들고 도금도 할 줄 알고 그밖에도 손재주가 좋아서 여러 가지 일을 잘했습니다. 지난주에 그만둔 뒤로는 소식이 없습니다. 일하는 동안 이상한 점은 발견하지 못했는데요. 어디서 왔는지는 전혀 모릅니다. 나폴레옹 흉상이 부서지기 이틀 전에 그만뒀죠."

미술 상점을 나오면서 홈스가 한마디 했다.

"모스 허드슨에게서 알아낼 수 있는 것은 이게 전부인 것 같아. 사진 속의 베포라는 인물이 나타났군. 케닝턴과 켄싱턴에서 이자가 공통으로 나왔으니 16킬로미터나 달려온 보람이 있었어. 자, 왓슨, 이제 스테프니에 있다는 겔더 상회로 가야겠어. 부서진 나폴레옹 석고상들은 모두 겔더 상회에서 판 거야. 그러니 겔더 상회에서 사건에 대한 단서를 얻을 수 있겠지?"

살인자의 정체

우리는 마차를 타고 런던의 패션가, 호텔가, 극장가, 상업지역 등 화려한 거리를 지나 템스 강변에 위치한 스테프니 주의 주택가에 도착했다. 거리는 지저분하고 악취가 심하게 풍겼다. 여기는 유럽 각지에서 살기가 곤란한 사람들이 하나둘씩 건너와 모여 살면서 이루어진 마을이다. 한때는 런던의 부유한 상인들이 몰려 살던 이곳의 중심부에 겔더 상회가 자리 잡고 있었다.

겔더 상회의 넓은 앞마당에는 조각품이 여기저기 있었고 안에서는 50명 정도 되는 기술자들이 조각을 하거나 틀에서 본을 뜨고 있었다. 겔더 상회의 지배인은 몸집이 큰 금발 머리의 독일 사람이었다. 그는 공손히 우리를 맞이했고 홈스의 질문에 조리 있게 대답했다. 그는 매출 장부를 뒤적여 보더니 그 석고상은 프랑스 조각가 드빈느가 만든 나폴레옹 대리석 조각의 복제품인데 똑같은 것이 수백 개는 된다고 했다.

모스 허드슨 가게에 판 석고상 세 개는 1년 전에 만든 것으로, 여섯 점 한 세트의 절반이었고 나머지 세 개는 하딩 형제 상점에 팔았다고 했다. 따라서 그 여섯 개의 나폴레옹 상이 같은 틀에서 떼어 낸 석고상 수백 개와 다른 점이 있을 까닭이 없는데 특별히 그 여섯 개만 골라 부술 이유가 없다면서 지배인은 말도 안 되는 소리라고 웃었다. 석고상의 도매가격은 6실링이지만 소매점에서는 12실링 남짓 받는다고 했다. 좌우로 나뉜 틀 두 개에서 떼어 낸 석고상을 마주 합치면 나폴레옹 석고상 하나가 완성된다고 했다. 이곳에서 일하는 이탈리아 기술자들이 그 일을 하는데, 완성된 석고상은 건조시킨 다음 창고에 보관한다.

지배인의 설명은 이것이 전부였다. 그런데 홈스가 사진을 보여 주자 지배인은 깜짝 놀랐다. 그는 화가 나는지 얼굴색이 변하더니 눈썹을 위로 치켜떴다. 파란 눈동자가 번뜩였다.

"나쁜 놈!"

지배인이 씹어뱉듯 말했다.

"예, 압니다, 알고말고요. 우리 상점은 남에게 흠 잡힐 일은 전혀 한 적이 없어서 경찰 신세를 진 적이 없습니다. 그런데 딱 한 번 이놈 때문에 경찰이 들이닥친 적이 있지요. 1년이 조금 넘은 일입니다. 이놈이 거리에서 어떤 이탈리아인을 칼로 찌르고는 도망쳐 여기 작업실로 숨어 들어오는 바람에 쫓아오던 경찰이 체포해 붙잡아 갔어요. 이름이 베포였죠. 성은 모릅니다. 인상이 좋지 않은 사람은 고용하지 말았어야 했는데. 하지만 일은 참 잘했어요. 직원 중에 최고였습니다."

"그 사람은 그 뒤에 어떻게 되었나요?"

"칼에 찔린 사람이 다행히 목숨을 건졌기 때문에 1년 형을 선고받았다고 합니다. 지금쯤 출감했을 겁니다. 하지만 감히 이 근처에는

얼씬도 못하겠지요. 베포의 사촌이 여기서 일하는데 그 친구한테 물어보면 베포가 어디 있는지 알 겁니다."

"아니오. 사촌에게는 아무 말도 하지 마십시오."

홈스가 외쳤다.

"그것이 대단히 중요한 사실인데 전후 사정을 알면 알수록 더욱 중요한 단서로 느껴지는군요. 그런데 당신이 장부를 볼 때 언뜻 보니 석고상을 판 날짜가 작년 6월 3일이던데 베포가 체포된 날이 언제인지 기억나시나요?"

"급료 장부를 보면 알 수 있을 겁니다."

지배인이 장부를 넘기더니 곧 말을 이었다.

"여기 있군요. 5월 20일에 마지막 월급을 주었습니다."

"감사합니다. 더 이상 귀한 시간을 빼앗지 않겠습니다. 협조해 주셔서 감사합니다."

홈스는 자신이 찾아왔다는 사실을 아무에게도 말하지 말라고 지배인에게 다시 당부하고 발걸음을 돌렸다.

우리는 공장을 나와 서쪽으로 가다가 눈에 띄는 음식점에서 점심을 먹었다. '케닝턴의 정신병자 살인 사건'이라고 쓰인 신문의 머리기사가 음식점 입구에 붙어 있었다. 하커 기자가 자기 집에서 일어난 사건을 기사로 쓴 것이었다.

식당 안으로 들어가서 신문을 펼쳐 보았더니 역시 《센트럴 프레스》지였다. 자극적이고 선정적인 표현을 총동원한 사건 기사가 대문짝만 하게 실려 있었다. 홈스는 양념통 받침대에 신문을 기대 놓고 점심을 먹으면서 기사를 읽었다.

"정말 재미있군. 왓슨, 들어 보게."

이번 사건에 대해 의견이 분분하지 않았다는 것은 다행스러운 일이다. 경찰청의 노련한 레스트레이드 경감과 저명한 사립 탐정 셜록 홈스는 비극적인 살인으로 막을 내린 이번 사건을 미리 계획된 범죄라기보다는 우발적인 광기에서 비롯된 것이라고 동일한 결론을 내렸다. 전반적인 상황으로 보아 정신 이상자의 소행이 아니라면 이 같은 범죄의 동기를 설명할 수 있는 단서는 전혀 없다.

"신문은 잘만 이용하면 가장 훌륭한 도구일세. 왓슨, 식사를 끝냈으면 이제 켄싱턴 가에 있는 하딩 형제 상점 주인을 만나러 가자고."

하딩 형제 상점의 주인 하딩 씨는 키는 작았지만 유쾌한 표정과 말쑥한 차림에 말솜씨도 좋았다.

"그 사건이라면 오늘 석간신문을 읽어서 알고 있습니다. 하커 씨는 우리 가게 손님인데 그이에게 나폴레옹 흉상을 몇 달 전에 팔았어요. 스테프니 주에 있는 겔더 상회에서 똑같은 것으로 세 개를 사들였는데 지금은 모두 팔린 상태입니다. 누가 사 갔느냐고요? 잠시만 기다려 주십시오. 매출 장부를 보면 금방 알 수 있으니까요.

아, 여기 있군요. 하커 씨와 치즈윅 래버넘 별장의 조시아 브라운 씨, 그리고 나머지 하나는 레딩 시 글로브 가에 사는 샌드포드 씨가 사 갔네요. 아뇨, 이 남자는 글쎄, 잘 모르겠는데요. 이렇게 못생긴 얼굴은 언뜻 본다고 해도 쉽게 잊히지 않겠군요. 직원 중에 이탈리아 사람이 있냐고요? 예, 있습니다. 청소부 중에 몇 명 있어요. 장부를 볼 마음만 있다면 이따위 장부는 누구라도 볼 수 있습니다. 그렇게 신중하게 보관할 만한 물건은 아니니까요. 거참, 이상한 사건이네요. 더 물어볼 게 있으시면 말씀하세요."

하딩의 이야기를 들으면서 홈스는 수첩에 몇 가지를 기록했다. 자신의 생각대로 일이 풀려 가는 모양인지 홈스의 표정이 매우 만족스러워 보였다. 그러나 홈스는 서두르지 않으면 레스트레이드와의 약속에 늦을지도 모른다는 말만 했을 뿐 더 이상 입을 열지 않았다. 우리는 서둘러 베이커 가의 집으로 돌아왔다. 아니나 다를까, 집에 도착하니 레스트레이드 경감이 기다리다 지쳤는지 방 안을 이리저리 서성이고 있었다. 온종일 사건을 추적한 성과가 헛되지 않았는지 경감의 표정에 거만한 빛이 가득했다.

"좋은 소식이라도 있습니까, 홈스 씨?"

경감이 물었다.

"바쁜 하루였지만 시간 낭비는 아니었습니다. 하딩 형제 가게와 흉상을 만든 공장에서 그 나폴레옹 흉상이 어디로 팔렸는지 알아냈습니다."

"흉상 말입니까? 글쎄요, 홈스 씨, 그것이 수사에 도움이 될까요? 그 방법에 특별히 반대하는 것은 아니지만 저는 살해당한 피해자의 신원에 대해 알아보았습니다. 아마 수사에 많은 도움이 될 겁니다."

"그러셨습니까?"

"신원뿐만 아니라 살해된 동기도 알아냈습니다."

"훌륭합니다."

"우리 본부에 이탈리아인이 거주하는 지구를 전문적으로 담당하는 경감이 있거든요. 나도 죽은 사람이 남쪽 출신일 거라고 짐작은 했습니다. 목에 가톨릭 십자가를 걸고 있는 것과 피부색을 보면 알 수 있는 사실이지요. 이탈리아인 전담 힐 경감은 사체를 보자마자 누군지 알아보더군요. 나폴리 태생의 피에트로 베누치라는 친구인데 런던에서도 손꼽히는 불량배라고 합니다. 게다가 조직의 명령에 불복종하는 부하는 무조건 죽여 버린다는 마피아 조직의 단원이랍니다. 자, 그러니 선생도 대강 짐작이 가시지요? 홈스 씨, 사진 속의 남자는 피에트로를 죽인 범인으로 역시 같은 이탈리아 사람이고 마피아 조직원일 겁니다. 범인이 뭔가 조직의 규칙을 위반했을 것이고 피에트로가 미행을 한 겁니다. 피에트로의 주머니에 들어 있던 사진은 엉뚱한 사람을 찌르는 일이 없도록 가지고 다닌 겁니다. 그러던 중 범인이 하커 씨 집을 나올 때 밖에서 기다리고 있던 피에트로가 나타나 칼을 들고 위협하자 서로 격투 끝에 범인이 피에트로를 죽이게 된 것 같습니다. 결국 자신이 목숨을 잃은 것이지요."

"훌륭합니다! 레스트레이드 경감, 훌륭해요!"

홈스가 손뼉을 치며 말했다.

"그런데 부서진 석고상에 관한 조사는 하지 않았나요?"

"아니, 또 흉상 얘기입니까? 석고상 도난 사건이 머리에서 떠나질 않으시나 보네요. 그건 시시한 절도 사건에 지나지 않습니다. 기껏 해야 6개월 형에 불과한 절도죄일 뿐입니다. 중요한 건 살인 사건입 니다. 살인범을 붙잡아야 합니다. 사건의 단서들을 모두 파악한 상 태입니다."

"그럼 이제 어떻게 할 생각입니까?"

"간단하지요. 힐 경감과 함께 이탈리아인 거리로 가서 사진 속 남 자를 찾을 겁니다. 찾아서 살인범으로 체포해야지요. 홈스 씨, 함께 가지 않겠습니까?"

"사양하겠습니다. 내 생각은 좀 다릅니다. 그보다 더 쉽게 범인을 체포할 수 있는 방법이 있을 것 같습니다. 물론 장담할 수는 없습니다. 일을 하다 보면 통제 범 위를 벗어난 특별한 요소라는 것이 있을 수 있 으니까요. 하지만 제 생각에 확률은 정확히 50퍼센트입니다. 오늘 밤에 레스트레이드 경감이 우리와 함께 간다면 제가 그 범인을 잡아 넘 겨 드리지요."

"이탈리아인 거리에 말입니까?"

"아니요, 치즈윅입니다. 범인은 이탈리아인 거리 가 아니라 치즈윅에 있을 가능성이 높습니다. 오늘 밤에는 우리와 함께 치즈윅을 조사해 보고 이탈리아인 거리는 내일 함께 가는 것이 어떻습니까? 조금 늦는다고 해도 일에 큰 지장을 주지는 않을 겁니다. 그럼 이제부터 몇 시간이라도 잠을 자 두는 게 좋겠군요. 아마 11시 정도에 출발하면 내일 아침까지는 돌아올 수 있을 겁니다. 저녁식사는 우리와 같이 하도록 하시죠. 출발 시간이 될 때까지 잠자리는 제공해 드리지요. 그리고 왓슨, 사환 아이를 불러 주겠나? 지금 당장 보내야 할 중요한 편지가 있네."

레스트레이드 경감과 내가 안락의자에서 쉬고 있는 동안 홈스는 지난 신문들을 정리해 둔 2층 골방에서 뭔가를 조사하고는 의기양양한 표정을 지으면서 내려왔다. 그러나 홈스는 과거의 신문 기사에서 무슨 단서를 찾아냈는지에 대해서는 아무 말도 하지 않았다. 나는 지금까지 홈스가 이 사건을 조사한 경위와 방법을 지켜보았음에도 그가 지금 어떤 생각을 하고 있는지는 도무지 짐작되지 않았다. 다만 한 가지 확실한 것은 나머지 석고상 두 개를 범인이 노리고 있다는 것을 홈스가 예상하고 있다는 것뿐이었다. 그 석고상 두 개 중 하나가 바로 치즈윅에 있었다. 우리가 치즈윅으로 가는 이유는 두말할 필요도 없이 흉상을 훔치러 오는 범인을 현장에서 잡기 위해서였다.

나는 홈스의 치밀함에 새삼 경탄을 금치 못했다. 하커 기자로 하여금 일부러 석간신문에 자신의 생각과 반대되는 내용의 기사를 싣게 함으로써 범인이 안심하고 다음 목표물을 향하도록 만든 것이다. 나는 홈스의 권유대로 옷 속에 리볼버를 집어넣으면서도 놀라지 않았다. 홈스는 평소 애용하는 납이 든 사냥용 채찍을 손에 들었다.

11시 정각에 예약된 마차가 도착했다. 우리는 해머 스미스 다리를 건너 마차를 세우고 마부에게 기다리도록 지시했다. 우리는 홈스를 따라 걸어가다 정원이 딸린 주택들이 늘어서 있는 한적한 주택가에 도착했다. 우리는 문기둥에 '래버넘 빌라'라고 쓰여 있는 어떤 집에서 멈춰 섰다. 집 안에 있는 사람들은 잠자리에 들었는지 불이 모두 꺼진 상태였다. 다만 현관문 위의 유리 창문에서 희미한 빛이 새어 나와 정원을 흐릿하게 비추고 있었다. 우리는 정원의 나무 울타리 그늘 쪽이 특히 어두웠으므로 그곳에 쭈그리고 앉아 숨었다.

"비가 오지 않아서 다행이군."

맑은 밤하늘에 떠 있는 별을 바라보며 홈스가 낮은 목소리로 속삭였다.

"시간 때우기는 좋은 방법이지만 담배는 안 되네. 하지만 고생한 보람은 있을 거야. 확률은 50퍼센트지."

최후의 나폴레옹

우리는 그리 오래 기다리지 않았다. 아무 소리도 들리지 않았는데 갑자기 대문이 열리더니 검은 그림자 하나가 원숭이처럼 날쌘 동작으로 정원에 난 오솔길로 뛰어들었다. 검은 그림자는 잠시 유리문에서 새어 나오는 빛에 모습을 드러냈으나 곧 어둠 속으로 사라졌다.

숨을 멈추고 기다리고 있는데 희미하게 삐걱거리는 소리가 들렸다. 창문을 여는 소리였다. 소리가 멈추고 다시 시간이 흘렀다.

검은 그림자가 집 안으로 들어간 모양이었다. 집 안에서 랜턴 불빛이 보였다. 조금 뒤, 불빛이 방 안 이곳저곳을 비추는 것이 보였다. 찾는 물건이 그 방에 없는지 불빛이 다시 여기저기를 비추었다.

"창문 밑으로 갑시다. 기다리고 있다가 놈이 나오면 잡는 겁니다."

레스트레이드가 속삭였다.

그러나 우리가 미처 창가로 가기도 전에 수상한 남자가 창문을 넘어 밖으로 나왔다. 흐릿한 불빛 아래를 지나가는 것을 보니 옆구리

에 뭔가 하얀 물건을 끼고 있었다.

　그는 조심스럽게 주위를 살피더니 인적이 없는 것에 안심한 듯했다. 그는 이쪽으로 등을 돌리고 들고 있던 물건을 내려놓았다. 다음 순간 '쾅' 하고 뭔가 부딪치는 소리가 들리더니 곧이어 와장창 부서지는 소리가 들렸다.

　남자는 자기가 하는 일에 열중해 있어서 우리가 다가가는 것도 눈치 채지 못했다. 홈스가 재빨리 등 뒤에서 그를 덮쳤다. 그리고 거의 동시에 나와 레스트레이드가 달려들어 그의 팔을 하나씩 움켜잡았다. '찰칵' 소리와 함께 수갑이 채워졌다.

남자의 몸을 돌려 눕히자 그는 누르스름
한 얼굴에 마구 몸을 뒤틀며 자신이 잡
혔다는 사실에 분노를 감추지 못했
다. 사진 속에서 보았던 그 남자였
다.

그러나 홈스는 정작 체포한 범인
은 거들떠보지도 않았다. 홈스는
문가에 쪼그리고 앉아서 부서진
석고 조각을 조심스럽게 살펴보
고 있었다. 그것은 나폴레옹 석
고상이었다. 지금까지 보았던 것
과 마찬가지로 산산조각 난 파편
에 불과했고 특별히 다를 것이 없는
석고 조각일 뿐이었다.

홈스가 석고 조각을 하나하나 불빛에
비추며 조사하고 있는 사이 눈앞이 환해지면서 현
관문이 열리더니 뚱뚱한 체격의 집주인이 셔츠와 바지 차림으로 나
타났다.

"조시아 브라운 씨?"

홈스가 말을 건넸다.

"그렇습니다. 셜록 홈스 씨군요. 심부름꾼을 통해 보내신 전갈을
받고 말씀하신 대로 했습니다. 문단속을 철저히 하고 안에서 기다리
고 있었죠. 도둑이 붙잡혀서 정말 다행입니다. 세 분 모두 잠깐 들어
오셔서 차라도 한 잔 드시지요."

그러나 레스트레이드 경감이 범인을 한시라도 빨리 경시청으로

데려가고 싶어 했으므로 우리는 대기 중이던 마차를 타고 런던으로 돌아갔다.

체포된 범인은 한 마디도 입을 열지 않았다. 그저 덥수룩하게 자란 앞머리에 가려진 눈으로 우리를 쏘아보기만 했다. 내 몸이 가까이 닿자 그는 내 손을 물려고 덤벼들었다. 홈스와 나는 범인의 몸수색 결과가 나올 때까지 경시청에서 한참을 기다렸지만 범인의 몸에서 나온 것은 동전 몇 개와 칼집이 긴 칼 하나뿐이었다. 손잡이에는 최근의 것으로 보이는 핏자국이 선명했다. 헤어질 때 레스트레이드가 말했다.

"소지품 따위는 상관없습니다. 힐 경감에게 물어보면 신원 정도는 금방 파악할 수 있으니까요. 역시 제 말대로 마피아와 관계된 사건이 맞지요?

그건 그렇고 홈스 씨, 정말 큰 신세를 졌습니다. 도대체 어떻게 알고 거기서 미리 범인을 기다리고 있었던 겁니까? 나는 이자가 그곳으로 오리라고는 전혀 짐작하지 못했습니다. 아무리 생각해도 알 수 없군요."

"오늘 밤은 너무 늦었으니 설명은 다음에 하지요. 게다가 아직 해결되지 않은 문제가 두어 개 남아 있어서요. 그것은 끝까지 조사해 볼 만한 가치가 있습니다.

내일 저녁 6시에 한 번 더 저희 집에 오시면 아직 경감이 파악하지 못한 이 사건의 윤곽을 알려 드리겠습니다. 아마 범죄사에 보기 드문 특별한 사건이 될 겁니다. 왓슨, 이 사건을 연대기에 추가해도 좋다면 나폴레옹 흉상을 둘러싼 진기한 이야기가 생기를 불어넣을 수 있을 걸세."

다음 날 저녁 레스트레이드는 범인의 신상에 대해 자세한 정보를 가지고 왔다. 이름은 우리가 알고 있는 대로 베포였다. 성이 뭔지 아는 사람은 아무도 없었다. 이탈리아 사람들 사이에서는 악명 높은 불량배였다. 원래 솜씨 좋은 조각가로 정직하게 일해 돈을 번 적도 있으나 나쁜 길로 빠져서 두 번이나 감옥신세를 졌다. 한 번은 사소한 절도죄였고 또 한 번은 겔더 상회 주인에게 들은 대로 같은 이탈리아인 동료를 찌른 죄로 수감된 것이었다.

영어는 잘하지만 석고상과 관련된 질문에는 어떤 대답도 하지 않아서 흉상을 부순 까닭은 아직 알 수 없었다. 그러나 경찰은 이 남자가 겔더 상회의 공장에서 일한 적이 있으므로 그 흉상들을 만든 장본인일지도 모른다고 추측만 하고 있을 뿐이었다. 홈스는 이미 다 알고 있는 사실이었지만 정중한 자세로 경감의 설명을 들었다. 그러나 누구보다도 홈스를 잘 아는 나는 그가 다른 생각에 잠겨 있다는 것을 알 수 있었다.

홈스의 표정에는 누군가를 기다리는 듯 기대감과 초조감이 섞여 있었다.

갑자기 홈스가 의자에서 벌떡 일어났다. 그의 두 눈이 반짝 빛나는 것을 볼 수 있었다. 초인종이 울리고 얼마 후, 계단을 올라오는 발소리가 들렸다. 곧이어 턱수염이 희끗희끗하고 얼굴색이 붉은 중년의 남자가 방으로 들어왔다. 그는 오른손에 들고 있던 낡고 큼직한 가방을 테이블 위에 올려놓았다.

"셜록 홈스 선생님 계십니까?"

홈스가 인사를 하면서 미소를 지었다.

"레딩 시에 사시는 샌드포드 씨지요?"

"네, 늦어서 죄송합니다. 기차 시간이 맞지 않아서요. 제가 갖고 있는 나폴레옹 흉상에 대해서 편지를 보내셨지요?"

"맞습니다."

"여기 선생이 보낸 편지를 가지고 왔습니다. 편지에 '당신이 가진 드빈느의 나폴레옹 석고상 복제품을 갖고 싶습니다. 석고상 값으로 10파운드 드리겠습니다.'라고 하셨는데 정말입니까?"

"그렇습니다."

"편지를 받고 아주 놀랐습니다. 제가 석고상을 갖고 있다는 것을 어떻게 아셨지요?"

"물론 놀라셨겠지요. 하지만 간단합니다. 하딩 형제 상점 주인에게 물어보았더니 샌드포드 씨가 마지막으로 사 갔다고 하더군요."

"아, 그랬군요. 석고상 가격이 얼마인지도 말하던가요?"

"아니요, 저는 석고상 값은 모릅니다."

"그렇다면 미리 말씀드려야겠군요. 저는 부자는 아니지만 정직한 사람입니다. 이 석고상 값은 겨우 15실링입니다. 이 사실을 미리 말해 두어야 제 마음이 편하겠습니다."

"정직한 분이군요, 샌드포드 씨. 하지만 약속한 대로 10파운드를 드리겠습니다."

"정말 인심이 후한 분이시군요. 선생이 요구하신 나폴레옹 흉상을 가져왔습니다. 바로 이겁니다!"

그는 가방을 열었다. 가방에서 나온 석고상은 지금껏 보아 온 산산조각 난 것이 아닌 완전한 상태의 나폴레옹 흉상이었다.

홈스는 주머니에서 종이를 꺼내더니 10파운드와 함께 테이블 위에 올려놓았다.

"여기에 서명해 주시겠습니까, 샌드포드 씨? 증인들 앞에서 말입니다. 석고상에 대한 소유권을 제게 넘긴다는 영수증입니다. 저는 확실한 것을 좋아합니다. 나중에 무슨 일이 생길지 모르는 거니까요. 감사합니다, 샌드포드 씨. 여기 10파운드 드리겠습니다. 그럼 안녕히 가십시오."

샌드포드 씨가 떠나자 홈스는 서랍에서 하얀 보자기를 꺼내 테이블 위에 깔고 방금 산 나폴레옹 흉상을 중앙에 올려놓았다. 그런데 잠시 후 우리의 눈을 의심하는 일이 벌어졌다. 홈스가 석 고상 한 가운데를 사냥용 채찍으로 힘껏 내리친 것이다. 나폴레옹 석고상이 순식간에 부서지면서 하얀 석고 조각이 보자기 위로 우르르 떨어졌다. 홈스는 부서진 석고상 조각 하나하나를 열심히 살펴보았다. 잠시 후, 홈스가 승리의 함성을 지르더니 조각 하나를 높이 쳐들었다. 놀랍게도 조각 속에는 푸딩에 들어 있는 건포도처럼 검고 둥근 물체가 박혀 있었다.

"여러분! 보르지아 가문의 그 유명한 흑진주를 소개합니다!"

어안이 벙벙해진 레스트레이드 경감과 나는 잠시 후 정신을 차리고 완벽한 드라마의 클라이맥스를 볼 때처럼 반사적으로 박수를 보냈다. 홈스의 창백한 뺨에 홍조가 살짝 스치는가 싶더니 관객의 박수갈채에 예의를 표하는 극작가처럼 우리에게 정중히 고개 숙여 인사를 했다. 평소 대중의 인기를 경멸하는 홈스였지만 진심에서 우러나는 찬사와 경탄에는 그 역시 보통 사람과 마찬가지로 자부심과 기쁨을 느꼈던 모양이다.

"자, 여러분! 세계에서 가장 유명한 진주입니다. 나는 귀납적 추리의 사슬을 연결한 덕분에 데이커 호텔에 묵었던 콜로나 공작의 침실에서 사라진 진주가 스테프니 주에 있는 겔더 상회의 나폴레옹 흉상여섯 개 중 하나에 숨겨져 있다는 사실을 알아냈습니다.

경감, 이 값비싼 보석이 도둑맞았을 때 잉글랜드 전체가 떠들썩했다는 사실을 기억하시죠? 런던 경찰이 발 벗고 나섰지만 사건은 미궁에 빠진 채 헛수고에 그치고 말았지요. 나도 그때 사건을 의뢰받았지만 사건 해결에 전혀 도움을 주지 못했습니다. 경찰은 콜로나 부인의 집에서 일하는 이탈리아인 하녀를 용의자로 지목했고 런던에 그녀의 오빠가 있다는 사실까지는 밝혀냈지만 두 사람이 어떤 연락을 주고받았다는 증거가 없었기 때문에 사건은 그렇게 흐지부지되고 말았지요.

그 하녀의 이름은 루크레치아 베누치입니다. 그러니 이틀 전 살해된 피에트로 베누치가 그녀의 오빠라는 사실은 의심할 여지가 없지요. 나는 지난 신문에서 날짜를 조사해 보았는데 진주가 분실된 것은 베포가 폭력 사건으로 체포되기 이틀 전이었다는 것을 알았습니다. 마침 그때 겔더 상회에서는 이 흉상들이 제작되고 있었지요. 자, 이제 사건의 앞뒤가 연결되지요? 물론 여러분은 내가 사건에 접근한 반대의 순서로 진실에 접근하고 있는 겁니다. 결국 진주는 베포가 갖고 있었는데 피에트로에게서 훔쳤거나 피에트로와 함께 훔쳤을 테지요. 피에트로와 여동생 사이에서 중간 역할을 했을 수도 있습니다. 하지만 이들 사이의 관계는 그다지 중요하지 않습니다.

중요한 점은 그가 진주를 지니고 있을 때 경찰에 쫓기고 있었다는 것이지요. 그는 자신이 일하던 공장으로 도망쳤지만 몸수색을 하면 진주가 발견될 것이 확실했기 때문에 이 값비싼 진주를 어딘가에 숨겨야만 했습니다. 그러나 그럴 만한 시간적 여유가 없었던 것이지요.

때마침 복도에서는 나폴레옹 흉상 여섯 개를 건조하는 중이었는데 석고상들은 아직 굳지 않아서 말랑말랑했지요. 솜씨 좋은 기술자 베포는 석고상에 작은 구멍을 뚫고 진주를 밀어 넣은 다음 원래대로 매끈하게 다듬어 놓은 겁니다. 진주를 감추기에 그보다 좋은 곳은 없었지요. 누구도 절대 발견할 수 없는 비밀 장소였습니다.

그러나 베포가 교도소에 수감되어 있었던 1년 사이 나폴레옹 흉상은 런던 시내의 여러 가게로 팔려 나갔던 것입니다. 여섯 개의 나폴레옹 흉상 가운데 어떤 나폴레옹에 진주가 들어 있는지 베포 자신도 구분할 수 없었겠지요. 결국 여섯 개를 모두 부수고 찾아볼 수밖에 없게 된 것입니다. 진주는 석고가 굳으면서 함께 굳었기 때문에 흔들어 보아도 알 수 없었던 것입니다.

1년간의 형기를 마치고 출소한 베포는 여섯 개의 나폴레옹 석고상이 어디로 팔려 갔는지 추적하기 시작했습니다. 우선 겔더 공장에서 일하는 사촌에게 부탁해서 여섯 개의 나폴레옹 석고상을 사 간 소매상을 알아낸 것입니다. 그리고 허드슨 가게에 점원으로 취직해서 석고상 세 개가 팔려 간 곳을 조사했지요. 그러나 그 세 개의 나폴레옹에는 진주가 들어 있지 않았습니다. 그래서 다음에는 하딩 형제 상점에서 일하는 이탈리아인 직원에게 부탁해 나머지 세 개가 팔린 곳을 알아내도록 했지요. 그래서 그가 처음에 간 곳이 하커 기자의 집이었습니다. 한편 피에트로는 사라진 진주가 베포에게 있을 것이라고 의심하고 뒤를 추적하던 중이었는데 결국 하커 씨 집에서 서로 마주친 겁니다. 두 사람 사이에 격투가 벌어지고 베포는 격투 끝에 피에트로를 찔러 살해했습니다."

"그런데 왜 피에트로가 베포의 사진을 가지고 다녔던 거지?"

내가 옆에서 물었다.

"그건 제3자에게 사진을 보여 주면서 이런 사람을 아느냐고 물어보기 위해서였겠지. 당연한 일이야. 어쨌든 살인 사건이 있고 나서 나는 베포가 진주를 찾는 일을 늦추기보다는 오히려 서두를 것이라고 짐작했지. 경찰이 진주의 비밀을 눈치 채기 전에 서둘렀던 거야. 물론 나는 그가 하커 기자의 나폴레옹 상에서 진주를 찾았는지 여부는 알 수 없었네. 사실 나는 베포가 찾는 물건이 진주라는 사실도 모르고 있었지. 그러나 그가 흉상을 들고 몇 집이나 그냥 지나쳐서 가로등 불빛이 있는 정원에서 그것을 부수었다는 사실에서 그가 무언가 찾고 있다는 것을 확신했지. 하커 씨의 나폴레옹 상이 세 개 중 한 개였으니 내가 말한 대로 다른 나폴레옹 상에 진주가 들어 있을 가능성이 거의 확실했네. 나머지 두 개 중 하나에 있다는 뜻인데 그렇다면 베포는 당연히 가까운 런던 시내에 있는 석고상부터 훔치려고 했겠지. 그래서 나는 또다시 비극적인 사건이 발생하지 않도록 브라운 씨에게 문단속을 단단히 하라고 전보를 보냈고 베포가 나타나기를 기다렸던 것일세. 그 결과는 알다시피 아주 만족스러웠고. 물론 그때는 이미 베포가 찾는 물건이 보르지아의 흑진주라는 사실을 확실히 알고 있었네. 살해당한 남자의 이름으로 두 사건이 연결된 것이지. 이제 남은 석고상은 레딩 시에 있었고 결국 이 마지막 석고상 속에 진주가 있다는 결론을 얻을 수 있었지. 그래서 나는 그 마지막 나폴레옹 석고상을 레딩 시에 사는 샌드포드 씨로부터 사들였네. 저기에 흩어져 있는 게 그것이지."

우리는 잠시 동안 아무 말도 할 수 없었다. 이윽고 레스트레이드 경감이 입을 열었다.

"정말 훌륭합니다. 홈스 씨가 사건을 해결하는 과정을 많이 보아왔지만 이렇게 훌륭한 솜씨는 처음 봤습니다. 장담컨대 런던 경시청에서 일하신다 해도 질투할 사람은 아무도 없을 겁니다. 홈스 씨, 정말 자랑스럽습니다. 당신 같은 분이 영국에 계시다는 것을 자랑스럽게 생각합니다. 제 말이 못 미더우시면 내일 경시청에 와 보십시오. 모두들 당신과 악수를 나누는 것을 큰 영광으로 여길 겁니다."

"고맙습니다."

홈스는 얼굴을 붉히며 고개를 돌렸지만 여느 때와 달리 깊이 감동했다는 것을 알 수 있었다. 하지만 잠시 후 홈스는 평소처럼 냉정하고 차분한 사람으로 다시 돌아왔다.

"왓슨, 그 진주는 금고에 넣어 두게. 안녕히 가시오, 레스트레이드 경감. 문제가 생기면 언제든 찾아와도 좋습니다. 기꺼이 사건 해결에 협조하겠습니다."

세 명의
학생

The Three Students

힐튼 솝즈

세인트 루크 칼리지에서 학생지도교수 겸 강사로 일하고 있다. 포테스큐 장학시험의 그리스어 출제위원이기도 하다. 시험 전날, 시험문제의 교정쇄를 검토하다가 친구와의 약속으로 잠시 자리를 비운다. 방으로 돌아오자마자 누군가 시험지에 손을 댔다는 사실을 알아차리고 크게 당황한다. 학교의 명예를 위해 사건을 조용히 해결하고자 경찰 대신 홈스를 급히 찾아가 사건을 의뢰한다. 예민하고 감성적인 성향을 지녔다.

배니스터

10년간 힐튼 솝즈 교수의 곁을 지켜 온 충직한 하인이다. 장학시험 전날, 평소처럼 차를 언제 마실지 물어보러 솝즈 교수의 방에 들어갔다가 방문에 열쇠를 꽂아 둔 채 나온다. 자신이 실수로 남겨 둔 열쇠를 이용해 누군가 교수의 방 안에 몰래 들어가 시험문제를 베껴 쓴 사실을 알고 무척 괴로워한다.

길크리스트

세인트 루크 칼리지의 학생이며 학업과 운동 모두에서 뛰어난 성적을 자랑한다. 늘씬하고 큰 키와 금발 머리를 가진 청년이다. 대학의 럭비 팀과 크리켓 팀 선수로 뛰고 있으며, 장애물달리기와 멀리뛰기에서도 두각을 나타내어 학교 대표선수로 활약한다. 학생지도교수에게 남자답고 성실한 학생이라 평가받고 있다.

《세 학생》은 1904년 5월 《스트랜드 매거진》에 발표되고 1905년 《셜록 홈스의 귀환》에 실렸다. 이 작품에서 지문은 매우 중요한 증거로 이용된다. 그런데 프랜시스 캘튼이 고안한 '지문을 이용한 인물 확인 방법'을 런던 경시청에서 정식으로 채용한 것은 1901년이다. 그런데 이 작품 속 사건이 일어난 시점은 1895년이다. 이를 통해 정식 채용 이전부터 지문이 사건의 중요한 증거로 이용되었다고 볼 수 있다.

이 작품의 원고는 보튼 퍼킨스가 하버포드의 호튼 도서관에 기증해 현재까지도 도서관에 보관되어 있다.

작품 속 배경 연대는 1895년이다.

시험문제 유출

내가 이제부터 들려주려는 이야기는 홈스와 내가 영국의 한 대학 도시에서 맞닥뜨린 사건이다. 웬만해서는 베이커 가의 하숙집을 오랫동안 비우지 않는 홈스였지만 1895년 당시 어떤 사건을 해결하기 위해 부득이하게 그 대학 도시에서 몇 주간 머물러야만 했다.

　애초에 우리가 베이커 가를 떠났던 것은 다른 사건 때문이었지만 이 글을 쓰는 것은 그 사건을 말하고자 하는 것이 아니기 때문에 그 사건에 대해서는 굳이 언급하지 않겠다. 대신 홈스와 내게 우연히 찾아와 교훈을 남겨 준 작은 사건에 대해 말하고자 한다. 사건 관계자들은 과거의 큰 오점인 그 사건을 하루 빨리 잊고 싶어 할 것이므로(사건 발생 후 많은 시간이 지났지만) 관계된 대학이나 범인의 실명을 거론하는 것은 분별없는 행동이 될 것이다. 이런 염려에도 불구하고 이 사건에 대한 기록을 조심스럽게 공개하고자 하는 것은 이 사건이 홈스의 고유하고 천재적인 재능과 특성을 보여 주는 데 매우 적절한 사례이기 때문이다. 사건 발생 장소, 관련자들에 대한 단서가 될 만한 특정 단어들은 약간씩 바꿔 쓰도록 하겠다.

　우리는 대학 도서관과 가까운 어느 하숙집에서 지내고 있었다. 홈스는 도서관에서 초기 영국의 문서들을 연구하는 데 몰두하고 있었는데, 이때의 연구 성과는 책으로 엮어 발표해도 될 만큼 훌륭했다. 그러던 어느 저녁, 하숙집으로 한 사람이 찾아왔다. 세인트 루크 칼리지에서 학생지도교수 겸 강사로 일하고 있는 힐튼 솜즈였다. 비쩍 마르고 키가 큰 그는 예민하고 감성적인 사람이었다. 나는 그의 성격에 대해 이미 잘 알고 있었지만 그날 그는 유독 극도로 흥분한 상태였다. 나는 뭔가 좋지 않은 일이 생겼음을 직감했다.

　"잠시만 시간을 내주시겠습니까? 우리 대학에 정말 곤란한 문제가 생겼습니다. 홈스 씨가 마침 이곳에 머물고 계셔서 다행입니다. 홈스 씨가 안 계셨다면 어땠을지 상상만 해도 아찔합니다."

　"죄송하지만 지금 아주 바빠서 다른 일에 신경 쓸 여력이 없습니다. 지역 경찰을 찾아가시면 어떻겠습니까?"

　홈스가 난처한 표정으로 말했다.

　"경찰은 절대 안 됩니다! 경찰이 알게 되면 이 사건은 걷잡을 수 없게 됩니다. 우리 학교의 명예만은 지키고 싶어 실례인 줄 알면서 이렇게 찾아왔습니다. 홈스 씨만이 저를 도와주실 수 있습니다. 제발 부탁드립니다."

　사실 홈스는 베이커 가를 떠나온 후부터 계속 저기압이었다. 여러 권의 사건 스크랩북과 화학약품, 기분 내키는 대로 어지를 수 있는 익숙한 공간을 떠나 낯선 곳에 있자니 불편하고 얼마간은 짜증스러워 보였다.

　그러나 솜즈의 간청이 계속되자 홈스는 내키지 않는 표정으로 마침내 고개를 끄덕였고, 솜즈는 매우 흥분한 듯 과장된 손짓을 섞어

가며 숨도 쉬지 않고 빠르게 설명했다.

"정말 고맙습니다, 홈스 씨. 그럼 간단히 자초지종을 설명하겠습니다. 내일은 포테스큐 장학시험의 첫째 날입니다. 저도 이 시험의 출제위원입니다. 제 과목은 그리스어인데, 매우 길고 어려운 그리스어 문장을 영어로 번역하는 문제를 출제했습니다. 만약 시험을 치르기 전에 학생들이 그 문제를 미리 안다면 시험은 훨씬 쉬워질 겁니다. 그러나 그런 일이 있어서는 안 되기에 학교 측에서는 철저한 보안으로 시험지를 보관하고 있습니다.

오늘 오후 3시쯤 시험문제의 교정쇄가 나왔습니다. 문제에는 그리스의 역사가인 투키디데스의 문장을 그대로 실었습니다. 문제에 오자가 있어서는 안 되기에 저는 꼼꼼히 읽어 봐야 했습니다. 1시간 반가량 지났지만 검토 작업은 끝나지 않았습니다.

하지만 4시 반에 친구와 차를 마시기로 한 약속이 생각나서 교정쇄를 책상 위에 둔 채 방을 나섰습니다. 제가 방을 비운 시간은 1시간이 조금 넘을 겁니다.

우리 대학은 모든 문을 이중으로 만들었습니다. 안쪽은 녹색 천을 덧댄 문, 바깥쪽은 나무 문입니다. 제가 차를 마시고 돌아와 문을 열려고 할 때 바깥문에 꽂혀 있는 열쇠를 보고 너무 놀라 가슴이 철렁 내려앉았습니다. 순간 제가 문을 잠근 후 서두르느라 열쇠를 꽂아 둔 채 나갔다고 생각했지만 아니었습니다. 외투 주머니에서 제 열쇠가 나왔으니까요.

제 방 열쇠는 두 개인데 하나는 제가, 나머지 하나는 배니스터가 갖고 있습니다. 배니스터는 10년 동안 저와 함께한 하인인데 너무도 충직한 사람이라 의심의 여지가 없습니다. 하지만 그 열쇠는 정말 배니스터의 것이었습니다. 제게 언제 차를 마실 건지 물어보려고 들

렀다가 나갈 때 깜박 잊고 열쇠를 문에 그대로 꽂아 두었답니다. 보통 때라면 전혀 문제 될 일이 없었지만, 오늘은 방 안에 시험문제가 있었기 때문에 큰 일이 난 겁니다.

방에 들어서자마자 누군가 시험문제의 교정쇄를 만졌다는 사실을 알 수 있었습니다. 저는 방을 나가기 전에 총 3장의 교정쇄를 책상 위에 잘 정리해 두었습니다. 그런데 돌아왔을 때는 한 장은 바닥에, 한 장은 창문가의 작은 책상 위에, 나머지 한 장만 그대로 책상 위에 있었습니다."

잠자코 듣고만 있던 홈스가 갑자기 입을 열었다.

"그렇다면 첫 번째 장이 바닥에, 두 번째 장이 창가의 작은 책상 위

에, 세 번째 장이 원래대로 책상 위에 있었겠군요."

"맞습니다. 이거 참 놀랍군요, 홈스 씨. 그걸 어떻게 아셨습니까?"

"그보다는 먼저 당신의 설명을 더 듣고 싶군요."

"맨 먼저 배니스터를 의심했지만 그는 절대 시험지를 보지 않았다고 맹세했습니다. 저는 그를 믿습니다. 남은 가능성은 마침 방 앞을 지나가던 누군가가 문에 꽂혀 있는 열쇠를 보고 제가 자리를 비웠다는 걸 확인한 후 몰래 들어와 시험문제를 보았다는 겁니다. 이번 시험에 합격하면 꽤 큰 장학금을 받을 수 있습니다. 따라서 비양심적인 학생이라면 좀 더 유리한 입장에서 시험을 치르기 위해 시험지를 보았을 가능성이 매우 높습니다.

배니스터는 자신의 실수로 빚어진 사건 때문에 너무나 괴로워했습니다. 시험지를 누군가 훔쳐본 사실을 알고는 거의 기절할 뻔했으니까요. 배니스터가 넋을 놓고 의자에 주저앉기에 제가 브랜디를 조금 따라서 건넸습니다.

배니스터가 정신을 차릴 동안 저는 방 안을 세세하게 살펴보았습니다. 흐트러진 시험지 말고도 범인의 흔적이 남아 있었습니다. 부러진 연필심과 연필을 깎은 흔적을 발견했습니다. 아마 범인이 시험문제를 서둘러 베끼다가 연필심이 부러지는 바람에 급히 연필을 다시 깎았겠지요.”

“오, 그만하면 아주 훌륭한 추리군요.”

사건에 점점 몰입한 홈스가 싱글거리며 두 손을 마주 비볐다.

“또 있습니다, 홈스 씨. 제 방에는 주로 사용하는 큰 책상 말고도 간단한 편지를 쓸 때 사용하는 작은 책상이 하나 더 있습니다. 그 책상에는 빨간 고급 가죽을 씌워 놓는데 제가 주의해서 사용하기 때문에 흠 하나 없이 깨끗했습니다. 저뿐 아니라 배니스터도 그 점에 대해선 장담할 수 있습니다. 그런데 그 가죽에 8센티미터 정도의 흠이 생겼습니다. 살짝 긁힌 것이 아니라 확실히 칼로 베어 낸 자국이었습니다. 또 책상 위에는 작은 흙덩어리도 있었는데 흙 속에는 톱밥 같은 나무 부스러기가 섞여 있었지요. 시험문제를 훔쳐본 범인의 흔적이 틀림없다고 생각합니다.

하지만 범인을 정확히 알아낼 수 있는 확실한 단서나 발자국은 발견하지 못했습니다. 그래서 도통 어떻게 해야 할지 몰라 고민만 하고 있었는데 홈스 씨가 이곳에 계시다는 것이 생각났습니다. 그래서 홈스 씨에게 사건을 의뢰하기 위해 달려왔습니다.

홈스 씨, 꼭 도와주셔야 합니다. 제가 얼마나 곤란한 입장인지 잘 아셨겠지요? 범인을 오늘 안으로 잡지 못하면 시험문제를 다시 출제

하고 시험도 연기해야 합니다. 그러나 시험을 연기하려면 그 이유를 학생들에게 설명해야 하는데 그렇게 되면 학교의 명예가 땅에 떨어질 게 뻔합니다. 저는 이 사건이 조용하고 원만하게 해결되기만을 간절히 원합니다."

"솜즈 씨에게 도움을 드릴 수 있어 저 역시 기쁩니다."

홈스는 벌떡 일어나더니 옷걸이에서 외투를 재빨리 벗겨 냈다.

"흥미로운 사건이긴 합니다, 솜즈 씨. 그런데 당신이 교정쇄를 받은 다음에 방으로 찾아온 사람이 있었습니까?"

"네, 다울렛 래스라는 인도 학생인데 제 방이 있는 건물에 머물고 있지요. 시험에 대한 질문 때문에 저를 찾아왔습니다."

"그 학생도 내일 시험에 응시합니까?"

"네."

"그때 시험지는 당신 책상 위에 있었습니까?"

"그렇긴 하지만 단단히 말아 둔 상태라 시험지라는 건 알 수 없었을 겁니다."

"시험 교정쇄라는 걸 알아챌 가능성은 전혀 없었을까요?"

"아마도 몰랐을 겁니다."

"그 밖에 다른 사람은 없을까요?"

"네, 제가 나가기 전까지 방에 온 다른 사람은 없었습니다."

"당신 방에 교정쇄가 있는 걸 아는 사람은 누구누구입니까?"

"인쇄소 직원 빼고는 없습니다."

"배니스터도 모르고 있었습니까?"

"네, 그도 전혀 몰랐습니다."

"배니스터는 어디에 있습니까?"

"아직 몸이 완전히 회복되지 않았을 겁니다. 아까 말씀드린 대로 저는 그에게 브랜디를 준 후 바로 여기로 달려왔습니다."

"방문을 열어 놓고 오셨습니까?"

"예, 그렇지만 시험 교정쇄는 금고에 넣고 잠가 놓았습니다."

"솜즈 씨, 당신 말대로 인도 학생이 시험지에 대해 알아채지 못했다고 합시다. 그러면 시험문제가 책상 위에 있다는 걸 모르는 범인이 우연히 방에 들어갔다가 시험지를 발견했다고 볼 수 있겠군요."

"제 생각도 그렇습니다."

홈스가 의미심장한 웃음을 보였다.

"이제 사건 현장을 둘러볼까요? 왓슨, 몸으로 부딪치기보다는 머리로 생각해야 하는 사건이라 자네의 도움이 크게 필요하지는 않겠어. 그렇지만 자네가 원한다면 같이 가세. 솜즈 씨, 길 안내를 좀 부탁하겠습니다."

독특한 단서

솜즈 씨의 방에는 길쭉하고 창턱이 낮은 격자창이 있었는데 창을 통해 안뜰이 보였다. 안뜰은 오래된 대학들이 흔히 그렇듯 돌바닥에 푸른 이끼가 가득해 고색창연해 보였다. 고딕 양식의 중후한 아치문이 낡은 계단과 연결되어 있었다. 건물 1층에는 솜즈의 방이, 2층부터 4층까지는 각각 한 명의 학생이 머물고 있었다.

우리가 사건 현장에 도착했을 때는 이미 서쪽 하늘에 저녁노을이 걸려 있었다. 홈스는 건물에 들어서기 전에 솜즈의 창 앞에 서서 방 안을 들여다보았다. 그러다가 창문에 바짝 다가서서 까치발을 하고 목을 쭉 뺀 채 방 안을 들여다보기도 했다.

"범인은 분명히 문으로 들어왔습니다. 창문은 단단히 잠겨 있었거든요."

솜즈가 말했다.

"그런 것 같습니다."

홈스가 의미를 알 수 없는 묘한 미소를 지어 보였다.

"밖에서는 더 알아낼 것이 없군요. 이제 안으로 들어가 봅시다."

솜즈가 열쇠로 방문을 열어 주었다. 그러나 홈스는 우리를 방문 앞에 세워 두고 자신만 안으로 들어가더니 몸을 구부리고 카펫 위를 샅샅이 조사했다.

"발자국이라곤 하나도 보이지 않는군요. 하긴 건조한 날씨에 발자국이 남아 있길 기대하는 것 자체가 무리겠지요. 뭐, 그건 그렇고 배니스터는 기력을 회복했나 봅니다. 그가 의자에 쓰러지듯 앉았다고 하셨는데, 어느 의자입니까?"

"저쪽 창문 옆의 의자입니다."

"아까 말씀하신 작은 책상 옆이군요. 카펫 조사는 끝났으니 이제 들어오셔도 좋습니다. 이 작은 책상부터 살펴볼까요? 무슨 일이 일어났는지 분명하군요. 방에 들어온 범인은 방 한가운데에 있는 큰 책상 위에 놓여 있던 시험지를 한 장씩 창가에 있는 작은 책상으로 옮겼습니다. 창문으로 당신이 안뜰을 거쳐 돌아오는지 감시하면서 문제를 베끼기 위해서였습니다. 제때에 도망치려면 그래야만 했겠지요."

"하지만 그의 예상은 빗나갔을 겁니다. 제가 안뜰이 아니라 건물 옆문을 통해 들어왔거든요."

"아, 그러셨군요. 아무튼 범인은 창문을 연신 살피며 솜즈 씨가 돌아오기 전에 도망가야겠다고 생각했을 겁니다.

이번엔 교정쇄를 좀 볼까요? 3장 모두 지문은 없군요. 범인은 첫 번째 장을 작은 책상으로 옮긴 후 베꼈습니다. 다 베낀 다음엔 그 시험지를 바닥에 던져 버리고 두 번째 장을 작은 책상 위에 놓고 베껴 쓰는 중에 솜즈 씨가 갑자기 돌아왔습니다. 교정쇄를 제자리에 돌려놓지도 못한 것을 보면 당황한 범인이 서둘러 도망쳤다는 걸 알 수 있습니다. 솜즈 씨, 방문 앞에 섰을 때 혹시 계단 쪽으로 달아나는 발소리를 들었습니까?"

"아무 소리도 못 들었습니다."

"알겠습니다. 어쨌든 범인은 너무 서둘러 베껴 쓰다가 연필심을 부러뜨려서 연필을 다시 깎아야만 했습니다.

아, 이건 정말 흥미롭군요. 왓슨, 자네도 보게나. 이 연필은 흔히 볼 수 있는 연필이 아니군. 보통 연필보다는 크고 연필심이 부드럽다네. 진한 파란색 연필에 은색으로 상표명이 써 있어. 지금은 5센티미터도 안 되게 남은 몽당연필이라네. 솜즈 씨, 이런 연필을 찾는다면 그 주인이 바로 범인입니다. 그리고 범인은 날이 큼지막하고 무딘 칼을 갖고 있습니다."

솜즈 씨는 홈스의 입에서 쏟아져 나오는 정보를 받아들이느라 힘겨워 보였다.

"잠깐, 잠깐만요, 홈스 씨. 말씀하신 것들을 대략 이해할 수 있습니다. 하지만 남아 있는 연필의 길이에 대해서는 납득이 되지 않는군요."

홈스가 연필을 깎은 부스러기들을 헤치고 작은 나뭇조각 하나를 들어 보였다. 거기에는 'nn'이라고 써 있었다.

"자, 이젠 아시겠습니까?"

"아직 잘 모르겠습니다."

"이런, 왓슨 자네가 다른 사람들보다 관찰력이 부족한 편이라고 했던 걸 취소해야겠군. 자, 솜즈 씨, 여기 보이는 'nn'이 무엇을 뜻할까요? 바로 어떤 단어의 끝부분입니다. '조한 파버Johann Faber'가 가장 대중적인 연필 상표라는 사실은 아시지요? '조한'이라는 상표가 써 있는 부분에서 맨 끝 철자 2개까지 모두 깎았으니 '파버'라고 쓰인 부분만 남았겠지요? 이렇게 남은 연필의 길이를 쉽게 추리할 수 있습니다."

연필 부스러기를 내려놓은 홈스가 창가의 작은 책상 위에 전등을 비추었다.

"만약 범인이 얇은 종이에 시험문제를 베꼈다면 책상을 덮은 부드러운 가죽에 눌러 쓴 자국이 남았을 텐데 깨끗하군요. 그러니 작은 책상에 대한 조사는 이것으로 마쳐야겠습니다.

자, 방 가운데의 큰 책상을 살펴볼까요? 아, 솜즈 씨가 말한 흙덩어리가 여기 있군요. 피라미드 모양으로 뭉쳐진 검은 흙덩이인데 속은 이렇게 비어 있습니다. 드문드문 톱밥도 섞여 있네요. 정말 재미있는 단서입니다.

붉은 가죽에 생긴 뚜렷한 홈은 날카로운 뭔가에 베여 생겼군요. 살짝 긁힌 자국으로 시작했다가 톱니 모양의 홈으로 끝나는 독특한 자국입니다. 솜즈 씨가 사건에 대해 매우 자세한 부분까지 빠뜨리지 않고 말해 주었군요. 그런데 저 문 뒤에는 무엇이 있습니까?"

"침실로 통하는 문입니다."

"사건이 일어난 후에 들어가 보셨나요?"

"아닙니다. 너무 경황이 없어서요."

"침실을 둘러봐도 되겠습니까? 허, 안뜰 못지않게 고풍스러운 정취가 느껴지는 방이군요! 내가 바닥을 조사할 동안 모두들 잠시 문 앞에서 기다려 주시기 바랍니다. 여기도 아무 흔적이 없습니다.

저쪽 벽에 묵직한 커튼이 있군요. 옷장이 작아서 커튼 뒤에 옷을 걸어 두십니까? 아, 역시 그러시군요. 침대가 나지막하고 옷장도 너무 좁아서 한 사람도 숨기 힘들겠습니다. 그러니 이 방에서 숨을 곳은 오직 이 커튼 뒤쪽뿐입니다. 어디 볼까요?"

홈스가 살금살금 커튼 앞으로 다가가더니 커튼을 한쪽으로 젖혔다. 그의 긴장한 얼굴을 보니 아직 범인이 숨어 있을 수도 있다고 생각한 것 같았다. 하지만 커튼 뒤에는 옷걸이에 빼곡히 걸린 옷들뿐이었다. 홈스는 커튼을 다시 치려다가 갑자기 바닥을 뚫어져라 들여다보았다.

"여기도 있군! 자, 이게 뭔지 아시겠습니까?"

홈스가 발견한 것은 작은 책상 위에서 본 것과 동일한 흙덩어리였다. 홈스는 허리를 굽혀 그 흙덩어리를 집어 들더니 손바닥 위에 올려 불빛에 비추어 보았다.

"이것은 범인이 솜즈 씨의 침실에도 들어왔었다는 증거입니다."

"이상하군요. 왜 침실까지 들어온 걸까요?"

"범인으로서는 침실에 들어올 수밖에 없었을 겁니다. 솜즈 씨가 안뜰이 아니라 옆문을 통해 들어왔기 때문에 범인은 당신이 문손잡이를 잡았을 때에야 비로소 당신이 돌아왔다는 걸 알았습니다. 당황한 범인은 자기 소지품을 주섬주섬 챙겨 침실로 뛰어 들어가 커튼 뒤에 숨은 것입니다."

"아니, 그럼 저와 배니스터가 이야기하고 있는 동안 범인은 이 커튼 뒤에 있었다는 말입니까?"

"그렇습니다."

"하지만 다른 가능성도 있습니다. 홈스 씨, 침실의 창문을 한번 보시기 바랍니다."

"이미 봤습니다. 두꺼운 납으로 창틀을 만든 격자식 창이 3개 있습니다. 그중 하나만 경첩으로 여닫을 수 있는데 성인 남자 한 명이 충분히 통과할 수 있는 크기입니다."

"맞습니다. 그리고 침실 창문은 안뜰의 한쪽 구석을 향하고 있어서 잘 보이지 않습니다. 그러니 이 창으로 들어온 범인이 침실을 지나다가 흙덩어리를 떨어뜨렸고 도망칠 때도 이곳으로 나갔을지도 모릅니다."

홈스는 단호하게 고개를 저었다.

"사건을 해결하기 위해서는 보다 냉정하게 사실적인 가능성을 조사해야 합니다. 이 건물의 계단을 올라가려면 솜즈 씨 방 앞을 지나가야만 하겠군요. 그리고 위층에는 학생 3명이 살고 있지요?"

"맞습니다."

"그 학생들 가운데 내일 시험을 치르는 사람이 몇 명입니까?"

"3명 모두입니다."

"의심스러운 학생은 없습니까?"

솜즈는 한참을 망설이다가 겨우 입을 열었다.

"뭐라고 말하기가 어렵습니다. 확증도 없이 누군가를 함부로 의심하자니……."

"아, 그냥 솜즈 씨의 생각을 들려주시면 됩니다. 당신의 의견이 하나의 힌트가 되어 증거를 찾게 도와줄 수도 있으니까요."

"그렇다면 각 학생의 성격을 간단히 말씀드리겠습니다. 2층에는 길크리스트가 있습니다. 그는 공부와 운동 모두에서 뛰어난 성적을 나타내고 있습니다. 현재 우리 대학의 럭비 팀과 크리켓 팀 선수인데, 장애물달리기와 멀리뛰기에도 뛰어나 학교 대표선수로 활약하고 있습니다. 한마디로 남자답고 성실한 학생이지요. 그는 그 유명한 야베스 길크리스트 경의 아들입니다. 다들 아시겠지만 길크리스트 경은 경마로 재산을 모두 탕진했지요. 그래서 길크리스트도 학자금 때문에 늘 고생하는데 워낙 똑똑하고 부지런한 학생이니까 잘 해결하리라 생각합니다.

3층에 있는 학생이 다울레 래스라는 인도인입니다. 인도인들 특유의 분위기가 있어 조용하고 속내를 잘 알기 힘든 학생입니다. 성적은 대체로 좋은 편인데 그리스어에 좀 약합니다. 아주 침착하고 신중한 학생입니다.

마지막으로 4층에는 마일스 맥래런이 있습니다. 머리가 비상해서 다른 학생들은 그를 천재라고도 하지요. 조금만 노력하면 누구보다

우수한 성적을 낼 수 있을 텐데 워낙 기복이 심하고 충동적이라 자신의 능력을 제대로 발휘하지 못하는 편입니다. 심지어 1학년 때는 기말시험에서 커닝을 해서 퇴학을 당할 뻔하기도 했습니다. 이번 학기에도 공부는 등한시했으니 코앞에 닥친 시험 때문에 걱정이 이만저만이 아니었을 겁니다."

"솜즈 씨는 그중에 누가 가장 의심스럽습니까?"

"커닝을 했었던 전례 때문인지 그나마 마일스가 제일 의심스럽군요."

"그렇습니까? 자, 이번엔 배니스터를 좀 불러 주시겠습니까?"

솜즈가 벨을 울리자 곧 체구가 자그마한 50세가량의 남자가 조용히 들어왔다. 단정하고 희끗희끗한 머리에 깨끗하게 면도를 한 얼굴 때문에 착실해 보이는 사람이었다. 자신의 예기치 않은 실수로 이런 사건이 벌어져 매우 괴로워하고 있었다. 하얗게 질린 얼굴이 여전히 떨리고 있었고 손도 떨리고 있었다.

"배니스터, 사건을 조사 중인 홈스 씨가 자네에게 몇 가지 질문을 던질 걸세."

솜즈가 말했다.

"네, 뭐든지 물어보십시오."

"배니스터 씨, 당신이 열쇠를 문에 꽂아 둔 채 나간 것이 맞나요?"

홈스가 첫 번째 질문을 했다.

"맞습니다."

"그런데 시험지의 교정쇄가 방에 있는 날을 골라 열쇠를 꽂아 두고 나가다니 좀 이상하군요."

"그건 그저 우연이었을 뿐입니다. 전에도 그런 적이 가끔 있었으니까요."

"몇 시쯤 방에 들어왔나요?"

"4시 반쯤입니다. 보통 그때쯤 솜즈 교수님이 차를 드십니다."

"방에는 얼마나 머물렀나요?"

"교수님이 안 계셔서 바로 나왔습니다."

"책상 위의 시험지를 만졌나요?"

"아닙니다. 교수님 물건에는 함부로 손대지 않습니다."

"어쩌다가 열쇠를 꽂아 둔 채 나갔나요?"

"두 손에는 차와 쿠키를 준비한 쟁반을 들고 있었습니다. 그래서 다시 돌아와 열쇠를 가져가려고 생각했습니다. 그런데 그만 깜빡했습니다."

"바깥문은 닫히면 자동으로 잠기나요?"

"그렇지 않습니다."

"흠, 열쇠로 잠그지 않으면 항상 열려 있겠군요."

"네."

"외출에서 돌아온 솜즈 씨가 사건에 대해 말하자 당신이 매우 놀랐다고 하던데요?"

"네, 제가 학교에서 일한 지 꽤 오래됐지만 이런 불미스러운 일은 한 번도 없었습니다. 거의 기절할 뻔했지요."

"그렇다고 들었습니다. 솜즈 씨와 이야기를 나눌 때 어디에 서 있었나요?"

"어디에 서 있었냐고요? 지금 서 있는 문 앞이었습니다."

"이상한데요? 문 앞에 서 있다가 굳이 저 구석의 의자까지 가서 주저앉았다니. 더 가까이에 다른 의자가 있지 않습니까?"

"저는 비틀거리다가 아무 데나 앉았던 겁니다."

"홈스 씨, 배니스터는 더 이상 말씀드릴 게 없을 겁니다. 안색이 아직 좋지 않은데 그만 쉬도록 하면 어떻겠습니까?"

"몇 가지만 더 묻겠습니다. 솜즈 씨가 방을 나간 후에도 당신은 머물러 있었나요?"

"겨우 1, 2분쯤 더 있었을 겁니다. 그리고 나서 방문을 잠그고 제 방으로 갔습니다."

"혹시 의심스러운 사람은 없나요?"

"우리 대학에는 시험문제를 훔쳐볼 만한 나쁜 사람이 없다고 생각합니다."

"알겠습니다. 성의껏 답해 주셔서 감사합니다. 아, 솜즈 씨, 혹시 이 건물의 학생들에게 사건에 대해 이야기했나요?"

"아닙니다. 한마디도 하지 않았습니다."

"그렇다니 다행입니다. 솜즈 씨, 이제 안뜰로 나가 볼까요?"

3명의 용의자

어느덧 사방에 어둠이 깔리고 있었다. 학생들 방은 모두 불이
켜져 있었다.

"모두 방에 있군요. 그런데 한 학생은 불안한가 봅니다. 저기 좀
보세요. 잠시도 가만히 있지 못하는군요."

3층 창문에 갑자기 검은 그림자가 비쳤다. 인도 학생 다울렛 래스
의 방이었다. 그는 빠른 속도로 방을 왔다 갔다 하고 있었다.

"세 학생의 방을 좀 봤으면 싶은데 괜찮을까요?"

"물론입니다. 이 건물이 우리 대학에서 지어진 지 가장 오래되어
구경하러 오는 사람들이 종종 있습니다. 제가 안내하지요."

솜즈가 길크리스트의 방문을 노크할 때 홈스가 얼른 말했다.

"내가 누구인지는 밝히지 마십시오."

곧 문이 열렸다. 늘씬하고 큰 키에 밀짚 빛깔의 금발머리 청년이
서 있었다. 잠깐 방을 구경하고 싶다고 하자 그는 웃으며 우리를 맞
아 주었다. 중세 건축 양식이 돋보이는 방은 구조가 매우 특이했다.

흥미로운 표정으로 방 안을 둘러보던 홈스가 갑자기 노트에 방을 스케치해야겠다고 말했다. 그런데 내 친구는 스케치를 하다가 연필을 부러뜨려서 방 주인에게 연필과 칼을 빌려야 했다.

홈스는 다울렛의 방에서도 똑같은 행동을 반복했다. 작은 키에 매부리코를 가진 다울렛은 거의 말이 없었다. 홈스가 스케치를 하는 내내 탐탁지 않은 눈으로 지켜보다가 그가 노트를 덮자마자 활짝 웃으며 작별인사를 했다. 나는 홈스가 두 학생에게서 과연 단서를 찾아냈는지 궁금했다.

마지막으로 찾아간 마일스의 방에는 들어갈 수 없었다. 내가 노크를 하자 굳게 닫힌 문 너머로 거친 욕설만 들려왔다.

"내일이 시험인데 누가 찾아온 거야? 정신머리 없는 녀석이로군. 썩 꺼져 버려! 안 그러면 지옥에나 떨어지든지."

우리는 서로 얼굴만 마주보다가 계단을 내려가야 했다. 솜즈 씨는 민망한지 얼굴을 붉혔다.

"무례하기 짝이 없군! 아마 친구가 왔다고 생각했겠지만 너무 예의가 없군요. 왠지 의심스럽지 않습니까?"

홈스는 대답 대신 엉뚱한 질문을 던졌다.

"마일스는 키가 어느 정도 됩니까?"

"정확하지는 않지만 다울렛보다 크고 길크리스트보다는 작습니다. 170센티 정도일 겁니다."

"학생들의 키는 이 사건에서 아주 중요한 단서입니다. 솜즈 씨, 저는 그만 돌아가겠습니다."

휘둥그레진 눈으로 홈스를 바라보던 솜즈가 갑자기 큰 소리로 말했다.

"가신다고요? 홈스 씨, 얼마나 심각한 상황인지 모르십니까? 내일이 시험 첫날이라고 말씀드렸잖습니까? 시간이 별로 없습니다. 저는 결단을 내려야만 합니다. 누군가 시험문제를 훔쳐봤으니 내일 시험을 취소해야 합니다."

"솜즈 씨, 예정대로 시험을 시행하시면 됩니다. 내일 아침 다시 오겠습니다. 그때 사건의 진상을 말씀드릴 수 있을 겁니다. 그러니 솜즈 씨는 내일 아침까지 아무 조치도 취하지 말고 그대로 있으면 됩니다."

"홈스 씨만 믿고 그렇게 하겠습니다."

"편한 마음으로 잠자리에 드시기 바랍니다. 사건은 꼭 해결해 드리겠습니다. 참, 흙덩어리와 연필을 깎은 부스러기를 가져가도 될까요? 감사합니다. 내일 뵙지요."

안뜰은 이제 완전히 어둠에 싸여 있었다. 건물 창을 올려다보니 다울렛은 여전히 방을 서성이고 있었고 불 켜진 다른 창에서는 다른 학생들의 모습이 보이지 않았다.

학교를 빠져나와 큰길로 들어섰을 때 홈스가 입을 열었다.

"이 사건을 어떻게 생각하나? 마치 패가 3개인 카드 게임 같군. 학생 3명 가운데 분명 범인이 있다네. 과연 누가 범인일까?"

"거친 말을 퍼붓던 마일스. 커닝이라는 전과도 있고 평소 행동도 불량스러운 편이니까. 하지만 인도 학생도 좀 수상하긴 해. 자신이 저지른 짓 때문에 불안해서 서성이는 것 같거든."

"단지 그것만으로는 단정 지을 수 없지. 저렇게 왔다 갔다 하면서 뭔가를 외우는 사람은 많다네."

"다울렛은 아까 홈스 자네를 못마땅한 눈으로 보기도 했네."

"그건 아주 당연하다네. 내일이 중요한 시험인데 알지도 못하는 사람들이 몰려와서 성가시게 굴었으니 말이야. 입장을 바꿔 생각하면 충분히 납득할 수 있지. 다울렛의 연필과 칼도 조사해 보았는데 이상은 없었네. 그런데 그는 뭔가 좀 이상해."

"누구를 말하는 건가?"

"배니스터. 그가 이번 사건과 큰 관련이 있네."

"배니스터가? 아주 정직하고 선한 사람 같았네만."

"나 역시 그렇게 생각하지만 이해할 수 없는 점이 있어. 정직한 그가 왜……. 아, 저기 문구점이 보이는군! 조사를 좀 해 보세."

대학 주변에는 4개의 문구점이 있었다. 홈스는 모든 문구점에 들러 연필을 깎은 부스러기를 내보였다. 그리고 그것과 똑같은 연필이 있으면 몇 배의 가격을 치르고 사겠다고 말했다.

하지만 모든 문구점에서 들은 대답은 그 연필은 일반 연필보다 큰 것이라 따로 주문을 해야 한다는 것뿐이었다. 다행히 홈스는 그다지 실망하지 않았다.

"발품을 팔았지만 별 소용이 없었네, 왓슨. 중요한 단서가 쓸모없게 됐군. 그러나 이 사건은 무사히 해결될 걸세. 벌써 9시라니! 하숙집 여주인이 7시 반에 저녁식사로 콩 요리를 준비했을 텐데 아쉽군. 돌아가면 한바탕 잔소리를 듣겠어.

왓슨, 나 때문에 온종일 담배 연기에 시달리고 끼니까지 놓치게 해서 미안하네. 그렇지만 설마 나와 일을 안 하겠다는 건 아니겠지? 그러지 않길 바라네. 특히 이번 사건이 끝날 때까지는 더더욱 안 되네."

하숙집으로 돌아온 우리는 차게 식은 콩 요리를 먹었다. 식사를 마친 홈스는 사건에 대해 한마디도 하지 않고 오랫동안 혼자 생각에 잠긴 채 앉아 있었다. 다음 날 아침 8시쯤 내가 잠에서 막 깼을 때 홈스가 침실에 들어왔다.

"다시 사건 현장으로 가야겠네. 그런데 왓슨, 아침을 건너뛰어도 괜찮겠나?"

"어제 저녁을 워낙 늦게 먹었지 않나. 어서 가세."

"솜즈 씨는 아마 불안해서 지난밤을 꼬박 뜬눈으로 새웠을 거야. 우리가 빨리 가서 범인을 밝혀 주어야 안심이 되겠지."

"확실한 설명을 할 수 있겠나?"

"그렇다네."

"결론을 내렸단 말이지?"

"물론이지. 사건은 완전히 해결됐다네."

"설마 밤새 새로운 단서라도 찾았단 말인가?"

"맞네. 새벽 6시에 일어나 지금까지 돌아다닌 보람이 있었지. 자네가 자고 있는 동안 나는 8킬로미터 정도를 걸어 다녔다네. 다리가 아프지만 원하는 걸 얻었지. 이것 보게나."

홈스는 씩 웃으며 쥐고 있던 오른손을 펴 보였다. 손바닥 위에 피라미드 모양의 검은 흙덩어리가 3개 있었다.

"어, 이상한데? 홈스, 어제 현장에서 찾은 건 2개 아니었나?"

"오늘 아침에 하나 더 찾았지. 당연히 이 세 번째 흙덩어리를 찾은 곳에서 솜즈 씨의 방에서 발견된 흙덩이가 나왔겠지? 자, 어서 솜즈 씨에게 평안을 선사하러 가자고."

조졸한 재판

역시 솜즈는 홈스의 말처럼 잔뜩 초조해하고 있었다. 불과 몇 시간 후면 시험이 시작되는데 어떤 결단도 내리지 못하고 있으니 답답하고 불안할 만했다. 아마도 그는 마냥 손 놓고 홈스를 기다리고 있을 게 아니라 시험문제가 유출되었으니 시험을 연기하겠다고 발표해야 하는 건 아닌지 갈등했을 것이다. 불안감에 잠시도 가만있지 못하던 솜즈가 홈스를 보자 뛸 듯이 기뻐하며 팔을 벌린 채 달려 나왔다.

"홈스 씨 얼굴을 보니 한시름 놓이는군요. 와 주셔서 정말 감사합니다. 단서가 너무 미미한 사건이라 포기하실까 봐 많이 걱정했습니다. 제가 어떻게 해야 할지 말씀해 주시지요. 시험을 이대로 진행해도 되겠습니까?"

"물론입니다, 솜즈 씨. 그러기 위해 제가 이렇게 찾아오지 않았습니까."

"하지만 범인도 시험을 보게 될 텐데요?"

"범인은 당연히 시험을 치르지 못할 겁니다."

"하나님, 감사합니다! 홈스 씨가 드디어 범인을 알아내셨군요!"

"네, 그렇습니다. 이 사건이 외부에 알려지면 곤란하니 우리끼리 조촐하게 재판을 열어 직접 해결합시다. 솜즈 씨, 저쪽 의자에 앉아 주시겠습니까? 그리고 왓슨 자네는 이쪽에 앉게. 나는 두 사람 사이의 안락의자에 앉지요. 이 정도면 범인에게 긴장감을 주기에 충분할 것 같군요. 솜즈 씨, 배니스터를 불러 주시기 바랍니다."

잠시 후 배니스터가 방문을 두드렸다. 문을 열고 들어서던 그는 우리가 판사들처럼 나란히 앉아 있는 걸 보고 깜짝 놀라 뒤로 주춤 물러났다.

"문을 닫아 주겠습니까? 배니스터 씨, 이제부터는 양심에 따라 솔직해져야 합니다."

베니스터는 진땀을 흘리며 두 눈만 껌벅거렸다.

"제가 알고 있는 건 이미 다 말씀드렸습니다."

"그게 정말입니까? 마지막으로 묻습니다. 더 하고 싶은 말이 없습니까?"

"전혀 없습니다."

"뭐, 좋습니다. 이제 내 생각을 말해야겠군요. 당신이 어제 창가의 저 의자에 쓰러지듯 주저앉았다고 했지요? 그러나 사실은 뭔가를 숨기기 위한 행동이 아니었나요? 의자에 놓여 있던 물건을 솜즈 씨가 봤다면 금방 범인의 정체가 드러났겠지요."

배니스터는 경악한 표정으로 홈스를 쳐다보기만 했다.

"아, 아닙니다! 그렇지 않습니다."

"허, 이런! 끝끝내 부정하시는군요. 증거가 없으니 확실하다고 할 순 없습니다. 하지만 그럴 가능성은 충분히 높습니다. 이번엔 다른

걸 묻겠습니다. 솜즈 씨가 나를 찾아오기 위해 방을 나간 후, 침실에 숨어 있던 범인을 달아나게 도왔습니까?"

조용한 방 안은 긴장감으로 가득 찼다. 배니스터는 금방이라도 울음을 터뜨릴 듯한 얼굴로 간신히 대답했다.

"침실은 비어 있었습니다."

"이런, 이런! 끝까지 잡아떼는군요. 지금 당신이 거짓말을 하고 있다는 걸 나는 분명히 알고 있습니다."

배니스터는 턱을 바짝 들고 홈스를 똑바로 응시했다.

"다시 한 번 말씀드리지만 정말 침실에는 아무도 없었습니다."

"배니스터 씨, 이제 진실을 말할 때입니다."

"몇 번을 말해야 합니까? 아무도 없었다니까요!"

"당신에게 충분한 기회를 주었지만 자백을 하지 않으니 할 수 없군요. 배니스터 씨, 침실 방문 앞에 서 있기 바랍니다. 솜즈 씨, 이번에는 길크리스트 학생을 데려다 주시겠습니까?"

한 번의 실수

길크리스트는 솜즈 씨를 따라 가벼운 발걸음으로 들어왔다. 훤칠하고 건장한 청년이었으나 잘생긴 얼굴에 두려움이 깃들어 있었다. 우리를 차례로 바라보던 그는 굳은 채 구석에 서 있는 배니스터를 발견하더니 당혹감을 감추지 못했다.

"길크리스트, 문을 닫아 주겠나? 이 방에는 보다시피 우리뿐이네. 그리고 이제부터 여기서 나오는 이야기는 우리만 알게 될 걸세. 그러니 자네가 솔직하게 말하길 바라네. 우리는 모범생인 자네가 어떻게 시험문제를 훔쳐볼 마음을 먹었는지 궁금하다네."

길크리스트는 부르르 몸을 떨더니 배니스터를 책망하듯 바라보기만 했다.

"아닙니다, 길크리스트 님! 저는 한마디도 하지 않았습니다."

배니스터가 필사적으로 부르짖었다.

"그렇다네. 그는 입을 꼭 다물고 있었지. 하지만 방금 그가 한 말이 곧 결정적인 증거가 되는군. 배니스터가 본의 아니게 시인을 했

으니 자네도 자백하는 것이 좋겠네."

길크리스트의 얼굴은 고통으로 일그러졌다. 그는 후들거리는 다
리로 간신히 몇 걸음 떼다가 책상 옆에 풀썩 주저앉았다. 그러고는
얼굴을 두 손에 파묻고 어깨가 심하게 오르내리도록 흐느끼기 시작
했다.

"이보게, 그만 진정하게. 사람은 실수를 하게 마련이야. 자네가 악
의를 품고 계획적으로 중죄를 지은 건 아니지 않나? 차마 자네 입으
로 말하긴 어려울 테니 내가 대신 이야기하겠네. 만일 내 이야기에
잘못된 점이 있으면 지적해 주게. 그래도 되겠지? 그래, 대답하기 힘

들면 그냥 있어도 좋네. 자네는 그냥 듣기만 하다가 틀린 점만 짚어 주면 돼.

솜즈 씨, 당신은 시험지 교정쇄가 온 것을 아무도 모르고 있다고 했습니다. 그 말을 듣자 사건의 윤곽이 뚜렷해지기 시작했습니다. 가장 먼저 인쇄소 직원을 용의자에서 제외했지요. 그는 마음만 먹으면 인쇄소에서도 시험문제를 얼마든지 볼 기회가 있었으니까요. 그 다음으로는 인도 학생을 잠깐 의심했다가 그 역시 제외했습니다. 그가 솜즈 씨의 방에 들어왔었지만 그때 시험지는 말려 있던 상태라 그게 무엇인지 알 수 없었으니까요.

누군가 우연히 방에 들어왔다가 운 좋게도 책상 위에 있던 시험지를 발견했을 수도 있지만 현실적으로 그럴 가능성은 매우 희박했습니다. 그렇다면 누군가 시험지가 있다는 것을 알고 방으로 들어왔다는 이야기가 됩니다.

여기까지 생각이 미치자 나는 안뜰에서 창문가를 조사해 보았습니다. 많은 사람들이 드나드는 학교에서, 그것도 환한 대낮에 창문 안을 일부러 들여다본다는 건 의심을 사기 쉬운 행동입니다. 그래서 지나가다가 창을 통해 방 안을 자연스럽게 보려면 키가 어느 정도가 되어야 가능한지 생각해 보았습니다. 내 키는 180센티미터쯤 됩니다. 그런데도 까치발을 해야만 방 안의 책상을 간신히 들여다볼 수 있더군요. 그러니까 저보다 키가 작은 사람은 제외해야 했습니다. 솜즈 씨, 학생들의 키를 물은 이유를 이제 아시겠지요? 그래서 저는 키가 제일 큰 길크리스트를 의심하기 시작했습니다. 그리고 솜즈 씨의 책상에서 발견한 단서들이 내게 더욱 확신을 주었습니다. 사실 나도 길크리스트가 멀리뛰기 선수라는 사실을 알기 전까지는 혼란스러웠습니다. 그러나 그 말을 듣는 순간 사건이 분명하게 드러났습니다. 그다음 할 일은 내 생각을 뒷받침할 증거를 찾는 일이었지요. 물론 증거도 곧 찾을 수 있었습니다.

좀 더 자세히 설명하겠습니다. 그러니까 어제 오후, 길크리스트가 운동장에서 멀리뛰기 연습을 마치고 방으로 돌아오던 길이었습니다. 삐죽삐죽한 스파이크가 박힌 멀리뛰기용 신발을 들고 말입니다. 키가 큰 그는 솜즈 씨 방의 창문 앞을 지나가다 책상 위에 놓여 있는 종이를 보고 시험문제가 아닐까 생각했습니다. 단지 거기서 그쳤다면 아무 일도 일어나지 않았을 겁니다. 그러나 계단을 오르기 위해 솜즈 씨 방 앞을 지나가다가 문에 꽂혀 있는 열쇠를 보게 됩니다. 들어가서 진짜 시험문제인지 확인해 보자는 유혹을 느꼈겠지요. 위험 부담이 큰 일도 아니었습니다. 안에 솜즈 씨가 있으면 할 말이 있어서 왔다고 둘러대면 되니까요.

막상 들어가서 시험문제를 보자 자기도 모르게 유혹에 넘어갔습니다. 들고 있던 신발은 작은 책상 위에 놓았지요. 길크리스트, 창가에 있던 의자 위에 무엇을 두었나?

"운동할 때 끼는 장갑입니다."

홈스의 득의양양한 시선이 배니스터를 향했다.

"아하, 장갑이었군. 길크리스트는 시험문제를 한 장씩 베껴 나갔습니다. 솜즈 씨가 안뜰을 지나 올 줄 알고 창문을 연신 내다봤습니다. 그러나 그는 건물 옆문으로 들어왔습니다. 갑자기 문 쪽에서 인기척이 났지만 길크리스트에겐 밖으로 도망갈 길이 없었지요. 그래서 그는 신발을 재빨리 집어 들고 침실로 들어갔습니다. 당황한 나머지 장갑은 그만 챙기질 못했습니다.

작은 책상의 가죽에는 베인 자국이 있는데 스파이크에 긁혀 생긴 것입니다. 그런데 자국이 처음엔 희미하다가 침실 방향으로 진해진 것을 보면 범인이 침실로 갔다는 사실을 알 수 있지요. 또 스파이크 사이에 끼어 있던 흙덩어리가 책상 위에도, 침실 커튼 뒤에도 떨어져 있었습니다. 나는 오늘 아침 일찍 이 학교 운동장에 와 봤지요. 그리고 멀리뛰기 하는 곳에서 똑같은 흙덩이들을 볼 수 있었습니다. 또 선수들이 착지할 때 미끄러지는 것을 막기 위해 톱밥을 뿌려 놓는다는 사실도 알아냈습니다. 지금까지 내가 한 말에 잘못된 점이 있나, 길크리스트?"

"말씀하신 그대로입니다."

"자네가 어떻게 이럴 수가 있나? 마지막으로 할 말은 없나?"

솜즈가 떨리는 목소리로 외쳤다.

"제가 저지른 잘못을 여러분이 다 알게 됐으니 그저 수치스럽고 후회스러울 뿐입니다. 하지만 꼭 드릴 말씀이 있습니다. 솜즈 교수님, 어젯밤 저는 잠 못 이루고 뒤척이기만 하다가 새벽녘에 일어나 편지를 썼습니다. 제 죄가 드러났다는 걸 알기 전에 쓴 것입니다. 이 편지입니다. 그 내용을 말씀드리지요. '교수님, 저는 이번 시험을 치르지 않기로 했습니다. 우리 영국의 식민지인 로디지아(남아프리카의 잠비아 공화국)에서 경찰관으로 일해 볼 생각입니다. 저는 며칠 후 남아프리카로 떠날 예정입니다.'"

"길크리스트 자네가 시험문제를 훔쳐보았지만 양심의 가책을 느끼고 시험을 포기하기로 했다니 기쁘군. 그런데 왜 갑자기 마음을 바꾼 건가?"

"배니스터가 저를 바른 길로 이끌어 주었기 때문입니다."

　"그렇다면 배니스터 씨가 이야기할 차례군요. 솜즈 씨가 방을 나간 후 배니스터 씨는 길크리스트가 도망치도록 한 후 문을 잠갔을 겁니다. 범인이 창문으로 나갔다는 가정은 억지스럽거든요. 하지만 당신이 길크리스트를 헌신적으로 감싸 준 이유는 여전히 모르겠군요."

　"아주 단순한 이유입니다. 홈스 씨처럼 날카로운 분도 알아내지 못하시는 게 있군요. 저는 길크리스트 님의 아버님인 야베스 경 밑에서 집사로 일한 적이 있습니다. 그분이 파산하자 저는 이 대학으로 옮겨 왔습니다.

　하지만 저를 오랫동안 돌봐 주셨던 야베스 경의 은혜는 죽을 때까지 잊을 수 없을 겁니다. 그래서 늘 정성을 다해 길크리스트 님을 보살펴 드리고자 애썼습니다.

　제가 어제 이 방에 들어설 때 의자 위에서 길크리스트 님의 장갑을 발견했습니다. 그 장갑이 누구 것인지 알았기에 시험문제를 훔쳐본 사람이 길크리스트 님이라는 것도 즉시 알아챘습니다. 그래서 솜즈 교수님이 장갑을 보면 범인을 알게 될까 봐 장갑 위에 주저앉을 수밖에 없었지요. 그리고 교수님이 나가실 때까지 의자에서 일어나지 않았습니다. 그런 다음 길크리스트 님을 침실에서 나오시게 한 후 진심을 담아 간곡하게 호소했습니다.

제 이야기는 여기까지입니다. 저는 길크리스트 님을 도와드리고 도련님의 돌아가신 아버님을 대신해서, 옳지 않은 방법으로 이득을 취해서는 안 된다고 말씀드렸습니다. 제가 잘못한 걸까요?"

"잘못되지 않았습니다."

홈스는 배니스터와 길크리스트를 따스한 눈빛으로 번갈아 쳐다보았다.

"솜즈 씨, 사건은 깨끗하게 해결되었습니다. 나와 왓슨은 그만 돌아가서 아침식사를 해야겠습니다. 왓슨, 일어서게나. 길크리스트, 뼈저린 교훈을 얻었으니 로디지아에서는 어려운 일도 잘 헤쳐 나갈 걸세. 몸 건강히 잘 지내길 바라네."

금테
코안경

The Golden Pince-nez

스탠리 홉킨스

홈스에게 여러 차례 도움을 받은 적이 있는 형사로 나이가
채 서른이 안 되었지만 성실하고 믿음직해서 홈스의 신뢰
를 얻고 있다.

월로비 스미스의 죽음을 열심히 조사하지만 살해 동기와
범인의 행방을 도무지 알아내지 못한다. 결국 욕슬러 관의
도면과 스미스가 쥐고 있던 금테 코안경을 가지고 홈스에
게 도움을 청한다.

코람 교수

학식이 높은 70대의 노교수로 몸이 좋지 않아 남의 도움 없
이는 아무 데도 갈 수 없는 처지다. 자신의 연구를 돕던 비
서, 월로비 스미스가 갑작스럽게 죽자 자살로 결론지으려
한다. 그러나 홈스의 놀라운 추리력으로 사건의 전말이 밝
혀지면서 교수의 숨겨 왔던 과거가 적나라하게 드러난다.

안나 부인

러시아에서 정부에 대항하는 혁명군 활동을 하다 동료의 배
신으로 10년 동안 시베리아에서 유형 생활을 했다. 억울한
동료를 구하기 위해 중요한 서류를 갖고 있는 코람 교수의
집에 몰래 숨어들었다가 예기치 못한 일에 부딪힌다.

《금테 코안경》은 1904년 7월 《스트랜드 매거진》에 발표되고 1905년 《셜록 홈스의 귀환》에 실렸다.

이 작품의 원고는 저자 아서 코난 도일이 다른 사람에게 증정한 유일한 원고다. 따라서 작품 첫머리에는 다음과 같이 쓰여 있다.

'셜록 홈스 원고, 아서 코난 도일이 H. 그린하우 스미스에게. 20년 동안의 협력을 기념하며. 1916년 2월 8일.'

원고는 4절지 53페이지 분량으로 1934년 3월 14일 런던 경매에서 120파운드에 낙찰되었다. 그러나 현재는 소재가 불분명하다.

작품 속 배경 연대는 1894년이다.

욕슬러 관 살인 사건

홈스가 1894년에 활동을 기록한 세 권 분량의 원고에는 흥미진진한 사건 소재가 가득하다. 끔찍한 죽음들과 혐오스러운 이야기들, 비극적인 사건들과 기이한 물건들에 대한 이야기는 보는 이들의 심장을 옥죌 만큼 긴장감이 넘친다. 그 가운데서 내 절친한 친구의 탁월한 재능을 돋보이게 하는 사건을 하나만 고르기란 정말이지 쉽지 않은 일이다. 그래도 가장 기이하고 흥미로운 사건을 골라야 한다면 나는 망설임 없이 욕슬러 관 사건을 꼽겠다. 이 사건은 윌로비 스미스라는 청년의 비극적인 죽음으로부터 출발하는데 그 뒤에 밝혀지는 일들이 어느 한순간도 긴장을 늦출 수 없을 정도로 기묘하기만 하다.

거센 비바람이 몹시도 휘몰아치던 11월의 늦은 밤이었다. 아침부터 퍼붓던 비는 밤이 되자 심한 폭풍우로 바뀌어 있었다. 홈스와 나는 저녁 내내 각자의 일에 몰두하고 있었다. 그는 고배율 확대경으로 필사본 양피지의 지워진 글자를 판독하는 작업에 빠져 있었고 나는 수술에 대한 최신 논문에 정신을 쏟고 있었다.

비바람이 창문을 때리는 소리가 시끄럽게 울리자 홈스가 혼잣말처럼 중얼거렸다.

"바람이 정말 거세군. 오늘 같은 날에는 이렇게 따뜻한 난롯불 옆에서 지내는 게 상책이지."

홈스는 피곤한 얼굴로 확대경을 탁자에 던지듯 내려놓더니 손가락으로 눈 주위를 비볐다.

"이제 그만 해야겠네. 눈이 너무 피로하군."

"판독은 다 한 건가?"

"웬걸. 15세기 후반에 쓰인 어느 대성당의 보고서인데 별로 재미있는 내용도 아닌 데다 판독하기 어려워서 애를 먹는 중이라네."

나도 읽던 논문을 덮고 자리에서 일어나 창가로 다가갔다. 거리에는 인적이 완전히 끊겨 있었고 드문드문 서 있는 가로등만이 진흙탕이 되어 있는 도로를 비추고 있었다. 거대한 자연의 힘 앞에서 대도시 런던도 무기력하게 당하고만 있는 것을 보니 자못 겸허한 마음이 들었다.

그때 옥스퍼드 가 쪽에서 마차 한 대가 물보라를 일으키며 달려오고 있는 것이 보였다.

"이런 날에도 돌아다니는 사람이 있군."

그런데 윙윙거리는 바람 속에서도 규칙적으로 들리던 말발굽 소리가 우리 집 앞에서 잦아드는가 싶더니 문 앞에서 뚝 끊겼다. 그리고 한 남자가 코트 깃을 세우며 서둘러 마차에서 내렸다.

"홈스, 우리 집을 방문하려는 사람이 있군. 이 늦은 밤에 웬일일까?"

"설마 이 밤에 나를 데리고 가려는 것은 아니겠지?"

홈스의 말에 아래를 내려다보니 남자를 내려놓은 마차가 다시 달
리기 시작했다.

"걱정 말게. 마차는 그냥 돌아가는군."

"왓슨, 미안하지만 내려가서 문을 열어 주게. 허드슨 부인은 이미
잠자리에 들었을 텐데 깨우면 곤란하지 않겠나."

내가 계단을 내려가 조용히 문을 열자 비에 젖은 레인코트를 입은
사내가 미안한 얼굴로 서 있었다. 현관 불빛에 드러난 얼굴을 보니
사내는 다름 아닌 스탠리 홉킨스 경위였다. 사건 해결을 위해 홈스
에게 몇 차례 도움을 받은 사람이었다. 홈스는 그가 채 서른도 안 된

젊은이지만 성실하고 머리가 좋아서 믿음이 간다고 말하곤 했었다.

"늦은 시간에 죄송합니다. 지금 홈스 선생을 만나 뵐 수 있을까요?"

그러자 위층에서 홈스가 소리쳤다.

"홉킨스 경위, 어서 올라오게."

홉킨스는 다행이라는 듯 안도의 한숨을 내쉬더니 계단을 빠르게 뛰어 올라갔다. 그 뒤를 따라 방 안으로 들어간 나는 그가 흠뻑 젖은 레인코트를 벗는 것을 도왔다. 그사이 홈스는 장작불을 쑤시며 불을 키웠다.

"어서 난롯가로 와서 몸을 녹이게. 신발도 말리고."

난로 앞 의자에 앉은 홉킨스의 입술은 새파랗게 질려 있었다. 홈스가 말했다.

"왓슨, 따끈한 레몬차 한 잔을 손님에게 대접해 주게."

춥고 비 오는 밤에 제격인 레몬차를 준비해 홉킨스에게 가져다주자 그는 차를 조금씩 불어 마시며 흡족한 표정을 지었다.

"고맙습니다. 이렇게 따뜻한 차를 마시니 몸이 녹는 것 같군요."

"홉킨스, 이렇게 심한 폭풍우를 뚫고 온 걸 보면 무슨 중요한 문제가 발생했나 보군."

홈스가 묻자 그제야 입술 색이 본래대로 돌아온 홉킨스는 멋쩍은 웃음을 지으며 말했다.

"약속도 없이 늦은 시간에 불쑥 찾아와서 죄송합니다. 그런데 혹시 오늘 석간신문에 실린 욕슬러 관 살인 사건 기사를 보셨습니까?"

"오늘은 15세기에 쓰인 양피지만 들여다보느라고 신문 볼 시간이 없었네."

"그렇군요. 하지만 신문을 보지 않으셨다고 해도 상관없습니다.

신문 기사에는 실제와 다른 내용이 워낙 많으니까요. 대신 제가 이 사건에 대해 자세히 설명해 드려도 되겠습니까?"

홈스는 흥미가 끌리는지 미소를 지으며 고개를 끄덕였다. 홉킨스는 심각한 표정으로 입을 열었다.

"이번 사건은 그동안 제가 경험했던 어떤 사건보다도 복잡합니다. 사실 처음에는 아주 간단한 사건으로 보였기 때문에 쉽게 해결할 수 있으리라 예상했습니다. 그런데 아무리 조사를 해 봐도 살해 동기를 찾을 수가 없었습니다. 처참하게 살해당한 그 청년은 절대 누구에게 원한을 살 만한 사람이 아니었습니다. 저는 지금 뜬구름을 잡으려는 사람처럼 허탈한 심정입니다. 그러니 홈스 선생께서 빛나는 추리력을 발휘해서 저를 도와주셨으면 합니다."

홈스는 담배에 불을 붙이고 의자에 최대한 깊숙이 몸을 묻었다.

"알겠네. 일단 사건을 처음부터 자세하게 설명해 보게."

애타게 홈스만 바라보고 있던 홉킨스는 홈스가 관심을 보이자 서둘러 설명하기 시작했다.

"사건이 일어난 곳은 켄트 주에 속하는 욕슬러 마을로 채텀 시에서 11킬로미터, 기찻길에서 5킬로미터 떨어진 곳입니다. 저는 오후 3시 15분에 사건에 관한 전보를 받고 곧바로 욕슬러로 가서 조사를 시작했습니다."

"욕슬러는 작은 마을이지?"

"네, 매우 평화롭고 조용한 마을이지요. 그런데 이런 곳에서 살인 사건이 일어났으니 마을 주민들이 얼마나 놀랐겠습니까. 어쨌거나 이 마을에는 '욕슬러 관'이라는 낡은 저택이 있는데 몇 년 전에 코람이라는 늙은 학자가 사들였다고 합니다. 사건은 바로 이 저택에서 일어났습니다. 저택의 서재에서 코람 교수의 비서인 윌로비 스미스라는 청년이 죽은 채로 발견된 것입니다."

"윌로비 스미스는 어떻게 죽었나?"

"날카로운 것에 목이 찔려 죽었습니다."

"흠, 그와 관련된 이야기는 잠시 후에 듣기로 하고 우선 코람 교수에 대한 이야기부터 해 주게."

"그는 그 지역에서는 학식이 높은 사람으로 유명합니다. 일에만 파묻혀 지내느라 바깥출입은 거의 하지 않는다고 합니다."

"코람 교수의 건강은 어때 보이던가?"

"나이가 일흔 정도 된 데다 지병이 있어서 대부분의 시간을 침대 위에서 보내고 있습니다. 침대 밖에서 돌아다닐 때는 다리가 불편해서 지팡이를 짚거나 휠체어를 타야만 합니다."

"마을 사람들의 평판은 어떤지 조사해 봤나?"

"물론입니다. 코람 교수의 집에 방문해 본 적이 있는 사람들은 한결같이 그를 좋은 사람으로 평가했습니다. 교수를 잘 모르는 사람들도 휠체어를 타고 평화롭게 정원을 도는 그의 모습에 호감을 갖고 있더군요."

"그 집에 살고 있는 사람들은 또 누가 있나? 교수의 가족이 있나?"

"교수에게 가족은 한 명도 없습니다. 다만 집안일을 하는 사람들만 몇 명 있지요. 나이 많은 가정부인 마커 부인은 매우 기품이 있는 데다 부드러운 인상이었습니다. 이제 열여덟 살이 된 하녀 수전 탈턴은 매우 영특하고 쾌활한 아가씨였고요. 이들은 코람 교수가 그 집으로 이사 오면서부터 같이 살기 시작했다고 하더군요. 그리고 정원사 모티머는 교수의 휠체어를 밀며 산책을 돕는 일을 하고 있는데 매우 충직하고 우직한 성격이었습니다. 크림 전쟁에 참전한 경험이 있어서 육군 연금을 받는 그는 저택 안에서 살지는 않고 정원 맨 끝에 있는 방 세 칸짜리 오두막에서 지내고 있습니다."

홈스는 홉킨스의 이야기를 경청하며 수첩에 자세히 기록하고 있었다.

"이제 윌로비 스미스에 대해 이야기해 보게."

"약 1년 전에 코람 교수는 학술 서적의 집필을 도울 비서가 필요했습니다. 스미스에 앞서 두 사람의 비서가 있었는데 교수는 그들의 실력이나 태도가 불만스러워 모두 해고해 버렸습니다. 결국 세 번째로 스미스가 채용되었는데 그는 처음부터 교수의 마음에 쏙 들었답니다. 갓 대학을 졸업한 신출내기였는데도 일 처리가 꼼꼼하고 확실했기 때문이지요. 오전에는 교수가 구술하는 내용을 잘 정리했고 오후에는 다음 날 작업에 필요한 참고 서적과 인용문을 찾는 등 연구에 큰 보탬이 되었답니다."

"코람 교수에게 직접 들었나?"

"그렇습니다. 교수가 말하기를 스미스는 캠브리지 출신으로 원래부터 성실하고 말수가 적었다고 합니다. 게다가 무슨 일이건 될 때까지 노력하고 추진하는 능력이 뛰어났고요. 대학에서 보낸 추천서와 성적표도 봤는데 약점이라고는 전혀 없는 사람이더군요."

홉킨스가 말하는 사이 바람은 점점 더 거세져서 창문까지 심하게 흔들렸다. 홈스와 나는 벽난로 가까이로 바짝 다가앉았고 홉킨스는 레몬차를 홀짝이며 이야기를 계속했다.

"아무튼 코람 교수와 스미스, 두 사람 모두 바깥출입을 거의 하지 않은 채 일에만 파묻혀 살았습니다. 아마 영국 전체를 다 뒤져 봐도 그 사람들처럼 외부와 교류하지 않는 사람들은 찾기 힘들 정도였답니다."

증언과 단서

"그럼, 이제 스미스의 시신을 처음 발견한 사람의 증언을 전해 주게나."

"최초의 목격자는 하녀인 수전 탈턴입니다. 그런데 그 전에 사건 현장을 그린 이 도면을 잘 봐 주십시오. 이걸 보시면 좀 더 이해하기 쉬울 겁니다."

홉킨스는 주머니에서 도면을 꺼내 홈스 앞에 펼쳤다. 그것은 코람 교수의 저택을 간략하게 그린 약도였다. 나는 자리에서 일어나 홈스 뒤에 서서 그의 어깨 너머로 도면을 들여다보았다. 홉킨스는 손가락으로 도면을 하나하나 가리키며 설명했다.

"이것은 최대한 간략하게 그린 것이기 때문에 자세한 것은 직접 저택에 가셔서 확인하시기 바랍니다. 일단 스미스의 시신은 서재의 책상과 창문 사이에서 발견되었습니다. 여기를 보면 코람 교수의 서재와 침실은 동서로 나뉘어 있고 두 공간은 복도로 연결되어 있습니다. 교수는 한낮까지 침대에서 지내다가 오후에 정원사 모티머의 부

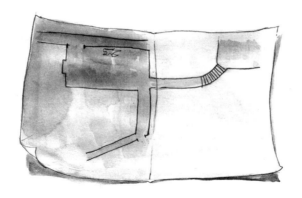

축을 받아 서재로 갑니다. 침실 앞 계단을 내려간 뒤 복도를 거쳐서 말이지요. 만약 범인이 내부의 인물이라면 이쪽 복도를 통해서 서재로 들어갔을 가능성이 크지요. 물론 외부에서 서재로 들어갈 수 있는 방법도 있습니다. 집 밖에서 범인이 침입했다면 정원의 작은 길과 뒷문을 잇는 복도를 지나서 서재로 들어갔을 겁니다."

흡족한 얼굴로 도면을 꼼꼼하게 살피던 홈스가 빙그레 웃으며 말했다.

"이렇게 도면을 만들어 온 것은 매우 잘한 일이네. 수사에 큰 도움이 될 걸세."

홈스의 칭찬에 홉킨스는 쑥스러운 듯 머리를 긁적이더니 다시 입을 열었다.

"또 서재에는 2층으로 올라갈 수 있는 계단이 있습니다. 서재 바로 위의 2층에는 하녀 수전의 방이 있고 그 옆은 마커 부인의 침실입니다. 그리고 그 옆방이 바로 스미스의 방이지요."

"이제 저택의 내부 구조를 대략 알았으니 시신을 발견한 당시의 이야기를 들려주게."

"사건은 오늘 오전 11시에서 12시 사이에 일어났습니다. 날씨가 안 좋은 탓이었는지 코람 교수는 그때까지도 침대 밖으로 나오지 않고 있었습니다. 마커 부인은 집 뒤쪽에서 물일을 하고 있었고 수전은 자기 방에서 커튼을 달고 있었습니다. 그때 스미스가 수전의 방 앞을 지나 서재로 통하는 계단을 내려갔답니다."

"수전이 스미스를 직접 보았다고 하던가?"

"아니오. 직접 보지는 못했지만 빠르고 정확하게 걷는 소리로 미루어 볼 때 스미스가 분명하다고 했습니다."

"사람에게는 자기만의 독특한 걸음걸이가 있으니 발소리로 사람을 분별하는 것도 가능한 일이지."

"수전은 서재 문이 닫히는 소리를 정확히 듣지는 못했습니다. 그런데 약 1분 후 서재에서 끔찍한 비명 소리가 들려왔답니다."

"비명 소리라고?"

홈스의 눈빛이 반짝 빛을 발하는 것으로 보아 이미 홉킨스의 이야기에 흠뻑 빠져 있는 것이 확실했다.

"네, 아주 소름 끼치는 소리였답니다. 남자 목소리 같기도 하고 여자 목소리 같기도 한 이상한 비명이었다고 하더군요. 그리고 거의 동시에 '쿵' 하고 무거운 것이 땅에 떨어지는 소리가 온 집 안에 울렸습니다.

수전은 너무도 놀라서 온몸이 벌벌 떨리고 발이 떨어지지 않는 것 같았지만 그래도 용기를 내서 아래층 서재로 최대한 빨리 뛰어갔습니다."

"서재에서 누군가가 싸운 흔적 같은 게 있었나?"

"아닙니다. 서재는 평상시와 똑같은 모습이었습니다. 창문과 책상 사이에 스미스가 쓰러져 있었던 것만 빼면 말입니다."

"스미스는 어떻게 누워 있었나?"

"그는 천장을 보고 쓰러져 있었습니다. 수전은 처음 그를 발견했을 때 일을 너무 많이 한 나머지 과로로 쓰러진 것이라고 생각했답니다. 그냥 봐서는 상처가 전혀 보이지 않았으니까요. 그래서 스미스를 일으켜 세우려는데 목 뒤쪽에서 피가 솟구치고 있었고 깜짝 놀란 수전은 그 자리에서 완전히 얼어붙어 버렸습니다."

"그럴 법도 하지. 그 상처에 대해 자세히 설명해 주게."

"스미스의 목에 난 상처는 겉으로 보기에는 작은 편이었지만 속으로는 깊게 패여 있었습니다. 날카로운 칼이 스미스의 목으로 들어가 경동맥을 절단하는 바람에 출혈량이 많았고 결국 사망에까지 이른 것 같습니다."

"흠, 흉기가 칼이라고 단정 짓는 이유가 있나?"

홈스가 묻자 홉킨스는 주머니에서 헝겊으로 싼 길쭉한 물건을 그에게 건넸다.

"시신이 있던 곳에서 2미터 정도 되는 곳에 이것이 떨어져 있었습니다."

홈스가 헝겊을 펼치자 그 안에는 20센티미터 정도 길이에 손잡이를 상아로 만든 칼이 들어 있었다.

그는 칼을 들고 이리저리 살펴보며 말했다.

"이것은 책장 같은 종이나 편지 봉투를 자를 때 사용하는 칼이로군. 그런데 이런 칼은 거의 대부분 책상 위에 놓고 쓰지 않나."

"맞습니다. 이것 역시 코람 교수가 책상 위에 놓고 사용하던 것입니다. 매일 서재를 청소하는 수전이 똑똑히 기억하고 있어서 확인하기 쉬웠습니다."

그러자 홈스가 손바닥으로 의자 팔걸이를 탁탁 치며 흥미롭다는 듯 말했다.

"그렇다면 범인은 흉기를 소지하지 않고 서재로 들어갔다가 우발적으로 살인을 저지른 모양이군. 어쨌거나 이렇게 날카로운 칼로 경동맥을 찔렸으니 살아남기가 힘들었겠군. 그러면 스미스는 수전이 발견했을 때 이미 사망한 상태였나?"

"아닙니다. 잠깐 동안 넋이 나가 있긴 했지만 곧 정신을 차린 수전은 혹시나 하는 마음으로 주전자의 물을 따라 스미스의 얼굴에 조금씩 뿌렸습니다."

"그랬더니?"

"죽은 줄로만 알았던 스미스가 힘겹게 눈을 뜨더니 매우 고통스럽게 '교수님께 그 여자였다고……'라고 말했습니다. 그리고 또 무슨 말이 하고 싶은 듯 입술을 움직였지만 더 이상 소리는 나오지 않았습니다. 그는 몹시 괴로운 얼굴로 가슴을 쥐어뜯더니 이내 숨이 끊어지고 말았습니다."

집중해서 이야기를 듣던 홈스는 나지막하게 '교수님께 그 여자였다고……'라고 중얼거렸다.

"그사이에 가정부인 마커 부인이 달려왔습니다. 그녀 역시 비명 소리와 '쿵' 하고 쓰러지는 소리를 듣고 쫓아온 거라고 하더군요. 하지만 그녀는 스미스의 마지막 말이나 죽는 장면을 보지는 못했습니다. 부인은 매우 침착한 사람이라 일단 너무 놀라 정신을 못 차리고 주저앉아 있는 수전을 진정시켰습니다. 그리고 곧바로 교수의 침실로 달려갔습니다. 코람 교수 역시 비명 소리를 듣고 매우 불안해하면서 침대에 앉아 있었습니다. 그는 스미스의 죽음을 전해 듣고 곧바로 모티머에게 경찰에 연락하라고 지시했습니다."

"그때까지 교수가 침대 밖으로 나오지 않았다는 말인가?"

"그렇습니다. 마커 부인에 의하면 교수는 그때까지도 잠옷 차림이 었습니다. 사실 교수는 모티머가 도와주지 않으면 혼자 옷을 갈아입지도 못합니다. 아무튼 그날 모티머는 교수로부터 12시에 오라는 지시를 받았었답니다."

"마커 부인은 교수에게 스미스의 마지막 말을 전했나?"

"물론입니다. 저 또한 교수에게 그 말의 의미를 물었습니다. 그러자 교수는 그게 무슨 뜻인지 전혀 모르겠다고 하면서 쇼크에 의한 정신착란으로 헛소리를 한 게 아니겠냐고 말했습니다. 게다가 스미스는 정말 착한 청년이었으므로 원한에 의한 살인 같은 것은 절대 아닐 거라고 했습니다. 아마도 개인적인 고민으로 자살한 것 같다고 하더군요."

홈스는 담배를 한 모금 깊이 빨아들이고는 골똘히 생각에 잠겼다. 그사이 홉킨스는 따뜻한 물 한 잔을 더 청해서 마시고는 이야기를 계속했다.

"얼마 후 정원사에게서 연락을 받은 경찰이 출동했습니다. 그러나 그들은 자살인지 타살인지를 구별하기 힘들어 제게 지원을 요청했습니다. 제가 그곳에 도착할 때까지 현장은 잘 보존되어 있었습니다. 정원의 작은 길에도 접근 금지 명령을 이미 내렸고요. 홈스 선생이 수사할 때 내세우는 원칙들을 잘 지킨 셈이지요."

홉킨스가 홈스의 눈치를 슬쩍 보며 말하자 홈스는 만족한 듯 미소를 지었다.

"거기에 도착해서 어떤 것들을 조사했나?"

"다시 도면을 봐 주십시오. 서재로 들어갈 수 있는 통로는 총 세 개가 있습니다. 그런데 한 곳으로는 수전이 뛰어 내려왔고 다른 한 곳은 교수의 침실로 통합니다. 그러니 이 두 곳을 통해 침입하거나 도망쳤다면 누군가의 눈에 띄지 않을 수 없었겠지요. 즉, 범인은 정원의 작은 길과 뒷문을 통해 서재로 침입했던 겁니다."

"뒷문은 잠그지 않았다던가?"

"수전이 그러는데 낮 동안에 뒷문을 잠그는 일은 거의 없답니다. 그러니 다른 사람들의 눈에 띄지 않게 출입하기 쉬운 셈이지요."

"추리를 잘해 나가고 있군. 그럼 정원의 작은 길도 조사했나?"

홈스가 칭찬하자 홉킨스는 기분이 좋은지 아까보다 조금 큰 목소리로 말을 이었다.

"당연하지요. 그런데 범인은 절대 만만하게 볼 자가 아니었습니다. 현관과 정원의 작은 길 부근을 샅샅이 조사했지만 발자국 하나 찾을 수가 없었습니다.

다만 누군가가 발자국을 남기지 않기 위해 길 옆에 난 좁은 잔디밭을 밟은 자국은 있더군요. 즉, 범인은 발자국이 잘 남는 흙길을 밟지 않기 위해 잔디밭 쪽으로 걸어간 겁니다."

"다른 사람의 발자국일 가능성은?"

"없습니다. 지난밤에는 비가 왔고 그날 오전에는 정원사를 포함해 누구도 그 근처를 지나가지 않았다는 것을 확인했습니다. 결국 그 발자국의 주인공이 범인일 가능성이 높다는 추리를 이끌어 낼 수 있 겠지요."

"맞는 말이네. 그러면 잔디밭 위에 남은 발자국의 주인공이 남자인지 여자인지 알 수 있었습니까?"

"아닙니다. 그것까지 알 수 있을 정도로 뚜렷하지는 않았습니다."

"흠, 그렇다면 발자국의 방향은?"

"그것도 알기가 힘들었습니다. 워낙 자국이 뚜렷하지 않아서 집으로 들어가는 건지 나오는 건지 판단하기 어렵더군요."

홈스의 질문 공세가 이어지자 홉킨스는 시원스레 대답을 못하는 것이 미안했던지 얼굴이 붉게 달아올랐다.

"그러면 정원의 길은 어디로 이어지지?"

"그곳에서 1백 미터가량 가면 도로로 이어집니다."

"도로에는 흔적이 없던가?"

"아쉽게도 찾을 수 없었습니다. 도로는 마차 바퀴 자국과 사람들의 발자국이 뒤섞여서 진창이 되어 있었습니다."

"뒷문 앞에는 발자국이 없었고?"

"네, 문 앞에 깔린 타일 때문인지 발자국이 거의 보이지 않았습니다."

"복도에는?"

"복도에는 야자나무 깔개가 깔려 있어서 발자국을 찾기란 불가능했습니다."

"아무래도 발자국으로 범인을 찾기는 힘들 것 같군. 게다가 이렇게 비가 퍼붓고 폭풍우가 몰아쳐서야 내가 그곳에 도착할 때쯤엔 증거가 모두 사라지고 없겠지."

홈스가 실망스러운 듯 혀를 끌끌 차며 말하자 홉킨스의 얼굴에 난처한 빛이 떠올랐다.

"이제 스미스의 시신이 발견된 서재에 대해 자세히 설명해 주게."

"서재는 별다른 가구가 없이 그냥 덩그렇게 큰 방이었습니다. 있는 것이라고는 서랍이 많은 코람 교수의 책상 정도였습니다. 책상 가운데에는 큰 서랍이 있고 양쪽에는 작은 서랍들이 줄지어 달려 있었습니다. 확인해 보니 큰 서랍은 잠겨 있었고 나머지는 모두 열린 상태였습니다. 잠기지 않은 서랍을 열어 보았지만 낙서가 된 종잇조각이나 먼지만 나뒹굴고 있었습니다."

"가운데 서랍에 무엇이 보관되어 있는지 아는가?"

"코람 교수는 그냥 연구 자료라고 말했습니다. 단지 다른 사람들의 손에 닿는 것이 싫어 자물쇠를 채워 두었을 뿐이라더군요."

"도난당한 물품은 없었고?"

"정황으로 볼 때 가운데 서랍에는 중요한 서류가 들어 있는 것 같았지만 사람이 손을 댄 흔적은 없었습니다. 교수 또한 없어진 물건이 없다고 확인해 주었습니다. 그러니 절도 사건은 절대 아닌 셈이지요."

홈스는 눈알을 이리저리 굴리며 한동안 생각에 잠겨 있었다. 그러더니 수첩을 들고 몇 가지 내용을 메모했다.

"이제 스미스의 시신에 대해 말해 보게."

"아까도 말씀드렸듯이 스미스는 책상과 창 사이에 누워 있었습니다. 얼굴은 천장을 향한 채로 말입니다. 시신을 살펴보니 스미스의 오른쪽 목에 칼에 찔린 자국이 있었습니다."

"상처의 방향은 어땠나?"

"상처는 뒤쪽에서 앞쪽으로 나 있었습니다. 범인이 스미스의 뒤에서 칼로 찌른 거지요. 결국 자살한 게 아니겠냐는 코람 교수의 말은 틀린 셈이지요."

"하지만 칼을 잘 세워 두고 그 위로 쓰러지면 그런 상처쯤은 낼 수 있지 않을까?"

홈스가 홉킨스의 표정을 살피며 말하자 홉킨스는 단호하게 손을 내저었다.

"그건 아닙니다. 저 역시 그 가능성을 생각했습니다. 하지만 칼은 시신에서 2미터가량 떨어진 곳에서 발견되었습니다. 게다가 스미스가 마지막 순간에 남긴 말을 생각해 보면 스미스가 절대 자살하지 않았다는 것을 알 수 있습니다. 그는 분명 자신을 찌른 사람이 바로 그 여자라는 말을 하고 싶었을 것입니다. 그리고 결정적인 증거물이 여기 있습니다."

'결정적인 증거물'이라는 말이 튀어나오자 홈스의 얼굴에 생기가 돌았다.

금테 코안경

"이것은 스미스가 오른손에 꼭 쥐고 있던 물건입니다."

홉킨스는 주머니에서 작은 종이 꾸러미를 꺼냈다.

홈스와 나는 숨을 죽이고 꾸러미에 시선을 고정했다. 꾸러미를 헤치자 양쪽에 검정색 비단 끈이 달린 금테 코안경이 모습을 드러냈다. 그것은 안경알과 알 사이에 달린 용수철을 코에 걸어서 사용하게 되어 있었다.

"마커 부인의 말로는 스미스는 시력이 아주 좋아서 안경 끼는 일이 없었다고 합니다. 그러니 이것은 스미스가 죽기 전에 범인에게서 낚아챈 것이 아니겠습니까?"

안경을 받아 든 홈스는 자리에서 일어나 등불 앞으로 다가가더니 몹시 흥미로운 듯 자세히 살펴보기 시작했다. 코안경을 자기가 걸쳐 보기도 하고 글자를 읽어 보는가 하면 창가로 다가가 거리를 내다보기도 했다. 그러더니 만족한 웃음을 지으며 다시 자리에 돌아와 앉았다.

"홉킨스, 이것은 이 사건을 푸는 데 아주 중요한 정보를 많이 담고 있는 단서일세. 이 안경만으로도 범인의 인상착의를 알 수 있군."

홈스의 말에 홉킨스는 눈이 휘둥그레졌다.

"그 안경만으로 범인의 인상착의를 알 수 있단 말입니까? 어떻게요?"

"내 추리는 단순하기 그지없는 것일세. 안경, 특히 이렇게 특이한 모양의 안경은 아주 정교한 추리를 가능하게 해 주지. 일단 범인은 훌륭한 귀부인처럼 옷을 잘 차려입은 세련된 여성일세."

홉킨스뿐만 아니라 나 역시도 홈스의 자신만만한 추리에 감탄하면서도 한편으로는 의문이 들었다.

"홈스, 무엇을 보고 그렇게 판단하는 건가?"

"보다시피 이 안경은 순금으로 화사하게 만들어졌네. 화사하다는 것은 여성용이라는 것을 뜻하지. 게다가 스미스의 마지막 말과도 통하고 말이야. 그리고 이렇게 공 들여 만든 순금 안경테는 값이 매우 비쌀 텐데 이런 안경을 쓰는 사람이 아무렇게나 옷을 입고 다닐 리는 없지 않겠나. 분명 옷차림에도 매우 신경을 쓰는 사람일 거야."

홈스의 설명에 나와 홉킨스는 고개를 끄덕일 수밖에 없었다.

"나머지 인상착의도 알 수 있나?"

"당연하네. 범인은 코가 유난히 두껍고 넓다네. 미간은 좁고 이마에는 주름이 많으며 등은 구부정하지."

홉킨스와 내가 입을 다물지 못하고 멍하게 서로를 바라보자 홈스는 그저 씩 웃기만 했다.

"홈스, 대체 그것을 어떻게 알았나?"

"이 안경을 써 보니 코에 닿는 클립 부분이 너무 넓더군. 범인의 콧잔등이 아주 넓다는 증거지."

"그럼 미간이 좁고 이마에 주름이 많다는 것은?"

"나도 얼굴이 길고 좁은 편인데 이 안경을 쓰고 책을 읽어 보니 안경알이 가운데로 치우쳐서 글자 읽기가 매우 힘들더군. 다시 말하면 이 안경을 낀 사람은 미간이 아주 좁다는 말이네. 게다가 이 안경은 도수가 아주 높은 오목 렌즈라네. 왓슨 자네도 의사니까 잘 알겠지만 이 정도로 근시가 심했다면 물체를 볼 때 인상을 찌푸리지 않을 수 없었을 거야. 그러니 이마에 주름이 잡혀 있겠지."

이번에는 홉킨스가 나서서 물었다.

"그러면 등이 굽었다는 것도 그 영향 때문이란 말이겠군요?"

"맞아. 이렇게 심한 근시는 외모에 영향을 미칠 수밖에 없지. 물체를 볼 때 응시하는 버릇은 이마와 눈꺼풀의 주름을 만들고 어깨를 굽게 해 결국 등까지 구부정하게 만들었을 걸세."

홉킨스는 무릎을 탁 치며 홈스의 추리에 감탄했다.

"정말 대단하십니다. 안경 하나에서 이렇게 많은 사실을 알아내시다니, 역시 홈스 선생답군요."

그러자 홈스가 손을 저으며 말했다.

"아직 한 가지가 더 남아 있네. 이 사람은 지난 몇 달 사이에 안경점을 두 번 찾은 적이 있어."

홉킨스가 더 이상 말을 잇지 못하자 홈스가 안경을 앞으로 내밀며 설명했다.

"여기 코에 거는 부분을 잘 보게. 코가 압박을 받지 않게 하려고 코에 닿는 부분에 얇은 코르크 조각을 붙여 놓았어. 그런데 이것을 돋보기로 살펴보니 하나는 색깔이 변색된 데다 상당히 닳아 있고 다른 하나는 갈아 끼운 지 얼마 되지 않은 새것이야. 즉, 하나는 얼마 전에 코르크가 떨어져 나가서 새로 붙인 것이고, 변색된 것 또한 몇 달 지나지 않은 것이지. 게다가 그 둘은 재질과 모양이 같아 바로 두 번 모두 같은 안경점에 가서 바꾼 거지. 그러니 많지 않은 안경점에서 이처럼 값비싸고 도수 높은 안경의 주인을 찾는 일은 그리 어렵지 않을 걸세."

"홈스, 정말 멋진 추리일세!"

나는 홈스의 거침없는 추리에 감탄하지 않을 수 없었다. 홉킨스 역시 감탄사를 연달아 내뱉으며 박수를 쳤다.

"저 역시 런던 시내 안경점을 돌아봐야겠다고는 생각했지만 이렇게 자세하게 추리를 할 생각은 하지 못했습니다. 놀라울 따름입니다."

그러나 홈스는 사뭇 진지한 표정으로 말했다.

"아직 사건이 해결된 것이 아니지 않은가. 내 추리가 맞는지는 범인을 잡은 후에 확인하도록 하세."

"알겠습니다. 이제 제가 드릴 말씀은 더 이상 없습니다. 선생께서는 이미 저보다 더 많은 것을 알고 계시니까요. 아무튼 욕슬러 경찰에서는 기차

역과 길거리에 경찰을 배치하여 낯선 사람이 나타났는지 조사하고 수상한 자를 발견하는 즉시 보고하겠다고 약속했습니다만 아직까지 별다른 보고는 없습니다. 그런데 대체 범행 동기가 무엇일까요?"

"지금 내가 그것에 대해 할 말은 전혀 없네. 직접 범행 현장에 가서 조사를 해 봐야 알 수 있겠지."

홈스의 말에 어두웠던 홉킨스의 얼굴이 금세 밝아졌다.

"직접 현장으로 가셔서 조사해 주시겠다는 말씀입니까?"

"이 사건은 흥미로운 요소가 많으니 나로서도 조사하고 싶은 욕심이 드는군."

"감사합니다. 내일 아침 6시에 채링크로스 역에서 채덤 역으로 떠나는 기차가 있습니다. 그것을 타면 8시에서 9시 사이에 욕슬러 관에 도착할 수 있을 겁니다."

"그럼, 그렇게 하도록 하세. 왓슨, 자네도 같이 갈 거지?"

내가 고개를 끄덕이자 홈스는 벽시계를 쳐다보았다.

"벌써 새벽 1시가 다 되어 가는군. 내일을 위해서 빨리 잠자리에 드는 게 좋겠어. 홉킨스 자네는 여기 난로 앞의 소파에서 눈을 붙이게. 아침에 일어나는 대로 따끈한 커피를 직접 끓여 주지."

현장 조사

다음 날 새벽, 간밤에 심하게 몰아치던 비바람은 잠잠해졌지만 공기는 여전히 싸늘했다. 우리는 옷깃을 단단히 여민 채로 길을 재촉했다.

피로한 몸을 기차에 싣고 한참을 달린 후 우리는 욕슬러 역에 도착했다. 역 앞의 여인숙에서 서둘러 아침식사를 마친 뒤 곧바로 마차를 타고 욕슬러 관으로 향했다.

잠시 후 마차는 낡고 오래된 저택 앞에 멈췄다. 문 앞에서 지루한 얼굴로 서 있던 경관이 자세를 가다듬고 우리 쪽으로 다가와 홉킨스에게 경례를 붙였다.

"윌슨, 수고하는군. 그동안 별일 없었나?"

"네, 아무것도 없었습니다."

"낯선 사람에 대한 보고는?"

"역과 거리를 샅샅이 뒤졌지만 수상한 사람은 없었습니다."

"여인숙이나 셋방들도 찾아봤나?"

"네, 거기도 마찬가지였습니다."

"흠, 그리 먼 거리가 아니기 때문에 범인은 채덤까지 걸어갔을 수도 있어. 거기서 머무르거나 기차를 타도 되니까 말이야."

홉킨스는 혼잣말처럼 중얼거리더니 곧바로 우리를 집 안으로 안내했다.

우리는 일단 범인이 출입한 것으로 추측되는 뒷문 쪽으로 갔다. 뒷문에서 현관까지의 거리는 50미터쯤 되었다. 좁은 길 양쪽에는 잔디가 깔려 있었는데 잔디밭 역시 폭이 좁았다. 그 너머에는 잘 가꿔진 화단이 있었다.

"홉킨스, 발자국이 남아 있던 곳이 어디지?"

홉킨스는 허리를 구부리고 잔디밭을 살펴보더니 난처한 얼굴로 말했다.

"여기 이 길과 화단 사이의 좁다란 잔디밭에 선명하지는 않아도 분명히 발자국이 찍혀 있었습니다. 그런데 지금은 그 흔적이 거의 남아 있지 않군요. 아무래도 어젯밤 비 때문인 것 같습니다."

홈스도 허리를 굽히더니 홉킨스가 가리킨 쪽을 자세하게 훑어보았다.

"흠, 희미하긴 하지만 누가 지나간 흔적이 있긴 하군. 범인은 아주 조심스럽게 발을 옮겨 놓았어. 만약 가운데 길이나 화단 쪽을 밟으면 발자국이 분명히 남는다는 것을 알고 있었던 거야."

"맞습니다. 범인은 아주 침착하고 조심스러운 성격인 것 같습니다."

"그런데 범인이 나갈 때도 이 길로 나갔다고 생각한다고 했지?"

"그렇습니다. 다른 길은 없기 때문이지요."

"과연 그럴까? 들어갈 때야 침착함을 유지할 수 있다고 하지만 살인 후에 도망치는 사람이 이렇게 아무런 흔적을 남기지 않고 왔던 길을 되밟아 갈 수 있을런지 의문이군."

홈스가 의문을 제기하자 홉킨스가 약간 못마땅한 듯 답했다.

"그렇다고 해도 나갈 수 있는 길은 여기밖에 없습니다."

"알겠네. 이제 앞으로 가 보세. 뒷문은 열려 있었다고 하니 들어가는 것은 무척 쉬웠을 테고……."

문을 열고 들어서자 복도에는 야자나무 깔개가 길게 깔려 있었다.

"이 깔개는 표면이 고르지 못하고 울퉁불퉁해서 자국이 전혀 남지 않겠군."

홈스는 이렇게 중얼거리면서 서재로 들어갔다. 서재는 상당히 넓은 편이었는데 가구가 거의 없어서 휑한 느낌마저 주었다.

"범인은 여기서 얼마 동안이나 머물렀을까?"

서재 안을 둘러보며 홈스가 혼잣말을 하자 홉킨스가 문득 생각이 떠올랐는지 홈스에게 가까이 다가갔다.

"참, 깜빡 잊고 이야기하지 않았는데 가정부 마커 부인이 사건이 일어나기 15분 전쯤에 서재에서 청소를 했다고 합니다. 그러니 범인이 여기에 있었던 시간은 채 몇 분이 안 될 겁니다."

"아주 중요한 정보로군. 그럼 이제 범인이 무엇을 노리고 서재에 들어왔는지를 알아내야겠어. 분명히 무언가를 찾으러 들어왔을 텐데……, 방 안에서 눈에 띄는 가구라고는 책상과 한 짝의 장롱뿐이군."

홈스는 책상 앞에 쪼그리고 앉아 서랍을 살피기 시작했다.

"양쪽의 작은 서랍에는 자물쇠가 없고 가운데의 큰 서랍에는 자물쇠가 있군. 아무래도 작은 서랍보다는 큰 서랍에 중요한 물건이 들어 있겠지. 괜히 자물쇠를 채우지는 않았을 테니까."

그리고 가운데 서랍의 열쇠 구멍을 열심히 들여다보았다.

"옳거니! 여기 열쇠 구멍 옆이 긁힌 자국이 남아 있군. 왓슨, 성냥불을 좀 켜 주게."

나는 곧바로 성냥불을 켜서 열쇠 구멍 옆을 비췄다. 그러자 열쇠 구멍 오른쪽의 놋쇠 판에 길이 10센티미터가량 되는 흠집이 나 있는 것이 보였다.

"홉킨스, 자네도 이 자국을 발견했나?"

"네, 보기는 했습니다만 열쇠 구멍 주변에는 그런 자국들이 흔하게 생기지 않습니까?"

얼굴이 상기된 홉킨스가 홈스 옆에서 흠집을 살펴보며 말했다.

"하지만 이건 최근에 생긴 자국이야. 여기 돋보기로 한번 들여다보게. 만약 열쇠 구멍 둘레의 놋쇠 판에 긁힌 자국

이 오래된 것이라면 이렇게 빛이 나지는 않을 걸세. 오래된 다른 부분처럼 색이 변해 있겠지. 또 나무 표면의 칠이 밭고랑 양쪽에 쌓인 흙처럼 일어나 있지 않은가. 이것은 열쇠를 구멍에서 서둘러 빼면서 생긴 자국일세."

그때 우리가 왔다는 소식을 들었는지 긴장한 얼굴의 마커 부인이 서재로 들어섰다.

"마커 부인, 어제 아침에 서재를 청소하면서 이 책상도 닦으셨습니까?"

홈스가 온화한 표정으로 친절하게 물었다.

"그렇습니다."

"그때 혹시 여기 긁힌 자국을 보셨습니까?"

마커 부인은 홈스가 가리키는 곳을 들여다보더니 고개를 저었다.

"아니오. 제가 청소했을 때는 없었습니다."

"제가 예상했던 대로군요. 그럼 이 책상의 열쇠는 누가 갖고 있습니까?"

"코람 교수님이 시곗줄에 걸고 다니십니다."

"어떻게 생긴 열쇠지요?"

"특수 제작한 열쇠라서 크고 튼튼하게 생겼습니다."

"고맙습니다. 이제 수전 양을 불러 주시겠습니까?"

마커 부인이 서재에서 나가자 홈스가 팔짱을 끼고 턱을 매만지면서 서재를 다시 둘러보았다.

"이제 사건의 윤곽이 서서히 드러나고 있군. 범인은 서재로 들어서자마자 곧장 책상 앞으로 와서 열쇠로 서랍을 열려고 했어. 그런데 갑자기 스미스가 내려오는 바람에 서둘러 열쇠를 빼다가 이런 자국을 남기게 되었지. 스미스는 책상 옆에 여자가 서 있는 것을 보고 놀라 그녀를 붙잡으려고 했을 거야. 여자는 그에게서 벗어나기 위해 필사적으로 저항했을 테고. 그러다가 책상 위에 놓인 칼을 집어 들고 휘두르다가 돌이킬 수 없는 범죄를 저지르게 된 것이지. 분명 이건 우발적인 살인이야. 만약 계획적인 살인이라면 흉기를 미리 준비했을 테니까."

나와 홉킨스는 홈스의 추리에 귀를 기울이며 감탄을 거듭하고 있었다.

"그런데 범인이 자신이 찾던 물건을 손에 넣었는지 여부를 알 수가 없군. 일단 비명 소리를 듣고 달려온 수전을 만나서 물어봐야겠구먼."

그때 붉게 달아오른 얼굴의 수전이 주춤거리며 서재 안으로 들어섰다.

"수전 양, 스미스의 비명을 들은 지 얼마 만에 서재로 내려왔습니까?"

"글쎄요. 저도 정확하게는 모르겠지만 채 30초가 지나지 않았을 겁니다."

"그럼 당신이 비명 소리를 들은 후에 누군가가 서재 문을 통해 도망갈 수 있었을까요?"

"그럴 수 없었을 겁니다. 왜냐하면 제가 계단을 내려가기 전에 밑을 내려다봤는데 복도에는 아무도 없었거든요."

"그러니까 서재에서 누군가가 나가는 것을 보지 못했단 말이지요?"

"네, 저는 책상 옆에 쓰러져 있던 스미스 씨만 봤습니다."

"흠, 범인은 계단을 이용하지 않았으니 남은 것은 두 개의 복도뿐이로군요. 수전 양, 왼쪽 복도가 코람 교수의 방으로 통하지요?"

"그렇습니다."

"교수의 침실에서 다른 곳으로 나갈 수 있는 방법이 있습니까?"

"아닙니다. 주인님 침실은 막다른 곳입니다."

"그래요? 그렇다면 범인은 들어왔을 때처럼 나갈 때도 오른쪽 복도를 통해 뒷문으로 갔다는 걸까?"

홈스가 복도로 나가면서 혼잣말처럼 중얼거리자 홉킨스는 자신의 추리가 맞지 않았냐는 듯 씩 웃었다.

"설령 그렇다고 해도 일단 코람 교수를 만나 보세."

홈스는 왼쪽 복도로 방향을 틀어 교수의 방 쪽으로 걷다가 문득 바닥을 내려다보더니 소리쳤다.

"어허! 여기에도 야자나무 깔개가 깔려 있군."

"그게 뭐가 어때서요?"

"이 깔개가 어떤 의미를 갖는지 모르시겠나? 복도마다 같은 깔개가 깔려 있는 것은 중요한 단서일 수 있네. 자세한 것은 나중에 이야기하도록 하지."

담배

복도는 계단으로 이어져 있었고 계단을 오르자 교수의 침실이 있었다. 홉킨스가 문을 두드리자 방 안에서 걸걸한 노인의 목소리가 들려왔다.

"들어오시오."

방문을 열고 들어서자 순간 퀴퀴하고 매캐한 담배 냄새가 확 풍겼다. 나는 호흡을 가다듬으며 방 안을 둘러보았다. 침실은 매우 컸고 벽면마다 놓여 있는 여러 개의 책장에는 수많은 책들이 꽂혀 있었다. 미처 정리되지 못한 책들은 여기저기 아무렇게나 쌓여 있었다. 방 한가운데에 있는 침대에는 백발의 노인이 담배를 입에 문 채 비스듬히 기대 앉아 있었다. 깡마른 얼굴에는 매부리코만 우뚝 솟아 있었고 늘어진 눈썹 밑으로 검은 눈동자가 반짝 빛을 내고 있었다.

"홈스 선생이지요? 내가 담배를 너무 좋아하다 보니 방 안이 온통 담배 연기로 가득하다오. 혹시 당신도 담배를 피우시오?"

"저 역시 담배를 좋아합니다."

교수는 만족한 듯 미소를 지으며 홈스에게 담배통을 내밀었다. 홈스에게 내민 손을 보니 손끝이 니코틴으로 누렇게 물들어 있는 것이 역시 애연가임이 분명했다.

"다른 분들은 담배를 피우지 않습니까? 이건 알렉산드리아 이오니데스에서 특별히 주문해서 가져오는 담배라오. 매우 향기가 좋은 제품이지요. 나 같은 늙은이에게 즐거움이라고는 이 담배와 일뿐이었는데 이제는 담배만 남았구려."

교수는 안타깝다는 듯 한숨을 쉬더니 새로운 담배에 불을 붙였다.

"스미스 씨는 유능한 비서였다지요?"

홈스가 묻자 교수는 당연하다는 듯 고개를 끄덕였다.

"아주 훌륭한 비서였소. 내 연구를 정말 열심히 도왔는데 이제 그가 죽어 버렸으니 나로서는 엄청난 타격을 입은 셈이지요. 홈스 선생, 나처럼 몸이 불편한 데다 책에만 묻혀 사람에게 스미스의 죽음은 너무나 큰 상처라오."

우울한 표정의 교수는 방 한구석에 놓인 원고 더미를 가리키며 말했다.

"저것은 내 평생의 역작이라고 해도 과언이 아닐 만큼 공을 들인 원고요. 시리아와 이집트의 수도원에서 발견된 문서를 분석한 것으로 계시 종교에 대해 연구한 자료지요. 그러나 이제 나는 저것을 마칠 자신이 없어졌소."

교수의 수척한 얼굴에는 상심이 가득했다. 그런데 홈스는 과연 교수의 말을 신경 써서 듣고 있기나 한지 의심스러울 만큼 방 안을 오락가락 돌아다니며 담배를 피우고 있었다. 애연가인 홈스는 교수처럼 이오니데스산 담배가 무척이나 마음에 든 모양이었다. 그 모습을 본 교수가 빙긋이 웃으며 말했다.

“선생도 나 못지않은 골초로군요. 담배는 여기 얼마든지 있으니 마음껏 피우시오.”

홈스는 쑥스러운 웃음을 지으며 담배를 또 집어 들었다.

“고맙습니다. 저 역시 담배를 무척 좋아한답니다.”

방금 집어 든 담배에 또 불을 붙인 홈스는 교수에게 질문을 시작했다.

“교수님, 짧게 몇 가지만 묻겠습니다. 괜찮으십니까?”

“얼마든지 물어보시오.”

“우선 스미스가 죽어 가면서 ‘교수님께 그 여자였다고’라고 했다는데 그 말이 무슨 뜻입니까.”

그러자 교수가 어이없다는 듯 피식 웃으며 말했다.

“수전은 제대로 교육도 받지 못한 열여덟 살밖에 안 된 어린 처녀일 뿐이오. 그런 아이가 죽기 직전에 남긴 스미스의 헛소리를 잘못 듣고 전한 말 따위가 무슨 단서가 될 수 있겠소.”

“흠, 그러면 스미스의 죽음이 자살이라고 생각하십니까?”

“젊은이들은 원래 남모르는 고민들을 안고 사는 사람들 아닙니까. 나는 몰랐지만 연인이 이별을 통보해서 상심한 나머지 그랬을 수도 있지 않겠소?”

“스미스가 손에 쥐고 있었던 안경은요?”

“글쎄, 내가 그런 것까지 어떻게 알 수 있겠소만 연인의 물건이라서 마지막 순간에 손에 쥐고 있었는지 모르지요. 죽을 만큼 사랑했다면 그 사람의 물건을 갖고 있는 것이 이상한 일은 아닐 테니 말이오.”

그런데 홈스는 이상할 정도로 끊임없이 방 안을 이리저리 돌아다니면서 줄담배를 피우고 있었다. 게다가 담뱃재를 재떨이가 아닌 카펫에 그냥 털기까지 했다. 평상시와 사뭇 다른 홈스의 태도에 나는 무척 신경이 쓰였다. 그사이 홈스는 담배통에서 새 담배를 또 꺼내 들었다.

"교수님, 이 담배는 정말 맛이 뛰어나군요."

"좋아하시니 다행입니다."

두 애연가의 대화에 홉킨스는 고개를 설레설레 저었고 나는 나대로 약간 못마땅한 얼굴로 그들의 모습을 바라보았다.

"교수님, 마지막으로 한 가지만 더 묻겠습니다. 서재에 있는 책상의 가운데 서랍에는 무엇이 들어 있습니까?"

"뭐 별것 없소. 가족사진하고 내 아내가 내게 보낸 편지, 학위 증서, 연구 자료 따위가 들어 있을 뿐이오. 여기 열쇠가 있으니 직접 가서 봐도 좋소."

교수는 목에 걸고 있던 열쇠를 홈스에게 건네주었다. 홈스는 그것을 받아 들고 잠시 살펴보더니 다시 교수에게 돌려주었다.

"뭐, 그런 것이라면 굳이 볼 필요가 있겠습니까. 이제 정원으로 내려가서 나머지 조사를 마무리 짓도록 하겠습니다. 오후 2시쯤에 다시 찾아뵙고 제 생각을 말씀드리겠습니다."

고개를 끄덕이는 교수를 뒤로하고 침실을 나와 정원으로 향했다. 홉킨스는 시간을 확인하더니 홈스에게 말했다.

"홈스 선생님, 저는 새롭게 밝혀진 사실이 있는지 알아보고 오겠습니다."

홉킨스가 저택을 빠져나가고 한참 후까지도 홈스는 아무 말 없이 정원의 작은 길을 터덜터덜 걸어 다니기만 했다.

"그럴듯한 단서를 잡았나?"

내가 묻자 홈스는 입에 물고 있던 담배를 들어 올리며 말했다.

"이 녀석에게 달려 있네. 내가 교수 방에서 줄곧 피워 댔던 담배 말이야."

"말이 나와서 하는 말이네만 홈스, 줄담배를 피우는 거야 그렇다고 하더라도 담뱃재를 그렇게 함부로 털고 다니다니 자네가 그렇게 실례를 마구 범할 줄은 몰랐네."

내가 못마땅한 듯 인상을 찌푸리며 말하자 홈스는 장난스럽게 킥킥대며 웃었다.

"안 그래도 자네가 불만스럽게 나를 쳐다보는 것을 알고 있었다네. 하지만 사건을 해결하기 위해 미끼를 던져 놓은 것이니 기분 풀게. 그건 그렇고 저기 마커 부인이 있으니 그녀와 즐겁게 대화를 나눠 볼까."

홈스는 얼굴 가득 함박웃음을 지으며 마커 부인에게 다가갔다. 홈스는 마음만 먹었다 하면 자신만의 방식을 이용해 여자들 스스로 속내를 드러내게 하곤 했다. 마커 부인에게도 그의 기술은 유감없이 통했고 그녀는 홈스가 마치 오래된 친구인 양 이런저런 이야기들을 거침없이 쏟아 냈다.

"아까 보니 교수님은 정말 담배를 좋아하시더군요."

"말도 마세요. 온종일 담배를 입에서 떼 놓지 않으신답니다. 한 번에 천 개씩 담배를 주문하지만 채 보름도 못 가서 다시 주문을 해야 할 정도지요. 아침에 그 방에 들어가 보면 안개가 낀 것처럼 연기가 자욱해서 기침을 하기 일쑤랍니다."

"저런, 그 정도면 식사를 거의 못하시겠군요. 담배는 건강을 해칠 뿐만 아니라 식욕을 떨어뜨리니 말입니다."

"네, 음식을 잘 드시는 편은 아니지요."

"그럼 제가 한번 맞춰 볼까요. 교수님은 오늘 아침에는 식사를 거의 못하셨고 점심식사는 아예 준비하지 말라고 하지 않으셨나요?"

홈스가 묻자 마커 부인은 키득키득 웃으며 손을 저었다.

"명탐정께서도 틀리실 때가 있군요. 보통 때 교수님은 아침식사를 거의 하지 않으시지만 오늘은 유난히 많이 드셨어요. 게다가 점심식사로 큰 커틀릿을 주문하셨고요. 사실 저는 깜짝 놀랐답니다. 제 경우에는 스미스 씨의 죽음을 접하고 식욕이 완전히 없어져 버렸는데 교수님은 오히려 왕성해지셨으니 말이지요."

"어이쿠, 이번에는 제가 완전히 틀려 버렸군요."

홈스와 마커 부인은 서로 마주 보며 즐겁게 웃었다. 마커 부인과의 대화가 끝나고 홈스와 나는 하는 일 없이 그냥 빈둥거리며 정원에서 오전 시간을 보냈다. 평상시 사건을 조사할 때 열정이 넘쳤던 것과는 달리 홈스가 이 사건을 대하는 태도는 이상하리만치 미적지근했다.

점심 무렵, 조사차 나갔던 홉킨스가 만족스러운 미소를 지으며 돌아왔다.

"정말 괜찮은 정보를 알아냈습니다. 마을 아이들이 어제 오전에 코안경을 끼고 있는 여자를 봤답니다. 그 여자의 인상을 물어보니 놀랍게도 홈스 씨가 추리했던 것과 똑같이 답하더군요. 범인은 어제 오전 9시에 이 마을에 혼자 나타난 것이 분명합니다."

흥분한 채로 말을 전하는 홉킨스와는 달리 홈스는 별다른 반응이 없었다.

그때 수전이 우리에게 다가와 점심식사가 준비되었다며 식당으로 안내했다. 점심식사를 하며 이런저런 이야기를 나누던 중 수전이 스미스에 대한 이야기를 꺼냈다.

"참, 어제 스미스 씨가 오전에 산책을 나갔다가 사건이 발생하기 30분 전쯤에 돌아왔어요."

"그래요? 잘 기억하고 있군요. 좋은 정보 고맙습니다."

홈스는 홉킨스의 이야기보다 수전의 이야기에 더 관심을 보였다.

잠시 후 홈스는 시계를 흘낏 보더니 자리에서 일어났다.

"이제 2시가 다 되었으니 교수님께 가 볼까."

"그사이 새롭게 알아낸 사실이 없어서 달리 할 말이 없을 것 같은데요."

홉킨스가 말하자 홈스가 걱정할 것 없다는 듯 말했다.

"과연 그럴까. 내 생각에 범인의 행방은 누구보다도 코람 교수가 잘 알고 있을 것 같군."

의아한 표정의 홉킨스를 뒤로하고 홈스는 교수의 방 쪽으로 성큼성큼 걸어갔다.

사건의 재구성

교수의 방에 들어서니 그는 막 점심식사를 마친 참이었다. 식탁 위에는 깨끗하게 비운 접시 몇 개가 놓여 있었다. 마커 부인의 말대로 교수의 식욕은 매우 왕성한 듯했다. 난로 옆 안락의자에 앉아 있던 교수는 여전히 담배를 피우면서 우리를 맞이했다.

"식사는 맛있게 하셨소? 자, 담배 한 대 피우시오."

교수가 담배통을 내밀자 홈스는 반갑게 담배통을 향해 손을 뻗었다. 그런데 홈스가 담배통을 제대로 잡지 못했고 그 때문에 담배통이 뒤집힌 채로 바닥에 떨어지고 말았다. 방바닥은 온통 담배로 뒤덮였고 우리는 모두 쭈그리고 앉아 담배를 주워 담아야만 했다.

그런데 약간은 못마땅한 얼굴의 우리와는 달리 담배를 다 줍고 일어선 홈스의 표정은 무척 밝았다. 심지어 눈에서 광채가 돌고 볼은 붉게 상기되어 있었다.

이제껏 내 경험으로 미루어 보아 홈스는 사건을 거의 다 해결한 것이 분명했다.

"홈스 선생, 사건은 다 해결했소?"

유난히도 담배를 맛있게 피우며 교수가 묻자 홈스가 자신감 넘치는 태도로 답했다.

"당연하지요. 다 해결했습니다."

나와 홉킨스 경위, 그리고 교수는 모두 멍한 얼굴로 홈스를 쳐다보았다.

"오호, 그래요? 대체 어디서 사건을 해결했단 말이오?"

"바로 여기서 해결했습니다."

"내 방에서? 언제 말이오?"

"바로 지금!"

"허허, 홈스 선생, 아무리 명탐정으로 이름이 났다고는 하지만 이렇게 중대한 사건에 그렇게 장난스러운 태도를 보이는 건 보기가 좀 그렇소."

교수의 얼굴에는 비웃음과 짜증이 뒤섞여 있었다.

그러나 교수에게 시선을 고정시킨 채 자신의 추리를 풀어내는 홈스의 태도에는 단호함과 냉철함이 강하게 배어 있었다.

"나는 이 사건에서 내가 추리할 수 있는 모든 연결 고리를 자세히 조사하고 확인했습니다. 그 결과 무엇보다 분명하게 밝힐 수 있는 것은 코람 교수, 당신이 이 사건과 분명 관련이 있다는 것입니다. 당신의 동기가 무엇인지, 이 사건에서 어떤 역할을 했는지는 아직 알지 못하지만 그것에 대해서는 당신 입을 통해 직접 듣게 될 수 있기를 바랍니다. 일단 내가 이 사건이 어떻게 벌어지게 되었는지 설명할 테니 잘 듣고 당신 자신과 관련된 이야기를 스스로 하시기를 바랍니다."

홈스는 코람 교수를 날카로운 시선으로 응시하며 침착하게 말을 이었다.

"어제 아침, 한 부인이 교수님의 서재로 들어왔습니다. 그녀의 목적은 책상 서랍 속에 들어 있는 서류였습니다. 그것이 얼마나 중요한 것인지는 모르겠지만 그 부인은 미리 열쇠까지 만들어 올 정도로 공을 들이고 있었습니다. 아까 살펴보니 가운데 서랍 열쇠 구멍 주변에 열쇠를 다급히 빼다 긁힌 자국이 남아 있더군요. 좀 전에 교수님의 열쇠를 봤는데 거기에는 니스 칠이 묻어 있지 않았습니다. 만약 그 열쇠로 서랍 주변을 긁었다면 열쇠에 니스가 남아 있었을 텐데 말이지요. 그것은 교수님이 이 사건의 공범자가 아니라는 것을 의미합니다."

교수는 실소를 머금으며 줄곧 담배를 피워 대고 있었다.

"참으로 재미나는 이야기로군. 그래서 그다음은 어떻게 되었소?"

"부인이 서류를 꺼내려고 하던 차에 스미스가 2층에서 내려왔지요. 당황한 부인은 도망치려 했지만 금세 스미스에게 붙잡히고 말았습니다. 두 사람 사이에 옥신각신 몸싸움이 벌어졌을 테고 부인은 그 상황을 벗어나기 위해 안간힘을 썼습니다. 그러다 손에 잡히는 대로 책상 위의 물건을 집어 들고 스미스를 찔렀습니다. 물론 고의로 살인하려고 했던 것은 아니고 어디까지나 우발적으로 발생한 일이라는 것은 잘 알고 있습니다. 만약 처음부터 살해하기 위해 왔다면 살해 도구로 사용할 무언가를 가져왔을 테니까요. 어쨌거나 자신이 휘두른 칼에 스미스가 목이 찔린 채 쓰러지는 것을 보고 부인은 무척 당황했습니다. 그리고 공포에 질린 나머지 미친 듯이 서재 밖으로 뛰어나갔습니다. 하지만 불행하게도 그녀는 스미스와 싸우는 동안에 코안경을 잃어버리고 말았습니다. 지독한 근시였던 부인은 반소경이나 다름없는 상태에서 무작정 복도를 뛰기 시작했습니다. 제대로 보이지는 않았지만 바닥에 깔린 야자나무 깔개의 감촉 때문에 처음에 들어왔던 길인 줄로 알고 정신없이 앞으로 달렸습니다. 그녀는 양쪽 복도에 똑같은 깔개가 깔려 있는 사실을 몰랐던 거죠.

잠시 후, 그녀는 자신이 전혀 다른 방향으로 왔다는 것을 깨달았지만 돌아가는 것은 이미 불가능했습니다. 2층에서 내려온 수전이 스미스를 발견했기 때문이지요. 결국 그녀가 자신을 숨길 수 있었던 곳은 바로 여기, 교수님의 방뿐이었습니다."

단정하듯 소리치는 홈스의 말에 노인은 입을 딱 벌리고 홈스를 노려보았다. 그의 얼굴에는 놀라움과 공포가 가득 차올랐고 손에 들고 있는 담배를 피울 생각도 못하고 있었다. 그러다 가까스로 마음을 진정시켰는지 어깨를 쭉 펴더니 이내 어깨를 들썩이며 웃어 댔다.

"하하, 정말 재미있는 이야기로군. 탐정 소설이 따로 없구려. 하지만 당신 이야기에는 가장 중요한 한 가지가 빠져 있소. 나는 그 시각 내 방에, 이 침대 위에 있었소. 그러나 그런 여자가 들어오는 것은 보지 못했지."

"아니, 교수님은 분명 그 부인이 방 안으로 들어오는 모습을 똑똑히 보았습니다. 심지어 그녀가 누군지도 알고 있고 이야기도 나누었으며 숨겨 주기까지 했지요."

순간 교수의 얼굴에서 웃음이 사라졌다. 그의 얼굴이 서서히 붉게 달아오르더니 볼이 씰룩거리기까지 했다.

"무슨 헛소리를! 그따위 터무니없는 이야기를 내게 하는 저의가 뭐요? 당신 말대로라면 대체 그 여자가 어디 있소? 어디에 숨었단 말이오?"

교수는 홈스를 죽일 듯이 노려보며 고래고래 소리를 질렀다. 그러나 홈스는 너무나 태연하게 방구석에 놓인 커다란 장롱을 가리켰다.

"이 집에 몰래 침입해서 스미스 씨를 죽인 장본인은 바로 저기에 있습니다."

범인의 정체

교수가 짐승이 울부짖는 듯한 신음 소리를 내면서 두 손으로 머리를 감쌌다. 험상궂게 일그러진 얼굴에는 마구 경련이 일었고 양손은 덜덜 떨고 있었다. 그와 동시에 홈스가 가리킨 장롱의 문이 벌컥 열리더니 한 여인이 바깥으로 뛰쳐나왔다.

"맞습니다, 홈스 선생. 나는 여기 있습니다."

여자는 외국어 억양이 섞인 말투로 소리쳤다. 그녀는 홈스의 추리대로 코가 크고 이마에 주름이 잡혀 있었으며 등이 구부정했다. 또 값비싼 옷을 입고 있긴 했지만 장롱 속에서 묻은 먼지와 얼룩, 거미줄 때문에 몹시 더럽혀진 상태였다. 거기에 고집스러워 보일 만큼 길쭉한 턱은 아무리 잘 봐 주어도 미인이라고 말하기 힘들 정도였다. 안경을 잃어버린 데다 갑자기 밝은 곳으로 나와서인지 여자는 눈이 부신 듯 눈을 깜빡거리며 방 안을 둘러보았다. 그러나 갑작스럽게 궁지에 몰린 상황에 처한 사람치고는 침착함을 유지하고 있었고 꼿꼿하게 쳐든 머리에서는 굳센 용기마저 느껴졌다.

홉킨스는 재빨리 여자 옆으로 다가가서 그녀의 팔을 움켜잡았다.

"당신을 스미스 씨 살해 혐의로 체포합니다."

그러자 그녀는 위엄 있는 태도로 홉킨스의 손을 뿌리치면서 침착하게 말했다.

"힘으로 저를 제압하지 않아도 됩니다. 저는 저 안에서 당신들의 이야기를 들었습니다. 모두 맞는 이야기입니다. 그 불쌍한 청년을 죽인 것은 바로 접니다. 그러나 그것은 홈스 선생의 이야기처럼 분명히 사고였습니다. 나를 붙잡는 그에게서 도망치려고 아무거나 손에 잡히는 대로 휘둘렀을 뿐인데 그게 칼이었다니 나 역시 무척이나 놀랐고 마음 아프게 생각합니다."

그녀가 또박또박 사실을 이야기하자 홉킨스는 그녀의 팔을 잡았던 손을 슬그머니 놓았다.

"나 역시 그 말이 사실이라고 생각합니다. 그런데 어디가 불편하십니까?"

홈스가 여자의 안색을 살피며 말했다. 그리고 보니 여자의 얼굴은 파랗게 질려 있었고 금방이라도 쓰러질 것처럼 휘청거리기까지 했다. 그녀는 침대 가장자리에 살짝 걸쳐 앉더니 한 손으로 이마를 짚으면서 말했다.

"이제 시간이 얼마 남지 않았습니다. 그러니 여러분께 모든 사실을 다 말씀드리겠습니다. 사실 저는 이 남자의 아내입니다. 이 사람은 영국인으로 신분을 위장하고 있지만 사실은 러시아인입니다."

그러자 코람 교수가 여자를 죽일 듯이 노려보며 떨리는 목소리로 외쳤다.

"안나, 이게 무슨 짓이오! 오, 신의 가호가 있기를! 신의 가호가 있기를!"

여자는 경멸이 담긴 눈빛으로 교수를 쏘아보았다.

"세르게이, 이제 그만해요. 당신은 당신의 삶만 챙기느라 다른 사람들의 삶을 구렁텅이로 몰아넣었어요. 결국 당신 자신에게도 그 피해는 고스란히 돌아가고 있잖아요. 제발 부끄러운 줄 알고 이제는 진실을 말하세요."

교수는 체념한 듯 고개를 푹 떨어뜨린 채 입을 다물었고 여자는 한숨을 내쉬더니 말을 이었다.

"내 나이 스무 살일 때 쉰 살이었던 이 사람과 러시아의 어느 대학에서 결혼했습니다. 우리는 혁명가였습니다. 노동자들을 위해, 가난하고 힘없는 사람들을 위해 싸우는 무정부주의자였지요. 우리뿐만 아니라 숱한 사람들이 러시아의 정치 체제를 바꾸기 위해 목숨을 걸고 투쟁했습니다."

"제발! 안나, 제발 그만둬요."

교수가 가쁜 숨을 몰아쉬며 울부짖었지만 여자는 듣는 체도 하지 않고 이야기를 계속했다.

"어느 날 경관 한 명이 살해당하는 일이 발생했습니다. 수많은 사람들이 용의자로 체포되었고 고초를 겪었습니다. 그런데 여기 이 사람이 막대한 현상금을 노리고 아내와 동지들을 배반했습니다. 그의 밀고 덕에 어떤 사람들은 형장의 이슬로 사라졌고 나를 포함한 일부 사람들은 시베리아로 유형을 당했습니다."

여자는 이글이글 불타는 눈으로 교수를 노려보았다.

"우리의 고통에는 아랑곳하지 않고 이 사람은 영국으로 몰래 건너와 편안한 생활을 했습니다. 동료를 팔아먹은 대가로 받은 돈으로 호화로운 삶을 유지했던 겁니다. 그러나 동료들에게 자신의 소재가 알려지면 일주일도 지나지 않아 정의의 심판을 받게 되리라는 것을 그도 잘 알고 있었으니 항상 조마조마한 마음으로 살았을 테지요."

교수는 떨리는 손으로 담배를 빼 물고는 여자를 향해 애걸했다.

"안나, 내 목숨은 당신 손에 달렸소. 당신은 항상 내게 따뜻하고 친절한 사람이 아니었소?"

그러나 돌아오는 것은 여자의 차가운 외침뿐이었다.

"그 후에 이 자가 한 짓은 더 끔찍했습니다. 우리 동지 가운데 알렉시스라는 사람이 있었습니다. 이 사람과는 정반대인 그를 저는 진심으로 사랑하고 존경했습니다. 그는 고결한 정신을 지녔고 진심으로 남을 위할 줄 아는 사람이었지요. 게다가 폭력을 끔찍이 싫어해서 항상 우리에게 폭력 노선을 포기하라는 편지를 쓰곤 했습니다. 평화로운 러시아는 평화적인 대화를 통해서만 만들 수 있다는 내용을 담아서 말입니다. 나는 그 편지를 소중하게 간직하고 있었습니다. 그뿐 아니라 나는 알렉시스에 대한 내 감정과 그의 고귀한 정신을 내 일기에 고스란히 적어 두었습니다. 그런데 이자가 나의 일기와 편지를 발견하고는 그것을 감춰 버렸습니다. 아무리 돌려달라고 사정해도 돌려주지 않더군요. 결국 알렉시스는 종신형의 판결을 받고 시베리아로 유형을 갔습니다. 그리고 지금도 끔찍한 소금 광산에서 소금을 캐며 힘겹게 목숨을 이어 가고 있습니다. 만약 편지와 일기가 있었다면 그는 무죄 판결을 받았을 겁니다. 자기밖에 생각하지 않는 저런 배신자 때문에 노예 같은 생활을 하고 있는 알렉시스를 생각하면 당장에라도 저자를 죽여 버리고 싶습니다. 그러나 평소 알렉시스의 가르침대로 나는 폭력으로 저자를 처벌하지는 않을 겁니다."

계속해서 담배만 피워 대던 교수의 얼굴에는 침통함이 가득했다.

"역시 당신은 마음이 고결한 여자야."

교수의 말에 여자는 가슴을 꽉 움켜쥐며 몹시 괴로워했다. 내가 한 발 앞으로 나서서 그녀에게 다가서려 하자 그녀는 손을 들어 나를 막았다.

"괜찮습니다. 시간이 없으니 왜 내가 여기에 숨어 들어왔는지에 대해 설명해 드리겠습니다. 10년의 형기를 마치고 시베리아에서 돌아온 나는 이자가 감춘 편지와 일기를 찾기로 결심했습니다."

"교수님이 그것들을 아직까지 갖고 있을 거라고 믿고 계셨나 보군요."

홈스가 묻자 여자는 고개를 끄덕이며 답했다.

"물론입니다. 내가 시베리아에 있을 때 이자가 편지를 보낸 적이 있습니다. 그 편지에 내 일기의 구절들이 인용되어 있더군요. 게다가 이 사람은 원래부터 하찮은 쪽지 하나도 쉽게 버리는 법이 없었습니다. 나는 분명히 이 사람이 그것들을 갖고 있을 것이라고 확신했습니다. 나는 뒤늦게라도 러시아 정부에 알렉시스의 무죄를 알려 그를 석방시키고 싶었습니다. 그래서 온갖 방법을 다 동원해 이자가 영국에 숨어 살고 있다는 사실을 알아냈습니다. 그리고 사립 탐정을 고용해 그의 집에 들여보냈지요."

여자의 눈빛이 반짝 빛을 발하더니 경멸하는 시선으로 교수를 쳐다보았다.

"당신이 고용했던 두 번째 비서 기억하지? 그가 바로 내가 고용한 탐정이었어. 그는 알렉시스의 편지가 책상 서랍에 있다는 것을 알아냈고 서랍 열쇠도 내게 만들어 주었지."

놀란 얼굴의 교수는 덜덜 떨리는 손으로 새 담배에 불을 붙였다.

"그는 직접 편지를 훔치는 일은 하지 않겠다고 하면서 이 집의 도면을 건네주었습니다. 오전에는 비서가 2층에서 일하기 때문에 서재가 빈다는 정보를 듣고 나는 직접 편지를 찾기 위해 여기로 숨어들었습니다. 그러나 편지를 찾는 데는 성공했지만 뜻하지 않게 스미스와 마주치는 바람에 일이 꼬이게 된 겁니다."

"그런데 스미스 씨를 전에 본 적이 있습니까?"

"그렇습니다. 공교롭게도 어제 아침에 코람 교수의 집을 물은 적이 있는데 그때 만났던 청년이더군요. 아주 친절하게 집을 가르쳐 주었는데……."

여자가 안타까운 듯 말하자 홈스가 사이에 끼어들었다.

"그렇군요. 스미스 씨는 산책을 마치고 이 방으로 들어와서 길에서 부인을 만난 이야기를 교수님께 했을 겁니다. 그래서 죽기 전에 자신을 찌른 사람이 바로 그 여자였다는 말을 한 거고 말입니다."

"이제 내가 이야기를 마무리 짓도록 해 주세요."

여자는 최대한 위엄 있는 태도로 말하려 했지만 고통스러운지 얼굴을 찡그리고 있었다.

"그가 죽은 것을 확인하고 나는 정신없이 서재 밖으로 뛰쳐나왔습니다. 하지만 안경을 잃어버린 탓에 복도를 잘못 들어섰고 결국 이 방으로 들어오게 되었습니다. 저 비열한 사내는 나를 알아보고는 경찰에 넘기겠다고 윽박지르더군요. 나는 만약 그렇게 하면 당신 역시 무사하지 못할 거라는 사실을 알려 주었지요. 동지들이 어떻게 복수해 줄지에 대해서 말이에요. 하지만 그것은 내 목숨을 구하기 위해서가 아니라 알렉시스를 구하고 싶었기 때문이었습니다. 결국 우리는 같은 배를 탄 셈이 되었고 저 사람은 나를 숨겨 주었지요."

힘겨운 듯 숨을 몰아쉬며 여자는 손가락으로 장롱을 가리켰다.

"저 장롱 뒤에는 이 사람만이 알고 있는 작은 은신처가 있습니다. 저는 거기에서 음식을 먹으며 때를 기다리고 있었습니다. 경찰이 조사를 마치고 돌아가면 집 밖으로 나가겠다는 계획을 가지고요. 하지만 홈스 선생님께서 상황을 알아채시는 바람에 우리의 계획은 물거품이 되어 버렸군요."

여자는 드레스 앞섶에서 작은 꾸러미를 꺼냈다.

"이제 저는 모든 것을 다 말씀드렸습니다. 마지막으로 한 가지만 부탁하겠습니다. 이것은 알렉시스를 구할 수 있는 증거물입니다. 홈스 선생님, 당신은 정의를 외면하지 않는 분이라 믿고 이것을 맡기니 러시아 대사관에 전달해 주십시오. 그러면 알렉시스는 무죄 석방될 수 있을 겁니다."

여자는 떨리는 목소리로 말을 마치고는 가슴에서 조그마한 약병을 꺼냈다. 그러자 홈스가 재빨리 그녀에게 달려들어 그 약병을 빼앗았다.

"이게 무슨 짓입니까!"

하지만 얼굴이 하얗게 질린 여자는 엷은 미소를 지으며 침대 위로 푹 쓰러졌다.

"이미 늦었습니다. 은신처에서 나오기 전에 이미 독약을 먹었거든요……. 이제 나는 갑니다. 제발 그 편지를…… 전해 주세요."

나는 곧바로 그녀에게로 달려가 맥을 짚고 동공도 살펴보았다. 그러나 이미 그녀의 숨은 끊겨 있었다.

우리는 모두 한동안 말을 잇지 못한 채 그대로 서 있었다. 코람 교수 역시 넋 나간 표정으로 죽은 여자의 얼굴만 하염없이 바라보고 있었다.

여자의 발자국

홈스와 홉킨스, 그리고 나는 모든 사건 경위를 그 지역 경찰에 알려 준 뒤 밤차를 타고 런던으로 향했다.

"홈스, 이제 코람 교수는 어떻게 될까?"

"러시아에서 일어난 일이기 때문에 법적으로 책임을 지지는 않겠지만 평생 동안 언제 있을지 모를 동료들의 복수를 두려워하며 살아야겠지."

"그것만으로도 그는 충분히 벌을 받고 있는 셈이로군. 그나저나 자네는 안나 부인이 교수의 침실에 숨어 있다는 것을 도대체 어떻게 알았나?"

"사건의 단서는 코안경에 있었네. 스미스가 마지막 순간에 안경을 손에 쥐지 않았다면 이 사건이 과연 해결되었을까 의문이 들 정도로 말이야. 안경의 주인은 심한 근시였기 때문에 안경이 없으면 앞을 제대로 보기 힘들었네. 홉킨스 씨는 범인이 저택에 침입했을 때처럼 도망갈 때도 같은 잔디를 밟고 갔을 거라고 했지만 그것은 불가능한 일이었어. 장님이나 마찬가지인 사람이 그렇게 폭이 좁은 잔디 위를 똑바로 뛰어서 달아나기는 힘들거든. 그래서 나는 범인이 아직 집 안에 숨어 있을지도 모른다는 가설을 세우고 추리하기 시작했네. 그리고 복도 양쪽에 깔린 야자나무 깔개가 똑같기 때문에 범인이 착각을 일으켜 교수의 방으로 들어갔을 수도 있다고 생각했지."

그러자 홉킨스가 문득 생각났다는 듯 무릎을 치며 말했다.

"그래서 복도에서 야자나무 깔개가 중요한 단서라고 말씀하신 거로군요."

"맞네. 그런데 그때까지만 해도 그것은 가설이었기 때문에 뒷받침할 만한 증거가 필요했지. 그래서 나는 코람 교수의 침실에서 사람이 숨을 만한 장소를 찾아보았네. 카펫이 빈틈없이 단단하게 고정된 것으로 보아 바닥에 은신처가 있을 것 같지는 않았지. 그래서 나는 방 안에 놓인 책장을 주목했지. 그러고 보니 책이 무수히 쌓여 있는 다른 책장들에 비해 유독 한 곳에만 책이 없더군. 그래서 그 책장 뒤에 비밀 공간이 있을지도 모른다고 생각했네. 그 추리가 맞는지 알아보기 위해 담배를 마구 피우면서 카펫 위에 재를 뿌렸지."

"사건을 해결하기 위해서 미끼를 던졌다고 하더니 역시 그런 거였군."

홈스는 빙그레 웃으며 말을 이었다.

"지저분하고 예의 없는 사람처럼 보였겠지만 어쨌거나 그 미끼가 가져온 효과는 대단히 컸네. 책장 속에서 사람이 나와 돌아다니다 재를 밟게 되면 발자국이 남을 테니까 범인을 잡기가 쉬워지지. 게다가 마커 부인이 교수의 식욕이 갑자기 왕성해졌다는 말을 듣고 나는 범인이 그 방에 있다는 사실을 확신했네. 누군가가 교수의 식사를 대신 먹고 있구나 하고 생각했지."

나와 홉킨스 경위는 연신 고개를 끄덕이며 홈스의 이야기에 빠져들었다.

　"홈스, 자네가 담배통을 떨어뜨린 것도 일부러 그런 거지?"

　"물론이지. 나는 담배를 주우면서 카펫에 떨어진 재에 발자국이 남아 있는지를 살펴보았네. 역시 우리가 없는 사이 누군가가 나와서 방 안을 돌아다녔더군. 여자의 구두 자국이 남아 있었거든. 그래서 나는 당당하게 범인이 숨어 있는 장소를 지목할 수 있었다네."

　홈스가 말을 마치는 사이 기차가 런던 역에 도착했다.

　"홉킨스, 이제 런던 경시청에 사건을 보고하러 가야겠군."

　"그렇습니다. 이번에도 홈스 선생님의 훌륭한 추리 덕분에 사건을 잘 해결할 수 있었습니다. 정말 고맙습니다."

　홉킨스는 진심으로 감사하며 홈스의 손을 꼭 잡았다. 홈스도 얼굴 가득 웃음을 지으며 홉킨스의 어깨를 두드렸다.

　"홉킨스 씨가 중요한 단서를 잘 가져왔기 때문이기도 합니다. 덕분에 사건을 쉽게 해결할 수 있었지요. 앞으로도 아무리 사소한 것도 단서가 될 수 있다는 사실을 잊지 말고 주의를 기울이십시오. 자, 이제 왓슨과 나는 러시아 대사관에 이 편지를 전하러 가겠습니다. 나를 믿고 안나 부인이 부탁한 것이니 꼭 들어줘야지 않겠습니까."

　기차에서 내린 우리는 간단한 인사를 나눈 뒤 각자의 목적지를 향해 출발했다.

고전의 반열에 오른 코난 도일의 추리소설

아서 코난 도일

초기의 《스트랜드 매거진》

《검은 고양이》, 《어셔가의 몰락》 등으로 잘 알려진 에드거 앨런 포에 의해 창시된 추리소설은 셜록 홈스라는 명탐정을 만들어 낸 코난 도일에 의해 완성된 것으로 평가받고 있다.

세계 최초 고문 사립탐정인 셜록 홈스는 1887년 《주홍색 연구》라는 아서 코난 도일의 소설을 통해 처음으로 일반에 알려지기 시작했다.

최초의 단편을 연재하기 시작한 이래 코난 도일은 36년간 56편의 단편 외에 4편의 장편을 저술했는데, 오늘날까지도 추리소설 장르에서 불후의 명작으로 손꼽히고 있다.

코난 도일의 추리물은 직감이 아닌 철저히 과학적인 추리에 의한 사건 해결 과정을 보여 줌으로써 과학적인 범죄학을 성립시켰다. 그로 인해 그의 작품은 단순히 범죄소설에 머무르던 추리문학을 당당히 소설의 한 장르로 자리 잡게 한 공로를 인정받고 있다.

60편에 이르는 도일의 걸작들이 완성되기까지는 우여곡절이 많았다. 코난 도일은 자신이 본래 쓰고 싶어 했던 역사소설에 전념하기 위해 24번째 단편인《마지막 사건》편에서 홈스를 스위스의 라이헨바흐 폭포에 떨어져 죽게 함으로써 연재 중단을 선언했다. 그러자 열혈 독자들이 홈스의 죽음을 애도하는 상장(喪章)을 달고 다니는가 하면 출판사에는 연재 중단을 항의하는 편지가 쇄도했다. 결국 아서 코난 도일은 홈스를 만나고 싶어 하는 독자들의 성화에 못 이겨 1903년《빈집의 모험》에서 홈스를 왓슨 앞에 나타나게 하는 것으로 연재를 다시 시작했다.

홈스가 활동하던 시대의 영국의 지하철

런던 베이커 가

대중문화 최초의 스타, 셜록 홈스

　홈스가 활동하던 시기의 영국은 빅토리아 왕조로서 산업혁명이 완성되면서 '해가 지지 않는 나라'로 불리며 번영을 누리던 시기였다. 이때 의무교육 제도로 대중도 문자를 읽을 수 있게 되면서 그간 상류계급의 특권이었던 잡지와 책을 서민들도 읽을 수 있게 되었다.

　1887년 첫 번째 작품이었던 《주홍색 연구》는 당시 겨우 25파운드에 원고가 넘어갔으나 현재는 홈스를 주인공으로 한 영화만도 200여 편에 이르는 등 '영화사 최다 등장 캐릭터'라는 기록을 세워 기네스북에 올라 있을 정도로 인기가 높다. 2위 드라큘라와 3위 프랑켄슈타인의 기록을 멀찌감치 따돌렸고, 찰턴 헤스턴 등 60여 명이 넘는 유명 배우가 이 캐릭터를 연기했다고 하니 이만하면 요즈음 잘나가는 대중스타가 부럽지 않은 인기라 하겠다.

　영국의 '셜록 홈스 박물관'은 관광객의 발길이 끊이지 않는 가장 유명한 박물관 중의 하나이다. 한편 '셜로키언'으로 불리며 전 세계적으로 470개 정도 분포되어 있는 홈스 팬클럽은 여전히 다양한 활동을 펼치고 있다.

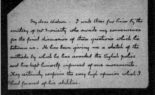
왓슨에게 보낸 홈스의 편지

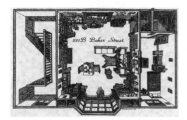
홈스의 집 도면

홈스의 집 내부

홈스의 소지품

의뢰인의 편지들

왓슨이 본
홈스의 재능

    '관찰과 추리'만으로도 모든 것을 밝혀낼 수 있다고 믿는 홈스는 자신의 추리기법이 "유클리드의 정리와 마찬가지로 확실한 것"이라 믿을 정도로 자신만만하고 오만한 구석이 있다.

    왓슨이 작성한 아래의 설명은 홈스를 가장 잘 표현하고 있다.

1. 문학 : 순수문학에 대한 지식은 전혀 없지만 범죄 기록에 관해서만큼은 해박하다.

2. 철학 : 거의 아는 바가 없다.

3. 천문학 : 전혀 무지한 상태. 심지어 지구가 태양을 돈다는 사실조차도 모름.

4. 정치 : 관심은 없으나 약간의 지식은 있다.

5. 식물학 : 독성물질에 대해서는 해박하지만 실용원예에 대한 지식은 전혀 없다.

6. 지질학 : 상당히 해박하다. 런던 주변 100킬로미터 안쪽에서라면 옷이나 신발에 묻은 흙만으로도 어느 지방의 토양인지 분별이 가능하다.

7. 화학 : 부분적으로 해박하다.

8. 해부학 : 체계적으로 공부하지는 않았지만 대체로 정확한 지식을 소유하고 있다.

9. 범죄 관련 문헌 : 이 분야에 대한 지식은 상상을 초월한다. 금세기에 저질러진 범죄에 대해서는 모르는 것이 없는 듯하다.

10. 예술 : 바이올린 연주는 매우 수준급이다.

11. 운동 : 운동신경이 좋아 봉술, 펜싱, 권투 실력은 프로급이다.

12. 법률학 : 적어도 영국 법에 대해서는 꽤 많은 것을 알고 있어서 변호사가 상담을 해 오기도 한다.